本书受 2019 年度河北省社会科学发展研究课题（编号：2019060501002），河北工程大学博士专项基金项目（编号：SJ010002170）资助。

孙耀庆 著

刘宋文学研究

The Study on the Literature of Liu Song Dynasty

中国社会科学出版社

图书在版编目（CIP）数据

刘宋文学研究／孙耀庆著 . —北京：中国社会科学出版社，2020.8
ISBN 978 - 7 - 5203 - 7101 - 8

Ⅰ.①刘… Ⅱ.①孙… Ⅲ.①古典文学—文学研究—中国—南朝时代 Ⅳ.①I206.2

中国版本图书馆 CIP 数据核字（2020）第 164090 号

出 版 人　赵剑英
责任编辑　宋燕鹏
责任校对　石建国
责任印制　李寡寡

出　　　版　中国社会科学出版社
社　　　址　北京鼓楼西大街甲 158 号
邮　　　编　100720
网　　　址　http://www.csspw.cn
发 行 部　010 - 84083685
门 市 部　010 - 84029450
经　　　销　新华书店及其他书店

印　　　刷　北京君升印刷有限公司
装　　　订　廊坊市广阳区广增装订厂
版　　　次　2020 年 8 月第 1 版
印　　　次　2020 年 8 月第 1 次印刷

开　　　本　710×1000　1/16
印　　　张　18.5
插　　　页　2
字　　　数　312 千字
定　　　价　108.00 元

目　录

引　言

　　刘宋，诗运之一转关也。刘宋文学，兼具两晋及齐梁文学之特质，对其研究，有利于从整体上把握六朝文学的转变过程及演进脉络。同时，刘宋时期的社会、政治、文化形势均有重大的变化。就政治来说，门阀世族衰落，寒门庶族崛起；就社会思潮来说，玄学式微，佛学发展；等等。故从士人心态、佛学义理等角度来解读作家作品，可获得不同的理解。目前学界关于刘宋文学之研究更多侧重于个别成就较大的作家如谢灵运、颜延之、鲍照等，而对一些存诗数量较少作家的研究少之又少。本论文将对刘宋作家作品进行系统的梳理，对一些未给予充分重视的作家如何承天、宗炳、袁淑、谢庄、王微等进行开掘，以期补阙。

　　做断代研究，必须要面临一个作家朝代界定的问题，我做刘宋文学研究，就要面临刘宋作家的选定问题。他们有的是生于东晋长于刘宋，如何承天、谢灵运、颜延之等；有的是生于刘宋长于刘宋，如谢庄等；有的是生于刘宋长于齐梁，如谢朓等。鉴于一个作家的创作活动多半在其成年以后，第三类作家虽生于刘宋，但其创作活动主要在齐梁，因此本书不将其纳入其中，而只涵盖前两类作家。如此一来，我所框定的刘宋作家主要有傅亮、何承天、宗炳、颜延之、谢灵运、谢惠连、袁淑、王微、鲍照、汤惠休、谢庄十一人。

　　目前关于这些作家，有置于文学史进行整体研究的，也有针对个别作家进行专题研究的，下面我从这两方面来做一综述。各种通论性质的著作对刘宋文学均有所涉及。诗歌，如葛晓音《八代诗史》、王钟陵《中国中古诗歌史》、萧涤非《汉魏六朝乐府文学史》、余冠英《汉魏六朝诗论丛》、汪涌豪与骆玉明《中国诗学》等。辞赋，如姜书阁《骈文史论》、于景祥《中国骈文通史》、曹道衡《汉魏六朝辞赋》、马积高《赋史》、叶幼明《辞赋通论》、程章灿《魏晋南北朝赋史》、郭建勋《汉魏六朝骚体文学研究》等。散文,如蒋伯潜、蒋祖怡《骈文与散文》、郭预衡《中国散文史》等。骈文,如于景祥《中国骈文通史》、刘麟生《中国骈文史》等。诸位前辈在论及某一位作家的某一类文学体裁时,亦会兼及其生平思想、其他著述及后人评论的探讨。

对刘宋某一类诗歌或诗体、文体探讨亦不少。陈桥生《刘宋诗歌研究》梳理了文笔之辨,论述了佛教对晋宋文学的影响,探讨了晋宋山水诗的嬗变过程,分析了元嘉诗风博学相尚的特征,论析了大明、泰始诗风的俗化倾向。王志清《晋宋乐府诗研究》从文献学、音乐学、文学三方面,对晋宋时期的吴声、西曲和文人乐府诗进行了全面细致的研究。霍贵高《晋宋佛禅诗研究》主要论述了佛禅思想在东晋及刘宋时期对诗歌发展的影响,分析了此时期佛禅诗发展的阶段性特点。周海霞《刘宋骈文研究》对骈文进行了界定,从句式、用典、辞彩、声律四方面分析了刘宋骈文的特点,探讨了刘宋骈文的历史地位及成因。李芳晓《刘宋诏书研究》梳理了诏书的产生过程,分析了诏书的三种类型,探讨了诏书的作用及诏书的形成。崔洁《刘宋拟诗研究》分析了刘宋拟篇诗、拟体诗、托古诗三种拟诗的艺术特征。付叶宏《晋宋的山水赋研究》对晋宋山水赋进行了界定,分析了中国山水文化审美心理对山水赋的影响,梳理了晋宋山水赋的流变过程,分析了晋宋山水赋的艺术特点,探讨了山水赋与山水诗的相互影响作用,等等。

关于元嘉文学及元嘉三大家的研究。白崇《元嘉文学研究》分析了元嘉文学思潮,考察了元嘉宫廷文学、家族文学活动,探讨了"元嘉诗运转关说",辨析了"元嘉体"的体制特征,论述了元嘉辞赋、散文的特征及地位,探讨了齐梁文人对元嘉文学的认识。时国强《元嘉三大家研究》探讨了元嘉三大家创作的时代背景,分析了"元嘉体"的特征及意义,探讨了颜、谢、鲍的诗歌风貌,辨别了谢鲍二人的诗歌差别,论述了三人的辞赋创作。张润平《元嘉三大家研究》考述了颜、谢、鲍的生平,解读了三人作品的玄学、佛学、道学意蕴,论述了谢灵运对赋、鲍照对玄言诗、颜延之对公牍文的融通与改制,探讨了谢灵运山水诗"初发芙蓉"的灵感境界、鲍照赋"凄艳悲绝"的美学风格,颜延之诗文"错彩镂金"的形式美感,还对有关颜、谢、鲍的学术疑案进行了推断与辨析。闫红芳《"元嘉三大家"诗歌异同略论》概述了元嘉文学基本情况,比较了元嘉三大家山水诗与乐府诗的异同，探讨了南朝文人对"元嘉三大家"的接受。李文凡《元嘉三大家文学史地位的升降》分别分析了谢灵运、颜延之、鲍照与南朝诗坛风尚的关系，概述了隋唐期间元嘉三大家文学史地位的升降。

刘宋处在诗运转关时期，前辈学者在魏晋与齐梁的断代研究中，也都已注意到刘宋文学在八代文学中的重要作用，然关于这种转关的具体表现及原因却未有充分的研究。因此考察刘宋文学之"复"与"变"，探讨晋之诗赋向齐梁之诗赋嬗变的轨迹与规律将是本书论述的重点。

关于个案研究，目前学术界也已取得了丰硕的成果，下面我对本书所框定作家的研究现状，分别来做一简要概述。

关于傅亮研究。鲍卓《傅亮其人其作研究》、任欢《傅亮研究》两篇硕士学位论文均对傅亮的家族、交游情况进行了考述，对其思想性格进行了分析。刘涛《试论傅亮的散文》《六朝表策文流变及其文学史意蕴——以傅亮、任昉、徐陵文章为考察对象》，孙淑娟《傅亮公牍文创作与晋宋文学思潮的嬗变》等文重点剖析了傅亮的公牍文，并论及其由哲思向抒情、由朴质向骈俪的嬗变过程。傅亮是刘宋易晋的文笔重臣，其所处之际正是散文开始向骈文过渡的时期，故对其散文的探讨，有利于把握骈文向散文演变的轨迹。

关于何承天研究。韩杰《何承天行年及著述考》、赵莹莹《何承天年谱》、刘静《何承天文学综论》对何承天之生平及著述作了考订与系年。赵莹莹《何承天诗歌创作对乐府诗歌文人化的推进》、孙宝《何承天〈鼓吹铙歌十五首〉作年考论》对其乐歌进行了考论及分析。何承天是"白黑之争"的重要参与者，对其生平的考证有利于确定颜延之、宗炳等相关作品的创作时间，对其反佛思想的分析，有利于探讨佛教中国化的大问题。

关于宗炳研究。李泽厚、刘纲纪《中国美学史》、徐复观《中国艺术精神》、陈传席《六朝画论研究》均有关于其生平与思想的探究。张晶《宗炳绘画美学思想新诠》和《宗炳〈画山水序〉中的'山水有灵'观念》、冯立《宗炳山水画的美学思想》、施荣华《宗炳"澄怀味像"的美学思想》、梁兴《宗炳美学思想探微》、杨成寅《宗炳〈画山水序〉的山水美学思想》、叶晓波《从〈画山水序〉看宗炳的美学思想》、李健《"应会感神"：宗炳的感物美学》等单篇文章从"含道映物""山水质有而趣灵""畅神""卧游""澄怀""味象"等观念出发,阐述了宗炳的美学思想。目前学界关于宗炳的研究,主要侧重于其《画山水序》的美学思想,对其生平考辨不足,佛学思想挖掘不深,我认为有必要对此两方面做进一步的探索。

关于颜延之研究。季冰和缪越《颜延之年谱》、黄水云《颜延之及其诗文研究》、谌东飚《颜延之研究》等著作对颜延之的家世、交游做了溯源与考证。沈玉成《关于颜延之的生平和作品》、杨晓斌《颜延之生平与著作考》、李之亮《颜延之行实及〈文选〉所收诗文系年》等文对颜延之诗文进行了辨误与系年。曹道衡《论颜延之的思想和创作》、李宗长《论颜延之的思想》、陆立玉《颜延之思想性格解析》认为颜延之以儒家思想为主导。陈书录《论颜延之对偶诗对初唐律诗的影响》、谌东飚《六朝审美风尚与颜诗用典》与《颜诗用典与诗的律化》、叶飞《论颜延之诗歌的声韵之美》、周田青《试论颜延之的文学创作》、李宗长《颜延之诗歌风格论》、陆玉立《论颜延之的文、赋创作》、刘涛《颜延之骈文论略》、廉水杰《锺嵘诗学视域下颜延之的诗歌创作》等文探讨了作品艺术特色以及风格。高华平《从"文笔之辨"到重"笔"轻"文"——〈诗品〉扬谢抑颜原因新解》、吴怀东《颜延之诗歌与一段被忽略的诗潮》、陈庆元《论颜谢、沈谢齐梁间地位的升降得失》、时国强《颜、鲍、谢的名次地位之升降》等论及颜延之诗歌的地位。孙明君《颜延之与刘宋宫廷文学》、黄亚卓《论颜延之公宴诗的复与变》、刘文兰《颜延之与晋宋诗风的转变》探讨了颜延之公宴诗、咏史诗对文风的转变作用。目前学者关于颜延之的研究日趋深化,我认为关于颜延之的公宴诗及其文,是值得进一步探讨的话题。

关于谢灵运研究。叶瑛《谢灵运年谱》、丁陶庵《谢康乐年谱》、郝立权《谢康乐年谱》、郝昊衡《谢灵运年谱》等将谢灵运年谱越做越细。顾绍柏《谢灵运集注》是目前收录谢灵运诗文较全的集子。齐文榜《佛教与谢灵运及其诗》、张国星《佛学与谢灵运的山水诗》、张伯伟《佛教与谢灵运及其山水诗》等从佛学角度探讨谢灵运的思想及其对作品的影响。师姜剑云《谢灵运与慧严、慧观》《谢灵运与慧远交游考论》《谢灵运与钱塘杜明师》《谢灵运与"涅槃圣"竺道生》《谢灵运与"黑衣宰相"慧琳》《谢灵运与"头陀僧"昙隆交游考》等文对谢灵运与方外人士的交游做了考证。吴冠文《谢灵运诗歌研究》、袁凌《谢灵运山水赋研究》等博士、硕士学位论文从语言、意象、句式、骈对、用典等方面对谢灵运诗赋做了精细的分析。胡明非《谢灵运山水诗辨议》、葛晓音《山水方滋，庄老告退——从玄言诗的兴衰看玄风与山水诗的关系》、赵昌平《谢灵运与山水诗起源》、刘启云《谢灵运山水诗对传统玄言诗创作的变革》等论及谢灵运在山水诗的产生及发展过程中的重要地位，并探讨了山水诗的起源问题。王芳《清前谢灵运诗歌接受史研究》论及谢灵运对谢朓、江总、王维、孟浩然、李白、杜甫、苏轼、黄庭坚、元好问、李梦阳的影响，等等。目前学界关于谢灵运之研究取得的成果极为丰硕，所切入的角度也很多，我认为考察谢灵运山水诗的意义，以及其赋作对文风转变的关系，是值得探讨的话题。

谢惠连研究。曹道衡、沈玉成《南北朝文学史》、丁福林《东晋南朝的谢氏文学集团》设专节介绍了谢惠连的生平履历。吴超杰《谢惠连研究》、孙玉珠《谢惠连研究》、刘传芳《谢惠连考论》等对谢惠连的诗歌、赋、祭文进行了探讨。康伟伟《锺嵘〈诗品〉关于谢惠连条疏证》、古沙沙《锺嵘〈诗品〉谢惠连条疏证》、陈欣婷《锺嵘〈诗品〉谢惠连评述》探讨了锺嵘对谢惠连的评价问题。曹道衡《从〈雪赋〉、〈月赋〉看南朝文风之流变》、陈庆元《形似与神似　朗健与悲怆——谢惠连〈雪赋〉与谢庄〈月赋〉对赏》、王德华《风花雪月，物色人情——谢惠连〈雪赋〉、谢庄〈月赋〉解读》等将《雪赋》与《月赋》并举，或进行赏析，或探讨二赋于文风转变的作用。目前关于谢惠连之乐府与《雪赋》研究较多，本书将把重点放在其文上。

关于袁淑研究。徐婷婷《陈郡袁氏及袁淑文学述论》、曹萍《晋宋陈郡阳夏袁氏诗文研究》、杜培响《晋宋陈郡袁氏家族文学研究》等文将袁淑置于陈郡袁氏家族中，从家学传统等方面来探讨其人其作。苏瑞隆（新加坡）《汉魏六朝俳谐赋初探》分析了其俳谐文的艺术特点。目前学界关于袁淑的研究甚少，然其"文冠当时"，在刘宋文坛中后期地位甚高，我们应该对其人其文给予应有的重视。

关于王微研究。徐复观《中国艺术精神》、陈传席《六朝画论研究》、倪志云《王微及其〈叙画〉研究的几个问题探论》剖析了王微的思想。祁国荣《论宗炳、王微的山水画理论及其文化意蕴》、姜振远《王微绘画美学思想研究》等文分析了王微《叙画》所包含的美学观点。李浩《王微的"疾病书写"及其文学史意义》探讨了王微之疾病对其文学创作以及仕途的影响,邱光华《王微文艺思想论析》等文论及了王微的文学思想。目前学界关于王微研究,主要集中在其《画论》及其所包含的美学思想上。我认为关于王微之生平及其文,是值得进一步探讨的话题。

关于鲍照研究。缪钺《鲍照年谱》、吴丕绩《鲍照年谱》、丁福林《鲍照年谱》、钱仲联《鲍照年表》、曹道衡《关于鲍照的家世和籍贯》等均对鲍照生平进行了系年、考证。曹道衡《鲍照几篇诗文的写作时间》、丁福林《鲍照诗文系年考辨》对鲍照几篇诗文的创作时间进行了考辨。李鹏《鲍照诗歌专题研究》、郑俊《鲍照乐府诗研究》、宋作标《鲍照乐府诗研究》、李金欣《鲍照山水诗研究》、王亚青《鲍照山水诗研究》、王志红《鲍照山水诗研究》、魏北《鲍照乐府诗形式艺术研究》、储敏《鲍照乐府诗雅俗兼具之风格论》等博士、硕士学位论文论述了鲍照乐府诗的思想内涵、时代特征、艺术特色、雅俗风格等。罗根泽《略谈鲍照》、王运熙《七言诗形式的发展和完成》、曹道衡《略论南北朝文学的评价问题》等文论述了鲍照在七言诗、歌行体的发展过程中的重要作用。罗春兰《"宪章鲍明远":沈约对鲍照的接受》《"总四家而擅美,跨两代而孤出"——锺嵘〈诗品〉对鲍照的接受》《"推折黙运,殆摩明远之垒"——盛唐边塞诗对鲍照的接受》《从李贺诗歌风格看怪奇派诗人对鲍照的接受》《"词人解撰〈河清颂〉"——杜甫对鲍照的接受》《隋唐诗人接受鲍照诗的进程》,张瑞君《李白与鲍照诗歌的继承与发展》,王志清《王维边塞诗雄悍逸放的人格塑型——兼论所受鲍照诗的影响》等文探讨了鲍照对李白、杜甫、王维等人的影响。目前学界关于鲍照的研究较为全面,我认为鲍照对诗体特别是七言诗、歌行体的演变贡献,以及鲍照诗赋对南朝文风由雅向俗的转变作用,是值得探讨的话题。

关于汤惠休研究。王树平、包得义《诗僧惠休的诗歌创作及其影响》对汤惠休的生平及其与文人的交游等事迹进行了考察。许云和《六朝释子创作艳情诗的佛学观照》对汤惠休的艳情诗进行了解读。谌东飚《鲍照和汤惠休何尝贬颜》、许云和《"芙蓉出水"与"错彩镂金"——关于汤惠休与颜延之的一段公案》、白崇《"休鲍之风"与南朝诗风之变》对刘宋的"休鲍之风"进行了论析。下文将会把汤惠休之生平作为考察的重点。

关于谢庄研究。王运熙《谢庄作品简论》、孙明君《"风流领袖"谢庄》、丁福林《机辩敏捷的才士谢庄》对谢庄其人其文进行了概述。韩丽晶《谢庄集校注》、陈庆《谢庄集校注》对谢庄现存的诗文进行了辑佚、校勘、考订与注释。葛海燕《谢庄研究》、王丽《谢庄文学探微》、刘国勇《谢庄诗文研究》、仲秋融《谢庄诗文研究》等论析了谢庄的诗文。谢庄是刘宋中后期的文坛领袖，其创作引导着文学的走向，因此我认为对谢庄《月赋》、杂言诗应进行深入探讨，考察《月赋》在刘宋文风流变中的作用，探析其杂言诗对七言体形成所产生的影响。

　　总的来说，对于一些作家，如谢灵运、鲍照、颜延之、谢惠连，学界关于他们的生平考证已较多，难以再有新的发现，我将不再进行重复考证，而将侧重点放在他们诗赋的纵向演变及所产生的意义上。而对于一些所存诗赋较少，但在刘宋时确实产生影响的作家，如何承天、袁淑、王微、宗炳等，前人论及较少，我将会把侧重点放在他们的生平考证以及其文解读上。

　　由此，本书之创新在于，一、打破以"元嘉三大家"为中心的研究惯例，将关注点放在整体刘宋作家上，对一些被忽视的作家如王微、谢庄、袁淑等进行开掘。二、从发展史的角度考察山水、公宴等题材的特质与变革及其于刘宋"诗运转关"的意义。三、对此时期新发展起来的杂言体、七言体进行深入分析，探索五言诗体向七言诗体的过渡规律与轨迹。四、对此时期的赋与文进行深入分析，把握赋由咏物向抒情、文由散体向骈体的嬗变过程。五、解决刘宋作家中所存在的疑案问题。

第一章

刘宋文学之构成及其独立意义

　　刘宋一朝，文学甚盛。刘勰《文心雕龙·时序》云："自宋武爱文，文帝彬雅，秉文之德，孝武多才，英采云构。自明帝以下，文理替矣。尔其缙绅之林，霞蔚而飙起；王袁联宗以龙章，颜谢重叶以凤采，何范张沈之徒，亦不可胜也。"① 刘师培先生《中国中古文学史讲义》第五课论《宋代文学》亦云："至于宋代，其诗文尤为当时所重者，则为颜延之、谢灵运。颜谢而外，文人辈出，以傅亮、范晔、袁淑、谢瞻、谢惠连、谢庄、鲍照为尤工。若陆展、何长瑜、何承天、何尚之、沈怀文、王诞、王僧达、王微、张敷、王韶之、王淮之、殷淳、殷冲、殷淡、江智深、颜竣、颜测、释慧琳，亦其次也。又案：宋代臣僚，若谢晦、蔡兴宗、张永、江湛、孔琳之、萧惠开、袁粲、刘勔，亦有文学。自是而外，别有鲍令晖、荀伯子、孔宁之、谢恂、荀雍、羊璇之、苏宝、王昙生、顾愿、江邃之、袁炳、卞铄、吴迈远、王素诸人。此可证宋代文学之盛矣。"② 下文，我就对刘宋作家作品来做一系统调查。

一　刘宋诗人与诗歌辑录、选录情况

　　关于刘宋诗歌创作情况，我将采取量化统计以及对比的方式来进行分析。下面，我先对逯钦立《先秦汉魏晋南北朝诗》关于刘宋诗人诗歌的辑录情况来做一统计，以了解刘宋诗人、诗歌之概况；然后再对梁萧统《文选》以及锺嵘《诗品》中先秦、两汉、曹魏、两晋、刘宋、齐梁的诗

---

① 詹锳：《文心雕龙义证》，上海古籍出版社1989年版，第1715—1717页。
② 刘师培：《中国中古文学史讲义》，上海古籍出版社2000年版，第72—76页。

人、诗歌选录情况进行梳理并做对比分析，以明确刘宋诗歌在中国诗歌史上的地位及影响。

逯钦立《先秦汉魏晋南北朝诗》共辑录刘宋诗人 59 位，古诗 579 首，另有杂歌谣辞 29 首，清商曲辞 155 首（吴声歌曲 117 首，西曲歌 38 曲），郊庙歌辞 37 首，燕射歌辞 25 首，鼓吹曲辞 3 首，舞曲歌辞 15 首，鬼神歌 9 首。

具体诗人、诗歌数目情况如下：王叔之 2 首，伍辑之 3 首，卞伯玉 1 首，谢瞻 6 首，孔欣 4 首，刘义隆 3 首，宗炳 2 首，孔宁子 2 首，傅亮 4 首，谢晦 3 首，谢世基 1 首，郑鲜之 1 首，范泰 6 首，谢灵运 99 首，王韶之 2 首，谢惠连 34 首，王微 5 首，何长瑜 2 首，荀庸 1 首，刘义庆 2 首，范晔 2 首，范广渊 1 首，孔法生 1 首，陆凯 1 首，何承天 15 首，何承嘉 1 首，袁淑 7 首，刘铄 10 首，丘渊之 1 首，荀昶 2 首，刘骏 27 首，颜延之 34 首，何偃 1 首，王僧达 5 首，颜竣 4 首，颜测 2 首，江智渊 1 首，汤惠休 11 首，庾徽之 1 首，颜师伯 1 首，沈庆之 1 首，刘义恭 13 首，谢庄 17 首，鲍照 204 首，鲍令晖 6 首，王素 1 首，吴迈远 11 首，徐爰 2 首，袁粲 1 首，刘俣 1 首，卞彬 1 首，任豫 2 首，袁伯文 2 首，湛茂之 1 首，贺道庆 1 首，王歆之 1 首，萧璟 1 首，张公庭 1 首，渔父 1 首。

由上可知，以鲍照存诗数量最多，谢灵运次之，颜延之、谢惠连再次之，刘骏、何承天、汤惠休、吴迈远、刘铄、袁淑又次之。

再来看一下《文选》对刘宋诗歌的选录情况：

表 1 - 1　　　　　《文选》收录诗歌所属朝代一览

朝代		诗人数目		所占比例（%）		诗歌数目		所占比例（%）	
先秦		1		1.54		1		0.23	
两汉		6		9.23		36		8.11	
曹魏	建安	10	6	15.38	9.23	83	57	18.69	12.84
	正始		4		6.15		26		5.86
两晋	西晋	29	25	44.62	38.46	149	132	33.56	29.73
	东晋		4		6.15		17		3.83
刘宋		10		15.38		97		21.85	
齐梁		9		13.85		78		17.57	
总数		65				444			

从上表可知，萧统《文选》共选诗人 65 位，刘宋诗人有 10 位，占 15.38%，次于两晋（主要是西晋）时期，与曹魏时期持平。《文选》共选诗 444 篇，其中选刘宋诗歌 97 篇，仅次于两晋（主要是西晋）诗歌。当然，诗人与诗歌数目排序的次第也与这三个阶段的代表诗人曹植、陆机、谢灵运有着密切的关系。傅刚先生云："（《文选》）作品入选的数量，大致上反映出萧统对作家作用、地位的评价。"① 可见，刘宋一朝具有代表本时代创作的杰出诗人，是继建安、太康文学之后的又一个创作高峰。

再来看一下锺嵘《诗品》选录诗人、诗歌情况。

表 1-2

朝代		上品	中品	下品
两汉		李陵、班婕妤	秦嘉、徐淑	班固、郦严、赵壹
曹魏	建安	曹植、刘桢、王粲	曹丕、应瑒	曹操、曹叡、曹彪、徐干
	正始	阮籍	嵇康、何晏	阮瑀
西晋	西晋	陆机、潘岳、张协、左思	张华、孙楚、王赞、张翰、潘尼、陆云、石崇、曹摅、何劭、刘琨、卢谌、郭泰机	王济、杜预、欧阳建、应璩、嵇含、阮侃、嵇绍、枣据、张载、傅玄、傅咸
	东晋		郭璞、袁宏、顾恺之、陶渊明、谢混	缪袭、夏侯湛、孙绰、许询、戴逵、殷仲文
刘宋		谢灵运	谢世基、顾迈、戴凯、颜延之、谢瞻、袁淑、王微、王僧达、谢惠连、鲍照	傅亮、何长瑜、羊曜璠、范晔、刘骏、刘铄、刘宏、谢庄、苏宝生、陵修之、任昙绪、戴法兴、区惠恭、张永、吴迈远、鲍令晖、汤惠休
齐梁	萧齐		谢朓	道猷上人、释宝月、萧道成、王俭、谢超宗、丘灵鞠、刘祥、檀超、钟宪、颜则、顾则心、毛伯成、许瑶之、韩兰英、张融、孔稚珪、王融、刘绘、江祏、江祀、王巾、卞彬、卞铄、袁嘏、张欣泰、陆厥
	萧梁		江淹、任昉、范云、沈约、丘迟	范缜、虞羲、江洪、鲍行卿、孙察

备注：对于几个朝代的作家，锺嵘对其朝代归属与今人不同。如，阮籍属正始作家，锺嵘归于西晋。陶渊明，锺嵘归于刘宋，今人一般归于东晋。本表从今人之说法。

---

① 傅刚：《〈昭明文选〉研究》，中国社会科学出版社 2000 年版，第 252 页。

表 1 - 3

朝代		上品		中品		下品		总人数	比例（%）
		人数	比例（%）	人数	比例（%）	人数	比例（%）		
两汉		2	18.18	2	5.13	3	4.11	7	5.70
曹魏	建安	3	27.27	2	5.13	4	5.48	9	7.32
	正始	1	9.09	2	5.13	1	1.37	4	3.25
两晋	西晋	4	36.36	12	30.77	11	15.07	27	21.95
	东晋	0	0	5	12.82	6	8.22	11	8.94
刘宋		1	9.09	10	25.64	17	23.29	28	22.76
萧齐		0	0	1	2.56	26	35.62	27	21.95
萧梁		0	0	5	12.82	5	6.85	10	8.13
总人数		11		39		73		123	

　　就上述两表来看，锺嵘《诗品》共选诗人 123 位，刘宋有 28 位，所占比例为 22.76%，位列第一。《诗品》上品 11 人，刘宋时期只有谢灵运 1 人，所占比例为 9.09%，次于西晋、建安、两汉时期；《诗品》中品 39 人，刘宋时期有颜延之、鲍照、谢惠连等 10 人，所占比例为 25.64%，仅次于西晋时期；《诗品》下品 73 人，刘宋时期有傅亮、汤惠休、谢庄等 17 人，所占比例为 23.29%，仅次于萧齐时期。可见，从数量上看，刘宋诗人甚盛。从品第上看，既有如谢灵运、鲍照、颜延之等品格较高者，又有如谢庄、谢惠连、王微等稍弱者。

二　刘宋赋家与赋作概况

　　刘宋时，虽诗风炽盛，但作家仍十分重视赋体。他们编录前人辞赋作品甚多，据《隋书·经籍志》载，刘义庆撰《集林》一百八十一卷，谢灵运撰《赋集》九十二卷，宋新渝惠侯撰《赋集》五十卷，宋明帝撰《赋集》四十卷，宋御史褚诠之撰《百赋音》十卷，徐爰注《射雄赋》一卷。刘宋辞赋创作具体情况如下表所示。

表1-4

赋作家	存赋数量	赋作题目
刘骏	2	《华林清暑殿赋》《伤宣贵妃拟汉武帝李夫人赋》
刘义庆	3	《箜篌赋》《鹤赋》《山鸡赋》
刘义恭	4	《感春赋》《华林清暑殿赋》《桐树赋》《白马赋》
王徽	2	《芍药华赋》《野鹜赋》
何承天	1	《木瓜赋》
傅亮	6	《喜雨赋》《九月九日登陵嚣馆赋》《登龙冈赋》《征思赋》《感物赋》《芙蓉赋》
孔甯子	1	《牦牛赋》
何尚之	2	《华林清暑殿赋》《退居赋》
何偃	1	《月赋》
夏侯粥	1	《吴都赋》
谢灵运	14	《怨晓月赋》《罗浮山赋》《岭表赋》《长溪赋》《孝感赋》《归途赋》《感时赋》《伤己赋》《逸民赋》《入道至人赋》《辞禄赋》《撰征赋》《山居赋》《江妃赋》
谢晦	1	《悲人道》
谢惠连	5	《雪赋》《甘赋》《橘赋》《鹚鸪赋》《白鹭赋》
谢庄	4	《月赋》《曲池赋》《赤鹦鹉赋》《舞马赋》
颜延之	4	《行殂赋》《白鹦鹉赋》《赭白马赋》《寒蝉赋》
颜测	1	《山石榴赋》
徐爰	1	《藉田赋》
虞繁	1	《蜀葵赋》
伍辑之	2	《园桃赋》《柳花赋》
任豫	1	《籍田赋》
卞伯玉	3	《大暑赋》《菊赋》《荠赋》
袁伯文	1	《美人赋》
沈勃	1	《秋羁赋》
袁淑	3	《秋晴赋》《王情赋》《桐赋》
鲍照	10	《芜城赋》《游思赋》《伤逝赋》《观漏赋》《芙蓉赋》《园葵赋》《舞鹤赋》《野鹅赋》《尺蠖赋》《飞蛾赋》
孙诜	1	《三公山下禊赋》
王叔之	1	《翟雉赋》

上表是就严可均《全宋文》所录的辞赋而进行的统计，共有赋作家27位，赋77篇。谢灵运存赋最多，鲍照次之。傅亮、谢惠连、颜延之、谢庄、刘义恭亦有4—6篇，其他作家所作较少，或为应制而作，或为兴

致而发。题材上，仍以咏物、抒情两类为主。咏物赋，如颜延之《赭白马赋》《白鹦鹉赋》，谢惠连《雪赋》《橘赋》，谢庄《赤鹦鹉赋》，刘义恭《白马赋》等；抒情赋，如傅亮《感物赋》，谢灵运《感时赋》，鲍照《游思赋》，刘骏《汉武李夫人赋》，谢庄《月赋》等。其他还有山水赋，如谢灵运《山居赋》《岭表赋》等；登临赋，如傅亮《登龙岗赋》《征思赋》《九月九日登陵嚻馆赋》等；纪行赋，如颜延之《行殣赋》，谢灵运《撰征赋》《归途赋》等；隐逸赋，如谢灵运《逸民赋》《辞禄赋》等；田园赋，如鲍照《园葵赋》；都邑赋，如鲍照的《芜城赋》；宫殿赋，如刘骏、刘义恭、何尚之的同题之作《华林清暑殿赋》等。整体来看，内容较之前有了新的拓展，描写对象向深、细、广的方向发展。

三 刘宋散文家与散文创作概况

严可均《全上古》录刘宋作家 278 人，文 1379 篇（不含赋），所涉及之文体有诏、策、令、表、章、奏、议、书、诔、哀策、吊、论、序、铭、颂、赞等。下面我分类进行概述。

（一）诏、策、令、表、章、奏、议等

诏、策、令等类文，上言于下也。表、章、奏、议等类文，下达于上也。前一类的创作，在刘宋时期分为两种情况，一种是皇帝自作，如宋文帝《封功臣诏》《下众官诏》，孝武帝《亲蚕诏》《经王弘墓下诏》等。另一种是由文人代作，傅亮就是刘宋前期的重要文笔之臣，时表策文诰，皆出于其手，如其仕追随刘裕北伐时作《为宋公修张良庙教》《为宋公修楚元王墓教》[1] 等。这一类文章内容较为平淡单一，风格雅致典正。

表、章同体，用以言政事、表哀情及朝贺、劝进、辞官、谢恩等。言政事，如何承天《上元嘉历表》《奏改漏刻箭》，颜延之《请立浑天仪表》，徐羡之《奏论郊配》等；谢恩，如谢灵运《封谢康乐侯表》，谢庄《谢赐貂裘表》；辞官，如谢庄《让中书令表》《让吏部尚书表》等。表哀情，如谢灵运有《自理表》，是其为孟顗所陷构，为申诉冤屈、洗脱罪

---

[1] 刘勰《文心雕龙》："教者，效也，言出而民效也。契敷五教，故王侯称教。"当时，刘裕尚未称帝，故为"教"。

名的自辩之作。竟陵王刘诞作有《奉表自陈》，是其因功勋卓著招致孝武帝的猜忌与逼迫，为洗脱嫌疑、自证清白而作。文章表现了对兄弟之情的失望，对孝武帝人格的鄙视，言辞激烈，气势充沛。

奏、启、议、对。奏可以分作两类，一类为陈事之奏，所述为经国之公事。如骆达《奏陈天文符谶》、萧摩之《奏铸象造寺宜加裁检》、钱乐之《奏详何承天元嘉历》；另一类为弹劾之奏，臣下同僚之间弹劾过错，如蔡廓《奏弹谢察》、何尚之《密奏庾炳之得失》、荀伯子《奏劾何尚之》、荀赤松《奏劾颜延之》等。启者，开也，亦主要用于陈政言事，如王昙首《南台不开门启》、萧惠开《斩吉翰子启》、颜测《大司马江夏王赐绢葛启》等。议与对，皆为"周爱咨谋"，议，即议政；对，即对策。如蔡廓《复肉刑议》、蔡兴宗《申坦子令孙罪议》、谢元《刑法议》、顾法《大明六年举秀才对策》等。刘宋此类文章注重时政，文风质朴。

（二）哀、诔、祭、吊等

严可均《全宋文》收哀祭文 24 篇，包括哀辞、诔、哀策文、吊文等。

颜延之现存哀祭文 6 篇，分别为《陶征士诔》《阳给事诔》《宋元皇帝元皇后哀策文》《祭屈原文》《为张湘州祭虞帝文》《祖祭弟文》，其中前四篇为《文选》所收。就艺术成就来看，以《陶征士诔》成就最高，文章称颂了陶渊明于乱世中洁身自好的人格精神，表达了对逝者的深切追念及感激，文采斐然，情感浓郁。

谢庄现存哀祭文 4 篇，分别为《宋孝武帝宣贵妃诔》《黄门侍郎刘琨之诔》《孝武帝哀策文》《皇太子妃哀策文》。《文心雕龙》："诔之为制，盖选言录行，传体而颂文，荣始而哀终。论其人也，暧乎若可观；道其哀也，凄然如可伤。此其旨。"[①] 他的诔文突破了传统的写作范式，不再在序文中为逝者立传，记述其生平遭际。序文与正文一样，均表现存者对逝者的沉痛悼念。《宋孝武帝宣贵妃诔》一文中间采用了骚体句法，气势流动多变，情感哀怨深沉，文学性较强。

王微有《以书告弟僧谦灵》哀悼其弟王僧谦，情感复杂，有愧疚、痛惜、悲伤等，形式灵活，采用散体句法，文气流畅。其他，颜延之有

---

① 詹锳：《文心雕龙义证》，上海古籍出版社 1989 年版，第 442 页。

《宋文皇帝元皇后哀策文》，王僧达有《祭颜光禄文》，卞伯玉有《祭孙叔敖文》等。

哀祭文在刘宋散文中较为突出，抒情强烈，内涵深厚，形式优美，气势贯通，可算得上是刘宋散文中艺术成就最高的一类。

（三）论、辨、说等

刘宋时期有为数不少的史论文与论说文。史论文以范晔成就较高，其在《狱中与诸甥书》云："吾杂传论，皆有精意深旨，既有裁味，故约其词句。……尝共比方班氏所作，非但不愧之而已，欲遍作诸志，前汉所有者悉令备。虽事不必多，且使见文得尽。又欲因事就卷内发论，以正一代得失，意复未果。"① 其《二十八将传论》打破了"议者多非光武不以功臣任职"的看法，而认为光武帝"鉴前事之违，存矫枉之志"，"治平临政，课职责咎"②，肯定了其用意及于诸功臣之好处。其立论新颖，逻辑清晰，析理透彻，层层递进，严整周密。

论说文中，其中关于佛学义理的论辩之文甚为引人注目。谢灵运有《与诸道人辨宗论》，慧琳有《均善论》，何承天有《与宗居士书论释慧琳白黑论》《答宗居士书》《重答宗居士书》《答颜光禄》《重答颜光禄》《报应问》《达性论》，颜延之有《释何衡阳达性论》《重释何衡阳达性论》《又释何衡阳达性论》，宗炳有《答何衡阳书》《又答何衡阳书》《明佛论》，刘少府有《答何衡阳书》等。此类文章旨在申明观点，表述义理，不讲究句式的整齐与语词的华美等，文风较为质朴。郭预衡先生在《中国散文史》评何承天《报应问》云："通俗质朴，道理说得很透"，"旨在持论，不假虚辞"③。

其他，傅亮有《演慎论》论述了"慎"的重要性以及实践"慎"的艰难性，表现了仕途艰险及其作者的忧惧。顾愿有《定命论》，徐爰有《浑仪论》等。

刘宋时期的史论文及论说文，重视内容的表达，不刻意追求形式的华美，继承了魏晋散文质朴的特质。

---

① 严可均辑：《全宋文》，商务印书馆 1999 年版，第 142 页。
② 范晔：《后汉书》，中华书局 1965 年版，第 787—788 页。
③ 郭预衡：《中国散文史》，上海古籍出版社 2000 年版，第 458 页。

（四）书牍文

刘宋时期的书牍文内容驳杂。有关涉政治军事的，如宋武帝《与臧焘书》《函书付朱龄石》《与骠骑道怜书》，宋文帝《就拓跋焘求马》，刘义恭《与朱修之书》《与王玄谟书》等；有讨论礼仪的，傅亮《与蔡廓书》，蔡廓《答傅亮书》，范泰《与司徒王弘诸公论道人踞食》，郑鲜之《与沙门论踞食书》等；有亲人存慰的，如文帝刘义隆《与彭城王义康书》《与江夏王义恭书》，蔡廓《与亲故书》《答妻郄氏求夏服书》，雷次宗《与子侄书》，谢灵运《与弟书》《答弟书》，鲍照《登大雷岸与妹书》等；有朋友相交的，如王徽《与何偃书》，刘彦之《与友人萧斌书》，颜延之《与王昙生书》，袁淑《与何尚之书》等；有讨论佛学、儒学的，如谢灵运《答王卫军问辩宗论》，宗炳《答何衡阳书》《答颜光禄书》，蔡廓《答傅亮书》，雷次宗《答袁悠问》《答蔡廓问》等。有举荐与拒荐的，如羊希《与孙洗书称陆法真》，王微《报何偃书》等。

这些文章关于佛学、儒学等问题进行探讨的，内容丰富，篇幅较长。关于亲人、朋友间互相慰问、酬答的，篇制相对较短，情感色彩较为浓厚。语言均较为精练，句式自由，文风质朴。

（五）序文

刘宋现存序文有50余篇。有诗序，如谢灵运《述祖德诗序》《赠宣远诗序》《拟魏太子邺中集诗序》，颜延之《三月三日曲水诗序》，袁淑《游新亭曲水诗序》等；赋序，如傅亮《感物赋序》，谢灵运《罗浮山赋序》《感时赋序》《撰征赋序》，颜延之《白鹦鹉赋序》《赭白马赋序》，鲍照《观漏赋序》《野鹅赋序》等；赞序，如谢灵运《和范光禄抵恒像赞序》，谢惠连《仙人草赞序》等；颂序，如何承天《社颂序》，鲍照《河清颂序》等；铭序，如谢灵运《佛景铭序》，鲍照《凌烟楼铭序》等；诔序，如谢灵运《庐陵王诔序》《庐山慧远法师诔序》，颜延之《陶征士诔序》《阳给事诔序》，谢庄《宋孝武宣贵妃诔序》等；祭文序，如谢惠连《祭古家文序》等。其他还有画序，如宗炳《狮子击象图序》《画山水序》等；著述序，如释道朗《大涅梁经序》，释慧观《法华宗要序》等。

刘宋序文以散体为主，句法不拘一格，灵动多变，朴素自然。亦有骈

体，如颜延之《三月三日曲水诗序》通篇四六文，语词精巧，风貌华丽
典雅。

（六）铭、箴、赞、颂及其他文体

刘宋时期还有铭、赞、谐隐等其他类文体。

铭，刘勰释云："铭者，名也，观器必也正名，审用贵乎盛德"①。铭
之义，"称美而不称恶"②。孝武帝有《祀大一牛鼎铭》，何偃有《常满樽
铭》，谢灵运有《书帙铭》，颜延之有《右光禄大夫西平靖侯颜府君家传
铭》，鲍照有《凌烟楼铭》《石帆铭》《飞白书势铭》等。其中鲍照的
《石帆铭》是一篇山水散文，气象壮大，语句凝练，艺术成就甚高。

箴，刘勰释云："箴者，针也，所以攻疾防患，喻针石也"③。谢惠连
有《目箴》，颜延之有《大筮箴》，徐爰有《食箴》等。

赞，刘勰释云："赞者，明也，助也"④。孝武帝作有《景阳楼庆云
赞》，刘义恭有《华林四瑞桐树甘露赞》，王微有《茯苓赞》《禹馀粮赞》
《桃饴赞》《黄连赞》，孔甯子有《水赞》，殷景仁有《文殊像赞》《文殊
师利赞》，谢灵运有《王子晋赞》《和范光禄祇洹像赞》《维摩经十譬赞》
《侍泛舟赞》，谢惠连有《松赞》等。其中孝武帝的《景阳楼庆云赞》刻
画了庆云的摇曳朦胧之貌，较为形象生动。谢惠连的《松赞》写了青松
的高耸挺拔，赞颂了其孤高傲直的品格。

颂，刘勰释云："颂者，容也，所以美盛德而述形容也"⑤。刘义恭有
《嘉禾甘露颂》，何承天有《释奠颂》《社颂》《白菊颂》，谢灵运有《无
量寿佛颂》，颜延之有《赤槿颂》《碧芙蓉颂》，沈演之有《嘉禾颂》，鲍
照有《清颂》《佛影颂》等。

此外，还有诙谐文，以袁淑的《驴山公九锡文》《大兰王九锡文》
《常山王九命文》等为代表。揭文，如鲍照的《瓜步山揭文》。笺文，如
袁淑的《劝进笺》。等等。

---

① 詹锳：《文心雕龙义证》，上海古籍出版社 1989 年版，第 395 页。
② 同上书，第 388 页。
③ 同上书，第 410 页。
④ 同上书，第 31 页。
⑤ 同上书，第 314 页。

四 刘宋文学之独立意义

在整个魏晋南北朝文学的发展脉络中，刘宋文学是一个分界点，其自然地将此阶段文学分为魏晋文学与南北朝文学。此两阶段有着各自的文学发展高潮，前一阶段之高潮在曹魏，后一阶段之高潮在刘宋，且两个高潮中均涌现出了文学史上的一流大诗人，前一阶段以"建安之杰"曹植为代表，后一阶段以"元嘉之雄"谢灵运为代表。刘宋文学的这种分界作用赋予了其独特性，即其渐趋淡化了魏晋文学的"多情"与"气骨"，同时又尚未达到齐梁文学的"精致"与"绮靡"，而是呈现出了"巧似"与"新变"的特质。

就诗来说，经过东晋玄言诗的泛滥，刘宋诗歌中的迁逝之悲大大地淡化了。建安、正始、太康诗人中关于战乱之痛、处境之危、现实之悲的忧伤歌唱大大地退潮了，而且陶渊明那在平淡中而发出的沉郁吟咏也难以追寻了。刘宋诗人鲜少再在历史的广度与内在的厚度上着力，而是致力于表现外在的风物并细致地雕琢语言形式。明人陆时雍《诗镜总论》："诗至于宋，古之终而律之始也。体制一变，便觉声色俱开。谢康乐鬼斧默运，其梓庆之镡乎？颜延年代大匠斫而伤其手也。寸草茎，能争三春色秀，乃知天然之趣远矣。"① 沈德潜《说诗晬语》："诗至于宋，性情渐隐，声色大开，诗运一转关也。康乐神工默运，明远廉俊无前，允称二妙。延年升价虽高，雕镂过甚，不无沉闷，要其厚重处，古意犹存。"② 故刘宋诗歌拓出了一个"声色大开"的新局面。

就赋来说，刘宋之赋以体物抒情小赋为主，且完成了由古赋向骈赋的转变。两汉是铺张扬厉的大赋的天下，且以古赋为主。建安至魏晋时期，经历了大赋与小赋从平分秋色到小赋渐占上风的变化，此时期古赋虽然占主要地位，但骈赋亦在萌芽和成长。刘宋时的赋作，语言的属对比前代更为精工，字句更重雕炼，音韵更加和谐。如谢庄的《赤鹦鹉赋》："云移霞峙，霰委雪翻。陆离翚渐，容裔鸿轩"，"月圆光于绿水，云写影于青

① 陆时雍：《诗镜总论》，丁福保《历代诗话续编》，中华书局1983年版，第1406页。
② 沈德潜：《说诗晬语》，丁福保《清诗话》，上海古籍出版社1978年版，第532页。

林，溯还风而耸翮，沾清露而调音"①，不仅在字面上属对工切，而且在音韵上亦是两两相配，有抑扬顿挫之美。这种从字面到音韵均工丽巧妙的偶句，在魏晋之赋中只能偶然一见，然在刘宋赋中却不可胜数。此外，前代赋中参差不齐的复对句式，在刘宋时期也已演变、发展为以四六对句式为主的偶句。如鲍照《芜城赋》："藻扃黼帐，歌堂舞阁之基；璇渊碧树，弋林钓渚之馆"②，《野鹅赋》："集陈之隼，以自远而称神；栖汉之雀，乃出幽而见珍"③。等等。这意味着，刘宋之赋实现了由"古"向"骈"的转变。

就文来说，其变化特质大致与赋相同。四库馆臣在梅鼎祚《宋文纪》提要中云："宋之文，上承魏晋，清俊之体犹存。下启齐梁，纂组之风渐盛。于八代之内，居文质升降之关，虽涉雕华，未全绮靡。"④ 前期之文尚存魏晋散文之清俊与质朴，后期之文偶对愈工、声韵愈谐、用典愈繁、辞彩愈丽，已是较为成熟的骈文了。于景祥先生《中国骈文通史》云："它已完全脱离了'率然对尔'的自然状态，成为着力追求形式技巧之美的独特美文，好像一个乱头粗服的山村小姑娘来到锦衣玉食、雕梁画栋的富贵人家之后，经过精心的妆扮，满头珠翠，满脸胭脂，满身绮罗；由原来淳朴可爱的天生丽质一变而为雍容华贵、光彩照人的绝代佳人。"⑤ 刘宋之文辟出了一个骈文发展的黄金时代。

在整个南朝文学的发展脉络中，刘宋文学是开端。王钟陵先生《中国中古诗歌史》认为："整个南朝的诗歌，有三个至为重要的透视点：一是自然美的欣赏和表现之成为热潮，以及民族审美心理由此而带来的新建构；二是近体诗的兴起，'新变'潮流的汹涌，以及由此而引发的复杂的文学思想之斗争；三是寒士歌吟在诗苑中的崛起及其对诗歌发展所发生的重大影响。"⑥ 事实上，第一种变化正是由刘宋作家谢灵运所引导的，第二种是由颜延之、谢庄等所引导的，第三种则是由鲍照所引导的。程章灿先生《魏晋南北朝赋史》云："题材内容极其表现上的贵族化倾向，形式

---

① 严可均辑：《全上古三代秦汉三国六朝文》，中华书局1958年版，第2519页。
② 钱仲联：《鲍参军集注》，上海古籍出版社2005年版，第13页。
③ 同上书，第41页。
④ 永瑢：《四库全书总目》，中华书局1965年版，第1721页。
⑤ 于景祥：《中国骈文通史》，吉林人民出版社2002年版，第326页。
⑥ 王钟陵：《中国中古诗歌史》，江苏教育出版社1988年版，第553—554页。

上的唯美化追求和语言上的诗化趋势，理论批评的总结和发展，突出体现了南朝赋的特点与成就，同时反映了南朝整个文学创作和这一时期文学理论批评史的独特风貌。"① 同样，整个南朝赋体的唯美化倾向、诗化趋势，亦是由刘宋作家颜延之（如《赭白马赋》）、谢惠连（如《雪赋》）、鲍照（如《舞鹤赋》《野鹅赋》等）、谢庄（如《月赋》《赤鹦鹉赋》等）等人所引导的。南朝是骈文的黄金时期，而刘宋一朝实肇其端。诚如于景祥先生所说："刘宋一代是江左唯美主义文学之开端，更是四六骈文鼎盛之期的第一步。"② 此时的颜延之"开骈文雕绘之习"③，谢庄"为骈体之完备与鼎盛多有贡献"④，他们在创作上对精致与绮丽的追求，引导着整个南朝骈文的方向。从一种诗体演变成另一种诗体，从一种文学现象演化为另一种文学现象，常常要经过一个准备、酝酿阶段，而刘宋便是整个南朝文学的准备阶段。

在魏晋南北朝文学的发展史中，刘宋文学是分界，处在一个转折的阶段。在南朝文学的发展史中，刘宋文学是开端，处在一个准备阶段。故爬梳刘宋文学之嬗变轨迹，摸清其嬗变的规律，对于南朝文学、魏晋南北朝文学史的深入研究来说都是很有必要的。

---

① 程章灿：《魏晋南北朝赋史》，江苏古籍出版社 1992 年版，第 202 页。
② 于景祥：《中国骈文通史》，吉林人民出版社 2002 年版，第 353 页。
③ 骆鸿凯：《文选学》，中华书局 1989 年版，第 356 页。
④ 于景祥：《中国骈文通史》，吉林人民出版社 2002 年版，第 367 页。

第二章

刘宋诗歌的主流题材与体裁

在第一章中，我已对逯钦立《先秦汉魏晋南北朝诗》关于刘宋诗人诗歌的辑录情况，以及萧统《文选》和锺嵘《诗品》中关于刘宋诗人诗歌的选录情况做了调查，明确了刘宋诗歌之概貌。下文，我将对萧统《文选》所选录诗歌题材与体裁以及具体诗人的创作情况进行调查并做对比分析，以把握刘宋诗歌的特点。

第一节　刘宋诗歌的题材与体裁分布情况

下面，先对《文选》选录历代诗歌题材与体裁的情况，来做一调查。

表 2-1　　　　　　　　　　　　　　　　　　　　　　　　单位：篇,%

题材与体裁	朝代												总数
	先秦		两汉		曹魏		两晋		刘宋		齐梁		
补亡	篇数		篇数		篇数		篇数	6	篇数		篇数		6
	比例		比例		比例		比例	100%	比例		比例		
述德	篇数		篇数		篇数		篇数		篇数	2	篇数		2
	比例		比例		比例		比例		比例	100	比例		
劝励	篇数		篇数	1	篇数		篇数	1	篇数		篇数		2
	比例		比例	50	比例		比例	50	比例		比例		
献诗	篇数		篇数		篇数	2	篇数	1	篇数		篇数		3
	比例		比例		比例	66.7	比例	33.3	比例		比例		
公宴	篇数		篇数		篇数	4	篇数	3	篇数	5	篇数	2	14
	比例		比例		比例	28.6	比例	21.4	比例	35.7	比例	14.3	

续表

题材与体裁	朝代												总数
	先秦		两汉		曹魏		两晋		刘宋		齐梁		
祖饯	篇数		篇数		篇数	2	篇数	2	篇数	2	篇数	2	8
	比例		比例		比例	25	比例	25	比例	25	比例	25	
咏史	篇数		篇数		篇数	2	篇数	10	篇数	8	篇数	1	21
	比例		比例		比例	9.5	比例	47.6	比例	38.1	比例	4.8	
百一	篇数		篇数		篇数	1	篇数		篇数		篇数		1
	比例		比例		比例	100	比例		比例		比例		
游仙	篇数		篇数		篇数		篇数	8	篇数		篇数		8
	比例		比例		比例		比例	100	比例		比例		
招隐、反招隐	篇数		篇数		篇数		篇数	4	篇数		篇数		4
	比例		比例		比例		比例	100	比例		比例		
游览	篇数		篇数		篇数	1	篇数	2	篇数	14	篇数	6	23
	比例		比例		比例	4.3	比例	8.7	比例	60.9	比例	26.1	
咏怀	篇数		篇数		篇数	17	篇数	1	篇数	1	篇数		19
	比例		比例		比例	89.5	比例	5.3	比例	5.3	比例		
哀伤	篇数		篇数		篇数	4	篇数	5	篇数	2	篇数	2	13
	比例		比例		比例	30.8	比例	38.5	比例	15.4	比例	15.4	
赠答	篇数		篇数		篇数	23	篇数	30	篇数	11	篇数	9	73
	比例		比例		比例	31.5	比例	41.1	比例	15.1	比例	12.3	
行旅	篇数		篇数		篇数		篇数	12	篇数	14	篇数	9	35
	比例		比例		比例		比例	34.3	比例	40	比例	25.7	
军戎	篇数		篇数		篇数	5	篇数		篇数		篇数		5
	比例		比例		比例	100	比例		比例		比例		
郊庙	篇数		篇数		篇数		篇数		篇数	2	篇数		2
	比例		比例		比例		比例		比例	100	比例		
乐府	篇数		篇数	4	篇数	8	篇数	18	篇数	9	篇数	1	40
	比例		比例	10	比例	20	比例	45	比例	22.5	比例	2.5	
挽歌	篇数		篇数		篇数	1	篇数	4	篇数		篇数		5
	比例		比例		比例	20	比例	80	比例		比例		
杂歌	篇数	1	篇数	1	篇数		篇数		篇数	1	篇数	1	4
	比例	25	比例	25	比例		比例		比例	25	比例	25	

题材与体裁	朝代												总数
	先秦		两汉		曹魏		两晋		刘宋		齐梁		
杂诗	篇数		篇数	30	篇数	13	篇数	27	篇数	9	篇数	14	93
	比例		比例	32.3	比例	14	比例	29	比例	9.7	比例	15.1	
杂拟	篇数		篇数		篇数		篇数	14	篇数	18	篇数	31	63
	比例		比例		比例		比例	22.2	比例	28.6	比例	49.2	

就表 2-1 来看，《文选》录述德类 2 首，刘宋时期有 2 首，占 100%，位列第一；公宴类 14 首，刘宋时期有 5 首，占 35.7%，位列第一；游览类 23 首，刘宋时期有 14 首，占 60.9%，位列第一；行旅类 35 首，刘宋时期有 14 首，占 40%，位列第一；郊庙类 2 首，刘宋时期有 2 首，占 100%，位列第一；乐府类 40 首，刘宋时期有 9 首，占 22.5%，仅次于两晋（主要是西晋）时期；杂拟类 63 首，刘宋时期有 18 首，占 28.6%，仅次于齐梁时期。

下面，就上述刘宋时期的代表题材与体裁的具体诗人创作情况，再做一调查。

表 2-2

诗人	题材与体裁													
	述德		公宴		游览		行旅		郊庙		乐府		杂拟	
	篇数	比例（%）	篇数	比例（%）	篇数	比例（%）	篇数	比例（%）	篇数	比例（%）	篇数	比例（%）	篇数	比例（%）
谢瞻			1	20										
范晔			1	20										
谢灵运	2	100	1	20	9	64.29	10	71.43			1	11.11	8	44.44
颜延之			2	40	3	21.43	3	21.43	2	100				
鲍照					1	7.14	1	7.14			8	88.89	5	27.78
谢惠连					1	7.14								
谢庄														
袁淑													2	11.11
刘铄													2	11.11
王僧达													1	5.56
总数	2		5		14		14		2		9		18	

就表 2 - 1 来说，述德、郊庙两类诗歌，《文选》所选数目较少，每种只有 2 首，因选录的是刘宋诗人（谢灵运、颜延之）作品，所以才占有优势。公宴类，主要选录的是颜延之的作品。游览、行旅类，侧重于对山水自然的描写，主要选录的是谢灵运的作品。乐府类，主要选录的是鲍照的作品。杂拟类，选录了谢灵运、鲍照、袁淑、王僧达等多位诗人的作品。

由此，我认为谢灵运的山水诗、颜延之的公宴诗、鲍照的乐府诗是代表刘宋诗歌主流题材与体裁的作品。另外，此时期谢庄之杂言诗虽未入《文选》，然因对文体变革产生了重要影响，故将其一并纳入讨论范围。

第二节 "声色大开"的谢灵运山水诗

谢灵运是第一个大力创作山水诗的诗人，他以自身的创作实践确立了山水题材的独立地位，开创了山水诗发展的新局面，促进了山水诗的勃兴。朱自清先生称他是"发现自然的诗人"[1]，是"第一个在诗里全力刻画山水的诗人"[2]。

目前学界关于谢灵运山水诗的研究已经取得了较为丰硕的成果。如吴冠文《谢灵运诗歌研究》、黄漫《谢灵运诗歌用典艺术研究》、刁文慧《谢灵运山水诗风景骈句的形态分析》、刘秀娟《谢灵运山水诗典故探微》、王艳峰《谢灵运山水诗的意象组合》等从语言、意象、句式、骈对、用典等方面对谢灵运山水诗做了精细的分析。李谟润《谢灵运山水诗与〈周易〉》、李晓琼《试论〈楚辞〉在谢灵运诗作艺术手法上的影响》、刘育霞《论屈骚对谢灵运诗文之影响》等探讨了《周易》、楚辞、骚体对谢灵运山水诗的影响。

本书将谢灵运山水诗置于整个刘宋文学中进行考察，在分析其艺术特质及其对之前山水文学突破的同时，还将着重探索其对东晋玄言文学的改造，以及对刘宋"性情渐隐，声色大开"的文学气象的影响。

一 山水诗的产生与嬗变

早在《诗经》时代，就已出现了关于山川草木、风霜雨露、虫鱼鸟

---

① 朱自清:《经典常谈》,生活·读书·新知三联书店 1980 年版,第 106 页。
② 同上。

兽等自然景物的描写。如《小雅·节南山》："节彼南山，维石岩岩。"①
以南山之巍峨高峻来比喻朝臣之赫赫权势。又如《邶风·燕燕》："燕燕
于飞，差池其羽。之子于归，远送于野。瞻望弗及，泣涕如雨。"② 借
"燕燕于飞"来兴起深厚绵长的惜别之情。再如《秦风·蒹葭》："蒹葭苍
苍，白露为霜。所谓伊人，在水一方。溯回从之，道阻且长。溯游从之，
宛在水中央。"③ 即通过蒹葭上霜露的变化来表现时间的流逝，进而表达
所思不见的惆怅心情。《诗经》中关于山水景物的描写主要用于比兴和铺
陈，人们通过涵咏它们，来表达某种人生感慨或社会忧愤等。诗人关于它
们的描写，只是粗线条式的勾勒，而不是精细的刻画，它们本身并不具有
通过生动具体的形象来完成表达某种感情的功能，而是人们依靠日常生活
经验来补充、联想它们所表达的含义，因此它们只是诗歌中的一个节奏，
并非是诗人所着力表现的对象。

　　与《诗经》相比，楚辞中的自然景物描写更加绮丽多彩。如《九
章·悲回风》："冯昆仑以瞰雾兮，隐岷山以清江；惮涌湍之礚礚兮，听
波声之汹汹。"④ 写诗人愤懑的心绪在昆仑山翻腾的云雾与长江汹涌的涛
声中渐渐舒展开来。又如《离骚》："日月忽其不淹兮，春与秋其代序。
惟草木之零落兮，恐美人之迟暮。"⑤ 诗人通过"草木零落"来表达对
"美人迟暮"的焦虑和无奈。楚辞中关于山水景物的描写更加细致，也不
像《诗经》那样仅是传达情感或意念的媒介物，其逐渐成为诗歌意旨的
有机组成部分，并具有了一定的审美价值，但还没有成为独立的审美
对象。

　　汉时的大赋以铺采摛文、"体物写志"为主要特征，使得山川风物获
得了大篇幅的展现。如枚乘的《七发》，司马相如的《子虚赋》《上林
赋》，杨雄的《羽猎赋》《甘泉赋》等，其中关于宫殿苑囿、河海江涛、
奇珍异兽等的描写甚多、甚广。赋作家们为展示自身之才华，刻意锤炼辞
藻，雕琢句法，一方面为描摹山水景物积累了大量的词汇，为后来的山水
诗提供了必不可少的养分；另一方面，其旨在追求描摹与铺写，缺乏自身

①　方玉润：《诗经原始》，中华书局1986年版，第387页。
②　同上书，第125页。
③　同上书，第273页。
④　王夫之：《楚辞通释》，王夫之《船山全书》第14册，岳麓书社1988年版，第344页。
⑤　同上书，第214页。

的情感体验，使作品丧失了情景交融的艺术魅力。倒是东汉时的一些抒情小赋，如张衡的《归田赋》、王褒的《洞箫赋》等，融情于景，情景交融，透露出作者玩赏自然山水的审美经验和审美观念，提示着后来诗人对山水自然的体认。

　　建安诗歌中的自然景物描写主要集中在游宴诗、赠答诗、纪行诗等类作品中。游宴，如曹丕的《于玄武陂作》、曹植的《公宴诗》等，在这类诗篇中，诗人们对群游宴饮的山水风光进行了大量的描写，并抒发了自己诗酒风流、潇洒风月的襟怀；纪行，如曹操的《苦寒行》、王粲的《从军行》等，这类诗主要写诗人在行军旅途中的见闻，关于山水景物的描写随着诗人的足迹、视线逐步展开，形成了一种流动的图景，后来谢灵运的山水诗便吸收了这种写景抒情的模式；闺怨，如曹丕的《燕歌行》，通过对萧条秋景的描绘，营造出一种凄凉的氛围，以牵出思妇的怀人之情；赠答，如刘桢的《赠徐幹》，也是用秋景来烘托惜别之情。这些诗篇中，写景之句已占有很大的比重，但仍不是真正意义的山水诗，因为这些自然风物描写不是诗人所歌咏的主题，只是诗人用以抒情咏怀的手法。值得一提的是曹操的《观沧海》，此诗以山海为描写对象，描绘了浩渺无垠的壮阔海景，是"山水诗孕育历史进程中的早产儿"[1]。

　　正始时，"天下名士少有全者"，为摆脱险恶的政治环境，阮籍、嵇康等名士多亲近自然、爱好林薮，故其诗歌中也有不少关于自然风物的描写。如阮籍《咏怀诗》其四："嘉树下成蹊，东园桃与李。秋风吹飞藿，零落从此始。……凝霜被野草，岁暮亦云已。"[2] 通过对自然景物变化的描写，来暗示事物盛衰的哲理。又如嵇康《赠兄秀才入军》其十四："息徒兰圃，秣马华山。流磻平皋，垂纶长川。……郢人逝矣，谁与尽言。"[3] 通过对征人所生活的自然环境氛围的营造，突显了诗人飘然出世的风神，传达了一种逍遥自得、与物同化的哲理境界。正始诗人在描写山水时，往往暗含着某种深刻的"自然之道"，赋予山水景物以独特的审美内涵及哲理。这种对自然山水的体认，正是后来山水诗勃兴所依凭的哲理背景。

　　与建安、正始时期相比，西晋诗歌中的自然景色描写显著地增多。诗

---

① 陶文鹏、韦凤娟：《灵境诗心——中国古代山水诗史》，凤凰出版社 2004 年版，第 45 页。

② 逯钦立辑：《先秦汉魏晋南北朝诗》，中华书局 1988 年版，第 497 页。

③ 同上书，第 483 页。

人一方面继承了建安文人那样在游宴、纪行、赠答等类题材的诗歌中进行自然景物描写,如张华的《答何劭》《上巳篇》,何劭的《赠张华》,潘岳的《金谷集作》《在河阳县作》,潘尼的《三月三日洛水作》《迎大驾》,陆机的《赴洛道中作》等;另一方面又大大发展了自然景物描写的运用范围,将描写自然景物的笔触延伸到建安文人没有或较少涉及的题材中,如隐逸诗、游仙诗等。隐逸,如陆机的《招隐诗》:"轻条象云构,密叶成翠幄。激楚伫兰林,回芳薄秀木。山溜何泠泠,飞泉漱鸣玉。哀音附灵波,颓响赴曾曲。"①描绘了一幅绿叶葱茏、佳木成林、山泉叮咚的自然美景,诗人在自然山水的审美观赏中获得了"游乎至乐"的妙境,进而生发"税驾从所欲"的隐逸之愿。游仙,如张协的《游仙诗》:"峥嵘玄圃深,嵯峨天岭峭。亭馆笼云构,修梁流三曜。兰葩盖岭披,清风绿隙啸。"②其中关于仙境的描写,是以大自然景色为蓝本的,与人间之山林景色并无太大区别。这可以看出,西晋时的游仙诗与隐逸诗实现了合流,真实的山林之景取代了虚幻的仙境,这也进一步说明西晋诗人对自然山水的向往之情比之前更加炽烈,自然山水之美越来越得到诗人们的认同与欣赏。此外,西晋诗人对于绮靡工巧的审美风尚的追求,对于诗艺的锤炼打磨,也为山水诗的即将出现提供了必要的条件。

晋室南渡,玄风大炽,玄学家们醉心于谈玄论道,形成了"为学穷于柱下,博物止乎七篇"③的风气。这种学术氛围,一方面使玄言诗盛行一时,另一方面也使山水诗借助玄学迅猛之势得以勃兴。此时期最具代表性的便是《兰亭诗》了,如王徽之的《兰亭诗》其一:"散怀山水,萧然忘羁。秀薄粲颖,疏松笼崖。游羽扇霄,鳞跃清池。归目寄欢,心冥二奇。"描绘了诗人纵情山水,在林壑间"散怀""忘羁"的情景。在玄学家们的眼中,一山一水、一丘一壑,皆是"理"的表现,只要与山水自然亲近,便可从中体悟到玄远之理,故其对山水的描绘实际上是在表达对玄理的体认。此外,此时期还出现了一些佛理化的山水诗,如支遁的《咏怀诗》《咏禅思道人》等,虽然以畅达玄理至理为宗,但其中的山水形象颇为鲜明生动,将山水景物与咏怀悟道融为一体。沈曾植云:"康乐

---

① 逯钦立辑:《先秦汉魏晋南北朝诗》,中华书局 1988 年版,第 690 页。
② 同上书,第 748 页。
③ 沈约:《宋书》,中华书局 1974 年版,第 1788 页。

总山水老庄之大成，开其先支道林。"① 再如，帛道猷的《陵峰采药触兴为诗》，写入山林采药的见闻，由远及近描绘了山林景致，没有夹杂玄言佛理，字里行间流露出诗人闲适的心境。这意味着山水诗将脱去玄学的外衣，展示出自身真实的面貌。

除了杂糅玄理的山水诗外，还有一类纪行、纪游性的山水诗。其中最具代表性的便属庾阐了，他将山水作为描绘对象，表达对山水之美的感受。他的《三月三日临曲水诗》写春日曲水轻舟、饮酒观鱼的乐趣，《三月三日临曲水诗》写湘江的明媚春色，清泉与波光构成了光色四溢的图景。所描绘之图景不涉及玄理，呈现的全部是山光水色。其他如《观石鼓》《登楚山》《衡山》《江都遇风》等，则开纪行山水一境。《观石鼓》记石鼓山之游，对自然造化的山水奇景做了精细的刻画。《衡山》在勾勒衡山壮阔景象的同时，还抒发了诗人内心的人生感悟，风格与谢灵运的某些山水诗已很接近了。范文澜《文心雕龙注》云："写山水之诗起自东晋庾阐诸人。"② 庾阐实为山水诗创作的先驱者，遗憾的是其诗歌仅有十余首，并未能在诗坛上造成声势。

略晚于庾阐的李颙、湛方生等，也均有纪行山水诗传世。如李颙的《涉湖》："圆径萦五百，眇目缅无睹。高天森若岸，长津杂如缕。窈窕寻湾漪，迢递望峦屿。惊飚扬飞湍，浮霄薄悬岨。轻禽翔云汉，游鳞憩中浒。黯蔼天时阴，岧峣舟航舞。"③ 描绘了泛舟于太湖时，所见的浩渺无垠、神奇莫测的景象，笔势纵横，境界开阔。又如湛方生的《还都帆》："高岳万丈峻，长湖千里清。白沙穷年洁，林松冬夏青。水无暂停流，木有千载贞。寤言赋新诗，忽忘羁客情。"④ 写诗人泛湖见到波光山色、峻山清水、白沙青松的壮阔景象后，顿时而生"忘情"之感。可见，庾阐、李颙、湛方生等人的诗歌，重在纪行述游，模山范水，写势绘形，这意味着真正的山水诗在东晋诗人的笔端下产生了。但遗憾的是这些诗人的创作数量较少，技艺也不够成熟，未能在当时文坛引起反响，而真正大力创作山水诗，为山水诗奠定创作传统的人是谢灵运。

---

① 沈曾植：《与金潜庐太守论诗书》，郭绍虞《中国历代文论选》第4册，上海古籍出版社1980年版，第291页。
② 范文澜：《文心雕龙注》，人民文学出版社1958年版，第91页。
③ 逯钦立辑：《先秦汉魏晋南北朝诗》，中华书局1988年版，第856页。
④ 同上书，第944页。

二 形声色兼具，情景理交融——谢灵运山水诗的特色

谢灵运本传云："每有一诗至都邑，贵贱莫不竞写，宿昔之间，士庶皆遍，远近钦慕，名动京师。"[1] 其以自己的创作实践丰富了山水诗的艺术经验，规范了山水诗的基本模式，赋予了山水诗极大的艺术生命力。

（一）"叙事—写景—抒情或言理"的结构模式

清方东树论谢诗章法云："谢诗看似有滞晦，不能快亮紧健，非也；乃正其用意深曲，沉厚不佻，不可及处，须细意抽绎玩索乃知。杜子美作用多出此等。凡谢诗前面、正面、后面，按部就班，无一乱者，所以为老成深重。"[2] "读谢公能识其经营惨澹，迷闷深苦，而又元气结撰，斯得之矣。"[3] "谢诗起结顺逆，离合插补，惨淡经营，用法用意极深。"[4] "细绎鲍（鲍照），而交代章法，已远不逮谢公之明确，往往一片不分，无顿束离合、断续向背之法。"[5] 就其所言可知，谢灵运是在苦力经营章法，以使其不着痕迹地达到"按部就班""明确"的模式。

下面，我们举例来分析一下谢灵运山水诗的"叙事—写景—抒情或言理"的结构模式。如《登石门最高顶》："晨策寻绝壁，夕息在山栖。疏峰抗高馆，对岭临回溪。长林罗户穴，积石拥基阶。连岩觉路塞，密竹使径迷。来人忘新术，去子惑故蹊。活活夕流驶，噭噭夜猿啼。沉冥岂别理，守道自不携。心契九秋幹，目玩三春荑。居常以待终，处顺故安排。惜无同怀客，共登青云梯。"[6] 首二句擒题，叙述自己晨往夕至，夜宿于石门山顶精舍。"疏峰"四句，铺绘高馆四周之形势。"连岩"四句，倒补首句"寻"字，描绘登石门时峰峦叠翠、密竹迷径的情景。"活活"二句，远承"山栖"句，写晚上山涧驰流、夜猿良啼的景象。"沉冥"四句由景色转向人事，写高人沉冥守道的生活。"居常"四句言理、抒情，写自己开悟出了荣悴、生死浑然一致的道理，希望能与知音共同隐居，"惜无"二字隐含了诗人仕途失意的忧愁。叙事、写景、言理与抒情，脉络

---

① 沈约：《宋书》，中华书局 1974 年版，第 1754 页。

② 方东树著，汪绍楹校点：《昭昧詹言》，人民文学出版社 1961 年版，第 133 页。

③ 同上书，第 127 页。

④ 同上书，第 135 页。

⑤ 同上书，第 168 页。

⑥ 顾绍柏：《谢灵运集校注》，中州古籍出版社 1987 年版，第 178 页。

清晰，层次井然，前后相扣，结构紧凑。又如《登江中孤屿》，起四句叙述游览江屿的缘起，中间六句写泛舟登屿所见之美景，最后六句由感慨江屿之美世人难赏，而引出对神仙之事的向往。其他如《石壁精舍还中作》《七里濑》等也大致采用这种章法，读来简净分明。

　　"记事—写景—抒情或言理"的结构模式，最早可溯源到建安时期"游览""行旅"类诗歌所采用的记游手法，东晋初期的庾阐、杨方等人在观览景物的过程中，亦采用此种手法来模山范水，基本形成了上述的结构模式，后东晋中期的名士们因旨在山水中体玄，便放弃了使用此种手法。当谢灵运带着审美的眼光去观赏山水时，便重新起用了这种写作模式，而且运用得更加灵活巧妙，屡屡翻出新意。如《入彭蠡湖口》，首句"客游倦水宿"① 中的"倦"字，将诗人身体与心理中的疲劳与倦怠都体现了出来，之后写江上之风浪、岛屿、孤舟等景物，都由此贯穿，最后表达"徒作前里曲，弦绝念弥敦"② 的孤寂苦闷之情，也是因"倦"而发。使得整首诗颇具"一意回旋往复，以尽思理"③ 的灵动起伏之妙。再如《富春渚》："宵济渔浦潭，旦及富春郭。"④ 写自己由"宵"及"旦"的游览活动，使得整篇诗极具时空容量，等等。谢灵运的大力创作，使得"记事—写景—抒情或言理"的结构模式稳定下来，并在相当长时间内成为山水诗的基本写作模式。

　　（二）形声色兼具的优美之境

　　谢灵运"尚巧似"，多采用精细的笔法来模山范水，其山水诗中的众多意象不仅兼具形、声、色之美，而且彼此搭配和谐，错落有致，有如临画境之感。

　　谢灵运十分注重对山水形态的描摹。如《过始宁墅》中的"岩峭岭稠叠，洲萦渚连绵"⑤ 二句，将山岩的险峻、怪石的嶙峋、重峦的叠嶂、溪水的蜿蜒、洲渚的连绵之状都表现了出来。同诗"白云抱幽石，绿筱媚清涟"⑥ 二句，亦是诗人精雕细琢的成果，一"抱"字，便将白云与幽

---

① 顾绍柏：《谢灵运集校注》，中州古籍出版社1987年版，第192页。
② 同上书，第193页。
③ 王夫之：《姜斋诗话》，丁福保《清诗话》，上海古籍出版社1963年版，第6页。
④ 顾绍柏：《谢灵运集校注》，中州古籍出版社1987年版，第45页。
⑤ 同上书，第41页。
⑥ 同上。

石的缠绵之状写了出来，一"媚"字，便将绿竹在微风中飘曳的身姿写了出来，极具动感。

为了使诗中的山水形象倍显鲜明，谢灵运还十分注重光线的选择与色彩的搭配。如《入彭蠡湖口》中"春晚绿野秀，岩高白云屯"① 二句，诗人用暮春和煦的阳光来烘托原野的绿秀，用高耸的山岩来烘托云彩停驻时的洁白，这一"绿"一"白"在澄静安详的暮春之景中透着活泼与动感。又如《晚出西射堂》中"晓霜枫叶丹，夕曛岚气阴"② 二句，写了苍茫的暮色与火红的枫叶明暗相映。谢诗善于捕捉自然景物的色彩特征，并能将其艺术地搭配在一起，使得画面浓淡有致、生动鲜明。

为了使山水画面富有立体感，谢灵运还十分注意声音的配合运用。如《七里濑》中"石浅水潺湲，日落山照曜。荒林纷沃若，哀禽相叫啸"③ 四句，写在夕阳西落的时刻，山泉撞击岩石的叮咚声，林中鸟儿的叫啸声，营造出黄昏原野的特有氛围。再如《石门岩上宿》中的"鸟鸣识夜栖，木落知风发"④ 二句，以"鸟鸣""木落"之声反衬山深、夜黑的深沉安静。声响效果的运用，不仅补充了视觉难以企及的局限，还极大地丰富了诗歌的画面感。

还有一些诗歌，是兼用形、声、色的。如《于南山往北山经湖中瞻眺》："初篁苞绿箨，新蒲含紫茸。海鸥戏春岸，天鸡弄和风。"⑤ 诗人用"苞""含""戏""弄"四个动词，巧妙地变换了写景的角度，从山林至水域，从植物至禽鸟，由静而动，使人不仅看到了初篁新蒲的颜色美，海鸥天鸡嬉戏的姿态美，还听到了它们嘤嘤鸣叫的声音美，形声色兼而有之，不仅构成了一幅美丽的山水禽鸟图，还谱写出了一支悦耳动听的交响曲，洋溢着盎然的生机。

谢灵运山水诗之所以能产生动人的魅力，是因为其没有满足于对景物的单纯描摹，他不断地增添声色状貌的形态美与动态美，传达出变幻无穷的自然魅力，令读者能同时获得视觉、声觉、触觉上的美感，体悟到人与自然的和谐。

---

① 顾绍柏：《谢灵运集校注》，中州古籍出版社1987年版，第191页。
② 同上书，第54页。
③ 同上书，第50页。
④ 同上书，第183页。
⑤ 同上书，第118页。

（三）"富艳难踪"与"出水芙蓉"的双重风格

谢灵运之诗呈现出"富艳难踪"与"出水芙蓉"两种风格特点，前人对此早有品评。"富艳难踪"者，如锺嵘云："元嘉中有谢灵运，才高词盛，富艳难踪，固已含跨刘、郭，陵轹潘、左。"① "故尚巧似，而逸荡过之，颇以繁芜为累。嵘谓若人兴多才高，寓目辄书，内无乏思，外无遗物，其繁富宜哉！"② 刘勰云："颜谢重叶以凤采。"③ 萧子显云："一则启心闲绎，托辞华旷，虽存巧绮，终致迂回。……此体之源，出灵运而成也。"④ 等等。"出水芙蓉"者，如鲍照云："谢五言如初发芙蓉，自然可爱。"⑤ 萧纲云："吐言天拔，出于自然。"⑥ 皎然云："真于情性，尚于作用，不顾词彩，而风流自然。"⑦ 胡仔云："词格清美。"⑧ 等等。这两种风格特点虽看来互为矛盾，但却皆统一于谢灵运之才，锺嵘所谓"若人兴多才高"是也。

谢诗的确具有繁富、艳丽的特点，这表现在多方面。就篇制来说，谢灵运存诗 97 首（不含断章），其中 4—8 句的有 22 篇，10—18 句的有 34 篇，20—28 句的有 29 篇，30—38 句的有 4 篇，40 句以上的有 8 篇。显然，谢诗以长篇居多，篇幅上的"长"令诗歌呈现出冗杂的特点。就用典来说，谢诗具有多而密的特点，如"既笑沮溺苦，又哂子云阁"（《斋中读书》）及"伤彼人百哀，嘉尔承筐乐"（《过白岸亭》），一句一典，反复渲染，略显芜累。在用词方面，谢灵运喜用华丽的辞藻，如"芳尘凝瑶席，清醑满金尊"（《石门新营四面高山回溪石濑茂林修竹》）其中的"瑶席""金尊"甚为富艳。谢灵运还十分注重对字句的锤炼，如"岩峭岭稠叠，洲萦渚连绵"（《过始宁墅》）"苹萍泛沉深，菰蒲冒清浅"（《从斤竹涧越岭溪行》）等诗句不仅使用偶句，而且还将双声叠韵融入其中。等等。

但也应看到，谢诗还具有清新、自然的风格特点。谢灵运具有极高的

---

① 陈延杰：《诗品注》，人民文学出版社 1980 年版，第 2 页。
② 同上书，第 29 页。
③ 詹锳：《文心雕龙义证》，上海古籍出版社 1989 年版，第 1717 页。
④ 萧子显：《南齐书·文学传论》，中华书局 1972 年版，第 913 页。
⑤ 李延寿：《南史·颜延之传》，中华书局 1975 年版，第 881 页。
⑥ 萧纲：《与湘东王书》，严可均《全梁文》卷十一，中华书局 1958 年版，第 3011 页。
⑦ 皎然：《诗式》，何文焕《历代诗话》，中华书局 1981 年版，第 30 页。
⑧ 胡仔：《苕溪渔隐丛话》，人民文学出版社 1962 年版，第 11 页。

艺术修养，他能敏锐地捕捉到自然中富有鲜明形象的景物，诗句如"云日相辉映，空水共澄鲜"（《登江中孤屿》）"野旷沙岸净，天高秋月明"（《初去都》）"近涧涓密石，远山映疏木"（《过白岸亭》）中的云、日、空、水、野、沙、天、月均具有澄亮、清净的特点。而且谢灵运钟情山水，酷爱游览，亲近自然，故其诗能显出自然的生机与活力。如"池塘生春草，园柳变鸣禽"（《登池上楼》）表现出春日中万物散发出的勃勃生命力。"白云抱幽石，绿筱媚清涟"（《过始宁墅》）表现出岩石与白云，绿筱与清涟的互动过程，惹人怜爱。清人吴淇云："康乐尤是慧业文人，故其留心山水更癖，而所悟更深也。"[①] 大自然中的每一个细微的变化：云卷云舒，花开花落，烟散雾开，泉汨石漱等，无不牵动着谢灵运的心弦，其心灵与自然的交汇，便成为"出水芙蓉"山水诗的源泉。

当然，"富艳难踪"的风格是谢灵运在创作中刻意逞才的结果，其"寓目辄书"，将所闻所见均付诸笔端，"大必笼天海，细不遗草木"，故甚为"繁芜"。而"出水芙蓉"的风格则是谢灵运以其才千锤百炼后的结果，其敏锐地捕捉着大自然内在的、充满活力的美，经过充分消化、吸收后，再独具匠心地运之于笔端，不着痕迹地表现出清新自然的特点。

（四）情景理交融的审美追求

谢灵运的山水诗脱胎于东晋的玄言诗，不可避免地带有玄理的成分，但谢灵运对玄言的运用已经超出了体悟玄理的功能，他将理巧妙地与景、情结合在一起，实现了情景理的交融。

谢灵运能在层层的写景中寄寓哲理，避免了直接说理的枯燥、晦涩之病。如《过白岸亭》："拂衣遵沙垣，缓步入蓬屋。近涧涓密石，远山映疏木。空翠难强名，渔钓易为曲。援萝临青崖，春心自相属。交交止栩黄，呦呦食萍鹿。伤彼人百哀，嘉尔承筐乐。荣悴迭去来，穷通成休戚。未若长疏散，万事恒抱朴。"[②] 其中"援萝"二句，是全诗的关键，与上文相接，旨在写景，描写了诗人手援藤萝攀登青崖，聆听到了鸟鸣兽叫的声音，再由这些声音触及了诗人的"春心"，进而令其联想到古今之事、人生际遇、生活哲理，由此便自然地转入到后面"荣悴""未若"的言理中。这样的写法既能贴合山中之景，又可使诗句不脱离感性形象，避免了

---

① 顾绍柏：《谢灵运集校注》，中州古籍出版社 1987 年版，第 520 页。
② 同上书，第 74—75 页。

"淡乎寡味"的弊病。再如《石壁精舍还中作》,先描写精舍四周的景色与晨昏气候的变化,再描写落日晚照的暮色与芰荷亭立和蒲稗婆娑的湖面,在这种宁静和谐的自然景色中,诗人领悟到了"虑澹物自轻,意惬理无违"的养生哲理,浑然一体,毫无游离之感。

谢灵运还擅长在写景、言理中寄寓自己的情感。如《登池上楼》:"池塘生春草,园柳变鸣禽"①,诗人在看到池塘中嫩绿的春草、花园中啼叫的鸟儿后,顿时感觉到了盎然的生机,喜悦之情溢于言表。叶梦得称:"此语之工,正在无所用意,猝然与景相遇,备以成章,不假绳削,故非常情所能。"② 再如《行田登海口盘屿山》:"莫辨洪波极,谁知大壑东"③,本是化用《庄子》中"谆芒将东之大壑"之意,但在这首诗中不仅形象地表现了诗人"观海藉朝风"时眼前壮观的景色,在开阔的境界中蕴含着深沉的思索,而且还在平淡的言语中暗涌着激流,深藏着怅然若失的感情。可见,在谢灵运的山水诗中,"景"并非只是"媚道"的载体,其中也渗透了诗人深厚的情感。"理"也并非有多玄妙,其中也寄寓了诗人真实的生活体验。

清黄子云《野鸿诗的》云:"康乐于汉魏之外,令开蹊径,抒情缀景,畅达理旨,三者兼长,洵堪睥睨一世。"④ 王夫之《古诗评选》亦云:"情不虚情,情皆可景;景非滞景,景总含情,神理流乎两间。"⑤ 谢灵运融玄理于景、寄玄理于情的手法,改变了支遁、孙绰笔下的山水描写中的那种纯粹理性的冷静色调,而具有了情感特点,后来唐宋人的一些富于玄理禅趣的山水诗,正是对这种手法的继承与发展。

三 消解了东晋玄言诗的理味——谢灵运山水诗的意义

谢灵运是第一个以山水为题材进行大量诗歌创作的诗人,他凭借着超乎常人的审美悟性及表达审美感受的艺术功力,赋予山水诗以鲜活的生命力,深刻地影响了山水诗的发展。

---

① 顾绍柏:《谢灵运集校注》,中州古籍出版社 1987 年版,第 64 页。
② 叶梦得:《石林诗话》,何文焕《历代诗话》,中华书局 1981 年版,第 426 页。
③ 顾绍柏:《谢灵运集校注》,中州古籍出版社 1987 年版,第 88 页。
④ 黄子云:《野鸿诗的》,丁福保《清诗话》,上海古籍出版社 1963 年版,第 862 页。
⑤ 王夫之:《古诗评选》,王夫之《船山全书》第 14 册,岳麓书社 1988 年版,第 736 页。

（一）奠定了山水诗的写作模式

谢灵运山水诗大都具有两条线索：一条为明线，即叙述缘起，描摹景物，抒发感慨。另一条为暗线，即心有郁结，描摹并体悟山水，借山水排忧解闷或将山水视为生命本身的一种需要。之后的山水诗创作大都延承此种模式。

谢灵运山水诗的"叙事—写景—抒情或言理"的结构模式，成为后来山水诗创作的典型模式。谢朓山水诗即深受此影响，如《晚登三山还望京邑》："灞涘望长发，河阳视京县。白日丽飞甍，参差皆可见。馀霞散成绮，澄江静如练。喧鸟覆春洲，杂英满芳甸。去矣方滞淫，怀哉罢欢宴。佳期怅何许，泪下如流霰。有情知望乡，谁能鬒不变。"① 首二句叙述自己去国还乡"还望京邑"之事，中间六句写登高临江所望见的景致，最后六句抒发"乡关何处"之思。再如，江淹的《望荆山》："奉义至江汉，始知楚塞长。南关绕桐柏，西岳出鲁阳。寒郊无留影，秋日悬清光。悲风挠重林，云霞肃川涨。岁晏君如何，零泪沾衣裳。玉柱空掩露，金樽坐含霜。一闻苦寒奏，再使艳歌伤。"② 首二句叙述奉职到江汉得见荆山之事，中间六句描摹深秋之景，后六句发羁旅室家之思。叙事—写景—抒情，完全沿用谢灵运的写作模式，但也应看到，谢朓与江淹的写景与抒情皆为六句，造成了篇制上的对称与结构上的圆融，情景浑然，更为和谐。

谢灵运山水诗的这种结构模式，在一定程度上反映了谢灵运的山水观念。他不辞辛劳地游历山水实际上是为了寻找一个与世俗相隔绝的静谧和谐的世界，他只有置身其中时，才能忘却仕途的失意，平息内心的躁动。他全身心地投入其中，感受山水风物的灵性妙趣，与它们进行心灵的沟通与身体的对话，由此在他笔卜，花草木石、霜雪雨露、鸟鸣猿啼才能呈现出幽谧祥和、悠闲安适、生机勃勃的气质风貌。他的这种山水观也直接影响了后来山水诗人的创作。如谢朓的《游敬亭山》："兹山亘百里，合沓与云齐。隐沦既已托，灵异居然栖。上干蔽白日。下属带回溪。交藤荒且蔓，樛枝耸复低。独鹤方朝唳，饥鼯此夜啼。渫云已漫漫，夕雨亦凄凄。我行虽纡组，兼得寻幽蹊。缘源殊未极，归径宿如迷。要欲追奇趣，即此

---

① 逯钦立辑：《先秦汉魏晋南北朝诗》，中华书局 1988 年版，第 1430—1431 页。
② 同上书，第 1557—1558 页。

陵丹梯。皇恩竟已矣，兹理庶无睽。"① 诗人真实地表达了游山的见闻与感受，其结构方式与大谢体大体相同。他与谢灵运一样跋山涉水，探险穷幽，气候的昏旦变化并不影响诗人游览的兴致，傍晚的凄云楚雨、鹤唳猿啼反倒为其寻幽取胜平添了几分奇趣。诗人对黄昏四周的景物进行了细致的描摹，形象贴切、生动逼真，最后发感慨，表明自己想要摆脱世俗的羁绊，栖隐山林。其对游览奇山妙水的深刻体会及表达，对萧散自适人生的渴望和追求，与谢灵运如出一辙。

后来山水诗人的创作，无论是沿用谢灵运的写作模式，还是在其基础上进行革新，都离不开谢灵运的奠基作用与首创之功。

（二）对玄理进行了进一步的消解

如上所述，谢诗不仅能曲尽山水之态，而且还能融情于景。"情"的融入使得谢灵运的山水诗具有了更深沉的意蕴与更丰富的内涵，既比此前单纯的模山范水之作更具韵味，也比借山水以载道的玄言诗更具鲜活的生命力。

谢灵运怀以极大的热情去寻幽览胜，探索人与自然之间息息相通的赏悟。在诗中，时时流露出对自然的热爱，对生命的欣赏。经统计，在谢灵运的99首诗歌中，提及"春"字的就有27处，如"鸣筛发春渚"（《从游京口北固应诏》）、"池塘生春草"（《登池上楼》）、"目玩三春荑"（《登石门最高顶》）、"萋萋春草繁"（《石门新营所住四面高山回溪》）、"春心自相属"（《过白岸亭》）等，"春"象征着"生"的希望，预示着万物的勃发，谢灵运对此字的频繁使用，可以看出其对透着无限生机的大自然的喜爱。在谢灵运的诗中，提及"赏心"（"心赏"）一词的有8处，如"永绝赏心悟"（《永初三年七月十六日之郡初发都》）、"如保离赏心"（《晚出西谢堂》）、"赏心惟良知"（《游南亭》）、"如与心赏交"（《石室山》）、"心赏贵所高"（《入东道路》）等，关于"赏心"（"心赏"）的含义，一般取《文选》注中的两种含义："欣赏之心"（李善注）与"赏心之人"（五臣注）。谢灵运对此词的使用，既表达着其与山水邂逅的欣喜之情，也体现了其对待山水的态度，即人与自然之间不是主体对客体的静默观照，而是物与心的亲密相处与等值交流。

当然，对自然的喜爱并不能支配他全部的创作过程，宣泄政治上的失

---

① 逯钦立辑：《先秦汉魏晋南北朝诗》，中华书局1988年版，第1424—1425页。

意是驱动他优游山水的又一重要因素。谢灵运出身华贵，自我意识极强，政治上的挫折令其难以接受，故其笔端常常充溢着一股惆怅不平之气。如《永初三年七月十六日之郡初发都》是因亲附刘义真而被贬永嘉所作，"将绝山海迹，永绝赏心悟"流露着其在理想破灭后的愤懑之情。再如《邻里相送方山》的"资此永幽栖，岂伊年岁别"二句，表现因现实的无望而被迫归隐，透露着郁结之气。"称疾"是士大夫们政治失意而去职的常用遣词。经统计，谢灵运的诗中提及"疾""病""疴"的有 9 处，如"矧乃卧沈疴"（《北亭与吏民别》）、"拙疾相倚薄"（《过始宁墅》）、"衰疾忽在斯"（《游南亭》）、"卧病云高心"（《初至都》）等，谢灵运的山水诗作主要作于出永嘉、居始宁时期，而此时也是他疾病发作最重要的时期，由此其在寄情山水时，总是怀着一种病患意识，也正是疾患意识与政治失意构成了其体悟山水时的心理状态。

谢灵运在寄情山水时，无论是流露出对自然的喜爱，还是充溢着对现实的不满，其诗中的玄言大都成为诗人情感的反映，其诗中的理语大都化作了情语，这对语不及情的玄言诗无疑是一重大突破。

（三）引导山水诗创作向"密附"的方向发展

刘勰《文心雕龙·物色》云："自近代以来，文贵形似。窥情风景之上，钻貌草木之中。吟咏所发，志惟深远；体物为妙，功在密附。故巧言切状，如印之印泥；不加雕削，而曲写毫芥。故能瞻言而见貌，即字而知时也。"[1] 指出魏晋以来，诗文创作以追求"形似"为时尚，以"密附""切状"为贵。建安、太康时期，以曹植、陆机为代表的诗人，刻意追求艺术上的精妙，从辞藻的选择到字句的锤炼，从对偶的安排到典故的引用，从意象的取用到意境的营造，都是极其考究的，他们也因此而创造了两个诗歌发展的高潮。

谢灵运承此传统，力求把山水诗写得既贴切逼真，又富有诗的色彩之美。他"兴多才高，寓目辄书，内无乏思，外无遗物"，凭借着如泉的诗思，将客观山水表现得贴切逼真，淋漓尽致。为了真实地揭示大自然所包蕴的生机妙趣，谢灵运还以探险家的气魄与诗人的热情，亲临幽山险峻、深涧曲水，窥情风景，钻貌草木，将自己感悟到的山水美景毫芥不差地传达给读者。他的这种"尚巧似"的写景手法直接影响了鲍照、谢朓的创作。

---

① 詹锳：《文心雕龙义证》，上海古籍出版社 1989 年版，第 1745 页。

现将鲍照的山水诗与谢灵运的山水诗的个别句子来做一对照。

表 2 - 3 鲍照与谢灵运之山水诗对照表

鲍照诗句	谢灵运诗句
松磴上迷密 （《登庐山》）	密竹使径迷 （《登石门最高顶》）
川末澄远波 （《还都至三山望石头城》）	川后时安流 （《游赤石进帆海》）
佳期每无从 （《春羁》）	佳期缅无像 （《登上戌石鼓山》）
朱华抱白雪 （《望孤石》）	白云抱幽石 （《过始宁墅》）
江南多暖谷，杂树茂寒峰。（《望孤石》）	南州实炎德，桂树陵寒山。（《入华子冈是麻源第三谷》）
早蒲时结阴，晚箽初解箨。（《采桑》）	初篁苞绿箨，新蒲含紫茸。（《于南山往北山经湖中瞻眺》）
昼夜沦雾雨，冬夏结寒霜。（《登翻车岘》）	昼夜蔽日月，冬夏共霜雪。（《登庐山绝顶望诸峤》）
殊物藏珍怪，绵古遁精魄。（《从登香庐峰》）	灵物吝珍怪，异人秘精魂。（《入彭蠡湖口》）
霜崖灭土膏，金涧测泉脉。（《从登香庐峰》）	金膏灭明光，水碧缀流温。（《入彭蠡湖口》）

就上表来看，鲍照在描摹山水时有意识地学习谢灵运的手法。在字句间求工巧，如谢灵运有"白云抱幽石"，鲍照即摹写为"朱华抱白雪"，也用"抱"字来写景物间的互动情景。刻意追求对偶，如谢灵运有"初篁苞绿箨，新蒲含紫茸"，为工整的"主谓宾"结构，鲍照摹写为"早蒲时结阴，晚箽初解箨"，亦为工整的"主谓宾"结构，且鲍照仿谢诗"初篁"与"新蒲"的植物对，而作"早蒲"与"晚箽"的植物对。在意象的选用上，鲍照将谢诗中的"川""树""蒲""箽""霜""膏"等也纳入自己诗歌的范畴，亦令其诗呈现出多而密的特点。锺嵘《诗品》谓鲍照："善制形状写物之词""贵尚巧似"，指出其对谢灵运雕琢镂刻的写景笔法的继承。

我们再将谢朓的山水诗与谢灵运的山水诗的个别句子来做一比较。

表 2 - 4

谢朓诗句	谢灵运诗句
仿佛昆山侧 （《答张齐兴》）	想象昆山姿 （《登江中孤屿》）
白日丽飞甍 （《晚登三山还望京邑》）	白日丽江皋 （《从游京口北固应诏》）
乘景弄清漪 （《将游湘水寻句溪》）	涉清弄漪涟 （《发归濑二瀑布望两溪》）
怀人去心赏 （《京路夜发》）	永绝赏心望，长怀莫与同。（《酬从弟惠连》）

续表

谢朓诗句	谢灵运诗句
叶低知露密，崖断识云重。（《移病还园示亲》）	鸟鸣识夜栖，木落知风发。（《夜宿石门》）
逶迤带绿水，迢递起朱楼。（《入朝曲》）	逶迤傍隈隩，迢递陟陉岘。（《从斤竹涧越岭溪》）
日隐涧疑空，云聚岫如复。（《和王著作融八公山》）	日末涧增波，云生岭逾叠。（《登上戍石鼓山诗》）
迢递南川阳，逶迤西山足。（《治宅》）	靡迤趋下田，迢递瞰高峰。（《田南树园激流植援》）

就上表来看，谢朓在措辞用语以及句法结构上明显继承谢灵运"密附"的特点。有的是对谢灵运诗句的直接化用，如"白日丽飞甍"化用了"白日丽江皋"，将谢灵运描绘白日映衬下江皋的美丽景象，移植到京城建筑上，突显高楼的壮丽。有的是对谢灵运诗句的浓缩，如"怀人去心赏"是将"永绝赏心望，长怀莫与同"两句浓缩成一句，更加凝练有力。有的是套用谢灵运的句法，如"叶低知露密，崖断识云重"是在"鸟鸣识夜栖，木落知风发"的句法中，填入新词，句式结构一致，动词一致，对环境气候的渲染更加深致。有的是借用谢灵运的语词，如"迢递南川阳，逶迤西山足"是借用"靡迤趋下田，迢递瞰高峰"的语词来描写居宅，但比谢灵运的诗句更能体现出居宅规模的宏大与环境的优美。谢朓比谢灵运的笔法更加精细，语言更加秀丽，句式更显"精工"，描摹山水的画面感更强，对诗艺的打磨、对诗技的追求更甚。

谢灵运从不同角度体察自然山水形象的"声色"，以不同方式开拓对于山水"声色"的感受，探求表现山水"声色"的艺术手法，引领着山水诗的创作向着密附、工巧、精丽的方向发展。

第三节　"其文日盛"的颜延之公宴诗

公宴诗是我国古代诗歌的一种重要类型，宫廷文学是我国古代文学长河中的一条重要支流。颜延之公宴诗确立了南朝公宴诗的范型，引导了南朝宫廷文学的走向，在中国古代宫廷文学发展史上占有一定的位置。

目前学界关于颜延之公宴诗的研究也取得了一定的成果。如，陈书录《论颜延之对偶诗对初唐律诗的影响》，谌东飚《六朝审美风尚与颜诗用

典》《颜诗用典与诗的律化》《论颜诗"以用事为博"》，叶飞《论颜延之
诗歌的声韵之美》等文从用典、声韵、对偶等方面探讨了颜诗的特色。
黄亚卓《论颜延之公宴诗的复与变》、于溯《略论颜延之〈五君咏〉对早
期咏史诗的变革》、刘文兰《颜延之与晋宋诗风的转变》、孙明君《颜延
之与刘宋宫廷文学》亦探讨了颜延之公宴诗对晋宋文风的转变作用。

　　本书将颜延之公宴诗置于整个刘宋文学中进行考察，在探讨其艺术特
质及对此前同类题材变革的同时，还将重点考察其于"其文日变而盛，
而古意日衰也"的刘宋文学形势的影响。

一　公宴诗的产生与嬗变

　　《诗经》时代就已出现了以宴会为主题即兴而作的诗歌，据统计，"诗
三百"中有30首是与宴饮有关的。其内容与祭祀、政治朝会及家庭团聚等
相关，包含着丰富的礼乐文化精神。写作上，主要采用"赋"的手法，铺
陈宴会的程序和内容，以示佳肴之精美、场面之隆重。章末多为颂美之辞，
如《小雅·鱼丽》中的"物其多矣""物其旨矣""物其有矣"等。这种以
"赋"法渲染与在篇末颂美的方式，为后来公宴诗所继承。

　　楚辞中，《招魂》关于宴饮场面的描写是最具完整性与仪式性的，先
是渲染宴饮环境，接着铺陈宴会食物，然后描写娱乐活动如歌舞、下棋、
赋诗等，最后表达欢愉之情，这样的内容及结构安排方式，为后来六朝公
宴诗所取法。另，作者在描摹场景时，是抱以玩赏游乐的态度，不掺杂任
何功利色彩，这种带有审美性质的写法，预示着公宴题材的独立。

　　汉大赋在诗艺上的成熟以及丰富的表现力，极大地推动了诗歌的发
展，对公宴诗的影响主要表现在以下几个方面：一是以宫室、饮食、娱乐
等为主的创作内容，二是以"润色鸿业"、歌功颂德为主的创作主题，三
是丰富的辞藻，四是创作主体的文学侍臣身份，五是游戏娱乐的创作功
能。之后的公宴诗在汲取汉大赋营养之基础上，追求更加精细的表现。

　　建安时，曹氏父子爱文才，重文士，常召宾客宴饮游乐、切磋诗艺，
以公宴诗命名的诗歌也应运而生，如曹植的《公宴诗》、王粲的《公宴
诗》、刘桢的《公宴诗》等。这种以非私人的官方宴饮为内容的、有组织
的诗歌创作，标志着公宴题材的正式确立。经统计，现存建安公宴诗有
36首，以五言句式为主。表现内容有了极大的拓展，不仅对宴饮场景的
描绘更加细致，而且还融入了主体的个人情感，情与景往往能有机地融合

在一起。表现方式上，追求辞藻的华丽与字词的锤炼，注重运用比兴、对比等多种修辞手法。建安公宴诗在内容及艺术技巧上对之后的公宴诗有着重要的示范意义。

现存西晋公宴诗有 44 首，应制诗居多，以四言句式为主。题材相较于建安时期更加丰富，不仅有宫廷宴饮诗、祖饯诗，还出现了曲水宴诗。篇制宏大，组诗甚多，如陆云的六篇公宴诗，每篇均由六章合成。主题上，西晋公宴诗承续《诗经》的传统，以颂德称美为主，具有较强的政治功利目的。表达上，多为直言称颂，典重质实，形象感不强。值得一提的是，一些以五言为主的饯宴诗，以《金谷集》为代表，承建安公宴诗之特质，写景生动，情趣盎然。西晋公宴诗具有承前启后之过渡意义，主题承继《诗经》宴饮诗传统与建安公宴诗传统，题材类型与风格的多样化则影响了东晋公宴诗的创作。

东晋公宴诗，以兰亭宴诗最具代表性。在创作上，兰亭雅集继承了金谷宴集的传统，但又有很大的不同。金谷宴，"有清泉茂林、众果竹柏、药草之属，……又有水碓、鱼池、土窟，其为娱目欢心之物备矣"①，参与者虽身处自然美景中，却未作过多描绘，他们旨在博取荣禄与诗名，功利性目的较强。而兰亭集会者，"仰观宇宙之大，俯察品类之盛，所以游目骋怀，足以极视听之娱，信可乐也"②，描摹山水，体悟山水，表现闲散自适的情怀与畅达的理趣。兰亭雅集这种寄情山水、体悟玄理的写作方式，为之后的游宴诗写作提供了范式。

刘宋时，公宴活动甚为频繁，裴子野《雕虫论》曰："每有祯祥及行幸宴集，辄陈诗展义，且以命朝臣，其戎士武夫，则请托不暇，困于课限，或买以应诏焉。"③ 宴会之上，众朝臣赋诗唱和，就连戎士武夫也"买以应诏"。除去朝廷的公宴活动，一些藩王如始兴王刘濬、临川王刘义庆、江夏王刘义恭、彭城王刘义康等文学集团，也常常举行宴会赋诗、切磋文艺的活动。饯宴活动也很多，如义熙十四年（418）九月九日，孔靖东归，刘裕率百官于彭城戏马台为其送行，百官皆赋诗以述其美，如谢

———

① 石崇：《金古诗序》，严可均辑《全上古三代秦汉三国六朝文》，中华书局1958 年版，第1651 页。

② 王羲之：《三月三日兰亭诗序》，严可均辑《全上古三代秦汉三国六朝文》，中华书局1958 年版，第1609 页。

③ 严可均辑：《全上古三代秦汉三国六朝文》，中华书局1958 年版，第3262 页。

瞻与谢灵运的《九日从宋公戏马台集送孔令诗》,刘义恭的《彭城戏马台集诗》等。此时的曲水宴也很盛行,如裴子野《宋略》载:"文帝元嘉十一年三月丙申,禊饮于乐游苑,且祖道江夏王义恭,衡阳王义季,有诏会者赋诗"①,颜延之的《应诏宴曲水作诗》即作于此时。

现存刘宋公宴诗有 36 首,游宴诗居多,以颜延之成就最高。《新唐书·艺文志》载,颜延之有《元嘉西池宴会诗集》三卷,惜今仅存 6 首。沈约《宋书·谢灵运传论》说:"爰逮宋氏,颜谢腾声。灵运之兴会标举,延年之体裁明密,并方轨前秀,垂范后昆。"② 沈氏"兴会标举"与"体裁明密"实是指山水与公宴两种题材的艺术特质,谢、颜二人的这两种诗歌类型具有"垂范后昆"的典范意义。清陈仅《竹林答问》云:"颜、谢当日,已有定评,然谢工于山水,至于庙堂之大手笔,不能不推颜擅场,大家不必兼工也。大抵山林、廊庙两种,诗家作者,每分镳而驰。"③ 亦指出颜延之公宴诗与谢灵运山水诗是主导元嘉诗坛的两大力量。刘熙载:《诗概》云:"延年诗长于廊庙之体"④,也充分肯定了颜延之公宴诗的成就。江淹《杂体诗》30 首为摹拟不同时期诗人的代表题材而作,其中关于颜延之的拟诗为《颜特进延之侍宴》,显然也认为公宴为颜延之的代表题材,且在同类题材中具有典范意义。

二　"体裁绮密","典实富艳"——颜延之公宴诗的特色

颜延之现存公宴诗 6 首,分别为《应诏宴曲水作诗》《皇太子释奠会作诗》《三月三日诏宴西池诗》《为皇太子侍宴饯衡阳南平二王应诏诗》《车驾幸京口侍游蒜山作诗》《车驾幸京口三月三日侍游曲阿后湖作诗》,以下就以此为中心探析颜延之公宴诗的特色。

(一) 称美颂德的主题

颜延之公宴诗,无论是曲水宴、饯宴、游宴还是释奠宴诗,均表现出相同的主题取向,歌功颂德。

曲水宴诗,如《应诏宴曲水作诗》中"惠浸萌生,信及翔泳"⑤,称

---

①　萧统编,李善注:《文选》,上海古籍出版社 1986 年版,第 645 页。

②　沈约:《宋书》,中华书局 1974 年版,第 1788 页。

③　陈仅:《竹林答问》,郭绍虞《清诗话续编》,上海古籍出版社 1983 年版,第 2254 页。

④　刘熙载:《诗概》,郭绍虞《清诗话续编》,上海古籍出版社 1983 年版,第 2423 页。

⑤　逯钦立辑:《先秦汉魏晋南北朝诗》,中华书局 1988 年版,第 1225 页。

颂文帝，其恩泽广被万物，其仁德波及鱼鸟。"帝体丽明，仪辰作贰。君
彼东朝，金昭玉粹。德有润身，礼不愆器。柔中渊映，芳猷兰秘"① 夸赞
太子②品行端庄，怀德抱礼，美名远播。"昔在文昭，今惟武穆。于赫王
宰，方旦居叔。有晔睿蕃，爰履奠牧。宁极和钧，屏京维服"盛赞宰相
刘义康③与江夏、衡阳诸王功勋卓著，辅佐有力，维护了刘宋王朝的统
治。"仰阅丰施，降惟微物"恭敬地表达了君主所赐予自身的恩惠，暗含
自勉之意。如若将此诗与东晋同题之作做一比较，便会发现兰亭诗人是以
个体生命为中心的，而颜延之是以君王为中心，诗人的自我意识逐步
淡化。

游宴诗，如《车驾幸京口侍游蒜山作诗》："流池自化造，山关固神
营。园县极方望，邑社总地灵。"④ 表现出对神灵的顶礼膜拜，对皇权的
敬畏尊崇。"宣游弘下济，穷远凝圣情。岳滨有和会，祥习在卜征"⑤ 写
皇恩浩荡，荣宠深厚，臣民祥泰，百姓安乐，感激之情溢于言表。作为一
首游宴诗，本应有大量山川风物的摹写，娱乐场景的描绘，及其个人情怀
的抒发，但此诗却鲜有涉及，字里行间均是对皇权与神灵的称颂赞美。

其他释奠宴诗如《皇太子释奠会作》，写太子"继天接圣"，"怀仁"
"抱智"，在社会上有"庶士倾风，万流仰镜"⑥ 的感召力。饯宴诗如
《为皇太子侍宴饯衡阳南平二王应诏诗》，写刘宋皇权"大仪在御，皇圣
居贞"⑦ 的神圣威武，衡阳南平二王"亦既戎装，皇心载远"的功勋
赫赫。

颜延之的公宴诗表现出了一种思想倾向，即与皇恩浩荡相比，个人微
不足道。对于朝廷给予的器重，他深怀感恩，一再表白愿竭力服务于刘宋
政权。

（二）宏大绵密的篇制

颜延之公宴诗篇幅较长、规模宏大，以《应诏宴曲水作诗》与《皇

---

① 逯钦立辑：《先秦汉魏晋南北朝诗》，中华书局 1988 年版，第 1225 页。

② 太子刘劭，之后弑父成为元凶。刘劭弑父在元嘉三十年，颜延之此诗作于元嘉十一年，
在文帝及众朝臣眼里，刘劭还是继承帝位的不二人选。

③ 刘义康集团曾迫害谢灵运，此后亦曾陷害颜延之，但此时双方矛盾尚未激化。

④ 逯钦立辑：《先秦汉魏晋南北朝诗》，中华书局 1988 年版，第 1231 页。

⑤ 同上。

⑥ 同上书，第 1226 页。

⑦ 同上书，第 1228 页。

太子释奠会作诗》最甚,前者有 8 章 64 句,后者有 9 章 72 句。其余《三月三日诏宴西池诗》《为皇太子侍宴饯衡阳南平二王应诏诗》《车驾幸京口侍游蒜山作诗》《车驾幸京口三月三日侍游曲阿后湖作诗》亦分别有 20句、16 句、26 句、22 句。清王寿昌《小清华园诗谈》云:“诗有六要:心要忠厚,意要缠绵,语要含蓄,义要分明,气度要和雅,规模要广大。”① “何谓广大? 曰:颜延年之《郊祀》《曲水》《释奠》,以及《侍游》诸作,气体崇闳,颇堪嗣响《雅》《颂》。近体则沈、宋、燕、许、右丞辈,亦时有宏壮之观。”② 王氏认为颜延之《释奠》《曲水》等着实为“规模广大”“气体崇闳”诗歌之典范。

　　颜延之公宴诗体制绵密而丰赡。锺嵘《诗品》颜延之条曰:“其源出于陆机,尚巧似。体裁绮密③。沈约《宋书·谢灵运传论》:“延年之体裁明密”④。可见“绮密”“明密”是颜诗体制的主要特点。颜延之长于用不同的语词或从不同的角度来反复描摹同一事物。如《车驾幸京口侍宴游蒜山作诗》:“元天高北列,日观临东溟。入河起阳峡,践华因削成。岩险去汉宇,襟卫徙吴京。流池自化造,山关固神营。园县极方望,邑社总地灵。宅道炳星纬,诞曜应辰明。”⑤ 这十二句都意在描绘蒜山之非凡气象,一、二句写高耸,三、四句写峭拔,五、六句写险峻,七、八句写神奇,九十句写宽广,十一、十二句写雄伟,不厌其烦地渲染与铺叙,繁而密。“陟峰腾辇路,寻云抗瑶甍”用两句表达同一内容,均写游山之过程。“宣游弘下济,穷远凝圣情。岳滨有和会,祥习在卜征”连用四句表达君主恩泽深厚,广被滨岳。整首诗虽然语词丰赡,但缺乏深厚的内涵及高远的境界。方东树《昭昧詹言》:“颜诗全在用字密,典见楷式,其实短浅,其所长在此,病亦在此”⑥。指出这种体制亦存在一定弊病。

　　(三) 典雅华贵的风貌

　　葛立方《韵语阳秋》:“应制诗非他诗比,自是一家句法,大抵不出

　　① 王寿昌:《小清华园诗谈》,郭绍虞《清诗话续编》,上海古籍出版社 1983 年版,第1855 页。

　　② 同上书,第 1864 页。

　　③ 陈延杰:《诗品注》,人民文学出版社 1980 年版,第 43 页。

　　④ 沈约:《宋书》,中华书局 1974 年版,第 1788 页。

　　⑤ 逯钦立辑:《先秦汉魏晋南北朝诗》,中华书局 1988 年版,第 1231 页。

　　⑥ 方东树著,汪绍楹校点:《昭昧詹言》,人民文学出版社 1961 年版,第 160 页。

于典实富艳耳。"① 谢榛《四溟诗话》："江淹拟颜延年，致辞典褥，得应制之体，但不变句法。"② 应制之作当"典实富艳"，这是共识，颜延之的公宴诗，亦具有这种文学特征。

颜延之公宴诗典雅风貌的形成主要与其大量用典有关，锺嵘《诗品》称其"喜用古事"③。张戒《岁寒堂诗话》云："诗以用事为博，始于颜光禄而极于杜子美。"④ 下面我们来做一统计。

表 2 - 5

篇目	总句数	用事数	比例（％）
《应诏宴曲水作诗》	64	31	48.44
《皇太子释奠会作诗》	72	62	86.11
《三月三日诏宴西池诗》	20	14	58.33
《为皇太子侍宴饯衡阳南平二王应诏诗》	16	10	62.5
《车驾幸京口侍游蒜山作诗》	26	16	61.54
《车驾幸京口三月三日侍游曲阿后湖作诗》	22	12	54.55

其公宴诗不仅用典繁密，且所取多为多经、史之语，如《应诏宴曲水作诗》第一章："道隐未形，治彰既乱。帝迹悬衡，皇流共贯。惟王创物，永锡洪算。仁固开周，义高登汉。"分别引用《老子》中的"大象无形""道隐无名"，《春秋合诚图》中的"黄帝有迹，必稽功务法"，《周礼》中的"智者创物"，《诗经》中的"永锡难老"，《汉书》中的"五星聚于东井，此高祖受命之符，当以义取天下"之典。刘勰《文心雕龙·定势》云："是以模经为式者，自入典雅之懿"⑤，颜延之取平正的经、史之语，故其公宴诗呈现出平正典雅之貌。

颜延之公宴诗华贵风貌的形成主要与其绮丽的辞藻有关。李延寿《南史·颜延之传》："延之尝问鲍照己与灵运优劣，照曰：'谢五言如初

---

① 葛立方：《韵语阳秋》，何文焕《历代诗话》，中华书局 1981 年版，第 498 页。
② 谢榛：《四溟诗话》，丁福保《历代诗话续编》，中华书局 1983 年版，第 1149 页。
③ 陈延杰：《诗品注》，人民文学出版社 1980 年版，第 43 页。
④ 张戒：《岁寒堂诗话》，丁福保《历代诗话续编》，中华书局 1983 年版，第 452 页。
⑤ 詹锳：《文心雕龙义证》，上海古籍出版社 1989 年版，第 1016 页。

发芙蓉，自然可爱。君诗若铺锦列绣，亦雕缋满眼。'"① 锺嵘《诗品》："汤惠休曰：'谢诗如芙蓉出水，颜如错彩镂金。'颜终身病之。"② "雕缋满眼"与"错彩镂金"说明颜延之是在刻意地藻饰文辞。如"神御出瑶轸，天仪降藻舟""雕云丽璇盖，祥飚被彩斿"（《车驾幸京口三月三日侍游曲阿后湖作》）中"瑶""藻""雕""祥"等词极为富艳，写出了帝王出游时的盛大场面。再如"长筵逶迤，浮觞沿沂"（《三月三日诏宴西池诗》）中的"逶迤"写出了筵席绵长之形状，"沿沂"写出了酒杯随波逐流之动态。等等。这些以丽、长、盛为主要特点的辞藻组合在一起，便呈现出如"铺锦列绣"般的华贵诗风。

陈祚明云："颜光禄诗如金张许史，大家命妇，本亦有韶令之姿，而命服在躬，华铛饰首，约束矜庄，掩其容态，暂复卸妆闲燕，亦能微露姣妍。"（《采菽堂古诗选》）形象地指明了其典雅庄重的诗风，以及刻意地追求华辞丽彩之特点。

（四）精工整饬的笔法

颜延之公宴诗句式精工主要与其多用偶句有关，下面我们就做一统计。

表 2-6

篇目	句式	总句数	对句数	比例（%）
《应诏宴曲水作诗》	四言	64	38	59.38
《皇太子释奠会作诗》	四言	72	30	41.67
《三月三日诏宴西池诗》	四言	20	6	30
《为皇太子侍宴饯衡阳南平二王应诏诗》	四言	16	6	37.5
《车驾幸京口侍游蒜山作诗》	五言	26	18	69.23
《车驾幸京口三月三日侍游曲阿后湖作诗》	五言	22	18	81.82

从上表可见，颜延之公宴诗的偶化程度较高，其中以五言句式所作的《车驾幸京口侍游蒜山作诗》《车驾幸京口三月三日侍游曲阿后湖作诗》最甚。我们略取几例来做分析，如"金练照海浦，茄鼓震溟洲"（《车驾

---

① 李延寿：《南史》，中华书局 1975 年版，第 881 页。
② 陈延杰：《诗品注》，人民文学出版社 1980 年版，第 43 页。

幸京口三月三日侍游曲阿后湖作诗》），句子结构相同，"金练"与"茄鼓"为器物对，均为名词做主语，"照"与"震"动词做谓语相对，"海浦"与"滨洲"为地理对，名词做宾语，严饬而整齐。再如"万轴咸行卫，千翼泛飞浮"（《车驾幸京口三月三日侍游曲阿后湖作诗》），"万"与"千"为数字对，"万轴"与"千翼"均指代船，二者相对，做主语，"行卫"与"飞浮"均为船行之状，二者相对，做谓语，上下两句均为主谓结构。等等。刘师培先生云："颜谢诗文，舍奇用偶，鬼斧神运、奇情毕呈。"① 指出颜谢偶句产生了"奇情毕呈"的审美效果。

　　颜延之公宴诗整练主要与其炼字有关。刘熙载《诗概》："（颜延之）字字称量而出，无一苟下"②，其锤炼字词之功甚深。如"春江壮风涛，兰野茂黄英"（《车驾幸京口游蒜山作》）中的"壮"与"茂"都是形容词，这里均活用做动词，不仅写出了其浪涛之浩势与植物之繁盛，还赋予了江面、原野以无限的生机与灵动，情趣盎然。再如"山祇跸峤路，水若警沧流"（《车驾幸京口三月三日侍游曲阿后湖作诗》）中的"跸"与"警"十分精警，写出了山的态势与水的动感。还如"陟峰腾辇路，寻云抗瑶甍"（《车驾幸京口游蒜山作》）中的"腾"与"抗"颇具气势，写出了"峰"与"云"皇帝出游时的庞大规模与恢宏场面。颜延之工于熔炼、锻造，追求精工、巧致，但也必须看到能够产生形象、灵动效果的并不多，更多的还是表现出典奥质实的特征。

三　大开雕琢骈俪之风——颜延之公宴诗的影响

　　颜延之公宴诗是南朝公宴题材的典范。从政治的角度看，表现元嘉盛世的是以公宴诗为代表的宫廷文学，而不是以山水诗为代表的山林文学。颜延之的公宴诗为南朝宫廷文学之先声，影响了之后宫廷诗人的创作。

　　（一）为宫廷文学树立了雅正观

　　颜延之旨在迎合统治者之需要，故其写作观念趋于雅正，这为宫廷文人提供了范式。比颜延之稍后的鲍照、谢庄即深受其影响。鲍照，史传载："世祖以照为中书舍人。上好为文章，自谓物莫能及，照悟其旨，为

---

　　① 刘师培：《南北朝文学不同论》，刘师培《刘师培学术论著》，浙江人民出版社1998年版，第165页。

　　② 刘熙载：《诗概》，郭绍虞《清诗话续编》，上海古籍出版社1983年版，第2422页。

文多鄙言累句，当时咸谓照才尽，实不然也。"① 鲍照并非一向"孤且直"，为博统治者青睐，亦为"鄙言累句"也。如《侍宴覆舟山》（其二）："繁霜飞玉闼，爱景丽皇州。清跸戒驰路，羽盖仜宣游。神居既崇盛，岩险信环周。礼俗陶德声，昌会滥民讴。惭无胜化质，谬从云雨游。"② 首两句即先声夺人，勾勒出一幅壮观的出游场面，三、四句渲染队伍声势之浩荡、车骑装饰之富丽，五、六句写领土之崇盛、山势之险峻，七、八句写仁德之广布、民风之淳朴，最后两句抒情。谢庄作为御用文人，亦如此。如《侍宴蒜山》："龙旌拂纤景，凤盖起流云。转蕙方因委，层华正氛氲。烟竟山郊远，雾罢江天分。调石飞延露，裁金起承云。"③ 首两句"龙旌""凤盖"以大手笔渲染了皇帝出游时的恢宏气度，中间四句写景较为清新，末两句又回归于对场面的渲染，以彰显国威。可见二人均不同程度地吸取了颜延之公宴诗为"诵美之章"的取向。

　　宋齐间，更是形成了一个"祖袭颜延"的诗人集团。钟嵘《诗品》在齐黄门谢超宗、齐浔阳太守丘灵鞠、齐给事中郎刘祥、齐司徒长史檀超、齐正员郎钟宪、齐诸暨令颜则、齐秀才顾则心条下云："檀、谢七君，并祖袭颜延，欣欣不倦，得士大夫之雅致乎！余从祖正员尝云：'大明、泰始中，鲍、休美文，殊已动俗，惟此诸人，傅颜陆体。用固执不如，颜诸暨最荷家声。'"④ 虽然"鲍、休美文"如日中天，但"檀、谢七君"仍然坚持走颜延之"雅致"之路线，特别是谢超宗（谢灵运之孙）是当时宫廷诗派的中坚人物。

　　梁陈时代宴饮活动亦十分兴盛，沈约、刘孝绰、庾肩吾、江总等均有公宴诗传世。如沈约的《应诏乐游苑饯吕僧珍》："丹浦非乐战，负重切君临。我皇秉至德，忘己用尧心。愍兹区宇内，鱼鸟失飞沉。推毂二崤道，扬旆九河阴。超乘尽三属，选士皆百金。戎车出细柳，饯席遵上林。命师诛后服，授律缓前禽。函辕方解带，峣武稍披襟。伐罪芒山曲，吊民伊水浔。将陪告成礼，待此未抽簪。"⑤ 虽然是饯宴，但却鲜有离别之情，而是着力于场面的铺排描绘，旨在宣扬国威，感念圣恩，明显取法于颜延

①　沈约：《宋书》，中华书局 1974 年版，第 1479 页。
②　钱仲联：《鲍参军集注》，上海古籍出版社 2005 年版，第 256 页。
③　逯钦立辑：《先秦汉魏晋南北朝诗》，中华书局 1988 年版，第 1251 页。
④　陈延杰：《诗品注》，人民文学出版社 1980 年版，第 68 页。
⑤　逯钦立辑：《先秦汉魏晋南北朝诗》，中华书局 1988 年版，第 1632 页。

之。可见，颜延之公宴诗所树立的雅正观，影响了整个南朝宫廷文人的创作。

（二）引导诗歌创作向典丽的方向发展

颜延之公宴诗注重藻饰，用典繁密，沈约以为"文章之美，冠绝当时"。萧子显《南齐书·文学传论》将"今之文章"分为三体，其中第二体即为源于颜延之一派。锺嵘《诗品序》曰："颜延、谢庄，尤为繁密，于时化之。大明、泰始中，文章殆同书抄。近任昉、王元长等，辞不贵奇，竞须新事。尔来作者，浸以成俗。"① 可见颜延之公宴诗注重藻饰与用典的创作方式，实引领了当时的创作风尚。

王融有《三月三日曲水诗序》，史传记载云："（永明）九年，上幸芳林园，禊宴朝臣，使融为《曲水诗序》，文藻富丽，当世称之。上以融才辩，十一年，使兼主客，接虏使房景高、宋弁。弁见融年少，问：'主客年几？'融曰：'五十之年，久逾其半。'因问：'在朝闻主客作《曲水诗序》。'景高又云：'在北闻主客此制，胜于颜延年，实愿一见。'融乃示之。后日，宋弁于瑶池堂谓融曰：'昔观相如《封禅》，以知汉武之德。今览王生《曲水诗序》，用见齐王之盛。'融曰：'皇家盛明，岂直比踪汉武？更惭鄙制，无以远匹相如。'"② 王融作《三月三日曲水诗序》，意欲超越颜延之，匹敌司马相如。就其序文来看，富丽的文藻与广博的典故皆有模仿颜延之《曲水诗序》的痕迹。

再如丘迟《侍宴乐游苑送张徐州应诏诗》："诘旦阊阖开，驰道闻凤吹。轻黄承玉辇，细草藉龙骑。风迟山尚响，雨息云犹积。巢空初鸟飞，荇乱新鱼戏。实为北门重，匪亲孰为寄。参差别念举，肃穆恩波被。小臣信多幸，投生岂酬义。"③ 先看用典，首两句引《左传》中"诘朝将见"以及《春秋》中"伶伦制十二箭，听凤鸟之鸣，以别十二律"之典。三、四句引《藉田赋》中"天子御玉辇"以及《周礼》中"马八尺以上为龙"之典。第八句引《诗经》中"参差荇菜"之语。九、十句化用《史记》中"齐威王曰：吾吏有黔夫者，使守徐州，则燕人祭北门。"以及"田肯谓上曰：非亲子弟莫使王齐。"之语。第十二句化用《汉纪》中

---

① 陈延杰：《诗品注》，人民文学出版社1980年版，第4页。
② 萧子显：《南齐书》，中华书局1972年版，第821—822页。
③ 逯钦立辑：《先秦汉魏晋南北朝诗》，中华书局1988年版，第1602页。

"大会群臣于长乐宫，成礼而罢，莫不肃穆。"之语。第十三句引《左传》中"羊舌职曰：谚曰，人之多幸，国之不幸。"之典。一共 14 句，其中有 9 句用事，可谓繁密。再看辞藻，以"玉"修饰"辇"，"龙"修饰"骑"，可谓华丽。

　　其他如王僧孺，"其文丽逸，多用新事，人所未见者"①；王俭，"在尚书省出巾箱几案服饰，令学士隶事，事多者与之，人人各得一两物。（陆）澄后来，更出诸人所不知事复各数条，并旧物夺将去。"②；沈约，"博物洽闻，当世取则"③；刘峻，"（梁）武帝每集文士策经史事，时范云、沈约之徒皆引短推长，帝乃悦，加其赏贵。曾策锦被事，咸言已罄。帝试呼问峻，峻时贫悴冗散，忽请纸笔，疏十余条，座客皆惊。"④ 等等。

　　不同时代之文学有不同的审美风尚，刘宋文学"以博学为尚"，颜延之公宴诗实代表了当时诗坛的主流取向。同时作为元嘉诗坛的领袖人物，其深刻地影响了一部分诗人的创作。

　　（三）开雕琢骈俪之风

　　颜延之工于雕琢，长于刻镂，其后公宴诗人亦多效仿之，如谢朓《三日侍华光殿曲水宴代人应诏诗》："红树岩舒，青莎水被。雕梁虹拖，云甍鸟跂。高悬甲帐，周寒黼帷。长筵列陛，激水旋墀。"⑤ 在描摹景物时，所用的"舒""被""拖""跂"等动词，均是精雕细刻而成。再如何逊的《九日侍宴乐游苑诗为西封侯作》："鸾舆和八袭，凤驾启千群。羽觞欢湛露，佾舞奏承云。禁林终宴晚，华池物色曛。疏树翻高叶，寒流聚细文。晴轩连瑞气，同惹御香芬。日斜迢递宇，风起嵯峨云。"⑥ 在渲染环境与刻画景物特征时，所用的"和""启""欢""奏""翻""聚""连""御""迢""嵯"等动词，以及"湛""疏""细""瑞""香"等形容词，亦是诗人精心琢炼而成。还如陈后主的《晚宴文思殿诗》："荷影侵池浪，云色入山扉。萤光息复起，暗鸟去翻归。"⑦ 对"荷影""云色""萤光""暗鸟"进行了具体的刻画，呈现出了景物的典型特征及

---

　　① 李延寿：《南史》，中华书局 1975 年版，第 1459 页。
　　② 同上书，第 1187 页。
　　③ 同上书，第 1413 页。
　　④ 同上书，第 1219 页。
　　⑤ 逯钦立辑：《先秦汉魏晋南北朝诗》，中华书局 1988 年版，第 1423 页。
　　⑥ 同上书，第 1678 页。
　　⑦ 同上书，第 2519 页。

动态。等等。

颜延之公宴诗多偶句，亦影响了其后之创作。如萧子良《侍皇太子释奠宴诗》："霜轻流日，风送夕云。雕檐结彩，绮井生文。四瑄合旨，八簋舒芬。"① 全诗六句，每句四字，两字一对，甚为工整。每两句的对偶类型亦相同，前两句为天文对，中间两句为宫室对，后两句为数字对。如简文帝的《三日侍皇太子曲水宴》："蕙气卷旌，神飙擎毂。层岑偃蹇，耸观岩嶤。烟生翠幕，日照绮寮。"② 亦是上下句，两字一对。前两句为天文对，中间两句为地理对，后两句亦为天文对。还如庾肩吾的《侍宴诗》："沐道逢将圣，飞觞属上贤。仁风开美景，瑞气动非烟。秋树翻黄叶，寒池堕黑莲。承恩谢命浅，念报在身前。"③ 上下两句句式结构相同，前两句为人事对，三四句为天文对，五六句为地理对，最后两句为人事对。等等。颜延之，"后世对偶之祖"④ 也，之后的公宴诗人多效仿之，亦"直为偶说"，骈俪之风自此大为盛行。

陆时雍《诗镜总论》："谢康乐鬼斧默运，其梓庆之鐻乎？颜延年代大匠斫而伤其手也。寸草茎，能争三春色秀，乃知天然之趣远矣。"⑤ 对颜谢雕琢太甚，略有贬责之意。但我们也必须承认，颜谢以雕琢为工、非对不发的创作方式，实是对东晋平庸诗风的变革，对文学艺术性的回归，在客观上推动了中国古代诗歌的演进。

第四节　"颇自振拔"的鲍照乐府诗

萧子显《南齐书·文学传论》："今之文章，作者虽众，总而为论，略有三体。"鲍照主其中一体，"发唱惊挺，操调险急，雕藻淫艳，倾炫心魂"。⑥ 吴汝纶《鲍参军集选》："明远乐府最高"⑦。葛晓音先生云："鲍照是刘宋时期对乐府诗的发展作出重要贡献的作家。他不但与谢灵运同时恢复了在东晋中断已久的写作乐府的传统，而且在中古七言和杂言乐

---

① 逯钦立辑：《先秦汉魏晋南北朝诗》，中华书局 1988 年版，第 1382 页。
② 同上书，第 1829 页。
③ 同上书，第 1993—1994 页。
④ 吴乔：《围炉诗话》，郭绍虞《清诗话续编》，上海古籍出版社 1983 年版，第 522 页。
⑤ 陆时雍：《诗镜总论》，丁福保《历代诗话续编》，中华书局 1983 年版，第 1406 页。
⑥ 萧子显：《南齐书·文学传论》，中华书局 1972 年版，第 913 页。
⑦ 鲍照著，钱仲联增补集说校：《鲍参军集注》，上海古籍出版社 1980 年版，第 454 页。

府的转型中起了关键作用。"① 以下我将梳理乐府诗的流变，明确鲍照乐府诗的特色及创变，探讨其在诗史上的意义。

目前学界关于鲍照乐府诗的研究，已经取得了丰硕的成果。如葛晓音《鲍照"代"乐府体探析——兼论汉魏乐府创作传统的特征》、郑俊《鲍照乐府诗研究》、宋作标《鲍照乐府诗研究》、魏北《鲍照乐府诗形式艺术研究》、储敏《鲍照乐府诗雅俗兼具之风格论》、刘长耿《论鲍照及其乐府诗》、黄景魁《论鲍照乐府诗歌的艺术成就》、李宗长《从鲍照乐府诗看其复杂矛盾的心态》、江秀玲《鲍照乐府诗创新探微》、沈玲《鲍照乐府诗之潜文化素质研究》等涉及诗体、艺术特质、风格等多个方面。

本书将重点探讨鲍照乐府诗在边塞题材上的开拓意义，其以"我"为主的表达视角对乐府由代言体向个人体的转变作用，以及其七言与杂言体所形成的隔句押韵、两句一行、四句一节的结构，对于五言向七言体过渡的重要影响。

一　乐府诗的流变

两汉乐府大致可分作三个时期：自汉初至武帝，贵族乐府时期；自武帝至东汉中叶，民间乐府时期；自东汉中叶至建安，文人乐府时期。汉初至武帝时期之乐府诗，多与贵族之事相关，《房中歌》用以祖庙，《郊祀歌》用以祭神，《铙歌》用以朝会宴飨、赏赐功臣等。《房中歌》十七章，虽沿用《诗经》旧体，以四言为主，但也能变化楚辞句式创为三言体与七言句。《郊祀歌》十九章，七言倍增，且皆为连用，这是其一大特色。《铙歌》二十二曲，其中《务成》《玄云》《黄爵》《钓竿》四篇已无辞，其余十八曲均为杂言，且句式变化无常，这在此前诗歌所未有也。武帝至东汉中叶之乐府诗，主要采自民间，广阔而全面地反映了当时的社会现实。又因其创作主体多为平民百姓，故多呈现出质朴浅近之面貌，胡应麟《诗薮》："汉乐府采摭闾阎，非由润色，然质而不俚，浅而能深，近而能远，天下至文，靡以过之！"② 即谓此也。体式上，以五言居多，亦有四言、杂言等。表现方式上，以叙事为主，亦有抒情、说理。叙事类多佳

---

① 葛晓音：《鲍照"代"乐府体探析——兼论汉乐府创作传统的特征》，《上海大学学报》2009 年第 2 期。

② 胡应麟：《诗薮》，中华书局 1958 年版，第 3 页。

作，如《雁门太守行》（瑟调曲）、《相逢行》（情调曲）、《孤儿行》（瑟调曲）等。东汉中叶至建安时期之乐府诗，多由文人制作。文人乐府与民间乐府相较，后者是入乐的，前者有不入乐的，后者为创作的，前者是为因袭后者而来的，形式上多为五言，内容缺乏个性。代表作品如傅毅的《冉冉孤生竹》，张衡的《同声歌》，辛延年的《羽邻郎》，蔡邕的《饮马长城窟行》（瑟调曲），繁钦的《定情诗》（杂曲）等。另，无名氏《孔雀东南飞》，篇幅巨大，情事俱奇，浑朴自然，王世贞谓之"质而不俚，乱而能整，叙事如画，叙情如诉，长篇之圣也。"①

魏为乐府诗之模拟时期，具体表现出如下特征：1. 文人乐府大盛。魏时，时代纷乱，儒学破坏，乐府不再采诗。然彼时文人甚著，三祖陈王，所作甚多，文人乐府，一时大盛。与汉相比，内容上更重个人生活及情志之表达，风貌由质朴变而为高雅，文字由浅直变而为绮丽，胡应麟云："子建《名都》《白马》《美女》诸篇，辞极赡丽，然句颇尚工，语多致饰，视东、西京乐府，天然古质，殊自不同。"② 魏乐府实已开六朝雕琢之风。2. 声调以模拟为主。魏时，声制散佚，解音者甚少，当世诸作，绝少创调，大都为模拟前曲以作新歌。具体来说有两种情况，第一种，用旧曲而不用旧题。第二种，用旧曲也用旧题。值得注意的是，魏乐府诗人虽沿用旧题，但多不为其所囿，有的是借旧题而翻新意，如曹操以《薤露》（本挽歌）咏怀时事，以《陌上桑》（本艳曲）侈言神仙，这类作品虽为模拟，实为创作，以其题虽旧，而义自新也。有的是自出新题，如曹植的《白马》《名都》《妾薄命》，阮瑀的《驾出北郭门行》等，这类作品影响了唐人新题乐府的创作。3. 体裁皆备。汉乐府多五言及杂言，四言甚少，六言、七言者无作，而魏乐府诸体皆备。四言，以曹操为代表。杨慎《升庵诗话》引刘潜夫语云："四言尤难"，又引叶水心语云："四言虽文辞巨伯，辄不能工"③，然曹操却能运转自如，可谓是"四言至此，出脱《三百篇》殆尽，此其心于不粘滞处"（钟惺《古诗归》）。五言，以曹植为代表，其存乐府41篇，五言占四分之三，且多为精品，如《野田黄雀行》《远游篇》《美女篇》等等。六言，较五言多一字，七言

---

① 王世贞：《艺苑卮言》，丁福保《历代诗话续编》，中华书局1983年版，第980页。
② 胡应麟：《诗薮》，中华书局1958年版，第27页。
③ 杨慎：《升庵诗话》，丁福保《历代诗话续编》，中华书局1983年版，第682页。

少一字，难合自然语气，鲜有为者。曹植《妾薄命》则采用六言，通达流畅，之后傅玄《董逃行》、庾信《怨歌行》等皆出于此。七言，在曹丕之前尚无全篇，其《燕歌行》二首为纯粹之七言诗体，标志着七言歌诗的正式确立。

西晋紧接曹魏之后，亦以文人乐府为主，具体表现出如下特征：1. 故事乐府盛行。代表作家，如傅玄，作有《惟汉行》，叙鸿门宴之事；石崇，作《王明君辞》，述王昭君出塞之事；陆机，作《婕妤怨》，衍班婕妤失宠之事。等等。与魏乐府借古题而叙时事不同，西晋乐府是借古题咏古事，即所借为何题，所咏即为何事。作家亦不似曹魏作家注重个人情志的表达，他们甚少关涉时事，只以雕章琢句为能事，以拟古咏史为职志。2. 讽刺乐府风行。西晋拟古乐府除了如上所述的借古题咏古事类，还有一类是借古题咏古意。代表作家，如张华，作有《轻薄篇》，写贵游子弟的浮华轻薄；傅玄，作《苦相篇》，写社会中重男轻女之现象；陆机，作《饮马长城窟行》，写士卒在行军中所遭受的痛苦。这类作品，旨在针砭时弊，讽刺世俗，与汉乐府"观风俗、知厚薄"之精神一脉相承，但在写法上较为僵化，模拟痕迹明显，毫无创新。3.《舞曲歌词》较为发达。此时期乐府大致可分作《雅舞》与《杂舞》两种，前者用以祖庙朝飨，多言文武功德；后者用以宴会，意在行乐，文学意味较为浓厚。作品有《鞞舞》《杯槃舞》《拂舞》《白纻舞》等。

晋室南渡，虽于国家为不幸，然于文学却为幸事。江南之青山秀水为乐府注入了新鲜血液，民歌极为发达。与汉民间乐府相较，具有如下特征：1. 体制简短，以五言四句为多。2. 风格艳丽，多采用双关之手法表现缠绵悱恻之情。3. 内容单一，以男女爱情及风流韵事为主，如王珉《团扇郎》、王子敬《桃叶歌》等。

刘宋，据郭茂倩《乐府诗集》所录，共有诗人 25 位，乐府诗 233 首（只含姓名可考者），郊庙歌辞 37 首，燕射歌辞 5 首，鼓吹曲辞 18 首，横吹曲辞 1 首，相和歌辞 52 首，清商曲辞 17 首，舞曲歌辞 25 首，琴曲歌词 12 首，杂曲歌辞 51 首，杂歌谣辞 11 首。鲍照乐府诗 79 首（郭氏所录有缺，钱仲联《鲍参军集注》收鲍照乐府诗 86 首），占总数的 33.91%，无郊庙歌辞、燕射歌辞、鼓吹曲辞，横吹曲辞 1 首，占 100%；相和歌辞 11 首，占 21.15%；清商曲辞 11 首，占 64.71%；舞曲歌辞 7 首，占 28%；琴曲歌词 7 首，占 58.33%；杂曲歌辞 32 首，占 62.75%；杂歌谣辞 10 首，占 90.91%。就所统计的数字来看，鲍照的杂曲歌辞最多，相和歌辞、清商曲辞次之，杂歌谣辞再次，舞曲歌辞、琴曲歌词又次之，横吹曲辞最少。就比重来看，无论是总数，还是类数，与刘宋其他诗人相比占有绝对的优势。可见，鲍照是刘宋作家中创作乐府数量最多的人。

杜甫云："俊逸鲍参军"，王夫之释曰："杜陵以'俊逸'题鲍，为乐府言耳"①。沈德潜《说诗晬语》："鲍明远乐府，抗音吐怀，每成亮节，《代东门行》《代放歌行》等篇，直欲前无古人。"② 陆时雍《诗镜总论》："明远才力标举，凌厉当年，如五丁凿山，开世人所未有。"③ 可见鲍照乐府诗文学价值甚高，于后世影响甚大。

二 以"我"为主的表现视角——鲍照乐府诗的特色

鲍照乐府诗题材内容广泛，个人色彩鲜明，多用第一人称的叙述、抒情方式，大量采用七言与杂言体。

（一）丰富的题材内容

鲍照乐府诗突破了晋宋乐府诗的单调内容，他将古诗中常有的题材都纳入乐府诗的创作中，有山水、边塞、游仙、女性等。

边塞题材，如《代出自蓟北门行》："疾风冲塞起，沙砾自飘扬。马毛缩如蝟，角弓不可张。"④ 写狂风冲天而起，地面石沙铺天盖地而来，严寒之下，战马蜷缩如蝟，角弓瑟缩难张，此等雄奇的边塞风光此前少有也。《代陈思王白马篇》："丈夫设计误，怀恨逐边戎。弃别中国爱，要冀胡马功。去来今何道，卑贱生所钟。但令塞上儿，知我独为雄。"⑤ 承曹植《白马篇》，写战士满怀激昂斗志，驰骋沙场，建立军功，威震胡塞，有"幽燕老将，气韵沉雄"之势。《代苦热行》："赤阪横西阻，火山赫南威。身热头且痛，鸟坠魂来归。汤泉发云潭，焦烟起石圻。"⑥ 写边地苦热，环境险恶，恩赏至薄，将士难耐，字句奇峭，甚为战栗。

山水题材，如《代阳春登荆山行》："极眺入云表，穷目尽帝州。方

---

① 王夫之：《古诗评选》，王夫之《船山全书》第 14 册，岳麓书社 1988 年版，第 755 页。
② 沈德潜著，霍松林校注：《说诗晬语》，人民文学出版社 1959 年版，第 303 页。
③ 陆时雍：《诗镜总论》，丁福保《历代诗话续编》，中华书局 1983 年版，第 1407 页。
④ 钱仲联：《鲍参军集注》，上海古籍出版社 2005 年版，第 165 页。
⑤ 同上书，第 172—173 页。
⑥ 同上书，第 184 页。

都列万室，层城带高楼。奕奕朱轩驰，纷纷缟衣流。日氛映山浦，暄雾逐风收。花木乱平原，桑柘盈平畴。"①写登上荆山所见之景：巍峨的帝州、高耸的山峰、川流不息的车马、落日的余晖、消散的雾气、辽阔的原野、盛开的花木等，甚为奇美。《代春日行》："春山茂，春日明。园中鸟，多嘉声。梅始发，柳始青。泛舟舻，齐棹惊。奏采菱，歌鹿鸣。风微起，波微生。"②写阳光明媚，春风和煦，禽鸟相和，梅桃荣发，一片暖意融融的景象，节奏明快，读来心旷神怡。

女性题材，如《代朗月行》："窗中多佳人，被服妖且妍。靓妆坐帷里，当户弄清弦。鬈夺卫女迅，体绝飞燕先。"③受时代风气沾染，写女子的衣饰、体貌、姿容、神态等。《采桑》："是节最暄妍，佳服又新烁。绵叹对迥途，扬歌弄场藿。抽琴试抒思，荐佩果成托。承君郅中美，服义久心诺。"④写女子在春游中所萌生的爱情。《代北风凉行》："问君何行何当归，苦使妾坐自伤悲。虑年至，虑虑颜衰。情易复，恨难追。"⑤写思妇恐年华逝去、容颜衰老的寂寞焦灼之状。

游仙题材，如《代升天行》："风餐委松宿，云卧恣天行。冠霞登彩阁，解玉饮椒庭。暂游越万里，少别数千龄。风台无还驾，箫管有遗声。"⑥写仙人以风为餐，以云为马，以霞为冠，以椒庭为居，以箫管为乐的美妙场景。《代淮南王》（其一）："淮南王，好长生，服食练气读仙经。琉璃药碗牙作盘，金鼎玉匕合神丹。合神丹，戏紫房。紫房彩女弄明珰，鸾歌凤舞断君肠。"⑦《萧史曲》："萧史爱长年，嬴女䳒童颜。火粒愿排弃，霞雾好登攀。龙飞逸天路，凤起出秦关。身去长不返，箫声时往还。"⑧分别写淮南王、萧史二人得道成仙的情景，其中关于仙丹紫房、歌舞欢唱等的描写，颇有士大夫世俗生活的影子。

鲍照各种题材内容的书写，深刻广阔地反映了社会现实，突破了西晋乐府旧题写旧事的模拟性，以及南朝乐府写艳情的单一性，体现了其对汉

① 钱仲联：《鲍参军集注》，上海古籍出版社 2005 年版，第 199 页。
② 同上书，第 253 页。
③ 同上书，第 189 页。
④ 同上书，第 137 页。
⑤ 同上书，第 250 页。
⑥ 同上书，第 174 页。
⑦ 同上书，第 246 页。
⑧ 同上书，第 204 页。

魏乐府传统的回归。

（二）注重主观情志的表达

鲍照乐府诗可以分作两类，一类是就旧题转出新意，另一类是自立新题，两类都融入了诗人强烈的主观色彩。

前一类大都是就汉魏晋已有的题目进行发挥，或寄托自身高远的人生志向，或暗寓备受压抑的现实处境，或表达世态人情的深刻感受。如《代升天行》，古辞写游仙，鲍照则重在写升仙的原因，即"何当与汝曹，啄腐共吞腥？"表现自身对世俗肮脏之鄙视。《代蒿里行》，《蒿里》内容与丧葬有关，鲍照诗从死者无论贵贱最后结局相同的共见事实，引出"赍我长恨意，归为狐兔尘"贫贱者赍志而殁的长恨，抒发自身的抑郁不平之气。《代别鹤操》，是扣住题目写双鹤别离之情态，应与原题意思相近，但然却暗藏隐衷："有愿而不遂，无怨以生离。鹿鸣在深草，蝉鸣隐高枝。"① 在悲叹生离之外，暗含着自身栖隐的无奈。

以上诸例是在旧题的基本主题范围内表达情感，鲍照还有一些乐府诗是从乐府古题的一点生发开去，内容与旧题无甚相关，直接抒发个人情志。如《代东门行》，古辞写贫苦百姓被迫铤而走险之事，鲍照却借此发"倦客恶离声"之愁绪。《代棹歌行》，曲调本是船民拍打船桨而唱的歌，鲍照却借此写"愿言永怀楚"的思乡之情。《代白头吟》，古辞本写卓文君与司马相如决绝之事，鲍照却借此抒"人情贱恩旧，世路追衰兴"之愤慨。

后一类自立新题，题目根据内容概括，通过写他人之事，寄寓自身的身世之感，情感表达相对隐晦。如《代少年时至衰老行》以老人回忆少年时追逐名车、好马、佳肴、美酒的富贵生活为主要内容，最后点明"作乐当及春"的主旨，而这一主旨其实正是鲍照对自我的开释与慰藉。《代贫贱愁苦行》亦如其题，写贫士愁苦长叹、鬓发斑白、友朋断绝的窘况，后半部分还重点刻画了其向人乞食时羞惭的心理，预示"遂转死沟恤"的下场，贫士实则是鲍照的自喻，其心理活动亦是鲍照自身之所思所想，其下场亦是鲍照对自己人生结局的设想。《代边居行》写少年离京万里赴边远游，"悠悠世中人，争此锥刀忙。不忆贫贱时，富贵辄相忘"②

---

① 钱仲联：《鲍参军集注》，上海古籍出版社2005年版，第164页。
② 同上书，第203页。

四句是鲍照借少年之口所发的世态炎凉之感慨。

鲍照才秀人微，在门阀等级森严的社会中，备受压抑，胸中常激荡着一股磊落不平之气，其将此充斥于乐府诗之创作中，奇矫凌厉，读来令人唏嘘。

（三）以"我"为主的表达视角

与浓烈的个性色彩相关的是，鲍照乐府诗大量采用第一人称的表达视角，以"我"为抒情、叙述主体，具体陈列如下：

表 2 - 7

诗句	出自篇目	诗句	出自篇目
结我幽山驾，去此满堂亲。	《代蒿里行》	愿君裁悲且减思，听我抵节行路吟。	《拟行路难》其一
赍我长恨意，归为狐兔尘。	《代蒿里行》	今我何时当得然，一去永灭入黄泉。	《拟行路难》其五
嘶声盈我口，谈言在君耳。	《代门有车马客行》	功名竹帛非我事，存亡贵贱付皇天。	《拟行路难》其五
我行讵几时，华实骤舒结。	《代悲哉行》	自古圣贤尽贫贱，何况我辈孤且直。	《拟行路难》其六
但令塞上儿，知我独为雄。	《代陈思王白马篇》	初送我君出户时，何言淹留节回换。	《拟行路难》其八
天地有尽期，我去无还日。	《松柏篇》	昔我与君始相值，尔时自谓可君意。	《拟行路难》其九
鬼神来依我，生人永辞诀。	《松柏篇》	今日见我颜色衰。意中索寞与先异。	《拟行路难》其九
一朝放舍去，万恨缠我情。	《松柏篇》	推移代谢纷交转，我君边成独稽沈。	《拟行路难》其十二
朗月出东山，照我绮窗前。	《代朗月行》	我初辞家从军侨，荣志溢报干云霄。	《拟行路难》其十三
四坐且莫喧，听我堂上歌。	《代堂上歌行》	忽见过客问何我，宁知我家在南城。	《拟行路难》其十三
今我独何为，坎壈怀百忧。	《代结客少年场行》	长袖纷纷徒竞世，非我昔时千金躯。	《拟行路难》其十五
念我舍乡俗，亲好久乖违。	《代邽街行》	日月流迈不相饶，令我愁思怨恨多。	《拟行路难》其十七

诗句中的"我"，有的是别人，有的是诗人自己。写别人的，即从"我"（别人）出发，来完成一个场景或故事的设计，最后或发别人的感

慨，或暗喻诗人自身之情志。如《代陈思王白马篇》中的"我"是一个游侠儿，从"白马骍角弓，鸣鞭乘北风"的装束写起，接着叙述急速赶往边境、投身沙场之事，最后表达"但令塞上儿，知我独为雄"的宏愿。《代堂上歌行》中的"我"是一个昔日的富贵者，以"四坐且莫喧，听我堂上歌"发端，接着向四座夸耀昔日的繁华与荣盛，最后得出人情厚薄的主旨。《代结客少年场行》中的"我"是一个侠客，直接从"少年本六部"的身世写起，展开层层铺叙，写去乡三十年归来登高望皇州之事，最后表现"且前驱"之愿。

写诗人自己的，是从"我"（诗人）之自身处境出发，直抒胸臆。如《拟行路难》其六，诗人从自我出发，"对案不能食，拔剑击柱长叹息""自古圣贤尽贫贱，何况我辈孤且直。"完全就是对自身处境的描绘及自身胸臆的表达。《拟行路难》其五，以"君不见"发端，从社会规律或普世性的哲理写起，然后转向自身，"功名竹帛非我事，存亡贵贱付皇天"表现自我的操守与人格。从"我"出发，乐府诗没有流于简单过程的描绘，大都深入人物的心理活动，读者能深切感受到诗中之主体的处境与情绪，这种从单纯事件的过程叙述到心理层面的剖析，再到以情动人的过程，从具体到抽象，从外在到内在，使得乐府诗具有深厚的内涵与感人的力量。

此外，还有一些乐府诗"我"并未出现，但仍采用第一人称的视角进行叙事或抒情。如《代阳春登荆山行》虽然无"我"，但从记叙早晨出发到登顶远眺，到铺写皇城车马喧阗的繁华和日照平原、花木遍野的美景，以及攀枝折花的游赏兴致，都是"我"之所闻所见。《代苦热行》亦无"我"，但对于酷热、阴雨和瘴毒的深切感受，都是"我"之体验。等等。

当然，也应看到，这种纯以"我"为主体的表达方式具有一定的局限性，即诗人只能就"我"的认知进行描述，在"我"的所见所知之外，笔力无法到达。为此，诗人在"我"之外，还辅以第三人称的抒情、叙述视角。如《代朗月行》，是从"我"出发，"朗月出东山，照我绮窗前"，写"我"在月夜所见时，转入"窗中多佳人，被服妖且妍"句，对佳人容貌作了许多铺张描摹，这是旁观者之视角。然后"为君歌一曲，当作朗月篇"又转而以"我"为表现视角，最后"千金何足重，所存意气间"的慷慨之词亦为"我"所发。从"我"出发记事，转以第三人称描绘容貌，最后仍是"我"抒情，第三人称的视角有效地补充了第一人称视角的不足，情感层层深入，故事委婉曲致。

鲍照大量采用以"我"为主的表达视角，旨在凸显自身鲜明的个性，在某种程度上反映了其对于"英俊沉下僚"的社会现实的反抗与不满。

（四）大量采用七言与杂言体

刘宋一朝尚存的七言、杂言乐府共49首①，鲍照独占31首。他有杂言21首，包括《代白纻曲》1首，《拟行路难》14首，《梅花落》1首，《代淮南王》1首，《代雉朝飞》1首，《代北风凉行》1首，《代空城雀》1首，《代夜坐吟》1首。有七言10首，包括《代白纻舞歌辞》4首，《代鸣雁行》1首，《代白纻曲》1首，《拟行路难》4首。下面，我们即以这些诗为中心，探讨鲍照对杂言、七言的变革。

鲍照的杂言诗，以七言为主，杂以其他句式：《代白纻曲》杂以三言，《拟行路难》其二杂以九、五言，其四、其六、其八、其九、其十六、其十八杂以五言，其五杂以六、五言，其七杂以五、九言，其十、其十一、其十四、其十七杂以八言，《梅花落》杂以五言，《代淮南王》《代雉朝飞》《代夜坐吟》《代北风凉行》杂以三言。《代空城雀》为四五言相杂。整体来看，以五七言、三七言相杂居多。

先来看五七言相杂的情况。如《拟行路难》其四，全诗为五七、五七、五七、七七，前两组为隔句韵，后两组是句句韵。其六是五七七七、五五五五、五五七七，首句入韵，全篇隔句韵。其七为五五五九、七七七七、七七九七，其中九言实为四五节奏，也是隔句用韵。其十六是七五五五、五七七七，隔句用韵。其十八为五五、七七、七七五七、七七七七。可见，凡为五言、七言组合的杂言大都是隔句用韵，由此我们认为五言的加入，推动了七言变为隔句押韵。

再来看三七言相杂的情况。如《代雉朝飞》，全诗为三三七、三三七、三三七、三三七，前两组押同一韵，后两组两次转韵，如此自然地形成三个诗节。《代北风凉行》是以三三七领起，后接七七七七三三三三，句句押韵，第三个七言句处转韵，如此形成三三七、七七、七七、三三三三四个诗节，后边的每两个三言相当于一句七言的节奏。"有规则的句式

---

① 刘宋其他诗人尚存的七言、杂言乐府：何承天6首，汤惠休4首，谢庄4首，谢灵运3首，吴迈远1首。

交替是杂言诗发展的趋势,鲍照对于三三七体的利用方式则显示了在七言诗中以诗节分层的明确观念。"① 可见杂言体实则是七言体演进过程中必然出现的形式,是独立七言体还未成熟时所表现出的形态。

鲍照的七言诗,先看《代白纻舞歌辞》。《宋书·乐志》:"《白纻舞》,案舞词有巾袍之言;纻本吴地所出,宜是吴舞也。晋《俳歌》又云:'皎皎白绪,节节为双。'吴音呼绪为纻,疑白纻即白绪。"② 舞出于吴地,歌作于晋时。现存晋《白纻舞歌》三首,均为七言,句句押韵,中间转韵。鲍照《代白纻舞歌词》四首,除第四首外,均为七句,他吸收了这种连押转韵的方式,还有所变革,即分出了诗行与诗节,加强了句行之间的连贯性。如其一,前两句写制作舞衣:"吴刀楚制为佩袆,纤罗雾縠垂羽衣。"第四、五句写舞者起舞的姿态:"珠履飒沓纵袖飞,凄风夏起素云回。"分别构成两个句意相承的诗行。第三句以"含商咀微歌露晞",作为两个诗行之间的连接与过渡,便使单句和双句诗行错落相间。其三,前三句先罗列深夜之景:"三星参差露沾湿,弦悲管清月将入,寒光萧条候虫急",接着引出"荆王流叹楚妃泣,红颜难长时易敢"之感慨,最后直接抒情"凝华结藻久延立,非君之故岂安集"。由此自然形成三个诗节。《代鸣雁行》亦如此,前四句句句押韵,写鸣雁失散流离之苦,最后两句转韵,点出寄托憔悴辛苦之情的含义,由此形成两个自然的诗节。可见,鲍照在句句押韵的旧体中,不仅善于利用转韵来区分诗行诗节,还依靠文意在单数句诗篇中分行分节,充分发挥了早期七言体的结构特点,这是其七言旧体的创新所在。

再看《拟行路难》四首。《乐府解题》:"《行路难》,备言世路艰难及离别悲伤之意,多以'君不见'为首。"钱仲联增补云:"《行路难》本汉代歌谣,晋人袁山松改变其音调,制造新辞。古辞与袁辞今俱佚。"③ 就鲍照之诗来看,或悲人命短浅,或发思妇之怨、征夫之愁,或抒自身之郁结,与古题的主题基本一致。古辞、袁辞不存,难考其形制上的特点。就鲍诗来看,四首中有三首为隔句押韵,一首为句句韵与隔句韵交错,这在此前少有也。如《拟行路难》其一,前四个赋体句为两组工整的对偶

---

① 葛晓音:《中古七言体式的转型——兼论"杂古"归入"七古"类的原因》,《北京大学学报》2008 年第 2 期。
② 沈约:《宋书》,中华书局 1974 年版,第 552 页。
③ 钱仲联:《鲍参军集注》,上海古籍出版社 2005 年版,第 225 页。

句，隔句押韵，后面六句两句一行，亦为隔句押韵，结构鲜明。其三，前八句为七言句，最后两句为赋体句，七言句和赋体句的相互穿插容易在押韵方式上取得一致，也就更容易变成隔句韵。其十二，前十句隔句押韵，首句入韵，结尾四句转韵，为一二四押韵，如此便是首尾两个一二四诗节中间夹六句隔句韵。其十三，首四句为两句连押，两句转韵，接着再转韵接四句连押，后面又转为隔句韵。

鲍照的杂言、七言的变化，显示了七言古诗的初期形态特征，其不仅有隔句押韵的标志，还有两句一行以及四句一节的结构特征。

三 完成了由代言体向个人体的转变——鲍照乐府诗的意义

鲍照乐府诗开拓了题材范围，完成了由代言体向个人体的转变，推动了七言与杂言体的转型，意义重大。

（一）开拓了乐府诗的题材范围

汉乐府"感于哀乐，缘事而发"，所涉及的社会生活内容比较广泛，题材较为多样。魏时，乐府不再采诗，文人选择汉乐府中的部分题材进行模拟，涉及时事的题材逐渐消失，乐府的表现空间日渐缩小，只剩下一些与曹魏之战乱时代相契合的传统题材如征人思妇、从军戍边、感伤离别、游仙、游猎等，诗人们借此表达时光短促、生离死别、盛衰变化等普遍性的人生感受。然此时文人才高气盛，尚能在旧题中翻出新意。西晋，文人沿袭汉魏旧题，对其进行选择性的模拟。他们少曹魏文人之创新精神，多就旧题写传统内容，较少个人感受的表达，由此乐府的题材内容愈少，主题范围愈窄。东晋南渡，乐府的题材主要限于艳情类，如《子夜歌》《子夜四时歌》《欢闻歌》等。

鲍照乐府诗将古诗中的题材如边塞、山水、咏物、游仙、女性等纳入进来，呈现出更为广阔的表现空间。女性题材，绮丽柔靡，对齐梁的"宫体诗"影响较大。山水题材，汉魏乐府中少有，鲍照《代阳春登荆山行》采用元嘉时常用的记游笔法，从出发到游览美景再到赏玩兴致，内容与表现方式都只在古诗中才有。咏物题材，只有曹植个别篇章有所涉及，其余甚少，鲍照《代别鹤操》以整齐的骈偶句描绘了双鹤的情态，形象精巧，与当时的古诗甚为相似。

边塞题材，此前乐府中少有，古诗中亦不多见，钟优民先生云："如同陶渊明开田园诗一派、谢灵运开山水诗一派相类似，鲍照实为中国边塞诗一派的开山之祖"①，可见鲍照边塞题材对后世影响甚大。江淹著《杂体诗》三十首，所模拟的是不同时期代表作家的代表题材，模拟鲍照的为《戎行》。锺嵘《诗品》列"五言之警策者"，即有"鲍照戍边"，这意味着"戎行""戍边"一类代表了鲍照诗歌的主要成就。梁、陈时，简文帝萧纲的《从军行》、褚翔的《雁门太守行》、庾肩吾的《陇西行》，写边塞生活，包含着征人思妇之恋情，边塞诗既有风云气又有儿女情，章培恒、骆玉明认为，"梁、陈的诗人普遍重视边塞题材的独特的审美价值，无疑与鲍照的影响有关。"② 唐代诗人受鲍照影响亦很深。如王维的《陇头吟》《老将行》中的抒情主人公形象，与鲍照《代东武吟》中的老军人如出一辙。高适《燕歌行》中"少妇城南欲断肠，征人蓟北空回首"所叙述的思妇"断肠"、征人"空回首"之处境，与鲍照《拟行路难》中的"我行离邑已万里，今方羁役去远征。来时闻君妇，闺中媚居独宿有贞名。亦云悲朝泣闲房，又闻暮思泪沾裳"有异曲同工之处。岑参"马毛带雪汗气蒸，五花连钱旋作冰"（《走马川行奉送出师西征》），"将军角弓不得控，都护铁衣冷难着"（《白雪歌送武判官归京》），明显是对鲍照"马毛缩如蝟，角弓不可张"（《代出自蓟北门行》）的化用。等等。

　　整体来看，鲍照将古诗中常用的题材均付诸乐府诗的创作中，增强了乐府诗的表现空间，为之后乐府诗的创作提供了题材范式。

　　（二）完成了乐府诗由代言体向个人体的转变

　　汉乐府以叙事为基本特征，沈德潜所谓"措词叙事，乐府为长"③ 是也，一般采用第三人称的视角进行表述。如辛延年《羽林郎》、宋子侯《董娇娆》，皆是以旁观者的口吻，娓娓道来。曹魏乐府，在借古题写时事的乐府中，有对相关背景及特定事件的交代，采用第三人称叙事视角进行叙述，如王粲的《七哀诗》等。在抒情言志的乐府中，直接从人们的一般感受出发，抒情之事或淡化或隐而不提，如曹操《短歌行》《善哉行》《步出夏门行》及曹植《吁嗟篇》等。西晋拟乐府承汉魏旧题的主题范围少有变化，在表现方式上亦多采用汉乐府第三人称的叙事视角，如傅玄《艳歌行》《秦女休行》等。

---

①　钟优民：《中国诗歌史·魏晋南北朝》，吉林大学出版社 1989 年版，第 264 页。
②　章培恒、骆玉明：《中国文学史》，复旦大学出版社 1996 年版，上册，第 379 页。
③　沈德潜：《古诗源·凡例》，中华书局 1963 年版。

鲍照在继曹魏诗人如曹操、曹植等之后，在乐府诗中融入了更多的个人的遭遇与不平。如《代陈思王白马篇》末尾的"但令塞上儿，知我独为雄"，《代结客少年场行》中的"今我独何为，坎壈怀百忧"，虽借诗中设计人物之口发出，但实为诗人自己胸臆间的感叹。《拟行路难》十八首其四的"心非木石岂无感，吞声踯躅不敢言"、其五的"人生苦多欢乐少"、其十七的"日月流迈不相饶，令我愁思怨恨多"更是直接以第一人称的视角抒发内心的激愤。可见其乐府诗已从言他人事转为言自己事，从发他人感慨转为抒自己情志，从代他人言而转为为自己言。

这种变化对于个性鲜明的诗人影响最大，如唐李白，其《行路难》："长风破浪会有时，直挂云帆济沧海"，《将进酒》："天生我材必有用，千金散尽还复来"，《蜀道难》："蜀道之难，难于上青天，侧身西望长咨嗟！"等等，均是以第一人称之口吻大声呼喊出内心之情感，诗人豪迈不羁之个性瞬间凸显眼前。其他如杨炯《从军行》："宁为百夫长，胜作一书生"，高适《塞下曲》："万里何辞死，一朝得成功"，岑参《银山碛西馆》："丈夫三十未富贵，安能终日守笔砚"。等等，从"我"出发，内心之激情与愤慨喷发而出，荡气回肠。胡应麟《诗薮》云："歌行至宋益衰，惟明远颇自振拔，《行路难》十八章，欲汰去浮华，反于浑朴，后来长短句实多出此。与玄晖五言，俱兆唐人轨辙矣。"① 鲍照之磊落不平之精神，与唐人昂扬向上的风貌相契合，唐人在接受其精神的同时，亦效仿其独特的表述方式，以第一人称口吻直抒胸臆，不借他人身份代言之。

整体来看，汉魏乐府的传统是以第三人称叙事、抒情为主要表现方式，曹操、曹植开始偶然使用第一人称的视角，鲍照完成了由第三人称向第一人称视角的转变，并影响了唐人乐府、歌行的创作。

（三）推动了七言与杂言体的转型

如上所论，鲍照对杂言与七言体式进行了变革：1.《代白纻歌辞》虽句句押韵，但转为两句诗行；2.《拟行路难》其一、其三、其十二已经形成了隔句押韵，一韵到底或中间换韵的结构，其十三同时包含句句韵、隔句韵两种方式。《拟行路难》其四、其十二，一二四句押韵，形成了四句一节的结构。这些变革极大地推动了七言、杂言体式的转型。

鲍照《代白纻歌辞》之后，双句成行的观念趋于稳定。如梁武帝

---

① 胡应麟：《诗薮》，上海古籍出版社 1979 年版，第 45 页。

《白纻辞》二首其一："朱丝玉柱罗象筵，飞琯促节舞少年。短歌流目未
肯前，含笑一转私自怜。"① 沈约《夏白纻歌》："朱光灼烁照佳人，含情
送意遥相亲。嫣然一转乱心神，非子之故欲谁因。翡翠群飞飞不息，愿在
云间长比翼。佩服瑶草驻容色，舜日尧年欢无极。"② 张率《白纻歌》九
首其九："遥夜忘寐起长叹，但望云中双飞翰。明月入牖风吹幔，终夜悠
悠坐申旦。谁能知我心中乱，终然有怀岁方晏。"③ 梁武帝与张率的白纻
歌辞都是句句押韵，一韵到底。沈约的是句句押韵，中间转韵。但三者均
为两句成行。

　　鲍照《拟行路难》其一、其三、其十二形成了隔句押韵，一韵到底
或中间换韵的结构，后来诗人多采用之。如沈君攸的《薄暮动弦歌》：
"柳谷向夕沈余日，蕙楼临砌徙斜光。金户半入蓁林影，兰径时移落蕊
香。丝绳玉堂传绮席，秦筝赵瑟响高堂。舞裙拂履喧珠珮，歌响出扇绕尘
梁。云边雪飞弦柱促，留宾但须罗袖长。日暮歌钟恒不倦，处处行乐为时
康。"④ 梁元帝的《燕歌行》："燕赵佳人本自多，辽东少妇学春歌。黄龙
戍北花如锦，玄菟城前月似蛾。如何此时别夫婿，金羁翠眊往交河。还闻
入汉去燕营，怨妾愁心百恨生。漫漫悠悠天未晓，遥遥夜夜听寒更。自从
异县同心别，偏恨同时成异节。横波满脸万行啼，翠眉暂敛千重结。并海
连天合不开，那堪春日上春台。乍见远舟如落叶，复看遥舸似行杯。沙汀
夜鹤啸羁雌，妾心无趣坐伤离。翻嗟汉使音尘断，空伤贱妾燕南垂。"⑤
前者为隔句押韵，一韵到底。后者隔句押韵，除了开头六句外，下面每四
句一转韵，除了押平韵，还押仄韵。

　　鲍照《拟行路难》其十三，句句韵、隔句韵均有，虽然可看作句句韵
向隔句韵演变的过渡形态，但如若这种形式一直发展，便可视为转型后的
七古的一种押韵方式。如梁武帝萧衍《河中之水歌》："河中之水向东流，
洛阳女儿名莫愁。莫愁十三能织绮，十四采桑南陌头，十五嫁为卢家妇，
十六生儿字阿侯。卢家兰室桂为梁，中有郁金苏合香。头上金钗十二行，
足下丝履五文章。珊瑚挂镜烂生光，平头奴子擎履箱。人生富贵何所望，

　　① 逯钦立辑：《先秦汉魏晋南北朝诗》，中华书局 1988 年版，第 2520 页。
　　② 同上书，第 1626 页。
　　③ 同上书，第 1784 页。
　　④ 同上书，第 2110 页。
　　⑤ 同上书，第 2035 页。

恨不早嫁东家王。"① 前六句隔句韵，且首句入韵，后八句句句韵。江总的《姬人怨》："天寒海水惯相知，空床明月不相宜。庭中芳桂憔悴叶，井上疏桐零落枝。寒灯作花羞夜短，霜雁多情恒结伴。非为陇水望秦川，直置思君肠自断。"② 前四句为一二四句韵，后四句转韵后为句句韵。由此我们认为鲍照杂用句句韵与隔句韵，实际是对七古押韵方式的积极探索。

鲍照《拟行路难》其四、其十二，一二四句押韵，四句一节的形式，奠定了歌行体的基本结构。如吴均的《行路难》五首其二："青琐门外安石榴，连枝接叶夹御沟。金塘城西合欢树，垂条照彩拂凤楼。游侠少年游上路，倾心颠倒想恋慕。摩顶至足买片言，开胸沥胆取一顾。自言家在赵邯郸，翩翩舌秒复剑端。青骊白驳的卢马，金羁绿控紫丝鞚。蹀躞横行不止进，夜夜汗血至长安。长安城中诸贵臣，争贵儒者席上珍。复闻梁王好学问，轻弃剑客如埃尘。吾丘寿王始得意，司马相如适被申。大才大辩尚如此，何况我辈轻薄人。"③ 为一二四句押韵，转韵后又是一二四句押韵，再转韵后一二四六句押韵，再转韵前四句句句押韵，后四句隔句押韵。四句或六句一节的结构连续衔接，文气贯通。还如费昶的《行路难》，一二四句押韵，四句一转韵，转运处前后各自为一诗节。等等。

李重华《贞一斋诗说》："七古自晋世乐府以后，成于鲍参军，盛于李杜，畅于韩苏，凡此俱属正锋"④。可见鲍照在七言体发展进程中的重要意义。

总体来看，鲍照乐府诗既实现了对汉魏乐府传统的回归，又进行了革新与创变。其中关于叙事视角的转变令隐藏的作者走向前台，对李白等歌行乐府影响较大，七言与杂言所形成的隔句押韵、两句一行、四句一节的结构，表现出七古的初期形态特征。因此鲍照乐府诗具有重要的转关意义，在汉魏到唐代的诗史传承中起承前启后之作用。

第五节　操纵有度的谢庄杂言诗

谢庄今存杂言诗四首，分别为《怀园引》《山夜忧》《瑞雪咏》《长

---

① 逯钦立辑：《先秦汉魏晋南北朝诗》，中华书局 1988 年版，第 1520—1521 页。

② 同上书，第 2597 页。

③ 同上书，第 1728 页。

④ 李重华：《贞一斋诗说》，丁福保《清诗话》，上海古籍出版社 1963 年版，第 923 页。

笛弄》。目前学界关于此研究，只有葛晓音先生《先唐杂言诗的节奏特征和发展趋向》略有提及，其他鲜少见之。本书将以此四首诗为中心，分析其艺术特质，探讨其在诗体发展史上的地位，以及对刘宋文学的影响。

　　杂言，是相对于齐言而言。一般来说，句式齐整，每句字数相同的诗体，称作"齐言"；反之，句式长短不拘，每句字数不尽相同的诗体，则称作"杂言"。关于"杂言"有多种称谓，乔亿《剑溪说诗》称为"杂言"①，谢榛《四溟诗话》称为"参差语"②，李东阳《麓堂诗话》称为"乐府长短句"③，刘熙载《诗概》称为"长短句"④，王士禛《带经堂诗话》称为"歌行"⑤。叶矫然《龙性堂诗话初集》既称为"乐府"⑥，又称为"长短句"⑦，朱庭珍《筱园诗话》既称为"长短句"⑧，又称为"歌行"⑨。从前人之称谓可以看出，杂言诗与乐府及七言诗有着密切的联系，即有的将杂言体归入七古，有的则将其归入乐府。要想弄清楚杂言诗的产生及归属问题，还需要从其发展的脉络说起。

一　杂言诗的来源及嬗变

　　早在《诗经》时代，就有"杂言"，但这些"杂言"是以四言为主导节奏的。有在四言中杂以三言、五言的，如《式微》："式微式微，胡不归？微君之故，胡为乎中露？"⑩ 有杂以七言、八言的，如《黍离》："彼黍离离，彼稷之苗。行迈靡靡，中心摇摇。知我者谓我心忧，不知我者谓我何求。悠悠苍天，此何人哉！"⑪ 有杂以五、六、七言的，如《伐檀》："坎坎伐檀兮，寘之河之干兮，河水清且涟猗。不稼不穑，胡取禾

---

① 乔亿：《剑溪说诗》，郭绍虞《清诗话续编》，上海古籍出版社1983年版，第1091页。

② 谢榛：《四溟诗话》，丁福保《历代诗话续编》，中华书局1983年版，第1141页。

③ 李东阳：《麓堂诗话》，丁福保《历代诗话续编》，中华书局1983年版，第830页。

④ 刘熙载：《诗概》，郭绍虞《清诗话续编》，上海古籍出版社1983年版，第2345页。

⑤ 王士禛：《带经堂诗话》，人民文学出版社1982年版，第1149页。

⑥ 叶矫然：《龙性堂诗话初集》，郭绍虞《清诗话续编》，上海古籍出版社1983年版，第951页。

⑦ 同上书，第952页。

⑧ 朱庭珍：《筱园诗话》，郭绍虞《清诗话续编》，上海古籍出版社1983年版，第2386页。

⑨ 同上书，第2388页。

⑩ 方玉润：《诗经原始》，中华书局1986年版，第138页。

⑪ 同上书，第191页。

三百廛兮？不狩不猎，胡瞻而庭有县貆兮？彼君子兮，不素餐兮！"① 等等。可见，《诗经》中的杂言诗虽有三、五、六、七、八言的融入，但仍以四言为主，四言形成一个二二或一二×的基本节奏，其他几种句式或以连接词（如之、而、以等）形成停顿点，或以句末"兮"字形成节奏点，与四言相配。加之《诗经》多为重章复沓的结构，使得这些杂言诗都极富顿挫有致的节奏感。至于这种"杂言"句式的形成原因，李东阳《麓堂诗话》曰："惟乐府长短句，初无定数，最难调叠。然亦有自然之声，古所谓声依永者。谓有长短之节，非徒永也，故随其长短，皆可以播之律吕，而其太长太短之无节者，则不足以为乐。"② 谓其出于歌唱者的自然心声。因此，《诗经》时代的"杂言"是以四言为主导节奏，各种长短不齐的句式的出现是在"声依永"中自然形成的。

两汉时期的"杂言"大都见之于乐府诗。《汉书·礼乐志》载："乃立乐府，采诗夜诵，有赵、代、秦、楚之讴。以李延年为协律都尉，多举司马相如等数十人造为诗赋，略论律吕，以合八音之调，作十九章之歌。以正月上辛用事甘泉圜丘，使童男女七十人俱歌，昏祠至明。夜常有神光如流星止集于祠坛，天子自竹宫而望拜，百官侍祠者数百人皆肃然动心焉。"③ 汉设立乐府，或由官员到民间采诗，或由司马相如等文人创作辞赋，然后经由李延年等乐官对这些民间诗或文人辞赋进行律调上的打磨，协律后才由童男女歌唱。《礼乐志》载《天马》一首，诗是由三、四、五、六、七言五种句式共同构成，两句一对仗，且偶句押韵，形成了匀称和谐的节奏。除去经过乐工改造过的歌诗，还有一些童谣民谚，是通过民间口语自然形成的，如《桓帝初天下童谣》："小麦青青大麦枯，谁当获者妇与姑。丈夫何在西击胡。吏卖马，君具车，请为诸君鼓咙胡。"④ 描述的是男女劳动者的自然生活，七七七、三三七的句式是自然形成的诗节，并未经过加工改造。还有一些歌谣如《乡人谣》："天下规矩，房伯武。因师获印，周仲进。"⑤ 整齐的四三、四三句式，上下两节形成文意上的对仗，应是歌唱者加工改造，有意而为的。据此可知，两汉时期的

① 方玉润：《诗经原始》，中华书局 1986 年版，第 248 页。
② 李东阳：《麓堂诗话》，丁福保《历代诗话续编》，中华书局 1983 年版，第 1370 页。
③ 班固撰，颜师古注：《汉书》，中华书局 1962 年版，第 1045 页。
④ 房玄龄：《晋书》，中华书局 1974 年版，第 219 页。
⑤ 同上书，第 221 页。

"杂言"可分作两种,一种是乐府,一种是民谣。前者是在配乐过程中产生的,是乐官依据各类句式的长短、缓促特点而进行的有意识的协调,句式的选用取决于音乐的节奏。后者是百姓对生产生活的描述,既有直率而发的,也有经过润色改编的,但无论是天然产生的自由体还是经过加工的杂言体,均节奏分明,易于咏唱。

魏晋时期的"杂言"情况与两汉相类似。《晋书·乐志上》载:"至泰始五年,尚书奏,使太仆傅玄、中书监荀勖、黄门侍郎张华各造正旦行礼及王公上寿酒、食举乐歌诗。……(荀勖)又以魏氏歌诗或二言,或三言,或四言,或五言,与古诗不类,以问司律中郎将陈颀。颀曰:'被之金石,未必皆当。'故勖造晋歌,皆为四言,唯王公上寿酒一篇为三言五言焉。张华以为'魏上寿、食举诗及汉氏所施用,其文句长短不齐,未皆合古。盖以依咏弦节,本有因循,而识乐知音,足以制声度曲,法用率非凡近之所能改。二代三京,袭而不变,虽诗章辞异,兴废随时,至其韵逗留曲折,皆系于旧,有由然也。是以一皆因就,不敢有所改易。'此则华、勖所明异旨也。"① 从荀勖造晋歌时,遇到了"魏氏歌诗或二言,或三言,或四言,或五言,与古诗不类"的情况,以及张华所说的"魏上寿、食举诗及汉氏所施用,其文句长短不齐,未皆合古"可知,魏时与古诗不类的"杂言"是入乐的。就现存的乐府诗来看,曹操的《陌上桑》采用的是连续六个三三七句式,每一个七字句句尾便是节奏的停顿处与转折处,层次极为清晰。曹丕的《秋胡行》,用的是五五、四四、四四、四四、四四、五五、四四、四四、四四句式,在七个四四句式中规则地间隔两个五五句式,顿挫有致。因此,我们认为魏时,"杂言"仍来源于乐府,其句式的长短及彼此的搭配是由音乐的节奏决定的。

而晋时,荀勖"造晋歌,皆为四言,唯王公上寿酒一篇为三言五言焉",可知其听从张颀"被之金石,未必皆当"之言,故不将"杂言"入乐。张华"盖以依咏弦节,本有因循,而识乐知音,足以制声度曲,法用率非凡近之所能改。""至其韵逗留曲折,皆系于旧,有由然也。是以一皆因就,不敢有所改易"中的因循旧制的"旧"应是指四言,即其不主张将"杂言"入乐。但张华现存《晋四厢乐歌十六首》,却有三、四、五言相杂的情况。由此可见,晋时"杂言"既有入乐,也有不入乐的情

---

① 房玄龄:《晋书》,中华书局1974年版,第685页。

况。由此杂言诗也有两种来源：一为乐府，二为民谣。入乐合唱的杂言诗因需经过乐工锤炼，故其句式的长短是由音乐节奏所决定的。如刘妙容的两首《婉转歌》均采用了三五、七七、三五、五五的句式，是在两个三五句式之中，间以对称的七七和五五句式，前四句和后四句自然成节，韵律分明，显然是乐工打磨后的结果。产生于民间的童谣谚语，其句式应是既有自然咏叹而发的，也有经过有意识的改编的。民间歌谣如《西州为鞠氏游氏语》："鞠与游，牛羊不数头。南开朱门，北望青楼。"① 《燕童谣》："一束藁，两头然，秃头小儿来灭燕。"② 均是口语化的句子，咏唱者并未刻意加工，但句尾字藁、然、燕自然成韵，形成节奏，是朱庭珍所说的"天然合拍之音节"③。而如《安帝元兴中童谣》："长干巷，巷长干。今年杀郎君，明年斩诸桓。"④ 使用三三、五五句式，上下句讲究对仗，应是歌唱者有意识加工而令其形成节奏的，"清脆铿锵，可歌可颂"⑤。可见，魏晋时的杂言诗无论是来源于乐府诗还是民谚，均富有节奏性。

刘宋时，"杂言"的创作概况如下表所示：

表2-8　　　　　　　　　　刘宋杂言诗创作概况

作家	杂言诗数量	篇目及句式
孔欣	1	《猛虎行》（五、六言）
谢晦	1	《悲人道》（六言）
谢灵运	3	《鞠歌行》（三、七、八言），《顺东西门行》（三、七言），《上留田行》（三、六言）
王韶之	1	《咏雪离合诗》（七言）
谢惠连	4	《猛虎行》（五、六言），《鞠歌行》（三、七言），《前缓声歌》（四、五、六、七言），《顺东西门行》（三、七言）
何承天	6	《思悲公》（三、七言），《战城南》（三、七言），《巫山高》（三、四、五、七言），《上陵者》（三、七言），《有所思》（三、七言），《临高台》（三、七言）
袁淑	1	《咏寒雪诗》（七言）
刘骏	1	《离合诗》（四、六言）

---

① 逯钦立辑：《先秦汉魏晋南北朝诗》，中华书局1988年版，第1037页。
② 同上书，第1030页。
③ 朱庭珍：《筱园诗话》，郭绍虞《清诗话续编》，上海古籍出版社1983年版，第2387页。
④ 逯钦立辑：《先秦汉魏晋南北朝诗》，中华书局1988年版，第1031页。
⑤ 朱庭珍：《筱园诗话》，郭绍虞《清诗话续编》，上海古籍出版社1983年版，第2388页。

作家	杂言诗数量	篇目及句式
谢庄	4	《怀园引》（三、五、六、七言），《山夜忧》（三、五、六、七言），《瑞雪咏》（三、四、五、六、七言），《长笛弄》（三、四、五、六言）
鲍照	22	《代白纻曲》二首其一（三、七言），《拟行路难》十八首其二（九、五、七言），其四（五、七言），其五（五、六、七言），其六（五、七言），其七（五、七言），其八（五、七言），其九（五、七言），其十（八、七、五言），其十一（八、七言），其十三（七、五、九言），其十四（八、七言、九言），其十五（六、七言），其十六（六、五、七言），其十七（八、七言），其十八（五、七言），《梅花落》（五、七言），《代淮南王》（三、七言），《代雉朝飞》（三、七言），《代北风凉行》（三、七言），《代空城雀》（四、五言），《代夜坐吟》（三、七言）

从表 1 - 1 可知，"杂言"可分为三类，一是纯粹的乐府诗，以鲍照《拟行路难》、何承天《思悲公》、谢灵运《鞠歌行》、谢惠连《猛虎行》等为代表，主要采用三、七言相间与五、七言相间的体式；二是游戏之作，以王韶之《咏雪离合诗》、袁淑《咏寒雪诗》、刘骏《离合诗》等为代表，句式较为整齐，或通篇七言，或四、六言相间；三是我们将要论述的纯粹的杂言古诗，以谢庄《怀园引》《山夜忧》为代表。与其他诗人相比，谢庄的杂言诗所融入的句式种类较多，特别是使用了前人所少用的六言句式，故其杂言诗三、四、五、六、七言兼备。《怀园引》的句式有五五五五，三三七五五，三三七五五等，主要是以五言与七言为主，个别夹杂着六言与三言。《山夜忧》的句式有三三三三，五五七，六六五五六六，六六六六等，以五言、六言、七言为主，个别夹杂着三言。《瑞雪咏》的句式有三三三三，四四六六，五七七七等，是三言、四言、六言、七言无规则地相杂。《长笛弄》的句式为三五六五，三三六，三五五五，以三言、五言为主，个别夹杂着六言。其中杂言诗中的五言与七言，以及个别的六言采用了以"兮"字为标志的骚体句法，如此之多的各类诗体的句式成段地组合在一起，可见其意在建构一种包容量最大的杂言体。且就题目来看，"引""忧""咏""弄"虽也有歌行性质，但已完全不同于乐府古题。因此我们认为，谢庄的四首杂言诗标志着"杂言古诗"的真正形成，意味着杂言诗脱离了乐府，成为一种独立的诗体。

可见，从先秦到刘宋，"杂言"总是与"齐言"相伴而生的。葛晓音先生在《先唐杂言诗的节奏特征和发展趋向》中说："其最早产生的原因是长短散句的无法节奏化，在发展过程中，逐渐形成的一种相对独立的诗型"①，认为在三言诗、五言诗和七言诗的形成初期，都是先出现了三、五、七言为主导的杂言，然后才形成了这几种句式的齐言，因此"杂言"是散文化的语言无法节奏化的表现形态，是齐言诗酝酿前的必然产物。就来源来看，乐府与民谣歌谣是"杂言"的母体，因此"杂古往往与乐府混为一谈，其表现感觉是服从于乐府的"②。但发展到谢庄时，其大胆突破乐府古体的传统范式，将三、四、五、六、七言各种体式均纳入"杂言"的创作中，并采用以"兮"字为标志的骚体句法，使得杂言诗从乐府中脱离出来，成为独立的诗体。

二　"吟咏情性"，"有正有变"——谢庄杂言诗的艺术特色

谢庄的四首杂言诗既承袭刘宋前杂言诗的共性，同时又表现出鲜明的个性。具体来说，有三点：一是节奏分明，二是情感浓郁，三是对仗工整。

（一）节奏分明

李东阳《麓堂诗话》："长篇中须有节奏，有操有纵，有正有变。若平铺稳布，虽多无益。"③ 谢庄的杂言诗操纵有度，正变兼具，节奏分明。具体来说，其主要采用了三种方式：一是依靠声韵形成节奏，二是依靠诗行及诗节形成节奏，三是依靠情感与文意形成节奏。

依靠声韵形成节奏。以《山夜忧》为例，诗开头七句为三三、三三、五五、七的句式，三言和五言均是隔句押微韵，七言一句自押韵。接着"出药屿"六句为六六、五五、六六句式，采用的是三×二、二兮二、×二×二式，都是隔句押韵，前两句押霁韵，后四句押文韵。"云转"四句为六六、六六句式，采用的是二兮三和三×二式，一二四句押侵韵。接着"涧鸟鸣"四句，为两个七七句式，采用三×三式，且一二四句押庚韵。"跃泉"四句，为两个五五句式，采用二三式，且一二四句押啸韵。"吊琴"八句，分别为一个五五和三个六六句式，采用的是一个二兮二和三个三×二的句式，前四句中的一二四句押韵，后四句隔句押韵，均押尤

---

① 葛晓音：《先唐杂言诗的节奏特征和发展趋向》，《文学遗产》2008 年第 3 期。
② 同上书，第 16 页。
③ 李东阳：《麓堂诗话》，丁福保《历代诗话续编》，中华书局 1983 年版，第 1371 页。

韵。"夜永"两句，为六五句式，押先韵。"南皋"四句为七言，采用的是二二三句式，一二四句押先韵。最后四句为五七、五五句式，采用的是二兮三、二二三和二三式，一二四句押删韵。可见，《山夜忧》主要采用了隔句押韵和一二四句押韵两种方式。其中一二四句押韵的方式，在谢庄以前很少见。关于其产生原因，葛晓音先生言："七言一二四押韵的诗节在杂言里出现，与杂言中原本就隔句押韵的赋体句以及五言句的影响有密切关系。"[1] 认为后来七言诗才具有的一二四句押韵的方式，其实是五言体在向七言体过渡中，因受隔句押韵的赋体影响而形成的产物，换句话说，七言杂诗是七言古诗形成前的表现形态。谢庄同时采用这两种押韵方式，便将全诗划分成了若干个层次，韵字处均形成了统一的节奏点，偶句押韵处为小的节奏点，换韵处为大的节奏点，由此整首诗一共形成23个小节奏点，10个大的节奏点，读来朗朗上口。

　　依靠诗行及诗节形成节奏。以《怀园引》为例，诗的前四句为四个五言句，采用二三句式，上下两句自然形成诗行，有两个小的节奏点，前两句与后两句又形成诗节，为一个大的节奏点。接着"去旧国"十句，为两个三三七句式与两个五五句式相间，形成四个诗行，四个小节奏点，而两个三三七与两个五五句式分别相结合，又形成两个三三七五五句式，为两个大节奏点。"风肃幌"十句为五个七七句，采用的是两个三兮三、四三与三个四三、四三的交错式，每两句形成一个诗行，共五个小诗行，五个小节奏点，前四句、后六句又分别形成诗节，两个大节奏点。后边"试托意"四句，采用的是三兮三式，每两句形成一个诗行，两个节奏点。前后两个诗行又形成诗节，为一个大的节奏点。"夭桃"四句为五五体，采用的是二三式，每两句形成一个诗行，两个节奏点。两个诗行又形成一个诗节，为一个大节奏点。"吾游"六句为五六、六七、六六体，采用的是二×二、三×二，三×二，三×三，三×二、三×二式，每两句形成一个诗行，三个小节奏点，六句形成一个诗节，为一个大节奏点。其余六句，下句比上句均多一个或两个字，应是诗人有意为之，为了造成音调的上扬和情感的迁缓延续。最后"还流"十句，为五七、六六、七七、六六、六六体，前两句为二×二、四三式，其余六言采用的是三×二式，七言采用的是三×三式，每两句形成一个诗行，五个节奏点，十句为一个

---

　　① 葛晓音：《中古七言体式的转型》，《北京大学学报》2008 年第 2 期。

诗节，形成一个大节奏点。且除去前两句，后边每个诗行形成对仗。整首诗来看，凡是偶句形成诗行处，均是小的节奏点，诗节形成处，均是大的节奏点，一共有 23 个小节奏点，9 个大节奏点。诗行之内对仗，形成小的节奏点，句群之间对仗，形成大的节奏点，往往是对仗结束，节奏也随之结束。

依靠文意形成节奏。如《长笛弄》："月起悠悠，当轩孤管流。□郁顾慕含羁，含楚复含秋。青苔蔓，荧火飞。骚骚落叶散衣。夜何长，君吹勿近伤。夜长念绵绵，吹伤减人年。"[1] 这首诗是残章，就目前所能看到的部分，应是诗人叹年华已逝的感伤之作。"月起"四句，描述了在一个皓月当空的秋夜，诗人站在轩窗前聆听箫管之乐，悠悠的管声触发了诗人的羁旅之思及孤寂之情，这四句为全诗奠定了感伤的基调，形成一个大的节奏点。其中前两句记事写景为一个小节奏点，后两句触景生情为一个小节奏点。"青苔"三句，是诗人对秋夜景物的描写，形成一个大的节奏点。前两句是客观景物青苔、荧火的描写，是一个小节奏点，后一句写飘散的黄叶落在诗人的衣服上，是主观的人与客观的景所发生的互动交流，是一个小节奏点。"夜何长"四句，写诗人因孤管之声而更加忧愁怅惘，于是劝吹管之人勿发绵绵伤音，否则身心终将消损，这是诗人与吹管之人的对话，形成一个大的节奏点。而前两句是表达勿吹伤音的主题，后两句则是对此主题的解释与补充，各自形成两个小的节奏点。总的来看，这首诗一共形成 3 个大的节奏点，8 个小的节奏点，节奏点与节奏点之间，依靠文意和情感来区分，在整体结构中划分出清晰的层次。

可见，谢庄的杂言诗或依靠声韵、或依靠诗行与诗节、或依靠文意与情感，均实现了节奏上的划分，句式之间配合协恰，顿挫有致。

（二）情感浓郁

除去《瑞雪咏》，谢庄的其他三首杂言诗都渗透着浓郁的情感，这与其表现方式有关。具体来说，有三种：一是采用富含情感意义的词语来表现，二是采用骚体句法来表现，三是采用乐府的句式来表现。

谢庄的《怀园引》《山夜忧》《长笛弄》使用了大量表现情感的词语。有的是自带情感意义，如《怀园引》中的忧、悲、意、心、想、念、怅、忘、怀、伤、咏、吟，《山夜忧》中的伤、吊、心、泪、忧、孤、

---

[1]　逯钦立辑：《先秦汉魏晋南北朝诗》，中华书局 1988 年版，第 1255 页。

愧，《长笛弄》中的孤、伤、念。等等。这些字本身就具有感伤与惆怅的意味，诗人的大量使用，无疑为诗歌涂抹了一层凄凉的色彩。有一些是间接表现情感意义的，如《怀园引》中的去、旧、违、秋、萧瑟、寒、冰、衰、逝、故，《山夜忧》中的尽、归、解、稀、留、别、沈（沉）、深、晦、绝、啼、啸，《长笛弄》中的羁、秋、飞、落、减。等等。这些含有否定意义或消极意义的词语，亦为诗人增添了无尽的愁绪。还有一些已形成固定含义的意象，如《怀园引》中的还流、归烟、汉女、楚客、零雨、秋风，《山夜忧》中的流风、惊猨、别鹤、孤管、沈疴、白发、朝露，《长笛弄》中的孤管、落叶、长夜。等等。这些意象或表现时光易逝，或表现宦游羁旅，都烘托了诗人怅惘、孤寂、抑郁的情感。

　　谢庄将骚体的句法融入创作中，增强了诗歌的抒情意味。其四首杂言诗三、四、五、六、七言兼备，除了较短的三言、四言外，其他几种句子大都采用了依"兮"而咏的骚体句式。有的的将"兮"字直接用于抒发感情的句子中，五言如《山夜忧》的"吊琴兮悠悠""影感兮心妯"，六言如《山夜忧》的"夜永兮忧绵绵""年去兮发不还"，七言如《怀园引》的"试托意兮向芳荪""心绵绵兮属荒樊""想绿苹兮既冒沼""念幽兰兮已盈园"。五言采用的是二兮二句式，六言采用的是二兮三句式，七言采用的是三兮三句式，"兮"字位于句中，将前边两字或三字的音韵缓慢拉长，情绪得到了长久的延续，"兮"字过后，后边的两字或三字，再次进行渲染，产生往复回环的效果，仿佛诗人的愁绪一直在环绕、延宕，难以消散，使得整个诗歌都弥漫着感伤的情调。还有一种是将"兮"字用于写景中，侧面烘托情感。如《山夜忧》中的"云转兮四岫沈，景阒兮双路深""涧鸟鸣兮夜蝉清，橘露靡兮薰烟轻。凌别浦兮值泉跃，经乔林兮遇猨惊"，写夕阳已落、夜幕降临，诗人行走在山间的情形。六句均是将"兮"字置于中间，用以连接多种景物与声音，通过明与暗、动与静的鲜明对比，来多层次地渲染夜的凄凉，从而衬托出诗人的孤寂与忧愁。

　　谢庄还采用了乐府诗的句式来表现情感。刘熙载《诗概》："长短句互用者，则以长句为慢声，以短句为急节。"[①] 长短句彼此相间，易于表现情感的波澜起伏。如上表所示，刘宋乐府诗即多采用三、七言相间与五、七言相间的句式。如何承天的《思悲公》："思悲公，怀衮衣，东国

---

① 刘熙载：《诗概》，郭绍虞《清诗话续编》，上海古籍出版社 1983 年版，第 2345 页。

何悲公西归”，谢惠连的《鞠歌行》：“年难留，时易陨，厉志莫赏徒劳疲”，《顺东西门行》：“哀朝菌，闵颓力，迁化常然焉肯息”等，均为整齐的三三七句式。有的是两个三三句用来记事写景，一个七字句用来抒情写志；也有的是两个三三句直接抒情写志，后边的七字句用来再次渲染情绪或升华主旨。谢庄吸收了这种手法，如《怀园引》中的“去旧国，违旧乡，旧山旧海悠且长”“登楚都，入楚关，楚地萧瑟楚山寒”，前者用两个短的三字句记叙自己离开家乡的事实，一个长的七字句表现思乡之情。三字句急促，七字句舒缓，以二二三的节奏来延长情绪，造成绵绵无尽、韵味悠长的效果。后者也一样，前两个简短的三字句陈述前往楚地的事实，一个较长的七字句表现楚地的凄凉，以二二三的节奏深化楚地之苦以反衬思乡之重。值得注意的是，谢庄还在此基础上进行了新的改造，即重复使用个别字进行渲染，如上文中的“旧”字连用三次，“楚”字连用四次，这不仅使声韵抑扬有致，而且还实现了文意的连绵与情感的循环。又如《长笛弄》：“夜何长，君吹勿近伤。夜长念绵绵，吹伤减人年。”其中“长”“伤”二字连用两次，将夜的漫长与人的忧伤联系起来，夜越长，人越伤，形成循环的模式，令诗人的愁绪难以化解。

可见，谢庄采用了情感鲜明的词语，吸收了骚体的句法，借鉴了乐府的句式，从多方面、多角度来抒发感情，使得《怀园引》《山夜忧》《长笛弄》这三首杂言诗都充溢着浓郁的感伤气息。

（三）对仗工整

除《长笛弄》外，谢庄另外三首杂言诗的对句均较多。《怀园引》共48句，对句有28句，占58.33%；《山夜忧》有43句，对句有38句，占88.37%；《瑞雪咏》共45句，对句有40句，占88.89%。

王力先生在《汉语诗律学》中将对句分为十一类二十八门。[①] 依据其划分门类，谢庄杂言诗共有16种对仗类型。天文对，如“溢迎风兮湛承露，亘临华兮被通天”，“流风乘轩卷，明月缘河飞”，“南皋别鹤伫行汉，东邻孤管入青天”；地理对，如“晷未沉而井门，嵎方霾而海溟”，“郊隰均映，江峦齐奕”，“逢镂山之既渥，承润海之方流”；地名对，如“出药屿而淹留，过香潭而一憩”，“屿侧兮初薰，潭垂兮莶菖”，“回舲祏绳户，收棹掩荆关”；同义连用字对，如“流彩犹抟，凝明亟积”，“鸿化远泊，

① 王力：《汉语诗律学》，上海教育出版社2005年版，第160—171页。

玄风遐施”，“浃纬称祥，磬挺作瑞”；人事对，如“贞性贲道，润德晖经”，“汉女悲而歌飞鹄，楚客伤而奏南弦”，“徒芳酒而生伤，友尘琴而自吊”；反义连用字对，如“岁去冰未已，春来雁不还”，“始菡萏以菣转，终徘徊而烟曳”；文学对，如“念卫风于河广，怀邶诗于毖泉”；颜色对，如“状素镜之晨光，写金波之夜晰”；时令对，如“夭桃晨暮发，春莺旦夕喧”，“咏零雨而卒岁，吟秋风以永年”；草木花卉对，如“结秋竹之丽响，引幽兰之微馨”，“想绿苹兮既冒沼，念幽兰兮已盈园”，“青苔芜石路，宿草尘蓬门”；形体对，如“回首瞻东路，延翮向秋方”；数字对，如“云转兮四岫沈，景阔兮双路深”；天文与地理对，如“辛勤越霜雾，联翩逆江汜”；宫室与地理对，如“庭光尽，山明归”；草木与地理对，如“凌别浦兮值泉跃，经乔林兮遇媛惊”；虫鱼鸟兽与地理对，如“身无厚于蜩翼，恩有重于嵩丘”。等等。

我们试举几例略作分析，如“始菡萏以菣转，终徘徊而烟曳”，此两句用了多种对仗类型，“始”与“终”是反义字对，“菡萏”与“徘徊”是联绵词对，“以”与“而”是介词对，“菣”与“烟”是草木与天文对，“转”与“曳”是同义词对。再看结构，均为三×二句式，“始”与“终”同为副词分别修饰“菡萏”与“徘徊”，“以”与“而”均为介词位于句腰，“菣转”与“烟曳”均为主谓结构。上下两句的结构、体式完全相同，对仗严密而整饬。又如“状素镜之晨光，写金波之夜晰”，用了两种对仗类型，“素”与“金”为颜色对，“晨”与“夜”为时令对。结构来看，均为三×二句式，“素镜”与“金波”均为偏正结构，而“状素镜”与“写金波”又构成了动宾结构，“晨光”与“夜晰”也为偏正结构。句子结构相同，词语意义相对，十分丁整。

此外，杂言诗中还有回环式的对仗，如“去旧国，违旧乡，旧山旧海悠且长。回首瞻东路，延翮向秋方。登楚都，入楚关，楚地萧瑟楚山寒”，是两个三三七体，在经过一个五五体后形成对仗。还有句内形成对仗的，如“风肃幌兮露濡庭”，“兮”字前后为两个整齐的主谓宾结构，主语“风”与“露”相对，谓语“肃”与“濡”相对，宾语“幌”与“庭”相对，词性相同，结构相同，均匀而对称。又如“菊有秀兮松有蕤”也是句内对，“兮”字连接两个整齐的主谓宾结构，“菊”与“松”相对，谓语均为“有”字，“秀”与“蕤”相对，词性相同，词义相近，结构相同，整饬而工严。

可见，谢庄的杂言诗不仅有句子之间的对仗，还有句内的对仗与句群的对仗，这不仅使得句子工整匀称，还使得诗歌的结构表现出层次感。

三 加速了"元嘉体"向"永明体"的过渡——谢庄杂言诗的意义

刘宋文学从孝武帝时代开始发生变革，即重视铺排描摹的"元嘉体"开始向重视吟咏情性的"永明体"过渡，诗歌风貌开始由"雅"向"俗"转变。此时谢庄正处于创作的鼎盛期，又是当时文坛的"风流领袖"，因此其创作推动了刘宋文学的变革。

（一）推动诗歌向抒情化的方向发展

谢灵运、颜延之、谢惠连等为代表的元嘉作家，追求"俪采百字之偶，争价一句之奇，情必极貌以写物，辞必穷力而追新"[1] 的创作方式，不遗余力地对物态进行描摹，以期达到"形似"的效果。如谢灵运的"初篁苞绿箨，新蒲含紫茸。海鸥戏春岸，天鸡弄和风"四句诗写山间之景色，用"苞""含""戏""弄"四个动词，变换写景的角度，由山林转入大海，由写草木转入禽鸟，动静结合，给人以极强的画面感，读者仿佛能够看到初篁苞箨、新蒲含茸、海鸥戏逐、天鸡舞弄的绚丽景象。初篁、新蒲的颜色美，海鸥、天鸡的姿态美，微风、禽鸟的声音美等，无不给人以感官上的刺激，让人如临其境。而如此之美的景象，皆是由作者精细的笔触所勾勒出来的。方东树："谢公造句极巧，而出手不觉，但见其浑成，巧之至也，以人巧造天工。"[2] 盛赞其描摹之功。

谢庄改变了此种重描摹与刻画的写作方式，在杂言诗中融入了大量的抒情成分。如上文所论，除去《瑞雪咏》，其他三首杂言诗的情感都是极其浓郁的。其所表达的情感主要有三种，一是叹年华之逝去，诗句如"流阴逝景不可追，临堂危坐怅欲悲""沈疴白发共急日，朝露过隙讵赊年""年去兮发不还，金膏玉沥岂留颜"，为自己白发已生、容颜已老的处境而伤悲，为岁月难留、时光不再而惆怅。二是写无端之愁绪，诗句如"月起悠悠，当轩孤管流""夜何长，君吹勿近伤。夜长念绵绵，吹伤减人年"，写自己深夜难以入睡，借管乐而消愁，可音乐却又催生了新愁，于是愁思加深，无法消解。还有一种是抒发思乡之情，诗句如"想绿苹

---

① 詹锳：《文心雕龙义证》，上海古籍出版社1989年版，第208页。
② 方东树著，汪绍楹校点：《昭昧詹言》，人民文学出版社1961年版，第133页。

兮既冒沼，念幽兰兮已盈园""羌故园之在目，江与汉之不可逾"，写自己久宦他乡，孤寂无依，思念故园，渴盼早日回到家乡。谢庄杂言诗中虽也有大量的景物描写，但写景之目的亦是抒情。如"风肃幌兮露濡庭，汉水初绿柳叶青。朱光蔼蔼云英英，新禽嗜嗜又晨鸣"① 四句，通过对风、水、柳叶、云、新禽等的描写，来表现季节的转变，以及时光的飞速流逝，为下文"流阴逝景不可追"做铺垫。又如"夭桃晨暮发，春莺旦夕喧。青苔芜石路，宿草尘蓬门"② 四句，是诗人所想象的故园中景物的情形，是以故园之景的美好来衬托自己的思乡之情。再如"涧鸟鸣兮夜蝉清，橘露靡兮蕙烟轻。凌别浦兮值泉跃，经乔林兮遇猿惊。跃泉屡环照，惊猿亟啼啸"③ 六句，以景物的朦胧、鸟兽的啼叫、泉水的飞跃，来渲染出一个凄清苍凉的秋夜，从而烘托出诗人孤寂的心境。可见，谢庄的杂言诗重在抒情，其关于景物的描写也是为情做铺垫，为情而服务的。

谢庄杂言诗重情的特质，影响了齐梁作家的创作，促使诗歌向着"吟咏情性"的方向发展。"永明体"代表诗人如谢朓、任昉、沈约等的作品无不具有重情的特征。如谢朓"心事俱已矣，江上徒离忧"④，写诗人在与友人的分别中，触发了"心事"，表达了自己对身世、前途的忧虑与彷徨。"佳期怅何许，泪下如流霰。有情知望乡，谁能鬒不变"⑤，写自己刚出京城，便因归期未卜而泪如雨下，表现了对亲故的思念和对未来的担忧。"安得扫蓬径，锁吾愁与疾"⑥，写诗人厌倦了纷纷扰扰的官场，但却又无法超越世俗，表现了其在仕与隐之间的忧愁和苦闷。范云"秋风两乡怨，秋月千里分"⑦，表现了诗人在月白风清的夜晚与友人分别的依

---

① 逯钦立辑：《先秦汉魏晋南北朝诗》，中华书局 1988 年版，第 1253 页。

② 同上书，第 1254 页。

③ 同上。

④ 谢朓：《新亭渚别范零陵云》，逯钦立辑：《先秦汉魏晋南北朝诗》，中华书局 1988 年版，第 1428 页。

⑤ 谢朓：《晚登三山还望京邑》，逯钦立辑：《先秦汉魏晋南北朝诗》，中华书局 1988 年版，第 1430—1431 页。

⑥ 谢朓：《高斋视事》，逯钦立辑：《先秦汉魏晋南北朝诗》，中华书局 1988 年版，第 1433 页。

⑦ 范云：《送沈记室夜别》，逯钦立辑：《先秦汉魏晋南北朝诗》，中华书局 1988 年版，第 1549 页。

依不舍之情。任昉"亲好自斯绝,孤游从此辞"①,抒发了自己辞别亲好、孤帆远行的孤寂之情。"促生悲永路,早交晚伤别"②,表现了对友人的景仰和思慕之意。"浮云难嗣音,徘徊怅谁与"③,抒发了难得友人音信的徘徊与怅惘之情。沈约"零泪向谁道,鸡鸣徒叹息"④,表现了女子夜盼归人的悲伤。"尺璧尔何冤,一旦同丘壤"⑤,表达了对友人的沉痛悼念。等等。以上诗句无论是写人生之感伤,还是写友谊之珍贵,以及自身之落寞,都是重在表现情感。由此可见,谢庄杂言诗引导永明诗歌走向了抒情化的发展道路。

(二)促使诗歌风貌由"雅"向"俗"转变

钟嵘谓谢灵运"才高词盛,富艳难踪"⑥,谓颜延之"喜用古事"⑦。元嘉作家不仅才高,而且还在创作中刻意逞才,广引典故,多用辞藻。如谢灵运的"祁祁伤豳歌,萋萋感楚吟""交交止栩黄,呦呦食苹鹿""既笑沮溺苦,又晒子云阁""仲连轻齐组,子牟眷魏阙"等诗句,或引用《诗经》《楚辞》中的句子,或化用历史人物的事迹,将各种典故融合在一起,令诗歌呈现出典雅的特征。颜延之的《车驾幸京口三月三日侍游曲阿后湖作诗》:"春方动宸驾,望幸倾五州。山只跸峤路,水若警沧流。神御出瑶轸,天仪降藻舟。万轴胤行卫,千翼泛飞浮。凋云丽璇盖,祥飙被彩斿。"诗人采用"瑶""藻"分别形容"轸""舟",使得这两种意象倍显华贵;采用"凋""祥"形容"云""飙",无疑为其增添了绚烂的色彩感;而且其所用的动词"动""倾""出""降""胤""泛"都具有沉稳的特点,令诗歌在整体上呈现出庄重典雅之貌。

谢庄杂言诗改变了这种典雅的风貌,在记事写景方面不再频繁引用典

---

① 任昉:《赠郭桐庐》,逯钦立辑:《先秦汉魏晋南北朝诗》,中华书局1988年版,第1597页。

② 任昉:《赠徐徵君》,逯钦立辑:《先秦汉魏晋南北朝诗》,中华书局1988年版,第1598页。

③ 任昉:《别萧谘议》,逯钦立辑:《先秦汉魏晋南北朝诗》,中华书局1988年版,第1599页。

④ 沈约:《夜夜曲》,逯钦立辑:《先秦汉魏晋南北朝诗》,中华书局1988年版,第1622页。

⑤ 沈约:《怀旧诗·伤谢朓》,逯钦立辑:《先秦汉魏晋南北朝诗》,中华书局1988年版,第1653页。

⑥ 陈延杰:《诗品注》,人民文学出版社1980年版,第2页。

⑦ 同上书,第43页。

故、堆砌辞藻，以较为平易的语言来表现，如"鸿飞从万里，飞飞河代起"用最常见的"飞""起"等字词来写鸿雁的飞翔。又如"岁去冰未已，春来雁不还"写季节的寒冷，不加任何藻饰，所用的意象"冰""雁"也是最常见的。在抒情方面多采用直抒胸臆的方式来表达，如"忧来年去容发衰"，直接写自己因忧愁太深而早生华发。又如"夜何长，君吹勿近伤。夜长念绵绵，吹伤减人年"，完全是用俚言俗语来写自己在漫漫长夜中的忧愁。可见，谢庄无论是写景还是抒情都具有浅近自然、通俗易懂的特色。

谢庄杂言诗这种"俗"的特点影响了"永明体"诗人的创作。记事，如范云的"田家樵采去，薄暮方来归。还闻稚子说，有客款柴扉"[①]，语言极为通俗，以谈话般的方式娓娓道来。写景，如沈约的《石塘濑听猿》："噭噭夜猿鸣，溶溶晨雾合。不知声远近，惟见山重沓。既欢东岭唱，复伫西岩答。"[②] 描绘了清晨朦胧的石塘景象。叠音词"噭噭""溶溶"读来朗朗上口，"不知""惟见"均是通俗的日常用语，"东岭唱""西岩答"也极富生活意味。谢朓"暖暖江村见，离离海树出"[③] 也是连用两个叠音词，令声音自然和谐。所用意象"江村""海树"，也较为常见，动词"见"和"出"更是常用语。抒情，如谢朓的"已伤归暮客，复思离居者"[④]、"思君隔九重，夜夜空伫立"[⑤]、"不见城壕侧，思君朝夕倾"[⑥] 等都是直接使用"思""伤"等具有情感意义的字来表现，"感于哀乐，缘事而发"，无任何矫揉造作之词，大胆直率地将感情一股脑地倒出来，酣畅淋漓。可见，谢庄杂言诗简笔勾勒的记事写景方式，以及直抒胸臆的表情方式，推动了诗歌风貌由"元嘉体"之"雅"向"永明体"之"俗"的转变。

---

① 范云：《赠张徐州谡》，逯钦立辑《先秦汉魏晋南北朝诗》，中华书局 1988 年版，第 1554 页。
② 同上书，第 1661 页。
③ 谢朓：《高斋视事》，逯钦立辑《先秦汉魏晋南北朝诗》，中华书局 1988 年版，第 1433 页。
④ 谢朓：《落日怅望》，逯钦立辑《先秦汉魏晋南北朝诗》，中华书局 1988 年版，第 1433 页。
⑤ 谢朓：《秋夜》，逯钦立辑《先秦汉魏晋南北朝诗》，中华书局 1988 年版，第 1436 页。
⑥ 谢朓：《新治北窗和何从事》，逯钦立辑《先秦汉魏晋南北朝诗》，中华书局 1988 年版，第 1441 页。

　　总之，就杂言诗的发展来说，其来源于乐府与民谚歌谣，在刘宋中期以前，其与乐府是混为一谈的。到谢庄时，其突破乐府的传统范式，将三、四、五、六、七言各种体式均融入杂言诗中，采用骚体句法，将杂言诗从乐府中解脱出来，使其成为独立的诗体。其杂言诗节奏分明，情感浓郁，对仗工整。这样的艺术特质促使诗歌向着抒情化的方向发展，实现了诗歌风貌由"雅"向"俗"的转变，加速了"元嘉体"向"永明体"的过渡进程。

第三章

刘宋辞赋的"复"与"变"

第一节 刘宋辞赋之特质及影响

汉末后，五言诗之文学地位日渐上升，辞赋地位愈趋下降。东晋文士崇尚玄谈，"因谈余气，流成文体"，文风之趋于平淡，以"铺采摛文"为重的辞赋自然也就难成气候，所谓"遒丽之辞，无闻焉耳"是也。刘宋时，玄学衰微，文咏渐渐复苏，摹形绘景之风日益弥漫开来。此时辞赋随之获得了一定的发展，虽不如诗歌成就突出，但亦有创变，反映了刘宋"诗运转关"之特质，是刘宋文学的重要组成部分。

一 "复"与"变"——刘宋辞赋的双重特质

刘宋时代，以中后期（孝武帝时代）为界，诗风、文风发生了转折。梁裴子野《雕虫论》曰："宋初迄于元嘉，多为经史。大明之代，实好斯文，高才逸韵，颇谢前哲，流波相当，兹有笃焉。自是闾阎年少，贵游总角，罔不摈落六艺，吟咏情性。"① 其作为儒学正统的代表文人，虽旨在惋惜经史之衰微，但同时也指出了刘宋中后期文风由"元嘉体"向"永明体"过渡的事实。曹道衡先生《汉魏六朝辞赋》云："以辞赋来说，刘宋一代的赋，文体有的基本上仍承袭汉魏之旧，可以'古赋'目之，有的已具骈俪色彩，可视为'骈赋'的萌芽。这种情况，大体始于刘宋中期以后。"② 指出了刘宋中后期辞赋从"古"向"骈"转变。

整体来看，刘宋初至中期以谢灵运、颜延之、谢惠连为代表的赋作

---

① 严可均辑：《全上古三代秦汉三国六朝文》，中华书局 1958 年版，第 3262 页。
② 曹道衡：《汉魏六朝辞赋》，上海古籍出版社 1989 年版，第 155 页。

家，驰骋文藻，铺排描绘，表现出对前代辞赋沿袭的一面，刘宋中至后期以谢庄、鲍照等为代表的赋作家，吟咏情性，追求巧致，表现出变革的一面。具体来说，"变"主要表现在两方面，其一，从以描摹为主向以造境与抒情为主转变；其二，形制上骈偶化加深，从非律句向律句转变。

谢灵运、颜延之、谢惠连的赋承汉魏旧制，注重对物态的描摹，追求"情必极貌以写物，辞必穷力而追新"① 的创作方式。如颜延之的《赭白马赋》，其旨在为统治者歌功颂德，刻意雕字琢句，堆砌辞藻，频繁用典，以显示自身之才华。以"附筋树骨，垂梢植发。双瞳夹镜，两权协月。异体峰生，殊相逸发"② 形容白马身姿之矫健，以"超摅绝夫尘辙，驱弩迅于灭没""且刷幽燕，昼秣荆越"③ 形容白马奔驰之快。无论是在构思方面，还是在遣词造句方面，作者都是在苦心经营，刻意显才。谢灵运的《山居赋》，主体部分继承前代赋中"前后左右广言之"的程式，铺写山川形势，下文会详论。谢惠连《雪赋》："其为状也，散漫交错，氛氲萧索。蔼蔼浮浮，瀌瀌弈弈，联翩飞洒，徘徊委积。始缘甍而冒栋，终开帘而入隙。初便娟于墀庑，末萦盈于帷席。既因方而为珪，亦遇圆而成璧。眄隰则万顷同缟，瞻山则千岩俱白。于是台如重璧，逵似连璐。庭列瑶阶，林挺琼树。皓鹤夺鲜，白鹇失素。纨袖惭冶，玉颜掩嫮。"④ 作者观察细致，对雪景进行了极为细致的刻画，但也因其太过追求形似而令赋作失去了生气与活力。从上述三人之赋作，可以看出在刘宋初至中期，时人承赋之铺采摛文之特质，竞为侈丽闳衍之辞，追求物态的形似，呈现出繁密、华丽等特征。

谢庄、鲍照改变了赋作以描摹为主的写作方式，将浓厚的情感融入其中，情景交融，增加了赋作的造境与抒情功能。如谢庄《月赋》，营造了清新淡雅之境界，表现了陈王"端忧多暇"的怅惘之情，下面会详论。鲍照的《芜城赋》，写广陵城前后盛衰的情景，营造了苍凉之意境，表现了作者凄怆之情。下面亦会详论。再如鲍照的《园葵赋》："彼圆行而方

① 詹锳:《文心雕龙义证》，上海古籍出版社 1989 年版，第 208 页。
② 严可均辑:《全上古三代秦汉三国六朝文》，中华书局 1958 年版，第 2633 页。
③ 同上。
④ 同上书，第 2623 页。

止，固得之于天性。伊冬箑而夏裘，无双功而并盛。"① 先描摹了园葵的形态及天性，接着便附之以"荡然任心，乐道安命"② 的议论，来比喻自身品行的高洁，并非为描写而描写。又如《芙蓉赋》："故其为芳也绸缪，其为媚也奔发。对妆则色殊，比兰则香越。泛明彩于宵波，飞澄华于晓月。陋荆姬之朱颜，笑夏女之光发。"③ 细致而生动地描摹了芙蓉的芳香、妩媚、艳丽，继而便随之以"恨狎世而贻贱，徒爱存而赏没。虽凌群以擅奇，终从岁而零歇"④ 的殒没和飘零，比喻自身有志难伸的无奈和苦楚，前面对芙蓉外在美的刻画实际上是在为后面的喻志做铺垫。从上述几篇赋来看，作者之重心已经不再是对客观物态的极力展示，而是在主观情感与志向的抒发，这样情景交融的写作方式，为赋作增加了无限的韵味与深度。

谢灵运、颜延之、谢惠连的赋作不甚讲究句式的属对与音节的和谐。如颜延之的《白鹦鹉赋》：

> 禀仪素域，继体寒门，貌履玄而被洁，性既春而示温。虽言禽之末品，妙六气而克生。往秘奇于鬼服，来充美于华京。恨仪凤之无辨，惜晨鹭之徒暄。思受命于黄发，独含辞而采言。起交河之荣薄，出天山之无垠。既达美于天居，亦俪景于云阿。渐惠和之方渥，缀风土而未讹。服琐翩于短衿，仰梢云之曾柯。凯天纲之一布，漏微翰于山阿。⑤

> 平 仄，　仄 平，　仄 平　仄，仄 平　平。平 平
> 仄，仄 仄　平。仄 平 仄，平 仄　平。仄 仄　仄，平 平
> 平　平。平 仄　仄，仄 平　平。仄 平　仄，仄 平
> 平。仄 仄　平，仄 平 平。仄 平　仄，仄 仄
> 平。仄 平　平，仄 平 平。仄 平　仄，仄 仄　平。

只有第一、二句，第五、六句，第七、八句，第十一、十二句节奏点字的平仄是相对的，其他句式均不甚合律。再如谢灵运的《怨晓月赋》：

---

① 严可均辑：《全上古三代秦汉三国六朝文》，中华书局 1958 年版，第 2689 页。
② 同上。
③ 同上书，第 2688 页。
④ 同上。
⑤ 同上书，第 2633 页。

　　卧洞房兮当何悦，灭华烛兮弄晓月。昨三五兮既满，今二八兮将
缺。浮云寨兮收泛滟，明舒照兮殊皎洁。墀除兮镜鉴，房栊兮澄彻。①
　　　　仄　平　平　仄，仄　仄　仄　仄。仄　仄　　　仄，平
仄。平　平　平　仄，平　仄平仄。　平　　仄，　仄　　仄。

　　一共 8 句，其中节奏点字为全仄声的有 3 句，基本不合律。再如谢惠
连的《甘赋》：

　　嘉寒园之丽木，美独有此贞芳。质葳蕤而怀风，性耿介而凌霜。
拟夕霞以表色，指朝景以齐圆。侔萍实乎江介，超玉英于昆山。倾子
节兮相之区，承君玩兮堂之隅。濯雨兮冒霜，长无绝兮芬敷。②
　　　　平　平　　仄，仄　仄　　平。仄　平　　平，仄　仄　　平。
仄　仄　　仄，仄　仄　　平。仄仄　　仄，平　平　　平。平　仄
　　平，平　仄　　平。仄　平　　平，仄　仄　　平。

　　只有第一、二句是平仄相对的。其中"拟夕霞以表色""侔萍实乎江
介"两句为全仄声，"超玉英于昆山"为全平声。从以上三篇较为简短的
赋作来看，以谢灵运、颜延之、谢惠连为代表的刘宋中期作家，赋句不甚
合律。这与个人无关，而是与时代有关，即当时的文坛还未充分注意到诗
赋的声律规则，否则以上述赋家极力追求形式美的文学取向来看，定会将
此纳入自己的创作中。

　　辞赋发展到谢庄时，开始重视句子的合律问题。锺嵘《诗品》："齐
有王元长（王融）者，尝谓余云：'宫商与二仪俱生，自古词人不知之，
惟颜宪子（颜延之）乃云律吕音调，而其实大谬。唯见范晔、谢庄，颇
识之尔耳。尝欲造《知音论》，未就而卒。'"③ 王融认为通音律的并非颜
延之，实为范晔与谢庄。范晔《狱中与诸甥侄书》："性别宫商，识清浊，
斯自然也。观古今文人，多不全了此处，纵有会此者，不必从根本中来。

① 严可均辑：《全上古三代秦汉三国六朝文》，中华书局 1958 年版，第 2599 页。
② 同上书，第 2623 页。
③ 陈延杰：《诗品注》，人民文学出版社 1980 年版，第 5 页。

言之皆有实证，非为空谈。年少中，谢庄最有其分，手笔差易，文不拘韵故也。"① 也认为除他以外，谢庄最解音律。如其《赤鹦鹉赋》：

> 徒观其柔仪所践，赪藻所挺，华景夕映，容光晦鲜。慧性昭和，天机自晓。审国音于寰中，达方声于遐表。及其云移霞崎，霰委雪翻。陆离翬渐，容裔鸿轩。跃林飞岫，焕若轻电溢烟门；集场栖囿，晔若夭桃被玉园。至于气淳体净，雾下崖沉。月图光于绿水，云写影于青林。溯还风而耸翮，沾清露而调音。②
>
> 　平　仄，　　仄　仄，　　仄　仄，　　平　仄。　　仄　平，　　平
> 仄。仄　平　　平，仄　平仄。　　　平　仄，　　仄　平。　平
> 仄，　　仄　平。平　仄，　　仄　仄　平；　平　仄，　　仄　平
> 平。　　　平　仄，　　仄　平。仄　平　　仄，平　仄　平。仄
> 平　　仄，平　仄　　平。

前六句节奏点字为二、四字，分别为"平仄""仄仄""仄仄""平仄""仄平""平仄"，形成音节的回环之美。"审国音"两句的节奏点在为一、三、五字，分别为"仄平平""仄平仄"，平仄相间。"及其云移霞崎"四句，除去连词"及其"，四句的节奏点字为二、四字，分别为"平仄""仄平""平仄""仄平"，节奏富有韵律，具有一种抑扬顿挫之美。"跃林"四句，四字句的节奏点字分别在二、四字上，七字句的二、四、七字上，分别为"平仄""仄仄平""平仄""仄平平"，除了"电"和"桃"二字外，这两句的节奏点字是相同的，属于往复型的平仄律，应是作者有意为之，意在避免全篇均为平仄相对而太过板滞。"至于气淳体净"六句，除去连词"至于"，四字句的节奏点字在二、四字，六字句的节奏点字第一、三、六字上，分别为"平仄""仄平""仄平仄""平仄平""仄平仄""平仄平"。每两句都是一一相对，完全合律。在这篇赋中，作者进行了各方面的尝试，一句之中平仄相间，两句之内平仄相对，形成音节上的和谐婉转之美。聂石樵谓此赋"音节之和谐，属对

---

① 严可均辑：《全上古三代秦汉三国六朝文》，中华书局 1958 年版，第 2519 页。
② 同上书，第 2625 页。

之工切，可以领会得到"①。谢庄在属对与音节方面的积极探索，推动了赋作的变革。

可见，刘宋的赋作呈现出继承与变革的双重特点，谢灵运、颜延之、谢惠连等人为代表的赋作，是承汉魏旧制，其重点在于对物态进行细致描摹，追求形似。而谢庄、鲍照等人则对前人之赋作进行了变革，将主观之情感融入对物态的描写中，重点在抒情显志。在形制上，又积极探索句式的声律与用韵问题，追求节奏的匀称与音节的和谐。

二　刘宋辞赋对齐梁辞赋的影响

如上文所述，刘宋辞赋大体为两端，一种以谢灵运、颜延之、谢惠连等为代表，重视对物（包括山水、鸟兽、气象、器用等）的精心描写，用语精工，词句雕琢，繁富铺排，穷形尽相；一种以谢庄、鲍照为代表，重视意境的营造与情感的抒发，体现了辞赋描写艺术的进步。齐梁辞赋基本上是沿着这两条路径进行发展的。

首先，齐梁作家继承了谢灵运、颜延之、谢惠连等人重描绘铺写的写法，雕琢词句，力求真实地展现出物态的原貌。如萧子范《建安城门峡赋》，是对山峡的描绘。"原夫城门之所都，乃设险于闽区。艰难过于身势，襟要甚于飞狐"②写峡之位置，在高耸的两山之间，形势险要。"长湍一流而沸涌，层山两判而盘纡。对巘双分，千霄带云。怪石随波而隐见，枯槎横出而不群"写水势之奔腾汹涌，怪石隐匿其中，或隐或现。"环诡丰隆，质状不同。班黄糅采，玄紫潜通。水奔湍其如电，声疾烈其如风。树低柯而翠郁，潭隐日而青空"③写在周边景物之映衬下，水之质状、颜色呈现出不同的变化，湍流、声音如电、如风般迅捷、疾烈。观察范围从全貌到局部，视角从远及近，宏细结合。在语句的雕琢上较为用心，写景状物甚为精细逼真。再如沈约《郊居赋》："其水草则苹萍茨荇，菁藻兼菰……其陆卉则紫蘩绿葹，天著山韭……李衡则橘林千树，石崇则杂果万株……其林鸟则翻泊颉颃，遗音下上……其水禽则大鸿小雁，天狗泽虞……其鱼则赤鲤青鲂……"④明显是继承了谢灵运《山居赋》："水

---

①　聂石樵：《魏晋南北朝文学史》，中华书局 2007 年版，第 374 页。
②　严可均辑：《全上古三代秦汉三国六朝文》，中华书局 1958 年版，第 3084 页。
③　同上。
④　同上书，第 3096 页。

草则萍藻蕴葵……其竹则二箭殊叶,四苦齐味……其木则松柏檀栎……鱼则鲕鳢鲋鳟……鸟则鹍鸿鲵鹄……"① 的写作程式,从不同方面叙写物产之丰富,刻意藻饰,驰骋文才。

其次,齐梁作家还继承了刘宋辞赋营造诗化意境,景中寓情的写法。如江淹的《泣赋》中"直视百里,处处秋烟,阒寂以思,情绪留连"② 因秋烟而生怅惘之情,明显是对鲍照《芜城赋》中的"直视千里外,唯见起黄埃,凝思寂听,心伤已摧"③ 因狂沙而生悲伤之情的效仿与化用。又如谢朓的《游后园赋》:"山霞起而削成,水积明以经复。于是敞风闱之蔼蔼,耸云馆之迢迢,周步檐以升降,对玉堂之沉寥。追夏德之方暮,望秋清之始飙"④,描绘了一幅春日美景图,后园的山、水、风、云形成了静谧祥和之境界,人置身其中,有暖意融融之感受。沈约的《愍衰草赋》:"岩陬兮海岸,冰多兮霰积。布绵密于寒皋,吐纤疏于危石。雕芳卉之九衢,霄灵茅之三脊"⑤ 写草木在秋日中日渐凋零之状,营造出一种萧瑟寥落之意境。接着下文的"风急崤道难,秋至客衣单。既伤檐下菊,复悲池上兰。飘落逐风尽,方知岁早寒。流莺暗明烛,雁声断裁续。霜夺茎上紫,风销叶中绿。秋鸿兮疏引,寒鸟兮聚飞。径荒寒草合,草长荒径微。园庭渐鞠没,霜露日沾衣。"⑥ 写庭院之荒芜、秋风之肃凉为诗人添了无端的愁绪,此种愁绪又因雁声之渐断、秋鸿之疏引而愈加浓烈,难以消逝。融情于景,情景交融,完全是诗化的意境。

上文所述,刘宋中后期辞赋不仅属对精工,而且讲究协调声律。齐梁作家承流扬波,追求更甚。祝尧《古赋骈体》云:"迨沈休文等出,四声八病起,而俳体又入于律矣。徐庾继出,又复隔句对联,以为骈四俪六,簇事对偶,以为博物洽闻。"⑦ 如谢朓的《临楚江赋》:

> 爰自山南,薄暮江潭,滔滔积水,袅袅霜岚。忧与江兮竟无际,客之行兮岁已严。尔乃云沈西岫,风动中川,驰波郁素,骇浪浮天,

---

① 顾绍柏:《谢灵运集校注》,中州古籍出版社 1985 年版,第 324—326 页。
② 严可均辑:《全上古三代秦汉三国六朝文》,中华书局 1958 年版,第 3143 页。
③ 钱仲联:《鲍参军集注》,上海古籍出版社 2005 年版,第 13 页。
④ 严可均辑:《全上古三代秦汉三国六朝文》,中华书局 1958 年版,第 2920 页。
⑤ 同上书,第 3099 页。
⑥ 同上书,第 3099—3010 页。
⑦ 祝尧:《古赋骈体》,上海古籍出版社 1993 年版,第 101 页。

明沙宿莽，石路相悬。于是雾隐行雁，霜眇虚林。迢迢落景，万里生阴。列攒筱兮极浦，弭兰鹢兮江浔。奉王罇之未暮，飡胜赏之芳音。愿希光兮秋月，承永照于遗篸。①

仄　平，　仄　平，　平　仄，　仄　平。平　平　仄　仄，仄
平　仄　平。　　　平　仄，仄　平　平，　平　仄，　仄　平，　平
仄，　仄　平。　　　仄　平，　仄　平。平　仄，仄　平。仄
平　　仄，仄　仄　平。仄　平　　仄，平　仄　平。仄　平
仄，平　仄　平。

前四句的节奏点字在二、四字上，前两句为两个"仄平"式，句内平仄相间，后两句为"平仄""仄平"，整齐相对。五、六句节奏点字分别为"平平仄仄""仄平仄平"，句内平仄相间。"尔乃"六句节奏点均在二、四字上，是三组工整的"平仄""仄平"式，严饬巧致。"于是"四句节奏点均在二、四字上，除了"隐"字处，其他为"平仄"与"仄平"式。"列攒筱"四句，节奏点在第一、三、六字上，前两句句内平仄相间，后两句句内、句间平仄相对。最后两句，节奏点亦在第一、三、六字上，上下两句平仄相对，音韵和谐。整体来看，全赋共22句，其中21句为句内平仄相间，14句为上下两句平仄相对，律化程度甚高。其他再如张融的《海赋》：

起龙途于灵步，翔螭道之神飞。浮微云之如蕾，落轻雨之依依。浮舻杂轴，游舶交艘。帷轩帐席，方远连高。②

仄　平　仄，平　仄　平。平　平　仄，仄　仄　平。
平　仄，仄　平。平　仄，仄　平。

萧纲的《鸳鸯赋》：

朝飞绿岸，夕归丹屿。顾落日而俱吟，追清风而双举。时排荇带，乍拂菱华。③

<hr />

① 严可均辑：《全上古三代秦汉三国六朝文》，中华书局1958年版，第2918页。
② 同上书，第2872页。
③ 同上书，第2996页。

平 仄，平 仄。仄 仄 平，平 平 仄。 平 仄，
仄 平。

前一首所示例句均为上下两句平仄相对，后一首前两句，句内平仄相对，后四句亦为上下句平仄相对。

整体来看，刘宋辞赋一方面保持了赋体铺排的特质，另一方面又增加了造境、抒情等功能，向诗化特质的方向演进。在形式上，追求属对的工切，与声律的和谐。之后齐梁的辞赋基本上是沿着其所开拓的方向发展的，可见其"复"与"变"均影响甚远。下文，我将以谢灵运《山居赋》、鲍照《芜城赋》、谢庄《月赋》为中心，具体深入地探讨刘宋辞赋之"复"与"变"，及其所产生的意义。

第二节 "大必笼天海，细不遗草树"的《山居赋》

谢灵运今存赋 14 篇，以《山居赋》最长，沈约《宋书·谢灵运传》全篇录之。关于谢灵运《山居赋》，历来褒贬不一。钱锺书先生《管锥编》云："谢诗工于模山范水，而所作诸赋，写景却鲜迥出。"[1] 曹道衡《汉魏六朝辞赋》云："他的《山居赋》见《宋书》本传，篇幅很长，且多生僻字辞，除对了解南朝庄园制有一定史料价值外，似无太多特点。"[2] 认为其艺术价值甚微。马积高先生《赋史》云："作者在结构上颇取汉赋的骨架，在描写庄园中自给自足的经济生活时也吸收了汉赋铺排的传统写法，但作者是懂得文学发展的趋势的，他力图避免枯燥的名物罗列，而侧重于景物描写，借以体现他那种高级贵族的闲情逸趣。"[3] 指出了其袭取汉大赋之体制及铺排手法，同时又进行了变革，侧重景物描写与个人情趣的表现。钟优民先生《谢灵运论稿》云："从序文里可以看出本赋在题材上已突破前人'京都宫观游猎声色之盛'的传统格局，而另辟蹊径，选择'山野草木水石谷稼之事'，表现方法上，追求平淡自然'去饰取素'，与当时文坛上讲究'瑰辞丽说'的风气，迥异其趣。"[4] 指出了变传统大

---

① 钱锺书:《管锥编》，生活·读书·新知三联书店 1979 年版，第 1285 页。
② 曹道衡:《汉魏六朝辞赋》，上海古籍出版社 1989 年版，第 158 页。
③ 马积高:《赋史》，上海古籍出版社 1987 年版，第 201 页。
④ 钟优民:《谢灵运论稿》，齐鲁书社 1985 年版，第 214 页。

赋之京都、宫殿、游猎而以山水为题材，表达方式上亦变"饰"为"素"。郭维森、许结《中国辞赋发展史》云："《山居赋》和谢灵运的山水诗一样，精彩处也在于山水景物的刻画。"① 指出其摹景精细。我认为持贬之态度者，主要是从其沿袭一面而论，以其承汉大赋之制，铺排描绘，繁冗塞滞。持褒之态度者，主要是从其变革一面而论，以其采用山水题材，体物写志，去饰取素，甚为清新。《山居赋》是否为一佳作，尚有争议，其体现了刘宋赋体之"复"与"变"，却是事实。

目前学界关于《山居赋》的研究，已经取得了一定的成果。袁凌《谢灵运山水赋研究》、杜志强《谢灵运〈撰征赋〉〈山居赋〉的注释问题》、连雯《谢灵运〈山居赋〉的生态意识》、傅志前《〈论山居赋〉植物之美》、陈怡良《谢灵运〈山居赋〉的创作意蕴及写景探胜》等文对谢灵运《山居赋》的注释、生态意识、内容、意蕴等均有所涉及。

本书在分析其艺术特质时，将重点放在其浓厚的佛学色彩以及山居生活上，以探析其对传统大赋在意蕴及内涵上的突破，并借此把握刘宋赋作之变革。

一　篇制宏大，摹景精细——《山居赋》的艺术特色

谢灵运《山居赋》承大赋之体制，规模宏大，内容中夹带自注。写法上，兼用铺排与写实两种方式，与其山水诗相似，注重景物的描摹与情态的刻画。同时作者还在赋中记述了其山居生活及其乐趣，表现了虔诚的佛教信仰，内容丰富，意蕴深厚。

（一）鸿篇大制与自注体例

《山居赋》共有 8975 言，序文有 184 言，正文有 3752 言（含脱文 44言），注文有 4937 言（含脱文 28 言）②，可谓是长篇巨作。大赋鼎盛期，枚乘《七发》（2400 言左右）、司马相如《天子游猎赋》（3800 言左右）、班固《两都赋》（含序文，4700 言左右）、张衡《二京赋》（7800 言左右）等，与其匹敌者尚少，在大赋日趋衰落的刘宋，更鲜有人为之，其苦心之经营可见一斑。

---

① 郭维森、许结：《中国辞赋发展史》，江苏教育出版社 1996 年版，第 274 页。
② 顾绍柏：《谢灵运集校注》中"远西则"一节，文阙，按"近东则""近南则""近西则""近北则""远东则""远南则""远北则"各节均为 43 字，故"远西则"处亦应有 43 字，一并计入。

　　而谢灵运为何要做此巨作呢？首先，就此赋的创作时间来看，约作于永嘉元年（424）至次年（425）上半年，第一次隐居故乡始宁时。其归隐始宁是因其所属的刘义真一党在角逐太子之位时失势，政治上的失意令其常怀激愤，他需借助文学来证明自己，而大赋铺张扬厉，适合其驰骋文藻，展示才华。其次，就此赋的题材内容来看，是写始宁别墅的山水风光，寒门士子、次等士族绝少有机会能领略到此大庄园的盛景，谢灵运穷形尽相地对此做描摹，意在彰显自己高贵之出身，祖上之功业及家族之显赫。最后，谢灵运尚"美"，本传谓其"性奢豪，车服鲜丽，衣裳器物，多改旧制，世共宗之"①，《世说新语·言语》称其"好戴曲柄笠"②。他在游赏山水时，为自然之美所打动，故而反复渲染之、精细刻画之，以期再现物态之貌。

　　与其宏伟的篇制相对应的是其繁富的内容，作者详尽地描写了始宁别墅的地理位置、庄园变迁、山水风光、丰盛物产及其山居生活等。马积高先生《赋史》云："谁也没有像他这样，把我国东晋南朝封建大庄园的图景，描绘得如此细致，就像没有第二幅图画，能像《清明上河图》那样，把五代的风俗，展现得如此具体一样。"③

　　《山居赋》采用的是自注体例。关于自注体例，何琇《樵香杂记》云："自注始于王逸，戴凯之《竹谱》、谢灵运《山居赋》用其例"。钱锺书先生《管锥编》引之，又云："苟王逸、张衡、左思诸赋之注，匪出己手，则灵运为创举矣"。④ 程章灿《魏晋南北朝赋史》："就现有材料看，自注可能是从左思《齐都赋注》开始的，之后庾阐《扬都赋》、曹毗《鬼都赋》、郭璞《蜜蜂赋》等，亦皆有注"。⑤ 我在此取后说，亦认为《山居赋》自注体例应非谢灵运首创。就其自注的篇幅来看（注文约是赋文的 1.3 倍），他是在前人之基础上将自注体例发扬光大了。

　　注释范围甚广，有音注，如在罗列鱼之种类后，注曰："鲉音优，鳢音礼，鮒音附，〔鱼与〕音叙，鳟音寸衮反。鲩音皖，鲢音连，鳊音毖仙反，鲂音房，鲔音痏，鲨〔鯋〕音沙，鳜音居缀反，鲝音上羊反，鲻地

----

①　沈约：《宋书》，中华书局 1974 年版，第 1743 页。
②　余嘉锡：《世说新语笺疏》，中华书局 1983 年版，第 189 页。
③　马积高：《赋史》，上海古籍出版社 1987 年版，第 202 页。
④　钱锺书：《管锥编》，生活·读书·新知三联书店 1979 年版，第 1287 页。
⑤　程章灿：《魏晋南北朝赋史》，江苏古籍出版社 1992 年版，第 187 页。

比之反，鱣音竹尒反，皆《说文》《字林》音。"① 典故出处注，如"率所由以及物"四句下注曰："《易》云：'不远复，无祇悔。'庶乘此得以入道。庄周云，海人有机心，鸥鸟舞而不下。今无害彼之心，各说豫于林池也。"② 地理位置注，如在"近东则"一节罗列地名后，注曰："上田在下湖之水□，名为田□。下湖，在田之下下处，并有名山川。西溪、南谷分流，谷鄣水畎入田□。西溪水出始宁县西谷鄣，是近山之最南峰者，西溪便是□之背。入西溪之里，得石墥，以石为阻，故谓为墥。石礣在西溪之东，从县南入九里，两面峻峭数十丈，水自上飞下。比至外溪，封墱十数里，皆飞流迅激，左右岩壁缘竹。闵硎，在石礣之东溪。逶迤下注良田。黄竹与其连，南界莆中也。"③ 句意注，如"爰初经略，杖策孤征。……欣见素以抱朴，果甘露于道场"④ 一节下注云："云初经略，躬自履行，备诸苦辛也。罄其浅短，无假于龟筮，贫者既不以丽为美，所以即安茅茨而已。是以谢郊郭而殊城傍。然清虚寂漠，实是得道之所也。"⑤ 句法注，如在"敬承圣诰"下注曰："贾谊《吊屈》云：'恭承嘉惠。'敬承，亦此之流。"⑥ 等等。

注文内容丰赡，阐释详尽，是赋作的重要组成部分。钟优民先生《谢灵运论稿》云："正因其有作者较为详尽的注文，千百年后人们，对它的名词典故，才不致产生歧义，不能不归功于灵运的良苦用心"。⑦ 同时，这些注文自有特色，亦可独自成文，王琳《六朝辞赋史》云："（注文）语言风格十分优美，无异于一篇山水小品，如赋中'南山则夹渠二田'一段，注文云：'南山是开创卜居之处也……'这种描写，是前人所罕见的，它对后世如齐梁吴均等人的山水小品，北朝郦道元的《水经注》，甚至唐代柳宗元的游记之文都有不同程度的启迪和影响。"⑧ 可见注文颇具价值。辅助正文，有史料文献价值；独立成篇，有艺术文学价值。

① 顾绍柏：《谢灵运集校注》，中州古籍出版社 1985 年版，第 326 页。
② 同上书，第 327 页。
③ 同上书，第 321 页。
④ 同上书，第 328 页。
⑤ 同上书，第 328 页。
⑥ 同上书，第 327 页。
⑦ 钟优民：《谢灵运论稿》，齐鲁书社 1985 年版，第 214 页。
⑧ 王琳：《六朝辞赋史》，黑龙江教育出版社 1998 年版，第 217 页。

（二）铺排与写实兼用的写作手法

《山居赋》既取"汉赋之骨架"，自然亦会沿用其铺排描绘之手法，方可成其规模与气势。然作者并非一味地只做堆砌，而是兼用了写实的手法。

在介绍始宁别墅的地理位置时，谢灵运从八个方位，即近东、近南、近西、近北、远东、远南、远西（文阙）、远北来做描述，每节均为43言，四个四言句，四个六言句，四言罗列地名，六言对其特点做进一步的渲染。如"远东则天台、桐柏，方石、太平，二韭、四明，五奥、三菁。表神异于纬牒，验感应于庆灵。凌石桥之莓苔，越栖溪之纤萦。"① 其中"天台、桐柏，方石、太平，二韭、四明，五奥、三菁"是对八个地名的简单罗列。"表神异于纬牒，验感应于庆灵。凌石桥之莓苔，越栖溪之纤萦"写诸山见于图纬，神仙所居，来往需要过石桥，越栖溪，进一步渲染了这些地方的奇异、神秘性。

写庄园之物产包括植物、动物时，亦采用上述这种手法。植物如，"水草则萍藻蕰菼，蓷蒲芹苏，蒹菰蘋蘩，荏荇菱莲。虽备物之偕美，独扶渠之华鲜。播绿叶之郁茂，含红敷之缤翻。"② 四个四言句，罗列了八种水草，四个六言句做进一步渲染，突出其丰茂与鲜丽。动物如，"鱼则鲇鳢鲋鲹，鳟鲩鲢鳊，魴鮪鲿鳜，鲝鲤鲻鳣。辑采杂色，锦烂云鲜。唼藻戏浪，泛苻流渊。或鼓鳃而漰跃，或掉尾而波旋。鲈鲔乘时以入浦，鳠{鱼迅}沿濑以出泉。"③ 前四个四言句罗列了八种鱼类，接着四个四言句写鱼之色彩与动态，后边两个六言句与两个七言句进一步描述鱼在水中嬉戏之情景。等等。

在记游叙事时，作者多采用写实的写法。如"爰初经略，杖策孤征。入涧水涉，登岭山行。陵顶不息，穷泉不停。栉风沐雨，犯露乘星。研其浅思，罄其短规。非龟非筮，择良选奇。翦棒开径，寻石觅崖。四山周回，双流逶迤。面南岭，建经台；倚北阜，筑讲堂。傍危峰，立禅室；临浚流，列僧房。对百年之高木，纳万代之芬芳。抱终古之泉源，美膏液之清长。谢丽塔于郊廓，殊世间于城傍。欣见素以抱朴，果甘露于道场。"④

---

① 顾绍柏：《谢灵运集校注》，中州古籍出版社1985年版，第322页。
② 同上书，第324页。
③ 同上书，第326页。
④ 同上书，第328页。

前十六个四言句记叙他躬自屡行、寻幽取胜之过程，栉风沐雨、披星戴月、翦榛开迳、寻石觅崖，可谓辛苦备至。然他似乎并不以此为累，接着的八个三言句写他山居之活动，建经台、筑讲堂、立禅室、列僧房，可谓乐在其中。后边的八个六言句，进一步表现自适之情趣及隐居之志向，对高木、纳芬芳、抱泉源、美膏液、抱朴见素、悠然道场，可谓美哉乐哉。这一节均是以真实之笔触在进行书写，无夸饰，无铺张，自然而平实。

作者在写其具体的山居生活时，亦采用的是写实手法。如"春秋有待，朝夕须资。既耕以饭，亦桑贸衣。艺菜当肴，采药救颓。自外何事，顺性靡违。法音晨听，放生夕归。研书赏理，敷文奏怀。凡厥意谓，扬较以挥。且列于言，诚特此推。"① 写其所食、所穿、所用、所取，或为庄园自产，或为商贸而来。日常之乐趣，或为听讲放生，或为研书敷文，自在闲逸。作者所写的都是真实的生活日常，娓娓道来，不矫揉造作，不故弄玄虚，朴素而自然。

整体来看，作者在描摹庄园之地理位置及丰盛物产时，采用的是铺排描绘的手法，在写山居风光及山居生活时，采用的是写实的手法，二者兼用，既避免了夸饰张扬，又避免了平实无味，可谓是相得益彰。

（三）摹景精细，情趣盎然

谢灵运擅于体物写志，他不仅将这种写作功力用在山水诗中，还用在了山水赋中。写景时，"大必笼天海，细不遗草树"（白居易《读谢灵运诗》句），目之所及，皆落之于笔端。又"情深于山水"（陈祚明《采菽堂古诗选》语），眼前之景常会触及其敏感之心，因景而生情。

谢灵运观察细致，能抓住景物之主要特点，对其做精细的摹刻，以求物态之形似。又，他有着深湛的审美涵养与独特的审美情趣，在对景物做细致描摹之外还能传达出其神韵，故其笔下之景往往是形神兼具。如，"抗北顶以葺馆，瞰南峰以启轩。罗曾崖于户里，列镜澜于窗前。因丹霞以赪楣，附碧云以翠椽。"② 写在北山山顶修馆，打开轩窗，可俯瞰到南山之峰，山峦层叠，连绵不绝，溪水清澈，平静如镜。在傍晚，天空悬挂着的红霞，会将馆舍染成一片赪红，在清晨，空中因苍翠的树木而染成的碧云，会将馆舍幻化成翠绿色，如此馆舍随着五颜六色的云霞而变幻出多

①　顾绍柏：《谢灵运集校注》，中州古籍出版社 1985 年版，第 331 页。
②　同上书，第 329 页。

种姿色。在谢灵运的笔下，自然之奇，造化之异，真是令人叹为观止。空间景物的姿态，色彩的变幻，如若没有其细致的观察，敏锐地捕捉朝晚的变化，是很难做出如此细致神奇的描述。且这种描述，是合乎景物的特点及其呈现的状态，谢灵运无一字赘余，可见其工巧精细。

再如，"濑排沙以积丘，峰倚渚以起阜。石倾澜而捎岩，木映波而结薮。迨南湑以横前，转北崖而掩后。隐丛灌故悉晨暮，托星宿以知左右。"① 写水流迅急奔腾，山峰突起而立，岩石为涧水激荡，灌木与溪水相映成晖，各具形态，各有特色，且以动态反衬静态，令此地更显幽谧清静，笔墨甚为酣畅。如若不是作者平日体察深入、流连甚久，是很难写出此番景致的。可见谢灵运摹景写物的精细，与他的洞察赏玩及其灵心妙悟是密不可分的。

谢灵运《游名山志》云："衣食，人生之所资；山水，性分之所适。今滞所资之累，拥其所适之性耳。"② 其回归始宁，非仅为疗伤疏郁，似有适性隐居、终焉之志。"修竹葳蕤以翳荟，灌木森沉以蒙茂。萝蔓延以攀援，花芬薰而媚秀。日月投光于柯间，风露披清于岷岫。夏凉寒燠，随时取适。阶基回互，橑棳乘隔，此焉卜寝，玩水弄石。迤即回眺，终岁罔斁。伤美物之遂化，怨浮龄之如借。眇遁逸于人群，长寄心于云霄。"③ 前面写作者山居之环境，有葳蕤的修竹、森沉的灌木、蔓延的萝枝、芬芳的花木，以及投射下的日光与月光、山间的清风玉露，优美而静谧，清爽而娱人。后面写作者触景生情，感美景而终将遂化，年寿而终究有尽，面对有限之人生，何不适性而为，隐遁山间，谢绝人群，寄心云霄。

谢灵运的山居生活是十分丰富的。"蔚蔚丰秋，苾苾香秔。送夏蚤秀，迎秋晚成。兼有陵陆，麻麦粟菽。候时觇节，递艺递熟"④，"既耕以饭，亦桑贸衣。艺菜当肴，采药救颓"⑤，写其躬耕稼穑，乐在其中。"北山二园，南山三苑。百果备列，乍近乍远。罗行布株，迎早侯晚"⑥，"六月采蜜，八月扑栗"⑦，写其艺园摘果，悠然自得。"法音晨听，放生夕

① 顾绍柏：《谢灵运集校注》，中州古籍出版社1985年版，第330—331页。
② 同上书，第272页。
③ 同上书，第330页。
④ 同上书，第324页。
⑤ 同上书，第331页。
⑥ 同上。
⑦ 同上书，第329页。

归。研书赏理，敷文奏怀"①，"安居二时，冬夏三月。远僧有来，近众无阙。法鼓朗响，颂偈清发。散华霏蕤，流香飞越，析旷劫之微言，说像法之遗旨"②，写其析理礼佛，恬静闲适。既有身体上的忙碌，又有精神上的愉悦，这样的山居生活，可谓是惬意舒适。

此外，谢灵运还澄澈心境，欲与自然泯而为一。"山中兮清寂，群纷兮自绝。周听兮匪多，得理兮俱悦。寒风兮搔屑，面阳兮常热。炎光兮隆炽，对阴兮霜雪。憩曾台兮陟云根，坐涧下兮越风穴。在兹城而谐赏，传古今之不灭。"③写高僧到庄园来讲法，因此地林木森郁，无论是冬季之寒风霜雪，还是夏季之炽热炎光，都能调节成清和适意之状态。他与众高僧或憩息于高台，或攀陟于云根，或坐于壑涧，或越过风穴，均能感受到与万物和谐共赏、与自然融为一体的玄妙境界。这样的情趣与境界，可"传古今之不灭"。

谢灵运与山水似乎有着某种天然的联系，置身其外，可精准地描摹其形态，置身其中，可适意地与其融为一体。

（四）浓厚的佛学色彩

谢灵运笃好佛理，《山居赋》记述了他敦请高僧说法解经以及对他们的尊重与礼遇，表现了其对佛教的虔诚信仰。

谢灵运自小就被送到钱塘杜明师处寄养，15 岁时回到建康，不久便信奉佛法。《山居赋》："顾弱龄而涉道，悟好生之咸宜。"④ 注文云："自弱龄奉法，故得免杀生之事。苟此悟万物生好之理。"⑤ "不杀生"是佛教徒"五戒"⑥ 之一，谢灵运在赋文与注文阐释好生戒杀之理，体现了其对佛法的崇信。

谢灵运对佛教的信仰是十分虔诚的。"敬承圣诰，恭窥前经。山野昭旷，聚落膻腥。故大慈之弘誓，拯群物之沦倾。岂寓地而空言，必有贷以善成。钦鹿野之华苑，羡灵鹫之名山。企坚固之贞林，希庵罗之芳园。虽绰容之缅邈，谓哀音之恒存。建招提于幽峰，冀振锡之希肩。庶镫王之赠

① 顾绍柏：《谢灵运集校注》，中州古籍出版社 1985 年版，第 331 页。
② 同上书，第 332 页。
③ 同上。
④ 同上书，第 327 页。
⑤ 同上。
⑥ 佛教"五戒"：不杀生、不偷盗、不淫邪、不妄语、不饮酒。

席，想香积之惠餐。事在微而思通，理匪绝而可温。"① 注文云："鹿苑，
说《四真谛》处。灵鹫山，说《般若》《法华》处。坚固林，说泥洹处。
庵罗园，说不思议处……招提，谓僧不能常住者，可持作坐处也。所谓息
肩。镫王、香积，事出《维摩经》。《论语》云：'温故知新。'理既不
绝，更宜复温，则可待为己之日用也。"② "敬承圣诰"二句，"圣诰"，
指圣人主要是佛祖菩萨们的教诲，"前经"，指他们流传下来的佛经。"敬
承""恭窥"，可看出谢灵运对他们的崇信与恭敬。"故大慈之弘誓"二
句，指因人世沉沦，阿弥陀佛立下四十八大心愿，要普度众生，拯救世
人。接着"鹿野苑""灵鹫山""坚固林""庵罗园"，均是往昔释迦牟尼
讲道说法的地方，"钦""羡""企""希"表现了其对此的向往与企羡之
情。谢灵运在自注文中，还提到虽然他对如上佛典甚为详熟，但仍愿温故
而知新，以待为己所用，字里行间流露着钦佩与尊敬之意。

谢灵运对名僧法师甚为礼遇。《山居赋》："面南岭，建经台；倚北
阜，筑讲堂。傍危峰，立禅室；临浚流，列僧房。"③ 其建经台、筑讲堂、
立禅室、列僧房，将山水之美的庄园建成佛家胜地，以与众位法师高僧一
起登临游览、解经说法。陈道贵先生云："（谢灵运）经营山墅的一个重
要的动因，便是满足其佛教信仰上的欲求。"④ 他的有心建设，是出于对
佛教的信仰与佛教徒的尊敬。

谢灵运在与法师高僧"问来答往"（《昙隆法师诔并序》），解析佛理
外，还表现出对他们人格、苦修的敬佩之情。"苦节之僧，明发怀抱。事
绍人徒，心通世表。是游是憩，倚石构草。寒暑有移，志业莫矫。观三世
以其梦，抚六度以取道。乘恬知以寂泊，含和理之窈窕。指东山以冥期，
实西方之潜兆。虽一日以千载，犹恨相遇之不早。"⑤ 注文云："谓昙
隆⑥、法流⑦二法师也。二公辞恩爱，弃妻子，轻举入山，外缘都绝，鱼
肉不入口，粪扫必在体，物见之绝叹，而法师处之夷然。诗人西发不胜造

---

① 顾绍柏：《谢灵运集校注》，中州古籍出版社 1985 年版，第 327 页。
② 同上。
③ 同上书，第 328 页。
④ 陈道贵：《从〈山居赋〉看佛教对谢客山水诗的影响》，《文史哲》1998 年第 2 期。
⑤ 顾绍柏：《谢灵运集校注》，中州古籍出版社 1985 年版，第 328 页。
⑥ 谢灵运《昙隆法师诔》："余时谢病东山，承风摇羡；岂望人期，颇以山招。法师至止，
鄙人荣役。"
⑦ 法流，生平不详。汤用彤先生以为或为《高僧传》卷七《释僧镜传》中的道流。

道者，其亦如此。往石门瀑布中路高栖之游，昔告离之始，期生东山，没存西方。相遇之欣，实以一日为千载，犹慨恨不早。"① 写昙隆、法流二法师看破红尘，遁入空门，矢志不渝，坚贞不二。他们曾暂住于庄园，傍依石崖，搭建草屋，苦修道行。体悟"三世"因果，以"六度"为超度之道，具无上之智慧，而入乎空虚之境。谢灵运与他们一起解经论道，虽一日而如千载，犹有相识恨晚之憾。谢灵运对二法师之仰慕崇敬，一览无余，同时也将其一心向佛之至诚及弘扬佛法之心意，一并表露出来。

汤用彤先生曾云："（谢灵运）其于佛教，亦只得皮毛"②，事实恐非如此，且不说其曾撰《辨宗论》阐述佛学义理，与慧严、慧观等改治《大般涅槃经》，就《山居赋》中所表现出来的佛学色彩来看，就可得到验证。

二　改变了传统大赋的流滥无味——《山居赋》的赋史意义

《山居赋》序文曰："古巢居穴处曰岩栖，栋宇居山曰山居，在林野曰丘园，在郊郭曰城旁，四者不同，可以理推。言心也，黄屋实不殊于汾阳。即事也，山居良有异乎市廛。抱疾就闲，顺从性情，敢率所乐，而以作赋。杨子云云：'诗人之赋丽以则。'文体宜兼，以成其美。今所赋既非京都宫观游猎声色之盛，而叙山野草木水石谷稼之事，才乏昔人，心放俗外，咏于文则可勉而就之，求丽，邈以远矣。览者废张、左之艳辞，寻台、皓之深意，去饰取素，傥值其心耳。意实言表，而书不尽，遗迹索意，托之有赏。"③ 明确指出了其对传统大赋之"变"，具体如下所论。

（一）写作手法上，突破传统大赋之一味铺排夸饰，更重写实与摹画

谢灵运既不取传统大赋之"京都""宫观""游猎"题材，以"山野、草木、水石、谷稼"为对象，那么其在写作方式上，便不以铺排夸饰为主，而更重写实与摹画。

如上文所述，《山居赋》在叙事时大都采用写实的手法。如首段云："谢子卧疾山顶，览古人遗书，与其意合，悠然而笑曰：夫道可重，故物为轻；理宜存，故事斯忘。"此八句文为骈句与散句的结合，所用字词如

---

①　顾绍柏：《谢灵运集校注》，中州古籍出版社1985年版，第328页。
②　汤用彤：《汉魏两晋南北朝佛教史》，北京大学出版社2011年版，第245页。
③　顾绍柏：《谢灵运集校注》，中州古籍出版社1985年版，第318—319页。

"卧疾""览""悠然"等均是立足生活实际自然而发，且不采用修辞，以内在的语言逻辑相连接，平实而自然。

还如上文所述，其在写地理位置及物产时，除了名物的罗列，还有对其的渲染与描绘。司马相如《子虚赋》写云梦一段："其东则有蕙圃，衡兰芷若，芎藭菖蒲，江蓠蘼芜，诸柘巴苴。其南则有平原广泽，登降陁靡，案衍坛曼，缘以大江，限以巫山。……其西则有涌泉清池，激水推移；外发芙蓉菱华，内隐钜石白沙。其中则有神龟蛟鼍，玳瑁鳖鼋。其北则有阴林巨树，楩柟豫章，桂椒木兰，檗离朱杨，樝梨楟栗，橘柚芬芳。"①完全是物产的罗列，文密且无生气。《山居赋》："近东则上田、下湖，西溪、南谷，石垛、石澒，闵硎、黄竹。决飞泉于百仞，森高薄于千麓。写长源于远江，派深氓于近渎。近南则……近西则杨、宾接峰，唐皇连纵。室、壁带溪，曾、孤临江。竹缘浦以被绿，石照涧而映红。月隐山而成阴，木鸣柯以起风。近北则……"②在罗列之外，还能写出景物之形状与情态，如泉之急、林之高、竹之绿、石之红等，疏密相间，富有形象感。

还如上文所述，谢灵运摹景十分细致。杨雄《蜀都赋》："春机杨柳，袅弱蝉杪，扶施连卷"③，张衡《思玄赋》："瞻昆仑之巍巍兮，临萦河之洋洋"④，左思《吴都赋》："琼枝抗茎而敷蕊，珊瑚幽茂而玲珑"⑤等亦有大量的写景之句，然却不能构成完整的画面，且大都只能摹其形，而不能具其神。《山居赋》："浚潭涧而窈窕，除菰洲之纤余。慫温泉于春流，驰寒波而秋徂。风生浪于兰渚，日倒景于椒涂。飞渐榭于中沚，取水月之欢娱。"⑥描绘潭涧、菰洲、温泉、兰渚、椒涂、渐榭、水月等湖中之景，有明有暗，有浓有淡，既有大笔之涂抹，亦有轻笔之点染，构成一幅五彩斑斓的山水画，甚为巧致、优美。

谢灵运工于模山范水，善于表现山水之形、声、色。他突破了以往京都、游猎、宫殿等大赋中铺排罗列、粗笔勾勒的描写方式，更重细笔摹

---

① 严可均辑：《全上古三代秦汉三国六朝文》，中华书局1958年版，第241页。
② 顾绍柏：《谢灵运集校注》，中州古籍出版社1985年版，第321—322页。
③ 严可均辑：《全上古三代秦汉三国六朝文》，中华书局1958年版，第402页。
④ 同上书，第760页。
⑤ 同上书，第1885页。
⑥ 顾绍柏：《谢灵运集校注》，中州古籍出版社1985年版，第324页。

画，令赋作向巧致化、精美化方向发展。

（二）语言表达上，废传统大赋之"艳辞"，"去饰取素"

大赋作者多用繁难字、生僻字，且刻意藻饰文辞，以令其作形成瑰丽宏富之貌。如，张衡《西京赋》："故其馆室次舍，采饰纤缛，裛以藻绣，文以朱绿。翡翠火齐，络以美玉。流悬黎之夜光，缀随珠以为烛。金釭玉阶，彤庭辉辉。珊瑚琳碧，瓀珉璘彬。"① 采饰、纤缛、藻绣、文、朱、绿、美、流、光、缀、珠、烛、金、玉、珊瑚、琳、瓀珉、璘彬，名词大都为珍奇玩物，形容词有鲜艳之色彩、璀璨之光芒等，全"艳辞"也。还如，左思《蜀都赋》："其间则有虎珀丹青，江珠瑕英。金沙银砾，符采彪炳，晖丽灼烁。"② 亦全是华辞丽藻。

谢灵运"废张左之艳辞"，"去饰取素"。其在用字遣词上，不选择笔画较多或精致华贵的，而是选择较易感知、较具表现力的。如"若乃南北两居，水通陆阻。观风瞻云，方知厥所"③，"因以小湖，邻于其隈。众流所凑，万泉所回"④，"山川涧石，州岸草木。既标异于前章，亦列同于后牒"⑤，"北山二园，南山三苑。百果备列，乍近乍远"⑥，"安居二时，冬夏三月。远僧有来，近众无阙"⑦ 等等，均是以寻常语出之，易解易懂，平易自然，且能准确地传达出其含义。

在句式的表达上，其少用形容词堆砌，多用动词、连词、副词连接名词，以增强句子的灵动性。如"植物既载，动类亦繁。飞泳骋透，胡可根源，观貌相音，备列山川。寒燠顺节，随宜匪敦。"⑧ 其中的"既""亦""骋""可""观""相""列""顺""匪"有效地串联起上下词，节奏明快，平实自然。其不刻意雕词琢句，以免损意害理，多用短句，字少意丰，文气劲拔。谢灵运唯恐他人难解其意，又注文曰："谓种类既繁，不可根源，但观其貌状，相其音声，则知山川之好。兴节随宜，自然

---

① 严可均辑：《全上古三代秦汉三国六朝文》，中华书局 1958 年版，第 762 页。
② 同上书，第 1883 页。
③ 顾绍柏：《谢灵运集校注》，中州古籍出版社 1985 年版，第 329 页。
④ 同上书，第 330 页。
⑤ 同上书，第 331 页。
⑥ 同上书，第 332 页。
⑦ 同上书，第 331 页。
⑧ 同上书，第 326 页。

之数，非可敦戒也。"① 较赋文还要明白晓畅，可见他是有意而为之。阅读此注文不仅不会觉得赘余，还能体味到谢灵运的深层含义，即其希望他人能体会到众多动植物之样貌音色，以及大自然之生态，并感悟到"山川之好"。谢灵运对自然生态之维护、关注，对自然品类之审美意趣，确实非常人所能及。

明王世贞《读书后》评谢诗云："然至秾丽之极，而反若平淡，琢磨之极，而更似天然。"② 清沈德潜《说诗晬语》亦云："谢诗经营而反于自然，不可及处，在新在俊。"③ 二人之所言不仅在诗，于赋同样适用。谢灵运有意要实现语言之变，从惨淡经营、精雕细琢回归到自然清新、平实简易，去饰取素，返璞归真。

（三）改变了传统大赋之枯燥无味，情致盎然，意蕴深厚

大赋作者多为写赋而写赋，通常是洋洋洒洒数千言，除了珍奇名物的罗列，华辞丽藻的堆砌，便无甚内容可值得玩味，义旨贫乏，意蕴浅薄。如司马相如《子虚赋》在大量夸饰了齐楚两国的物产后，只以一句"在诸侯之位，不敢言游戏之乐，苑囿之大"④ 而作结。《上林赋》亦如此，在极力展示天子上林苑的广大，游猎的壮观后，只以"夫以诸侯之细，而乐万乘之侈，仆恐百姓之被其尤也"而收束。班固《西都赋》写西都之位置、四郊、宫室等，极尽夸张之能事，只有"佐命则垂统，辅翼则成化，流大汉之恺悌，涕亡秦之毒螫"⑤ 等寥寥数语暗含讽刺。《东都赋》写光武帝平乱及明帝时的制度、典礼等，只略有"昭节俭"之意。张衡《二京赋》详细地描述了东西二京的文物制度如"百戏""大傩"等，最后只有"徒恨不能以靡丽为国华，独俭啬以龌龊，忘蟋蟀之谓何。岂欲之而不能，将能之而不欲欤？"⑥ 小部分的议论、讽谏之辞。等等。

如上文所述，谢灵运在《山居赋》中记述了其自适的山居生活及乐趣，"抱疾就闲，顺从性情，敢率所乐"⑦。如，在"阡陌纵横，塍埒交经。……生何待于多资，理取足于满腹"一节下注文曰："许由云：'偃

---

① 顾绍柏：《谢灵运集校注》，中州古籍出版社1985年版，第326页。
② 同上书，第501页。
③ 沈德潜著，霍松林校注：《说诗晬语》，人民文学出版社1959年版，第302页。
④ 严可均辑：《全上古三代秦汉三国六朝文》，中华书局1958年版，第243页。
⑤ 同上书，第603页。
⑥ 同上书，第767页。
⑦ 顾绍柏：《谢灵运集校注》，中州古籍出版社1985年版，第318页。

鼠饮河，不过满腹。'谓人生食足，则欢有余，何待多须邪。工商衡牧，似多须者，若少私寡欲，充命则足。"① 麻麦菽粟无须多，饱腹即可，其满足于这样躬耕自资的生活。再如，在"植物既载，动类亦繁"一节下注文曰："谓种类既繁，不可根源，但观其列状，相其音声，则知山川之好"②。又在"鸡鹊绣质，鷤鸴绶章"下注文曰："鸡鹊鷤鸴……亦锥之美者，此四鸟并美采质。"③ 他常流连于山川动植之间，"观其貌状，相其音声"，故而从内心发出"知山川之好""并美采质"之赞美，愉悦欢欣之情，可见一斑。还如，在"求归其路，乃界北山。……隐丛灌故悉晨暮，托星宿以知左右"一节下注文曰："往反经过，自非岩涧，便是水径，洲岛相对，皆有趣也。"④ 他常往返于南山与北山之间，"既瞻既眺，旷矣悠然"，放眼而望，视野宽阔，心胸开朗。所行道路，有栈道，有石阶，曲折连绵。崖壁耸立，草木繁茂，其间清潭、湍流、沙丘、泽地各具风姿，展现着自然界生命的意趣。谢灵运沉醉其中，内心之喜悦不禁流露，"皆有趣也"。

亦如上文所述，谢灵运还写了其对佛教的虔诚信仰，这又为《山居赋》增添了无限的理趣，丰厚了其意蕴。如，"安居二时，冬夏三月。远僧有来，近众无阙。法鼓朗响，颂偈清发。散华霏蕤，流香飞越。析旷劫之微言，说像法之遗旨。乘此心之一豪，济彼生之万理。启善趣于南倡，归清畅于北机。非独惬于予情，谅金感于君子，山中兮清寂，群纷兮自绝。周听兮匪多，得理兮俱悦。"⑤ 众位法师高僧前来，停留数月，远近之信徒纷纷聚集庄园，聆听高僧讲经弘法，彼时法鼓洪响，颂偈声扬，众人齐聚讲堂，高僧大师之微言遗旨，令信徒们豁然开悟，摆脱世尘诸多牵累，消除各种纠葛，文中谓"非独惬于予情，谅金感于君子"⑥，表明不仅谢灵运本人心情怡悦舒畅，其他在场的信徒听众亦有同感，皆因听到佛家义谛而"俱悦"。再如，赋末云："暨其窈窕幽深，寂漠虚远。事与情乖，理与形反。既耳目之靡端，岂足迹之所践。蕴终古于三季，俟通明于

---

① 顾绍柏：《谢灵运集校注》，中州古籍出版社 1985 年版，第 324 页。
② 同上书，第 326 页。
③ 同上。
④ 同上书，第 330—331 页。
⑤ 同上书，第 332 页。
⑥ 同上。

五眼。权近虑以停笔,抑浅知而绝简。"① 注文曰:"谓此既非人迹所求,更待三明五通,然后可践履耳。故停笔绝简,不复多云,冀夫赏音悟夫此旨也。"② 吐露了自身之"寂寞",希望有"三明五通",即大智慧者,能成为他的知音,体会他的心曲。这几句理深义丰,有言有尽而意无穷之感。

可见,《山居赋》突破了传统京都、宫殿、游猎大赋的客观夸饰名物,将个人之日常生活乐趣及感悟融入其中,生动而可爱,又将虔诚之信仰与淡泊之志向寄寓其中,古厚而深远。对于《山居赋》,尽管近代学者对其贬多而褒少,然其对传统大赋的变革,对刘宋山水赋体的开拓作用,却不能忽视。

第三节 "俯仰苍茫,满目悲凉之状"的《芜城赋》

鲍照今存赋10篇,均为短篇,以《芜城赋》成就最高,入选萧统《文选》。张惠言《七十家赋钞序》:"忿乎其气,煊乎其华,则谢庄、鲍照之为也。"③ 指出鲍照之赋颇具气骨与辞彩。孙梅《四六丛话》:"赋自左陆以下,渐趋整练。齐梁而降,益事妍华。古赋一变而为骈赋。江鲍虎步于前,金声玉润;徐庾鸿骞于后,绣错绮交;固非古音之洋洋,亦未如律体之靡靡也。"④ 指出其赋在古赋与骈赋的过渡中具有重要的意义。李详《与孙隘谙书》云:"太冲《三都》之后,士衡、安仁,渐趋今轨,明远、文通,起而振之,藻耀高翔,足称劲敌。"⑤ 指出其赋"起而振之"的承续意义。姚鼐《古文辞类纂》云:"驱迈苍凉之气,惊心动魄之辞,皆赋家之绝境也。"⑥ 林纾亦云:"文不敢斥言世祖之夷戮无辜,亦不言竟陵之肇乱,入手言广陵形胜及其繁盛,后乃写其凋敝衰飒之形,俯仰苍凉,满目悲凉之状,溢于纸上,真足以惊心动魄矣。"⑦ 二人盛赞《芜城赋》在感情及文辞上的悲凉特质及其感染力。曹道衡先生《汉魏六朝辞

① 顾绍柏:《谢灵运集校注》,中州古籍出版社1985年版,第334页。
② 同上。
③ 张惠言著,黄立新校点:《茗柯文编》,上海古籍出版社1984年版,第18页。
④ 孙梅:《四六丛话》,商务印书馆1937年版,第61页。
⑤ 姚鼐:《古文辞类纂》,世界书局1936年版,第1300页。
⑥ 同上。
⑦ 林纾选评,慕容真点校:《古文辞类纂》,浙江古籍出版社1986年版,第86页。

赋》云:"此赋所用至今盛传不衰,正是由于他具有高超的艺术技巧和强烈的感染力。"① 可见,《芜城赋》的艺术成就甚高,赋史意义甚大。

目前学界关于鲍照《芜城赋》的研究,已有一定成果。白广磊《鲍照辞赋研究》、郭晓《鲍照赋研究》、周思月《鲍照散文研究》、顾农《重读鲍照〈芜城赋〉》、张小夫《鲍照〈芜城赋〉作年考》、张宏义《南朝文坛巨子 骈赋苑中奇葩——鲍照及其〈芜城赋〉》、郭玉超《徘徊在京都和游览之间——鲍照〈芜城赋〉探析》、张燕霞《象征与记忆:鲍照〈芜城赋〉和"芜城"扬州》等对《芜城赋》的创作时间进行了考辨,分析了其题材归属以及艺术特色。

本书在分析《芜城赋》艺术特质的基础上,将其在纵向上与同类题材,在横向上与整体刘宋赋作分别进行比较,重点探讨其对赋作讽喻功能的强化意义,以及对刘宋赋体丽靡审美取向的突破意义。

一 文辞峭拔,意境苍凉——《芜城赋》的艺术特色

《芜城赋》以"芜城"为描写对象,运用了对比、夸张等修辞手法,营造了苍凉的意境,寄寓了深沉的历史感慨,句式工整,语词峭丽,艺术成就突出。

(一)以"芜城"为创作题材

清陈元龙编《历代赋汇》,将《芜城赋》置于"都邑"一类。然与大多数的都城赋不同,鲍照的写作对象并非是繁华大都,而是一座"芜城"。所写内容自然也无山川之美与品类之富,而是历经战争后的满目疮痍之状。目的也非为润色鸿业与歌功颂德,而是揭露社会现实,讽喻当朝政治。

广陵故城(今江苏扬州)本是西汉吴王刘濞封地之治所,当时城坚器利,经济富庶,品类杂盛,人多车众,甚为繁华。枚乘《七发》:"将以八月之望,与诸侯远方交游兄弟,并往观涛乎广陵之曲江,至则未见涛之形也,徒观水力之所到,则恤然足以骇矣。观其所驾轶者,所擢拔者,所扬汩者,所温汾者,所涤汔者,虽有心略辞给,固未能缕形其所由然也。"② 等曾对其盛况做过描述。

---

① 曹道衡:《汉魏六朝辞赋》,上海古籍出版社 1989 年版,第 165 页。

② 严可均辑:《全上古三代秦汉三国六朝文》,中华书局 1958 年版,第 238 页。

　　鲍照生活之时代，广陵城曾遭遇过两次浩劫。一次是北魏南侵。元嘉二十七年（450），刘宋北伐失利，北魏部队直逼长江北岸，《魏书·世祖纪》载："癸卯，车驾临江，起行宫于瓜步山。永昌王仁自历阳至于江西，高凉王那自山阳至于广陵，诸军皆同日临江。所过城邑，莫不望尘奔溃，其降者不可胜数。"[①] 在北魏军队攻入广陵城前，宋文帝刘义隆命广陵太守刘怀之烧毁城府与船只，率领百姓渡江避难，但当时有相当一部分百姓未能逃脱，成为北魏军队之俘虏，《南史·宋本纪》载："魏太武帝自瓜步退归，俘广陵居人万余家以北，徐、豫、青、冀、二兖六州杀略不可胜算，所过州郡，赤地无余。"[②] 自此广陵城元气大伤，走向衰败。另外一次是随王刘诞叛乱。大明三年（459），当时任南兖州（治广陵）刺史的随王刘诞，因受到孝武帝刘骏猜忌，于是据城而反，朝廷令沈庆之率军围攻广陵，刘诞"焚烧郭邑，驱居民百姓悉使入城，分遣书檄，要结远近"[③]，据城死守，沈庆之合江北各路之兵强攻，七月破外城与小城。攻克后，"（孝武帝）诏城内士民无大小悉杀之。……长水校尉宗越受旨行诛，躬临其事，皆先剖肠抉眼，或笞面鞭腹，苦酒灌创，然后斩之。越对之，欣欣然，若有所得。所杀凡数千人，聚人头于石头南岸，谓之骷髅山。"[④]"城陷之日，云雾晦暝，白虹临北门，亘属城内。自后广陵每风晨雨夜，有号哭之声，当时谓之芜城"[⑤]。广陵城再受重创，一蹶不振。

　　鲍照客游此处时，广陵城已是一片废墟。《芜城赋》云："泽葵依井，荒葛罥涂。坛罗虺蜮，阶斗麏鼯。木魅山鬼，野鼠城狐。风嗥雨啸，昏见晨趋。饥鹰厉吻，寒鸱吓雏。伏虣藏虎，乳血餐肤。崩榛塞路，峥嵘古馗。白杨早落，塞草前衰。棱棱霜气，蔌蔌风威。孤蓬自振，惊沙坐飞。灌莽杳而无际，丛薄纷其相依。通池既已夷，峻隅又已颓。直视千里外，唯见起黄埃。"[⑥] 井边长满了苔藓，道路萦绕着荒葛，庭堂盘布着蛇狐，阶前缠斗着鼠麏。木魅、山鬼、野鼠、城狐，在风雨中嗥叫呼啸，在晨昏间出没奔走。饥鹰、寒鸱张嘴磨牙，伏虣、藏虎饮血食肉。崩断的树木阻

---

①　魏收：《魏书》，中华书局 1974 年版，第 100 页。
②　李延寿：《南史》，中华书局 1975 年版，第 52 页。
③　沈约：《宋书》，中华书局 1974 年版，第 2031 页。
④　同上。
⑤　李延寿：《南史》，中华书局 1975 年版，第 52 页。
⑥　钱仲联：《鲍参军集注》，上海古籍出版社 2005 年版，第 13 页。

塞着通路，古老的要道愈显幽暗。在严霜寒风的吹打下，白杨、塞草早已枯黄脱落，蓬草乱舞，砂砾怒卷。草莽纷乱滋生，蔓延而无际，城池早已夷平，角楼亦已坍圮，目之所及，唯有黄埃。完全是一片荒凉阴森之地，令人毛骨悚然，不寒而栗。

　　八年之间，外侵与内讧令一座富庶之城沦为残破之地。鲍照"凝思寂听，心伤已摧"，可谓是痛之深、恨之切。建与毁、盛与衰、兴与亡、成与败，前者是如何之难，而后者是如何之易，引人感慨，发人深思。

　　（二）采用了对比、夸张、用典等手法

　　鲍照具有高超的艺术技巧，在《芜城赋》中采用了多种修辞手法，如对比、夸张等。

　　鲍照《芜城赋》以对比的手法结构全篇。开篇先写广陵之显著位置，"重江复关之隩，四会五达之庄"，乃自古形胜之地，紧接着写"全盛之时"的繁华，从"瓜剖而豆分"处转入写衰落，由此前后两段之盛衰形成鲜明的对比。"若夫"处直接写昔日之盛景化作今时之衰况，前后句在语言逻辑上发生转折，亦形成对比。最后"天道如何"一段由前文之盛衰对比，引发古今之感慨，以作收束。前后段对比，如写广陵城欣欣向荣之景象云："车挂轊，人驾肩，廛闬扑地，歌吹沸天。孳货盐田，铲利铜山，才力雄富，士马精妍。"[1] 写广陵城萧索疮痍之状况云："崩榛塞路，峥嵘古馗。白杨早落，塞草前衰。棱棱霜气，蔌蔌风威。孤蓬自振，惊沙坐飞。"[2] 许梿《六朝文絜》："从盛时极力说入，总为'芜'字张本，如此方有势有力。"[3] 从极盛转入极衰，鲜明的对比产生了动人心魄的力量。

　　鲍照在写具体之盛景及衰况时，还采用了夸张的手法。他将现实中不存在的景象通过想象和联想与所见之景结合在一起，以浓墨重彩的笔法勾勒出来。如写繁盛之景象云："是以板筑雉堞之殷，井干烽橹之勤，格高五岳，袤广三坟，崒若断岸，矗似长云，制磁石以御冲，糊赪壤以飞文。"[4] 写城池之规格，高于五岳，城池之广袤，胜于三坟，城墙之陡，可比断岸，城楼之高，犹如长云，极力夸饰其规模与高度。再如写衰败之状况云："坛罗虺蜮，阶斗麕鼯。木魅山鬼，野鼠城狐。风嗥雨啸，昏见

---

① 钱仲联：《鲍参军集注》，上海古籍出版社 2005 年版，第 13 页。
② 同上。
③ 许梿评选，黎经诰笺注：《六朝文絜笺注》，上海古籍出版社 1982 年版，第 2 页。
④ 钱仲联：《鲍参军集注》，上海古籍出版社 2005 年版，第 13 页。

晨趋。饥鹰厉吻，寒鸱吓雏。伏虣藏虎，乳血餐肤。"① 这些凶猛禽兽，并非是全部存在的，关于其厮打缠斗、磨牙吮血之状亦非现实真有，是鲍照刻意对其进行了扩大、加深的修饰与描绘，以突显芜城之荒凉与氛围之恐怖。其写全盛之时，便极尽华美之词，勾勒出一幅繁荣景象，令人有向往之意；写衰败之时，便极尽峭拔之语，营造出苍凉凄清之氛围，让人心生畏惧。

鲍照还在赋中灵活化用了典故。如在写统治分崩离析时云："出入三代，五百余载，竟瓜剖而豆分"，是对《汉书》"高帝瓜分天下"与《史记》"天下将因秦之强怒，乘赵之弊，瓜分之"的化用。在写昔日之美人云："蕙心纨质，玉貌绛唇"，是对宋玉《笛赋》"颊颜臻，玉貌起"与扬雄《蜀都赋》"眺朱颜，离绛唇"的化用。再如在写昔日朝政清明时云："佟秦法，佚周令"，是对班固《三都赋》"览秦制，跨周法"的化用。典故的引用，能丰富赋作之内容，提高赋作之文采，然若化用不当，便有逞才之嫌。此二典之化用，较为灵巧，以寻常语出之，不着痕迹，很好地服务了赋作之内容，可见鲍照在用典方面已达到炉火纯青之地步，显示了其深厚的艺术功力。

（三）句式工整，语词峭丽

《芜城赋》全篇共86句，四言50句，六言17句，三言6句，五言9句，七言3句，八言1句，以四言、六言为主。骈句有64句，约占全赋的74.42%，骈化程度甚高。四言，如"挈货盐田，铲利铜山""坛罗虺蜮，阶斗麇鼯""白杨早落，塞草前衰"等。六言，如"南驰苍梧涨海，北走紫塞雁门""板筑雉堞之殷，井干烽橹之勤""制磁石以御冲，糊赪壤以飞文"等。这些四六骈句令赋作呈现出严饬与整练的特点。

《芜城赋》有对句68句，约占全赋的74.07%，偶化程度亦甚高。赋作的四六骈句绝大部分亦是偶句。此外，一些三言、五言、七言句亦多对偶。三言，如"车挂轊，人驾肩""佟秦法，佚周令""划崇墉，刳浚洫"。五言，如"通池既已夷，峻隅又已颓""千龄兮万代，共尽兮何言"。七言，如"边风急兮城上寒，井迳灭兮丘陇残"。这些三言、五言、七言对偶句穿插在四六言之间，既保持了赋作的精工特质，还有效地调节了行文的节奏，增强了赋文的灵动性。

---

① 钱仲联：《鲍参军集注》，上海古籍出版社2005年版，第13页。

鲍照在遣词用语方面，以奇、峭、丽著称。遍照金刚《文镜秘府论·论文意》云："鲍参军丽而气多"①，丁福林先生亦引刘勰之言称其"风清骨峻，篇体光华"②。其中赋文最为人称道的"孤蓬自振，惊沙坐飞"二句，即具此特点，清李清照曾用此八字概括鲍诗之奇险特质。曹道衡先生曾论及此二句云："'孤蓬自振，惊沙坐飞'八字，本是风吹飞蓬的普遍现象，而作者却用了'自振'二字，似乎无风自飞，有鬼怪作祟，使人在阴森的气氛中不觉毛骨悚然。"③ 再如，"饥鹰厉吻"一句，中的"厉吻"，将鹰嘴上下打磨、蠢蠢欲动的神态表现得淋漓尽致，仿佛能感觉到其飞扑上去攫取肉食的凶猛之状，读之令人震颤。其他如"吓""塞""落""摧""歇""灭""沈（沉）""绝""埋""穷"等极具破坏力的词，怪奇而峭拔，将荒凉、阴森、恐怖之景象呈现出来，激起人情感上的波澜。

鲍照还喜用具有高、广、大、丽等特征的词语，如"才力雄富，士马精妍"中的"雄富""精妍"，是直接铺陈式的表达，雄、富、精、妍同义，将其聚合在一起，表现了昔日兵强马壮的情形。再如"制磁石以御冲，糊赪壤以飞文"中的"御冲""飞文"是精心雕琢式的表达，"御"修饰"冲"，"飞"修饰"文"，表现了昔日城坚池固的盛况。其他还如"殷""勤""高""广""长"等形容词，以及"万""三""五"等数词均具有大、丽之特点，以表现昔日繁荣昌盛之局面，令人心生憧憬向往之意。

《芜城赋》句式的骈偶工整，是赋体由古赋向骈赋发展的必然趋势，而语词的峭拔、奇丽则与鲍照"英俊沉下僚"的个人遭际及其"雕藻淫艳，倾炫心魂"的艺术追求有关。

（四）意境苍凉，感情凄怆

《芜城赋》之所以历长久而不衰，是因为其具有强大的感染力，而这感染力主要与苍凉的意境及其凄怆的情感有关。

如上文所述，姚鼐称《芜城赋》云："驱迈苍凉之气"，林纾亦云："俯仰苍茫，满目悲凉之状"。这种苍凉意境的营造，主要与他所选用的

---

① 遍照金刚：《文镜秘府论》，人民文学出版社 1975 年版，第 142 页。

② 詹锳：《文心雕龙义证》，上海古籍出版社 1989 年版，第 1072 页。

③ 曹道衡：《汉魏六朝辞赋》，上海古籍出版社 1989 年版，第 165 页。

意象有关。在写广陵城破之后，鲍照选择了诸多杂木乱草意象，如"泽葵""荒葛""崩榛""白杨""塞草""孤蓬""灌莽""丛薄"等，形成纷乱、衰枯、破败的画面。还有众多凶残的飞禽野兽意象，如"虺蜮""麖麇""木魅""山鬼""野鼠""城狐""饥鹰""寒鸱""伏暴""藏虎"，它们虎视眈眈，正欲饮血食肉，造成紧张、阴森、恐怖的气氛。一些自然景象，在作者的雕饰下，亦十分衰飒萧瑟，如"风嗥""雨啸""棱棱霜气""蔌蔌风威"。还有一些地理事物，如"古榼""惊沙""黄埃"等亦烘托出风卷云涌之幽怖气氛。如此苍凉之意境，引发了作者情感上的巨大波澜。

他联想到随着芜城废墟而沉沦的王侯之家。昔日之"藻扃黼帐，歌堂舞阁之基，璇渊碧树，弋林钓渚之馆，吴蔡齐秦之声，鱼龙爵马之玩"，如今"皆熏歇烬灭，光沈响绝"；往时之"东都妙姬，南国丽人，蕙心纨质，玉貌绛唇"，此刻"莫不埋魂幽石，委骨穷尘"。那些"图修世以休命"的王侯，以及他们游宴歌舞的宫馆、乐器、玩物均已消失殆尽，而那些有着美貌与蕙心的佳人丽姬，亦都香消玉殒、委骨穷尘。面对此沧海桑田的巨变，鲍照悲叹曰："天道如何，吞恨者多"，盛衰无常、兴亡难料，一片惆怅之情郁结于心怀，剪不断、理还乱。又在赋末歌曰："边风急兮城上寒，井径灭兮丘陇残。千龄兮万代，共尽兮何言"。其采用骚体句法，依"兮"而叹，将凄怆之情无限制地延长、扩大，回荡、萦绕，久久难以消释。许梿《六朝文絜》云："收局感慨淋漓，每读一过，令人辄唤奈何。"[1] 此四句"乱辞"的感染力甚强，将作者之感怆、无奈表现得余味无穷。当然，鲍照在感慨、悲叹之余还暗含着讽刺，告诫野心家勿因一己之熏心利欲而挑起战争，摧毁城池，祸结百姓，带来难以修复的隐痛与灾难。

整体来看，《芜城赋》的景、境、情、慨是浑然一体的，无丝毫断裂之迹象。作者通过写萧条之景象，营造出苍凉的意境，以此抒发悲怆之感情，同时还寄寓着历史兴亡的感慨，彼此之间既是层层递进的，同时又是兼融密合的，水到渠成，密缝无间。文气一贯而下，急促而真切，动人心魄。姜书阁论及颜、谢、鲍之诗文成就云："世称颜、谢、鲍为'元嘉三大家'，鲍照不惟诗过颜、谢，骈文亦非颜、谢所能及，诚哉其高视六代

---

① 许梿评选，黎经诰笺注：《六朝文絜笺注》，上海古籍出版社1982年版，第2页。

也。"（《骈文史论》）可见鲍照在赋作上的造诣非同一般。

二　突破了刘宋赋体的丽靡取向——《芜城赋》的赋史意义

《芜城赋》题材独特，开写"芜城"之先例，并为之后同类赋作树立了典范；文风奇峭，突破了刘宋赋体丽靡的审美取向；内涵深厚，强化了赋作的讽喻功能，具有重大的现实意义。

（一）开写"芜城"之先例，为后代同类题材树立了典范

在《芜城赋》之前，亦有"都邑"类赋作，如班固《东都赋》、张衡《东京赋》、刘祯《鲁都赋》、刘劭《赵都赋》、左思《三都赋》等，然他们的写作对象均为繁华大都，或称赞天子声威，或歌颂山川之美。鲍照打破此种粉饰太平的写法，开写"芜城"之先例，从盛着笔，转入衰落，将广陵城之破败景象真实地呈现出来，并注入了浓郁的情感与深沉的感慨，在同类题材上具有典范意义。

梁吴均吸收了此写法，其《吴城赋》云："古树荒烟，几百千年，云是吴王所筑，越王所迁。东有铸敛残水，西有舞鹤故墟。萦具区之广泽，带姑苏之远山。仆本蓄怨，千悲亿恨，况复荆棘萧森，丛萝弥蔓，亭梧百尺，皆历地而生枝，阶筠万丈，或至杪而无叶。不见春荷夏槿，唯闻秋蝉冬蝶。木魅晨走，山鬼夜惊。不知九州四海，乃复有此吴城。"① 前四句交代吴城（今苏州）之由来，"东有"四句写昔日之盛况，"仆本"两句以抒情过渡，"况复"以下转入描绘其荒凉之状，最后"不知"两句抒古今情怀。与《芜城赋》一样，荒芜破败之景象是其所表达的重点，以此揭露萧梁时期民不聊生的社会现实，讽喻当朝之统治。表达方式亦较为隐晦，将情感寄托于"荆棘""丛萝""亭梧"等意象上，以悲景衬悲情，"言在于此，而寄意于彼，玩味乃可识"②，亦有余味无穷之妙。

宋邵雍《洛阳怀古赋》亦吸收了鲍照《芜城赋》之写法。赋云："乃眷西北，物华之妍，云情物态，气象汪然。拥楼阁以高下，焕金碧之光鲜。当地势之拱处，有王居之在焉。惜乎天子居东都，此邦若诸夏，不会要于方策，不号令于天下。声明文物，不自此而出；道德仁义，不自此而化。宫殿森列，鞠而为茂草；园囿棋布，荒而为平野。鸾舆曾不到者三十余年，

---

① 严可均辑：《全上古三代秦汉三国六朝文》，中华书局 1958 年版，第 3305 页。
② 罗大经著，王瑞来校：《鹤林玉露》，中华书局 1983 年版，第 185 页。

使人依然而叹曰：虚有都之名也。"① "乃眷"八句，写洛阳之地势及兴盛气象，"惜乎"六句以议论过渡，"宫殿"六句转入写荒芜之景象，最后三句悲叹其衰亡，结构明显取法于《芜城赋》。其又从春秋、战国、汉、魏、晋等朝之更迭出发，"阅古今变易之时，述兴亡异同之迹"②，最后论天、地、人三道之重要性，云："君上必欲上为帝事，则请执天道焉；中为王事，则请执人道焉；下为霸事，则请执地道焉。三道之间，能举其一，千古之上犹反掌焉。"③ 其关注时政、感慨古今亦是对《芜城赋》的继承。

其他还如明无名氏之《蜀都赋》，前文铺陈夸饰，写了蜀都之丰富物产及风俗民情，后文转入残酷现状的描绘，赋文云："抢木搆材，冲岚穿岫，一木乱疑，千家抢首，加以采使飞挽，石耕砂耨，负贩鸡豚，头会必究，轮蹄跙逾，掠抉斥嗉，富窜窭亡，鬻妻售幼，骨枯不能供其求，髓销太能胜其扣，地宕天寥，嚎呼靡叩，谁云蹲鸱不饥，暖此饥乌穷兽，窃怀外席中矛，何论昔肥今瘦。"④ 历史与现实的强烈对比，凭古而吊今，亦是对《芜城赋》写法的继承。

可见，《芜城赋》由盛入衰，在鲜明的对比中，揭示历史经验教训，发古今兴亡感慨的写法，为后代同类题材提供了范式。

（二）文风奇峭，突破了贵族化的审美趣味

刘宋文赋带有浓厚的贵族化趣味。他们或如谢灵运辈，远离喧嚣、寄情山水，以描摹为能事，尽物态之美，追求精细、巧致之风。或如颜延之辈，游宴于宫廷之间，奉诏而作文，引经据典，驰骋文采，崇尚华丽、典正之貌。他们仿佛是带着个人的身份与地位去创作，字句间透着华贵的气象，处处表现着士大夫的优越感。

鲍照出身寒素，游离于各藩王幕府之间，饱经磨难，倍受压抑，他对社会现实有着深刻的认识。其赋所呈现的面貌与谢、颜等人之作迥然有别，如上文所述，《芜城赋》意象险怪，语词奇丽，文风峭拔。这意味着，其突破了刘宋纤弱丽靡的文风，树奇矫险奇一派，为赋坛注入了风力与逸气。

---

① 陈元龙辑：《历代赋汇·卷三》，北京图书馆出版社1999年版，第765—766页。

② 同上书，第766页。

③ 同上。

④ 永瑢等编：《钦定四库全书·集部·历代赋汇补遗·卷五》，第1422册，上海古籍出版社1987年版，第502页。

　　江淹即受其影响,赋作颇具骨力。如《别赋》中写剑客离乡云:"割慈忍爱,离邦去里,沥泣共诀,抆血相视。驱征马而不顾,见行尘之时起。"① 所用词如"割""忍""离""去""沥""诀""抆"等语意色彩很重,奇险而刚健。《江上之山赋》中写山势云:"百重兮岩崿,如斫兮如削。峣嶷兮削出,岩崒兮穴凿。"② 所用词如"斫""削""削""崒""凿"等亦十分苍劲、峭拔。《恨赋》写孤臣、孽子、迁客、戍卒之恨云:"此人但闻悲见汨起,血下沾衿,亦复含酸茹叹,销落湮沈。"③ 笔法遒劲,慷慨悲凉。江淹与鲍照一样,"古之狷者也",无论是描绘景物,还是抒发情感,都具有尖深、劲拔之特点。

　　庾信亦受其影响。《哀江南赋》云:"或以隼翼鷃披,虎威狐假。沾渍锋镝,脂膏原野。兵弱虏强,城孤气寡。闻鹤唳而虚惊,听胡笳而泪下。拒神亭而亡戟,临横江而弃马。崩于钜鹿之沙,碎于长平之瓦。"④"于是桂林颠覆,长洲麋鹿。溃溃沸腾,茫茫埻黩。天地离阻,神人惨酷。晋郑靡依,鲁卫不睦。竞动天关,争回地轴。探雀鷇而未饱,待熊蹯而讵熟。乃有车侧郭门,筋悬庙屋。鬼同曹社之谋,人有秦庭之哭。"⑤ 所取用的动物意象如"隼""鷃""虎""狐""熊"都十分凶残,所用的动词具有摧毁性质,如"亡""弃""崩""碎""溃""离"等,所用的形容词具有否定意义,如"弱""孤""寡""惨"等。场景凄惨,意境悲怆,令人惊颤。

　　鲍照"既有逸气,又饶清骨"(贺贻孙《诗筏》),《芜城赋》亦"如饥鹰独出,奇矫无前"(敖陶孙《诗评》),打破了刘宋赋坛以丽靡为主的审美取向,影响了其后文人之创作。

　　(三) 内涵深厚,强化了赋作的讽喻功能。

　　鲍照《芜城赋》既未称颂山川之美,也非表现游览之趣,亦无悲叹个人遭际。他从广陵城之历史与现实出发,揭示了统治兴亡的内在规律,寄寓了深沉的历史感慨。这令其避免了流于形式的涂抹,突破了内容的虚无与主旨的单薄性,而更具社会现实意义。

---

　　① 严可均辑:《全上古三代秦汉三国六朝文》,中华书局 1958 年版,第 3142 页。
　　② 同上书,第 3140 页。
　　③ 同上书,第 3142 页。
　　④ 同上书,第 3923 页。
　　⑤ 同上。

　　唐刘禹锡《山阳城赋》既吸收了此种写法，通过写山阳故城（在今河南修武县）之废墟，揭示兴亡之道理。赋云："嗟乎！积是为治，积非成虐。文景之欲，处身以约。播其德芽，迄武乃获；桓灵之欲，纵心于昏，蒸其妖焰，逮献而焚。彼伊周不世兮，奸雄乘衅而腾振。物象摧以易位，被虚号而阳尊。终势弹而事去，胡窃揖让以为文？"① 写汉之灭亡，表面上看是因为奸雄篡权乱政，实则是因为桓灵二帝"纵心于昏"，揭示了"积是为治，积非成虐"之兴亡教训。"呜呼？维神器之至重兮，盖如山之不骞。使人得譬乎逐鹿，固健步者所先。谅人事之云尔，孰云当途之兆也自天！"② 指明汉之亡，非因天意，借古讽今，劝诫当朝统治者不应听天命，而应尽人事。讽谏意义鲜明，思想内蕴深邃。

　　唐李庾《两都赋》虽在体制上取法于张衡《二京赋》，然在内容与主旨上却是吸收了鲍照《芜城赋》的写法，即关注现实，揭示深刻的历史兴亡教训。如《西都赋》云："因迎春则鉴秦败，知恃刑不如恃德也；因迎夏则鉴隋怠，知猎兽不如猎贤也；因迎秋则鉴周勤，知祖基作艰，传万年也；因迎冬则鉴汉误，知去淫即正，获天祚也。四鉴以陈，泽于生人；四德以懋，格于上下。"③ 从周、秦、汉、隋之历史经验出发，发有道与无道、兴盛与衰亡之议论。《东都赋》云："则知鉴四姓之覆辙，嗣重叶之休烈，用是言也，理是事也，即所都者在东在西可也。"④ 较前者表达更为直接，劝诫统治者吸取周幽王、秦二世、汉献帝、隋炀帝惨败之教训，实行仁政，励精图治。深刻的思辨与哲理内容，令此赋突破了传统京都赋的单薄与虚无，而更具深度与厚度。

　　郭预衡先生云："过去的京都宫观之赋，都是铺叙豪华，歌功颂德；而象这样纵论兴衰、不歌不颂者，则几乎没有。这样的文章，对于此后的吊古之作是极有影响的。"⑤ 鲍照《芜城赋》是以短小的篇制，表达天下兴亡的大主题，凭古吊今，强化了赋体的讽喻功能，令其更具现实意义，并影响了其后作家的创作。

① 董浩等编：《全唐文》，中华书局1983年版，第6056页。
② 同上。
③ 同上书，第7646页。
④ 同上。
⑤ 郭预衡：《中国散文史》，上海古籍出版社2000年版，第470页。

第四节　"清空澈骨,穆然可怀"的《月赋》

《月赋》是谢庄的代表作,其与谢惠连《雪赋》并称为南朝赋坛之"双璧"。萧统《文选》将其与宋玉《风赋》、潘岳《秋兴赋》、谢惠连《雪赋》并纳入"物色"一类。孟棨《本事诗》载:"宋武帝尝吟谢庄《月赋》,称叹良久,谓颜延之曰:'希逸此作,可谓前不见古人,后不见来者。昔陈王何足尚邪!'"① 曹植才高八斗,文赋冠绝当时,宋武帝将谢庄与其匹敌,可见《月赋》成就之高,又以"前不见古人,后不见来者"之语称赞,可见《月赋》影响之大。

目前学界关于《月赋》的研究,只有曹道衡《从〈雪赋〉、〈月赋〉看南朝文风之流变》、王德华《风花雪月　物色人情——谢惠连〈雪赋〉、谢庄〈月赋〉解读》、陈庆元《形似与神似　朗健与悲怆——谢惠连〈雪赋〉与谢庄〈月赋〉对赏》等寥寥数篇,主要侧重于其艺术特质的分析。

本书在分析其艺术特质的同时,重点把握其在体制上由古向骈,题材上由咏物向抒情的转变意义,以进一步把握刘宋赋体的演变过程。

一　偶对精工,意境清雅——《月赋》的艺术特色

谢庄《月赋》采用了传统大赋"遂客主以首引"的方式来结构全篇,营造出了一种清雅冲淡的意境,并融入了浓厚的抒情意味。其在创作时多用四六句并令其句子两两相对,使《月赋》呈现出明显的骈俪特征,又依据文意的表达需要间用平仄、灵活转韵,使得《月赋》声律和谐,音韵流转。

(一)"述客主以首引"的结构

刘勰《文心雕龙·诠赋》曰:"于是荀况《礼》《智》,宋玉《风》《钓》;爰锡名号,与《诗》画境。六义附庸,蔚成大国。遂客主以首引,极声貌以穷文,斯盖别《诗》之原始,命赋之厥初也。"② 不仅追溯了赋之起源,还指明了赋之结构模式,即"遂客主以首引"。谢庄《月赋》即承袭了这种模式。其假托曹植因"初丧应刘,端忧多暇",而命王粲作

① 孟棨:《本事诗》,丁福保《历代诗话续编》,中华书局1983年版,第20页。
② 詹锳:《文心雕龙义证》,上海古籍出版社1989年版,第277页。

赋。接着便是作者假借王粲之笔，来描摹月色，"沈潜既义，高明既经……若夫气霁地表，云敛天末……若乃凉夜自凄，风篁成韵……"① 这是整篇赋的核心部分。然后引入"乱"辞，"歌曰：美人迈兮音尘阙，隔千里兮共明月……又称歌曰：月既没兮露欲晞，岁方晏兮无与归……"②，托出作者之正义，这是赋作的高潮部分。最后，再以曹植出现，"乃命执事，献寿羞璧。敬佩玉音，复之无斁"来收束全篇。

谢庄假托曹植、王粲来结构赋作，与当时的文坛风气及自身经历有关。《文心雕龙·才略》曰："宋来美谈，亦以建安为口实何也？岂非崇文之盛世，招才之嘉会哉！"③ 建安时，曹氏父子崇尚文学，聚集了一批有才之士，如王粲、刘桢、应玚等邺下七子，他们彼此唱和，为一时之风流。刘宋时，许多文人都向往建安"彬彬之盛"的局面，故多以彼时之人、之事为创作内容。如谢灵运《拟魏太子邺中集诗》八首即模仿曹植、曹丕、王粲等邺下文人之口气来进行创作。袁淑《效曹子建白马篇》、鲍照《代陈思王白马篇》都是效仿曹植《白马篇》而进行的创作。鲍照《学刘公干体诗》五首是模仿刘桢的风格进行的创作。等等。可见，刘宋时文坛有崇尚建安文学的风气。此外，谢庄选择曹植、王粲来进行设辞问答，与其自身经历也有关系。陈郡谢氏自谢安、谢玄后，呈现出衰落的态势，其子弟多死于政治风波。谢混因参与刘毅叛乱为刘裕所杀，谢晦因参与杀害刘义符、刘义真而为刘义隆所诛，谢灵运因被诬造反而被杀，谢综、谢约因参与范晔密谋而被杀。这一桩桩、一件件的血案令谢庄既悲痛又害怕。这种心境与曹植是一样的。《与吴质书》："昔年疾疫，亲故多离其灾，徐、陈、应、刘，一时俱逝，痛一言耶！"④ 应是"陈王初丧应、刘，端忧多暇"之所本。

（二）意境清雅，抒情浓厚

《月赋》营造出了一种清雅的意境，这与意象的选择及白描手法的运用有关。谢庄多选取一些素净的意象。如"绿苔""芳尘""兰路""桂苑""寒山""秋阪""白露""素月"等。"苔"与"尘"本身是微小的，给人以孤寂之感，作者又用冷色调的"绿"与散发清香的"芳"来

---

① 严可均辑：《全上古三代秦汉三国六朝文》，中华书局 1958 年版，第 2625 页。
② 同上。
③ 詹锳：《文心雕龙义证》，上海古籍出版社 1989 年版，第 1831 页。
④ 严可均辑：《全上古三代秦汉三国六朝文》，中华书局 1958 年版，第 1088 页。

形容，便为其染上了一层清冷的色彩。"山""阪"本是客观之景，可当作者用"寒"与"秋"来进行修饰，就为其平添上了一层苍凉的色调。"路""苑"也是客观之景，可当作者用"兰""桂"这两种富有优雅气质的植物，来对其进行填充、装点，便给人以清新、雅静的感觉。"露""月"也是客观之景，可当作者用洁净的颜色词"白""素"来形容，便具有了幽静、雅致的感觉。可见，谢庄不仅善于选取意象，而且还精于对意象作清雅化的处理。

作者对白描手法的运用是营造出清雅之境的另一因素。"若夫气霁地表，云敛天末。洞庭始波，木叶微脱。菊散芳于山椒，雁流哀于江濑。升清质之悠悠，降澄辉之蔼蔼。列宿掩缛，长河韬映。柔祇雪凝，圆灵水镜。连观霜缟，周除冰净。"这一段描写月色的句子，是历来最为人所称道的。作者以精细之工笔描写了气、云、洞庭、木叶、菊、雁之情状，这些景物单纯来看，并无所谓冷也无所谓暖，但组合到一起便构成了凄清的秋夜，共同渲染了月色的清冷、雅洁。接着作者轻转笔触，将视角从广阔天地转到月之本身，寥寥数笔便清晰地勾勒出月之色、形、态。清代许梿《六朝文絜》曰："《月赋》数语无一字说月，却无一字非月，清空澈骨，穆然可怀。"① 正谓此也。作者并非直接摹月，而是以工笔白描、烘云托月之法，将其传神地展现了出来。

《月赋》中，情感是贯穿全赋的主线。起句"陈王初丧应、刘，端忧多暇"就为整篇赋奠定了感伤的基调，何焯云："'端忧多暇'一句，生出全篇情致"②。陈庆元谓首句"下得无可奈何，格外凄苦"③。接着"绿苔生阁"十句，在写景之后接以抒情，景是为情做铺垫。写曹植因"疚怀""不怡"而难以入眠，故出游排遣，可当"临浚壑""登崇岫"后，旧愁还未消解，又添"怨遥""伤远"之新愁，一种浓烈的惆怅之情开始在赋中弥漫开来，王粲对月的铺叙描绘也在此种氛围下展开了。"若夫气霁地表……周除冰净。"在对月进行刻画的同时，便将自身情感灌注于其中。"云敛天末""木叶微脱""菊散芳""雁流哀"，都是以哀景衬哀情，旨在渲染曹植的"凄然伤怀"。接着"若乃凉夜自凄，风篁成韵。亲懿莫

① 许梿评选，黎经诰笺注：《六朝文絜笺注》，上海古籍出版社1982年版，第7页。
② 何焯：《义门读书记》，中华书局1987年版，第875页。
③ 陈庆元：《形似与神似、朗健与悲怆——谢惠连雪〈赋〉与谢庄〈月赋〉对赏》，《名作欣赏》2002年第1期。

从，羁孤递进。聆皋禽之夕闻，听朔管之秋引。于是丝桐练响，音容选和。徘徊《房露》，惆怅《阳阿》。声林虚籁，沦池灭波。情纡轸其何托，诉皓月而长歌。"① 作者下笔处皆有情，"自凄""羁孤""徘徊""惆怅"等是以淡笔写浓情，令人在不经意间中便体会到了曹植的凄凉、孤寂、怅惘。"亲懿莫从"是对起句"初丧应、刘"的回应。许梿："笔能赴情，自情生文，正不必苦镂，而冲淡之味，耐人咀嚼"② 即谓此。与上文"诉皓月而长歌"承接，作者引入"乱"辞，"歌曰：美人迈兮音尘阙，隔千里兮共明月。临风叹兮将焉歇，川路长兮不可越。……又称歌曰：月既没兮露欲晞，岁方晏兮无与归。佳期可以还，微霜沾人衣。"二歌是全文的高潮部分，祝尧《古赋辨体》评曰："篇末之歌犹有诗人所赋之情"③，谓其再次升华了曹植的怅惘之情，深化了整篇赋的意境。许梿曰："以二歌总结全局，与'怨遥''伤远'相应，深情婉致，有味外味。"④ 指出此二歌揭示了人生在世的诸种无奈，引人深思。可见《月赋》虽名曰写月，其实是借月抒情。

（三）句式骈化，偶对精工

赋之句式，有散体句式与骚体句式两种。前一种肇端于荀子，后一种来源于屈原。前一种适于描摹景物，记事言理；后一种依"兮"而咏，宜于抒情。《月赋》除了尾部的"乱"辞用的骚体句式，其余用的都是散体句式，三字句、四字句、五字句、六字句、七字句兼有。全赋共94句，三字句有10句，约占整首赋的10.6%；四字句有58句，约占整首赋的61.7%；五字句有2句，约占整首赋的2.1%；六字句有16句，约占整首赋的17%；七字句有6句，约占整首赋的6.4%。就所统计的数据来看，四、六句共占比例为78.7%，在整篇赋所占比重较大。句式的骈化，使得《月赋》在形制上呈现出整饬的特征。刘师培《中国中古文学史讲义》："四六之体，粗备于范晔、谢庄。"⑤ 认为自范晔、谢庄开始，赋体开始从"古赋"向"骈赋"转变。

《月赋》的赋句不仅骈化，还十分注重对偶。全赋共94句，其中对

① 严可均辑：《全上古三代秦汉三国六朝文》，中华书局1958年版，第2625页。
② 许梿评选，黎经诰笺注：《六朝文絜笺注》，上海古籍出版社1982年版，第7页。
③ 王冠：《赋话广聚》，北京图书馆出版社2006年版，第110页。
④ 许梿评选，黎经诰笺注：《六朝文絜笺注》，上海古籍出版社1982年版，第7页。
⑤ 刘师培：《中国中古文学史讲义》，上海古籍出版社2006年版，第106页。

句有80句，约占整首赋的85.11%。其中工对居多，包括宫室对，如"绿苔生阁，芳尘凝榭""增华台室，扬采轩宫""引玄兔于帝台，集素娥于后庭"；文学对，如"沈吟齐章，殷勤陈篇"；人事对，如"临浚壑而怨遥，登崇岫而伤远""徘徊房露，惆怅阳阿"；地名对，如"委照而吴业昌，沦精而汉道融""擅扶光于东沼，嗣若英于西冥"；天文对，如"气霁地表，云敛天末""列宿掩缛，长河韬映"；重叠词对，如"升清质之悠悠，降澄辉之蔼蔼"。等等。邻对其次，包括天文与地理对，如"柔祇雪凝，圆灵水镜""连观霜缟，周除冰净""斜汉左界，北陆南躔""沉潜既义，高明既经"；地理与宫室对，如"清兰路，肃桂苑"；同义与反义对，"厌晨欢，乐宵宴""去烛房，即月殿"；草木花卉与鸟兽虫鱼对，如"菊散芳于山椒，雁流哀于江濑"。等等。流水对较少，如"洞庭始波，木叶微脱""腾吹寒山，弭盖秋阪"。等等。

整体来看，《月赋》的句式两两相对，句骈意偶，同时还能根据情感的表达需要进行调整，对仗方式比较自由灵活。

（四）声律和谐，用韵灵活

如上文所述，谢庄通音律、别宫商，在创作中自然会注意句子的合律问题。试取《月赋》中三字至七字各几句，略作分析。

　　　　君王乃厌晨欢，乐宵宴。收妙舞，弛清县。去烛房，即月殿，芳酒登，鸣琴荐。若乃凉夜自凄，风篁成韵。亲懿莫从，羁孤递进。佳期可以还，微霜沾人衣。升清质之悠悠，降澄辉之蔼蔼。美人迈兮音尘阙，隔千里兮共明月。临风叹兮将焉歇，川路长兮不可越。

　　　　平，　　仄。　　仄，　　仄。　　平，　　仄，　　平，
仄。仄平，　平仄。仄平，　平仄。平　平，　平
平。平仄　平，仄平　平。仄，　仄，平仄，　仄仄。
　　仄　平，　平　仄。

所选的三字句，节奏点在第三个字上，分别为"平""仄"，"仄""仄"，"平""仄"，"平""仄"，每两句的平仄大体相对，合乎"两句之中，轻重悉异"的声律规则。所选的四字句，节奏点在第二、四字上，分别为"仄平""平仄"，"仄平""平仄"，每两句依次相对，也十分合律。所选的五字句，节奏点在第二、五字上，"平平""平平"，两句是相

同的，不甚合律。所选的六字句，由两个以"兮"字相连的三字句所组成，节奏点在第二、七字上，分别为"仄仄""仄仄"，"仄平""平仄"，前两句相同，后两句相对。其中四个仄声与前边的五字句四个平声一样，应是情感的抑扬所决定的。平声上扬，表现情绪的长与缓，仄声下沉，表现情绪的短与促。可见，《月赋》平仄有致，声律和谐，音情顿挫，易于引发人情感上的共鸣。

再来看一下《月赋》的用韵情况。第一段"陈王初丧应刘，端忧多暇……沈抽毫进牍，以命仲宣。"共 20 句，韵脚分别为暇、榭、夜、苑、阪、远、躔、天、篇、宣。前三字押驾韵，中间三字押阮韵，后四字押先韵，换韵三次。第二段"仲宣跪而称曰：臣东鄙幽介，长自丘樊。……委照而吴业昌，沦精而汉道融。"除去"仲宣跪而称曰"引句外，还有 20 句，韵脚分别为樊、恩、经、灵、冥、庭、冲、风、宫、融。前两字押元韵，中间四字押青韵，后四字押东韵，换韵三次。第三段"若夫气霁地表，云敛天末……芳酒登，鸣琴荐。"共 22 句，韵脚分别为末、脱、濑、蔼、映、镜、净、宴、县、殿、荐，前两字押曷韵，第三、四字押泰韵，第五至七字押敬韵，最后四字押霰韵，换韵四次。第四段"若乃凉夜自凄，风筸成韵。……佳期可以还，微霜沾人衣。"共 26 句，其中两首长歌是句句押韵，其余仍是隔句押韵，韵脚分别为韵、进、引、和、阿、波、歌、阙、月、歇、越、毕、失、晞、归、衣。前三字押震（问）韵（震、问通押），第四至七字押歌韵，第八至十一字押月韵，第十二、十三字押质韵，最后三字押微韵，五次换韵。最后一段除去"陈王曰：善"，还剩 4 句，韵脚字为璧、戟，押昔（锡）韵（昔与锡通押）。《月赋》共押韵 16 种（换韵 16 次），可见作者并非一韵到底，而是适时换韵。就换韵来说，既有根据行文便利随时换韵，也有根据内容的递进而适时换韵的，谢庄是属于后者。其换韵之处，往往是文意转换之处，这种或长或短，或急或缓的韵律，既使写景张弛有度，又使抒情跌宕起伏，整体形成一种流转回环之美。

二 标志着古赋向骈赋的转变——《月赋》的赋史意义

如上文所述，刘宋中期文学发生了两大变革，一是开始向注重抒情的道路发展，二是在体制上更加注重骈化。就谢庄来说，刘宋文学变革时期，正是他创作的鼎盛期。因此，他的创作实际上产生了推动刘宋文学变革的意义，《月赋》即是明证。

（一）标志着咏物赋向抒情赋的转变

曹道衡先生云："六朝小赋虽然一般都可以称为'抒情小赋'，而且从赋的发展来看，早在汉末的王粲，就写了《登楼赋》这样以抒情为主的作品。但从现存的作品来看，从魏晋一直到南朝初年，大多数赋作仍以'体物'为主。"[①] 即就赋的纵向发展历程来看，虽然也出现了一些抒情作品，但只是个别作家的偶然性所为，大部分的赋作仍以"体物"为主，咏物赋仍占据赋史的主流地位。而真正标志着赋作从体物向抒情的转变，是从谢庄的《月赋》开始。

表面来看，《月赋》并没有多少变革。且其结构有仿谢惠连《雪赋》之痕迹，如开篇述曹植赏月与《雪赋》中梁王赏雪之情节相同，王粲铺陈关于月之典故，与司马相如铺陈关于雪之典故相近。然而事实并非如此。仔细比较《月赋》与《雪赋》就会发现，同是写景，《月赋》是为抒情而写景，情景是彼此交融的，如此虽有"体物"之成分，但"体物"是为配合抒情而作；而《雪赋》是为写景而写景，纯粹为"体物"。如两赋的起句，"陈王初丧应刘，端忧多暇，绿苔生阁，芳尘凝榭，悄焉疚怀，不怡中夜。"[②] "岁将暮，时既昏，寒风积，愁云繁。梁王不悦，游于兔园。"[③] 前者陈王"疚怀""不怡"旨在引出下文，并为全赋奠定了感伤的基调；后者虽也有"梁王不悦"，但其与后文并无必然的联系。再看两赋的写景名句，"若夫气霁地表，云敛天末，洞庭始波，木叶微脱。菊散芳于山椒，雁流哀于江濑，升清质之悠悠，降澄辉之蔼蔼，列宿掩缛，长河韬映，柔祇雪凝，圆灵水镜，连观霜缟，周除冰净。"[④] "缘甍而冒栋，终开帘而入隙。初便娟于墀庑，末萦盈于帷席。既因方而为圭，亦遇圆而成璧。眄隰则万顷同缟，瞻山则千岩俱白。"[⑤] 前者传神，后者工致，皆为佳句，然前者是铺垫，旨在引出下文陈王"亲懿莫从，羁孤递进"的悲凉境遇，而后者却与"梁王不悦"没有关系。再看两赋的作歌部分，"月既没兮露欲晞，岁方晏兮无与归。佳期可以还，微霜沾人衣！"[⑥] "白

① 曹道衡：《从〈雪赋〉〈月赋〉看南朝文风之流变》，《文学遗产》1985 年第 2 期。
② 严可均辑：《全上古三代秦汉三国六朝文》，中华书局 1958 年版，第 2625 页。
③ 同上书，第 2623 页。
④ 同上书，第 2626 页。
⑤ 同上书，第 2623 页。
⑥ 同上书，第 2625 页。

羽虽白,质以轻兮。白玉虽白,空守贞兮。未若兹雪,因时兴灭。玄阴凝不昧其洁,太阳曜不固其节。节岂我名,洁岂我贞。凭云升降,从风飘零。值物赋象,任地班形。素因遇立,污随染成。纵心皓然,何虑何营?"[①] 前者营造了感伤的氛围,表现了陈王对门庭冷落、孤寂一人的无可奈何之情。后者营造了旷达的基调,表达了老庄委运任化的人生哲理。就作用来看,前者与上面之文意紧密相连,强化了全赋的抒情意味,易于引发读者的情感;而后者是在写景中寄寓了哲理,难以引起读者的共鸣。整体来看,《月赋》长于抒情,《雪赋》工于写景。

从孝武帝时代开始,文风开始发生变化,即追求繁密与华丽之貌的"元嘉体"开始向注重"吟咏情性"的"永明体"过渡,而《月赋》正是此种文风变革的产物。自《月赋》后,齐梁作家如沈约开始在《愍涂赋》《悯国赋》《愍衰草赋》融入大量的抒情成分,其他如江淹的《恨赋》《别赋》,庾信的《枯树赋》《小园赋》也均以浓烈的抒情、低沉的基调为标志。因此,我们认为《月赋》中抒情高于咏物,其标志着咏物赋向抒情赋的转变。

(二)实现了古赋向骈赋的转变

孙梅《四六丛话》曰:"左陆以下,渐趋整炼,齐梁以降,益事妍华,古赋一变而为骈赋。"[②] 其认为自西晋太康左思、陆机开始,赋作即已呈现出整练的特征了,但到齐梁时才出现了真正意义上的骈赋。曹道衡先生在《汉魏六朝辞赋》中说:"以辞赋来说,刘宋一代的赋,文体有的基本上仍沿袭汉魏之旧,可以'古赋'目之;有的已具骈俪色彩,可以视为'骈赋'的萌芽。这种情况,大体始于刘宋中期以后。宋初像谢灵运、颜延之、谢惠连等人的赋,基本上还属于'古赋'范畴。梢后谢庄和鲍照的赋,情况就不很相同。谢庄的代表作《月赋》,骈俪色彩已很重,后来的选家大抵把它当做'骈赋'看待。"[③] 其认为谢庄之《月赋》骈俪色彩很浓,是"骈赋"的萌芽。两人都陈述了古赋到骈赋过渡的历程,只是曹先生更加明确了谢庄《月赋》在此过程的转变意义。

古赋与骈赋的转变以句子的工整与声韵的和谐为主要标志。马积高

① 严可均辑:《全上古三代秦汉三国六朝文》,中华书局1958年版,第2623页。
② 孙梅:《四六丛话》,商务印书馆1937年版,第61页。
③ 曹道衡:《汉魏六朝辞赋》,上海古籍出版社1989年版,第155页。

《赋史》谓骈赋的特点为"句式比较整齐，多对称、俳偶，并且渐变为以四、六字句为主。辞采亦多华美，然已少铺陈名物、堆垛难字的现象，而注意于情景的描述"①。概括来说，骈赋有如下特征：一、句式以四六字为主，且对仗工整；二、声律协恰，音韵和谐；三、辞采华美，但不再铺陈名物、堆砌难字；四、注意于情景描述。下面我们就选取一位代表作家的简短赋作，略作分析。

有轻虚之艳象，无实体之真形，原厥本初，浮沈混并。六律籥应，八风时迈。玄阴触石，甘泽滂霈。势不崇朝，露彼无外。集轻浮之众采，厕五色之藻气。贯元虚于太素，薄紫微而竦戾。若层台高观，重楼叠阁。或如锺首之郁律，乍似塞门之寥廓，若灵园之列树，攒宝耀之炳烂。金柯分，玉叶散。绿翘明，岩英焕。龙逸蛟起，熊厉虎战。鸾翔凤鷔，鸿惊鹤奋。鲸鲵泝波，鲛鳄冲遁。若秬邑扬芒，嘉谷垂颖。朱丝乱起，罗袿失领。飞仙凌虚，随风游骋。

仄平　仄，平仄　平，仄平，平仄。仄仄，
平仄。平仄，仄仄。仄平，平仄。平平
仄，仄仄　仄。仄平　仄，平平　仄。　平平，
平仄。仄平　仄，仄平　仄，仄　平仄，仄仄
仄。　平，仄　平，仄　平，
平仄，平仄。平平，仄仄。　平平，仄
仄。平仄，平仄　平平，平仄。

有若芙蓉群披，莽华总会。车渠绕理，马瑙缛文。□龟甲，错龙鳞。（陆机《浮云赋》）②
平平，平仄。平仄，仄平。仄，　平。

这是陆机赋作中骈偶程度较高的一篇，共42句，四字、六字句有32句，占全赋的76.2%。其中平仄对应的有20句，占全赋的42.86%。对句有32句，占全赋的76.2%。注重押韵，韵脚字分别为形、并、迈、霈、外、气、戾、阁、廓、烂、散、焕、战、奋、遁、颖、领、骋、会、

---

① 马积高：《赋史》，上海古籍出版社1987年版，第8页。
② 严可均辑：《全上古三代秦汉三国六朝文》，中华书局1958年版，第2008页。

文、鳞，分别押青、庚、卦、泰、未、霁、药、药、翰、翰、翰、霰、问、梗、梗、梗、泰、文、真韵，换韵并无规律，有两句一换，也有四句、六句一换的。就所调查的数据来看，虽然其各项数值都较大，但仍未有一项是超过《月赋》的。就其用韵来说，相比于谢庄仍不够自由灵活。骈赋以句式与韵律为主要标志，陆机赋的句式是整练的、对偶的，但在其生活的太康时代，声律规律还没有被充分发现，其作不合韵是时代使然。因此，这篇赋是介于古赋和骈赋之间的，还不能算作真正意义上的骈赋。

　　我们来看一下齐梁作家的成熟骈赋，如沈约的《高松赋》："郁彼高松，栖根得地。托北园于上邸，依平台而养翠"，"清都之念方远，孤射之想悠然。擢柔情于蕙圃，涌宝思于珠泉"①。谢朓《临楚江赋》："爰自山南，薄暮江潭，滔滔积水，袅袅霜岚"，"愿希光兮秋月，庶永照于遗簪"②。江淹《恨赋》："试望平原，蔓草萦骨，拱木敛魂，人生到此，天道宁论"，"直念古者，含恨而死"③。等等，其都极注重句子的对仗，音节的和谐，声律的抑扬，情景的描述，而这些特征在《月赋》时即已具备。因此，我们认为谢庄《月赋》完成了古赋向骈赋的转变。

　　可见，《月赋》既标志着咏物赋向抒情赋的转变，又实现了古赋向骈赋的转变，推动了刘宋赋体文学的变革，赋史意义重大。

---

① 严可均辑：《全上古三代秦汉三国六朝文》，中华书局1958年版，第3100页。
② 同上书，第2918页。
③ 同上书，第3142页。

第四章

刘宋散文之嬗变（上）

在论述前，我先对本章的"散文"做一界定。刘勰《文心雕龙》云："无韵者笔也，有韵者文也。"[①] 日本遍照金刚《文镜秘府论》西卷《文笔十病得失》云："制作之道，唯笔与文：文者，诗、赋、铭、颂、箴、赞、吊、诔等是也；笔者，诏、策、移、檄、章、奏、书、启等也。即而言之，韵者为文，非韵者为笔。"[②] 明梅鼎祚辑《宋文纪》收刘宋作家除诗歌、辞赋之外的作品，清严可均辑《全上古三代秦汉三国六朝文》则是收除诗歌之外的各种文体（含辞赋）。这三种"文"的内涵及其所涵盖的文体并不相同。本章的"散文"与梅鼎祚相同，即除诗歌、辞赋之外的作品。刘宋的散文虽不及诗歌之盛，然亦甚有特色，在六朝散文的发展史中具有一定的地位。

目前学界关于刘宋之文的研究，有一些综论性质的著作，如郭建勋《汉魏六朝骚体文学研究》等。蒋伯潜、蒋祖怡《骈文与散文》、郭预衡《中国散文史》、刘衍《中国古代散文史》、于景祥《中国骈文通史》、刘麟生《中国骈文史》等对傅亮、谢灵运、颜延之、鲍照等文均有涉及，并简略地勾勒了南朝之文由散到骈的过程。本书将关注点放在整个刘宋作家之文的创作上，深入地分析每个作家的散文特质，然后将其连接起来，形成刘宋之文从散体到骈散杂糅再到骈体的演变脉络。

第一节　刘宋散文之特质及影响

刘宋散文与赋的发展脉络基本相同，即经历了由"古"向"骈"的

---

① 詹锳：《文心雕龙义证》，上海古籍出版社 1989 年版，第 1623 页。
② 遍照金刚：《文镜秘府论》，人民文学出版社 1975 年版，第 219 页。

转变。早期之文保留了魏晋以来流畅自然、清峻峭拔的散体特质，中期以后之文属对越加工整、语言更趋绮丽、字词更重雕琢，表现出骈俪的特质。

一　"清峻之体"与"纂组之风"——刘宋散文的双重特质

四库馆臣在梅鼎祚《宋文纪》提要中云："宋之文，上承魏晋，清峻之体犹存。下启齐梁，纂组之风渐盛。于八代之内，居文质升降之关，虽涉雕华，未全绮靡。"[1]"清峻之体"，指刘宋散文承魏晋散文之抒情特质与质朴风貌。"纂组之风"，指刘宋散文在体制上的骈偶及语词上的华美。其指出了刘宋散文的双重特质及其承上启下之作用。

（一）"清峻之体"

刘宋散文之"清峻"，主要表现在浓郁的抒情性与质朴的文风两个方面。

先来看刘宋散文的抒情性。刘宋易代，文人的仕途甚为艰险，与正始文人相似，他们表现出了极强的生命忧惧感。如谢灵运《自理表》云："臣忧怖弥日，羸疾发动，尸存恍惚，不知所陈。"[2] 写因被诬陷而胆战心惊之状，表现出了极大的求生欲望，语词真诚而恳切，情感深厚而动人。傅亮《演慎论》云："故语有之曰：诚能慎之，福之根也，曰是何伤，祸之门尔，言慎而已矣。"[3] 据本传载，傅亮因见世路迤遭而作此文。文章写其置身官场，如履薄冰，表现出对祸患的惧怕及生命的担忧。此外，此时期的哀祭文体现了深切的伤逝之悲，如颜延之《陶征士诔》："仁焉而终，智焉而毙，黔娄既没，展禽亦逝。其在先生，同尘往世，旌此靖节，加彼康惠，呜呼哀哉。"[4] 情深意切，悲痛不已，表现了刘宋文人丰富细腻的情感世界。刘宋散文的抒情性及感染力亦较强，与刘宋诗歌、辞赋一起，反映了此时期文人们的内心世界。

再来看刘宋散文的古朴性。刘宋的书牍文、序文绝大多数采用散体。如谢灵运《述祖德诗序》："大元中，王父龛定淮南，负荷世业，尊主隆人。逮贤相徂谢，君子道消，拂衣蕃岳，考卜东山，事同乐生之时，志期

---

①　永瑢：《四库全书总目》，中华书局 1965 年版，第 1721 页。
②　严可均辑：《全宋文》，商务印书馆 1999 年版，第 310 页。
③　同上书，第 251 页。
④　同上书，第 374 页。

范蠡之举。"① 主要用于记事，以写实为主，不刻意追求形式上的雕琢。刘宋的诏令表章类文体亦不刻意运用骈句。如孝武帝《恤都邑诏》："都邑节气未调，疠疫犹众，言念民瘼，情有矜伤。可遣使存问，并给医药。其死亡者，随宜恤赡。"② 重在诏令事情，叙述明了，不刻意藻饰。刘宋的史论文及论说文，如何承天《报应问》："西方说报应，其枝末虽明，而即本常昧。其言奢而寡要，其譬迂而无征，乖背五经，故见弃于先圣，诱掖近情，故得信于季欲。"③ 作者以说理为主，重视逻辑的表达，不刻意追求华美。以上提到的这些文体中大部分呈现出了简洁质朴的特质。

（二）"纂组之风"

刘宋散文之"纂组"主要表现在偶对句式及赋体手法的运用两个方面。

先来看骈对句式的采用。刘宋中期以后，作家开始追求形式的华美，对偶句运用逐渐增多。如颜延之的《庭诰》："道者识之公，情者德之私。公通，可以使神明加响；私塞，不能令妻子移心。"④ 句式，前两句为五言对，后四句为二七言对。词语，词性相同，意义相近或相对。短语，结构相同，对应整齐。再如鲍照的《佛影颂》："形生粗怪，神照潭寂。验幽以明，考心者迹，六尘烦苦，五道绵剧，乃炳舟梁，爱悟沦溺。色丹貌缋，留相琼石。金光绝见，玉毫遗觌，俾昏作朗，效顺去逆。"⑤ 全篇四言，上下句相对，词性、结构相同，严饬而整齐。还如谢庄的《豫章长公主墓志铭》："禀中极之照，体星轩之华。肃恭在国，掖庭钦其风；恪勤衡馆，庶族仰其德。神叶灵条，爰自帝尧。文信启鲁，肇京于楚。宵烛载照，娥英是从。婉娩綝绤，优柔肃雍。蘅蕙有宝，金碧不居。泉庭一夜，里馆长燕。"⑥ 前两句五言对，接着四句四五言对，后边均为四言对，词语华美，词性一致，意义相同。可见，刘宋中后期之散文的古朴特质逐渐蜕变，转为整饬、精细、华美、骈俪。刘宋散文拉开了南朝散文华美化的序幕。

---

① 严可均辑：《全宋文》，商务印书馆1999年版，第320页。
② 同上书，第53页。
③ 同上书，第226页。
④ 同上书，第353页。
⑤ 同上书，第467页。
⑥ 同上书，第349页。

再来看赋体手法的运用。刘宋散文与诗、赋交互影响,作者们开始用赋的铺陈、刻绘手法来作文。如,鲍照《登大雷岸与妹书》:"南则积山万状,急气负高……东则砥原远隰,亡端靡际……北则陂池潜演,湖脉通连……西则回江水指,长波天合。滔滔何穷,漫漫安竭!"① 对于山水景物的铺排描绘,层出不穷,变幻多姿,完全是赋的手法。再如范晔《和香方序》:"甘松、苏合、安息、郁金、奈多、和罗之属,并被珍于外国,无取于中土。"② 罗列了大量珍贵的药材,以表现方子功效之显著。再如,谢惠连《雪赞》:"气遍霜繁,年丰雪积。彼厉我和,尔素子白。其德懿矣,玩之庭隙。权陋瑶台,暂践盈尺。"③ 对雪的形状、颜色等特质的刻绘有其《雪赋》的影子。意象的铺陈、物态的刻画令散文向华美、丽靡的方向发展。

散体"犹存",骈体"渐盛",刘宋散文呈现出"虽涉雕华,未全绮靡"的状态,兼具古朴自然与华丽骈对之双重特质。可见,刘宋散文是连接魏晋散文与齐梁骈文的桥梁,在中国古代散文的发展史中具有重要的过渡意义。

二 刘宋散文对齐梁散文的影响

如上文所述,刘宋散文兼具"清竣之体"与"纂组之风"双重特质。齐梁散文吸收了此两种特质,并在此基础上获得了进一步的发展。

首先,齐梁散文继承了刘宋散文的抒情性。如谢朓的《拜中军记室辞随王笺》:"故吏文学谢朓死罪死罪,即日被尚书召,以朓补中军新安王记室参军。朓闻潢污之水,愿朝宗而每竭;驽蹇之乘,希沃若而中疲。何则?……不悟沧溟未运,波臣自荡,渤澥方春,旅翮先谢,清切藩房,寂寥旧荜,轻舟反溯,吊影独留,白云在天,龙门不见,去德滋永,思德滋深。唯待青江可望,候归舻于春渚;朱邸方开,效蓬心于秋实。如其簪履或存,衽席无改,虽复身填沟壑,犹望妻子知归。揽涕告辞,悲来横集,不任犬马之诚。"④ 据许梿《六朝文絜》云,随郡王萧子隆(齐武帝第八子)任荆州刺史,谢朓为其镇西功曹,又转文学,深为其所赏识。

---

① 严可均辑:《全宋文》,商务印书馆1999年版,第453—454页。
② 同上书,第143页。
③ 同上书,第333页。
④ 严可均辑:《全上古三代秦汉三国六朝文》,中华书局1958年版,第2921页。

长史王秀之以其年少，密启齐武帝，谢朓得知后因事求还，作笺辞别萧子隆。文章叙分别之情，述昔日之好，道离开之意，定后会之期。情义款款，层层递进，余味无穷。语词亦出于自然，无雕琢之痕迹，"通篇情思婉妙，绝去粉饰肥艳之习，便觉浓古有余味。"①

其次，齐梁散文继承了刘宋散文的骈化特征。刘宋时期，骈文尚处于产生期，艺术形式未尽华美，句式较为板滞，生气不足。齐梁作家在继承其骈化倾向的基础上，又进行了改造，推动了骈文的成熟。如王融《永明九年策秀才文》："昔周宣惰千亩之礼，虢公纳谏；汉文缺三推之义，贾生置言。良以食为民天，农为政本，金汤非粟而不守，水旱有待而无迁。朕式照前经，宝兹稼穑，祥正而青旗肃事，土膏而朱绂戒典。将使杏花菖叶，耕获不愆，清畖泠风，述遵无废。而释耒佩牛，相沿莫反，兼贫擅富，浸以为俗。若爰井开制，惧惊扰愚民，乌卤可腴；恐时无史白，兴废之术，矢陈厥谋。"② 句式，或为上下句对，或为前两句与后两句对。但与刘宋之文的平铺直叙不同，其采用了大量的转折性词语，如"昔""良以""将使""若""恐"等，打破了句式的单一与平淡性，更富有流动感与灵活性。音韵上，亦协调有恰，抑扬有致。许梿《六朝文絜》称其："开唐宋人表、启、碑、序法门"③。

最后，齐梁散文进一步发展了刘宋散文的华美、精工特质。如萧统《答湘东王求〈文集〉及〈诗苑英华书〉》："与其饱食终日，宁游思于文林。或日因春阳，其物韶丽，树花发，莺鸣和，春泉生，暄风至，陶嘉月而嬉游，藉芳草而眺瞩。或朱炎受谢，白藏纪时，玉露夕流，金风多扇，悟秋山之心，登高而远托。或夏条可结，倦于邑而属词，冬云千里，睹纷霏而兴咏。……漾舟玄圃，必集应阮之俦；徐轮博望，亦招龙渊之侣。校核仁义，源本山川；旨酒盈罍，嘉肴溢俎。曜灵既隐，继之以朗月；高春既夕，申之以清夜。并命连篇，在兹弥博。"④ 不仅裁对工致，且多为华辞丽采。于景祥《中国骈文通史》评价云："此文可以说是骈体文形式技巧之美的各个方面都已具备：词采艳发，偶对工丽；声韵和谐，用典恰

---

① 许梿评选，黎经诰笺注：《六朝文絜笺注》，上海古籍出版社1982年版，第98页。
② 严可均辑：《全上古三代秦汉三国六朝文》，中华书局1958年版，第2854页。
③ 许梿评选，黎经诰笺注：《六朝文絜笺注》，上海古籍出版社1982年版，第68页。
④ 同上书，第3064页。

切；能把这四个方面的表现技巧如此纯熟地应用于文章写作中去，实在少见。"① 可见齐梁时，骈文已经臻于成熟，各种艺术技巧亦十分精湛。

此外，齐梁散文在刘宋散文的基础上，更加重视声律的运用。沈约最具代表性，其在《谢灵运传论》的文末专论声韵，文曰："夫五色相宣，八音协畅，由乎玄黄律吕，各适物宜。欲使宫羽相变，低昂互节，若前有浮声，则后须切响。一简之内，音韵尽殊；两句之中，轻重悉异。妙达此旨，始可言文。"② 作为当时的文坛领袖，他关于声律的探讨，无疑引发了文人们对散文音韵之美的追求。沈约之文亦十分重视音韵的和谐，如《又锁声赞》："寂矣栖魂，非海非樊。若人焉往，斯理空存。天标已暖，绝羽孤骞。尧逢岂让，札值奚言。"③ 第一、二、四、八句句末的"魂""樊""存""言"均押元韵，第六句句末的"骞"押先韵。且每句之中均为平仄相间，大致符合"一简之内，音韵尽殊；两句之中，轻重悉异"的声律规则。

整体来看，齐梁散文较少地继承了刘宋散文之"清竣"，更多地发展了其"纂组之风"，逐步摆脱了自由、质朴的特质，而愈趋华美、精工。从这种特征的嬗变过程看，刘宋散文具有重要的引导作用，是中古散文发展史上不可或缺的一环。

第二节　"平实周尽"的何承天之文

何承天今存文35篇，表3篇，奏2篇，议6篇，论16篇，檄1篇，序2篇，颂3篇，赞2篇，以论说文数量最多，议文次之。

目前学界关于何承天之文的研究较少，只有赵莹莹《何承天研究》、刘静《何承天文学综论》两篇硕士学位论文略有涉及，主要陈述了其思想内容。本书将何承天之文置于刘宋散文发展的脉络中，重点分析其散体特质，以把握刘宋前期之文的情形。

一　逻辑清晰，论证严密的论说文
何承天的论说文，大致可以分成三类，一类是与颜延之、宗炳等关于

---

①　于景祥：《中国骈文通史》，吉林人民出版社 2002 年版，第 404 页。
②　沈约：《宋书》，中华书局 1974 年版，第 1788 页。
③　严可均辑：《全上古三代秦汉三国六朝文》，中华书局 1958 年版，第 3126 页。

佛理的争辩，一类是关于军事战略的分析，还有一类是关于礼乐、天象等政事的探讨，其中以前两种的成就较高。

何承天曾与颜延之、宗炳书信往来数次，"检驳二论，各万余言"，就佛学义理进行了激烈的争论。就过程来看，何承天是以一人之力与多人相抗，深入地阐述了其反佛思想，具体来说有如下几点：一、否认鬼神的存在，二、认为形尽而神灭，三、否认因果报应，四、摒弃来世之说。等等。

此类文逻辑清晰，剖析深切，论证严密。如其在《释〈均善难〉》一文中提出世无因果报应一观点时，从两个方面来进行论证。其一，他指出圣人并无只言片语对因果报应之说进行记载，《释〈均善难〉》："若果有来生报应，周、孔宁当缄默而无片言邪？若夫婴儿之临坑，凡人为之骇悒，圣者岂独不仁哉！"① 他以圣人之理、圣人之言包含了对宇宙深刻而全面的认识，圣人未载佛教之事，可证明因果报应之事并不存在。其二，他指出因果报应之说并未在现实中应验，《释〈均善难〉》："寻释迦之教，以善权救物，若果应验若斯，何为不见其灵变，以晓邪见之徒，岂独不爱数十百万之说，而各俄顷神光，徒为化声之辩，竟无明于真智，终年疲役，而不知所归，岂不哀哉！"② 谓既然佛祖"善权救物"，何以不惩罚邪佞之人以救百万之众，不在百姓疲役之时现于真智，可证明现实生活中并未有因果报应。他从理论与实践双重方面，来论证其观点，可谓精密，令人信服。

再如，其在《重答颜光禄》一文中提出人应摒弃来世之说时，指出了三个原因。其一，儒家倡中庸之美，佛教来世之说与其相悖。《重答颜光禄》："系风捕影，非中庸之美；慕夷眩妖，违通人之致。"③ 取譬设喻，以来世之说不过是水中花、镜中月，并不可靠，世人应坚守传统中庸之美，不慕夷人妖惑之风。其二，人生短暂，倘若一味求取来世，则会忽略现世生命的美好。《重答颜永嘉书》："何必陋积善之延祚，希无验于来世；生背当年之真欢，徒疲役而靡归。"④ 其指出人应活在现世、活在当下，珍惜并享受现实生命的过程，不该为无可应验的来世而疲役自己。其

---

① 严可均辑：《全宋文》，商务印书馆 1999 年版，第 219 页。
② 同上书，第 220 页。
③ 同上书，第 224 页。
④ 同上。

三，人必入死（此死指形神俱灭），来世之说实属荒诞。《重答颜永嘉书》：“至于济有生之类，入无死之地，广周兆物，尊冠百神，斯旨宏诞，非本论所及，无乃秦师将遁，行人言肆乎？”① 按照两者对立、非此即彼的逻辑，既然人必有死，那么来世之说必为荒诞。何承天从儒家与佛教之对立，现世之美好，及其生死之对立三个方面，进行层层论证，逻辑严密，分析透彻。

何承天有《安边论》一篇，是为抵御外族侵略，而提出的安边策略。其贴近现实，构思严密。他先是陈列了以往治理的两种策略：一为“武夫尽征伐之谋”②，二为“儒生讲和亲之约”③。接着分析了当下之边境形势：“寇虽习战来久，又全据燕、赵，跨带秦魏，山河之险，终古如一”④，以证此二策略并不适用，并进一步提出了解决的方案：“内实青徐，使民有赢储，野有积谷，然后分命方、召，总率虎旅，精卒十万，使一举荡夷，则不足稍勤王师，以劳天下”。面对问题，分析问题，解决问题，一环扣着一环，甚为缜密。郭预衡先生评价云：“这样的文章，写得相当实事求是。”⑤

此文层次分明，条理清晰。如，为夯实本国边境之防御体系，他提出了四个具体的实施方法：“一曰移远就近，以实内地。今青兖旧民，及冀州新附在界首者，二三万家，此寇之资也。今悉可内徙，青州民移东莱、平昌、北海诸郡，兖州、冀州移太山以南，南至下邳，左洙右沂，田良野沃，西阻兰陵，北扼大岘，四塞之内，其号险固。……二曰浚复城隍，以增阻防。旧秋冬收敛，民人入保，所以警备暴客，使防卫有素也。……三曰纂偶车牛，以饰戎械。计千家之资，不下五百耦牛，为车五百两。参合钩连，以卫其众。……四曰计丁课仗，勿使有阙。千家之邑，战士二千，随其便能，各自有仗，素所服习，铭刻由己，还保输之于库。出行请以自卫。弓㦮利铁，民不办得者，官以渐充之，数年之内，军用粗备矣。”⑥ 文中的“一曰”“二曰”“三曰”“四曰”明确地将方案分为几个层次，

---

① 严可均辑：《全宋文》，商务印书馆1999年版，第224页。
② 同上书，第228页。
③ 同上。
④ 同上。
⑤ 郭预衡：《中国散文史》，上海古籍出版社2000年版，第457页。
⑥ 严可均辑：《全宋文》，商务印书馆1999年版，第229页。

层次之间既联系又区别，构成一个有机的整体。每个方案，均是先提炼出论点，然后再进行层层分析，以证其功用。由此文章既井然有序，又浑融一体。

此文语词清竣，不刻意雕琢，质朴自然。如，其在分析匈奴之性情时，云："又狄虏之性，食肉衣皮，以驰骋为仪容，以游猎为南亩，非有车舆之安，宫室之卫，栉风沐雨，不以为劳，露宿草寝，维其常性，胜则竞利，败不羞走，彼来或骤，而此已奔疲。"① 采用了大量的连词（之、而、则）、介词（以）、发语词（维）、否定意义的动词（不、非）等，调动了文章的气势，自然而流畅，毫无板滞晦涩之感。郭预衡先生称其"有魏晋文章之特质"②。

此文无论是在军事思想还是在艺术上均取得了较高的成就。张溥《汉魏六朝百三名家集题辞注·何衡阳集》云："今所存者，仅有《安边论》，《宋书》称为博而且笃。晋世郭钦、江统《疏论》《徙戎》，显名方策，此亦其支流也。"③ 李兆洛云："平实周尽，文气近东京。""一出一入，具有炉锤，不阡不陌，自成蹊径。"④ 谭献则云："指画精凿，文事安翔。由于所见既深，故无虚矫之气。"⑤

何承天还有《答向歆问祖无服父有服嫁孙女》《答江氏问次孙持重》《通裒难荀论大功嫁妹》《浑天象论》《论魏文帝以洛京宗庙未成祠武帝于建始殿》《论蜀习隆向允请立诸葛庙于沔阳》《论旄头》《论吴朝设乐》等论文，是关于礼乐、天象等政事的析论。篇幅相对较短，论辩亦较严密，句式灵活，文风平实自然。

二　有理有据，自由灵活的议文

何承天的几篇议文，观点鲜明，逻辑性较强。形式较为自由灵活，以散体为主，但也有个别篇章表现出一定的骈化倾向。

何承天任刘毅参军时，曾为素不相识的陈满据理力争，史书载："毅

---

①　严可均辑：《全宋文》，商务印书馆 1999 年版，第 229 页。

②　郭预衡：《中国散文史》，上海古籍出版社 2000 年版，第 457 页。

③　张溥著，殷孟伦注：《汉魏六朝百三家集题辞注》，人民文学出版社 1963 年版，第 163 页。

④　李兆洛选辑：《骈体文钞》，上海书店 1988 年版，第 229 页。

⑤　同上书，第 389 页。

尝出行，而鄢陵县史陈满射鸟，箭误中直帅，虽不伤人，处法弃市。"①
何承天上《陈满事议》，云："狱贵情断，疑则从轻。昔有惊汉文帝乘舆
马者，张释之劾以犯跸，罪止罚金。何者？明其无心于惊马也。故不以乘
舆之重，加以异制。今满意在射鸟，非有心于中人。案律过误伤人，三岁
刑，况不伤乎？微罚可也。"②他先提出"狱贵情断"之理，然后又辅以
"昔有惊汉文帝乘舆马者"之例，进而得出陈满不必"处法弃市"之结
论。从理论到范例，晓之以理，动之以情，甚为缜密。句式上，不拘一
格，二、三、四、六、七、九言皆有，灵活自然。语词平易而恳切，易于
说服人。

　　何承天在任谢晦南蛮长史时，"时有尹嘉者，家贫，母熊自以身贴
钱，为嘉偿责。坐不孝当死。"③何承天上《尹嘉罪议》曰："法云，谓
违犯教令，敬恭有亏，父母欲杀，皆许之。……嘉虽亏犯教义，而熊无请
杀之辞。熊求所以生之而今杀之，非随所求之谓。……嘉所存者大，理在
难申，但明教爱发，矜其愚蔽。夫明德慎罚，文王所以恤下；议狱缓死，
《中孚》所以垂化。言情则母为子隐，语敬则礼所不及。今舍乞宥之评，
依请杀之条，责敬恭之节，于饥寒之隶，诚非罚疑从轻，宁失有罪之谓
也。愚以谓降嘉之死，以普春泽之恩；赦熊之愆，以明子隐之宜。则蒲亭
虽陋，可比德于盛明；豚鱼微物，不独遗于今化。"④言语逻辑与上文略
有不同，先立"法云"，为所议之语找到根据，接着述事情之原委，以突
出尹嘉之母并无请杀之辞，再摆出"明德慎罚"之理，最后得出"降嘉
之死"的结论。与上篇相较，逻辑较为复杂，议论较为丰富饱满。句式
上，以散体为主，亦杂有骈句。表述时，采用了譬喻、用典等手法。语词
上，略有润饰之痕迹，较上文繁密。

　　何承天的《薄道举事议》《奏事官名议》《久丧不葬议》《立三百六
十律法制议》四篇议文，是关于礼仪、律法等的探讨。篇幅较短，旨在
表达内容，不刻意追求形式的华美，句式较为灵活，语词简洁，文风
古朴。

①　沈约：《宋书》，中华书局 1974 年版，第 1702 页。
②　严可均辑：《全宋文》，商务印书馆 1999 年版，第 216—217 页。
③　沈约：《宋书》，中华书局 1974 年版，第 1702 页。
④　严可均辑：《全宋文》，商务印书馆 1999 年版，第 217 页。

三　情感浓郁，气势充沛的表文

何承天曾为谢晦僚属，谢晦为宋文帝怀疑、讨伐时，其曾为谢晦作表陈情。其从谢晦之立场出发，述平生之功业及使命，言辞诚恳，情感真挚，气势充沛，甚为感人。

表文表现了多种情感。有对故君宋武帝刘裕的感念之情。文曰："臣阶缘幸会，蒙武皇帝殊常之眷，外闻政事，内谋帷幄，经纶夷险，毗赞王业，预佐命之勋，膺河山之赏。及先帝不豫，导扬末命，臣与故司徒臣羡之、左光禄大夫臣亮、征北将军臣道济等，并升御床，跪受遗诏，载贻话言，托以后事。臣虽凡浅，感恩自厉，送往事居，诚贯幽显。"① 谢晦蒙刘裕"殊常之眷"，与其共历艰险，平定天下。建宋后，因佐命之功再受重用。武帝去世，谢晦又与傅亮、徐羡之、檀道济一起，成为顾命大臣。刘裕对其的重视及其给予的殊荣，非常人可比，谢晦自是感恩戴德，字里行间流露着对武帝的怀念及感激之情。

有对新君宋文帝刘义隆的恭敬之情。《为谢晦奉表自理》："臣忝居蕃任，乃诚匪懈，为政小大，必先启闻。纠剔群蛮，清夷境内，分留弟侄，并侍殿省。陛下聿遵先志，申以婚姻，童稚之目，猥荷齿召，荐女迁子，合门相送。事君之道，义尽于斯。"② 《又为谢晦上表》："且臣等奉事先朝，十有七年，并居显要，世称恭谨，不图一旦致兹衅罚。"③ 称无论大小政事，先奏请文帝，又令弟侄，侍御朝殿，且谢氏与刘氏素有姻亲之关系，荐女迁子，举家相送。罗列种种，只为表现对皇室的尊崇与敬畏，语气十分的婉转和谦恭。

有对奸佞之臣的愤怒之情。《为谢晦奉表自理》："陛下春秋方富，始览万机，民之情伪，未能鉴悉。王弘兄弟，轻躁昧进，王华猜忌忍害，规弄威权，先除执政，以逞其欲。天下之人，知与不知，孰不为之痛心愤怨者哉！"④ 《又为谢晦上表》："奸臣王弘等窃弄权威，兴造祸乱，遂与弟华内外影响，同恶相成，忌害忠贤，图希非望。故司徒臣羡之、左光禄大

---

① 严可均辑：《全宋文》，商务印书馆1999年版，第211页。
② 同上。
③ 同上书，第213页。
④ 同上书，第212页。

夫臣亮横被酷害，并及臣门。"① 称王弘、王华等兄弟窃弄威权，扰乱朝政，又从中挑拨自己与文帝之关系。其对此甚为愤慨，直呼"孰不为之痛心愤怨者哉"，情绪激荡，难以遏制，直接喷发而出。

其他，还有对文帝的抱怨之情，如"陛下远述先旨，申以婚姻，大息世休，复蒙引召，是以去年送女遣儿，阖家俱下，血诚如此，未知所愧。而凶狡无端，妄生衅祸，羡之内诛，臣受外伐，顾省诸怀，不识何罪?"② "未知所愧""不识何罪"两句，明显暗含着对文帝的指责，有敢怒不敢发的怨气。等等。

何承天之表文气势充沛，主要与其对反问、排比等修辞手法的运用有关。如，《为谢晦奉表自理》云："若臣等志欲专权，不顾国典，便当协翼幼主，孤背天日，岂复虚馆七旬，仰望鸾旗者哉? 故庐陵王于营阳之世，屡被猜嫌，积怨犯上，自贻非命。天祚明德，属当昌运，不有所废，将何以兴? 成人之美，《春秋》之高义，立帝清馆，臣节之所司。耿弇不以贼遗君父，臣亦何负于宋室邪? 况衅结阋墙，祸成畏逼，天下耳目，岂伊可诬?"③ 连用四个反问句。第一个志在表白，谓自己非欲专权，否则不会"虚馆七旬，仰望鸾旗"；第二个旨在说理，称庐陵王失德犯上，如若不废，朝纲难振；第三个意在述事，谓自己功勋卓著，勠力朝廷，无负于宋室；第四个重在分析，谓有奸臣作梗，以至自己被诬。从多个方面来发问，层层渲染，胸中之愤慨一股脑地喷薄而出，气势逼人。

再如，《又为谢晦上表》云："伏惟陛下德合乾元，道侔玄极，鉴凶祸之无端，察贞亮之有本，回日月之照，发霜雷之威，枭四凶于庭庭，悬三监于绛阙，申二台之匪辜，明两蕃之无罪，上谢祖宗，下告百姓。"④ 连用了"鉴""察""回""发""枭""悬""申""明"一系列动词连接起句子，从多个方面向宋文帝发出恳求，甚有咄咄之势。

作者还以用典的方式来增强文章的气势。如《又为谢晦上表》："夫周道浸微，桓文称伐，君侧乱国，赵鞅入诛。况今凶祸滔天，辰极危逼，台辅孥戮，岳牧倾陷。"⑤ 作者连续罗列"桓文""赵鞅"二典，不仅为

---

① 严可均辑：《全宋文》，商务印书馆1999年版，第212页。
② 同上书，213页。
③ 同上书，第211页。
④ 同上书，第214页。
⑤ 同上书，第213页。

下文做出了铺垫，还渲染了氛围，抬高了格调。之后"况今"的表述与前文相扣，一气贯通，文势倍增。

此两篇表文旨在上达朝廷，故辞藻较为华丽，句式较为整练，文风典正雅致。此外，他还有一篇《上元嘉历表》，虽言政事，然亦是情满意切，气壮势足。可见，何承天艺术功力较为深厚，笔法多样，对各种文体均能驾轻就熟。

何承天的其他类文体，檄文、奏文，采用的是散体，颂文、赞文是通篇四言的骈体。与文体性质相关，前两种文体与表、议文的特质大致相同，注重内容的表达，不求形式的华美。后两种文体则与赋体有相似之处，讲究辞藻的雕润及其句式的偶对。

整体来看，何承天之文构思细微周密，语言简洁凝练，句法不拘一格，行文流畅自如，风格质朴自然，颇有汉魏之文的流风余韵，较能代表刘宋前期散文之特质。

第三节　文义俱美的傅亮之文

傅亮今存文 22 篇，诏 1 篇，策 1 篇，教 3 篇，表 4 篇，奏 1 篇，书 3 篇，赞 5 篇，论 1 篇，碑 2 篇，铭 1 篇。傅亮是晋宋易代时重要的文笔之臣，本传载，"高祖登庸之始，文笔皆是记室参军滕演；北征广固，悉委长史王诞；自此后至于受命，表策文诰，皆亮辞也。"[1] 其本人亦"自以文义之美，一时莫及"[2]。任昉以笔驰名，就"颇慕傅亮才思无穷"[3]。刘师培先生《汉魏六朝专家文研究》云："傅季友与任彦升实为一派。任出于傅，《梁书》已有明文。二子之文有韵者甚少。其无韵之文最足取法者，在无不达之辞，无不尽之意，行文固近四六，而词令婉转轻重得宜。"[4] 指出了任昉与傅亮之源流关系，并盛赞傅亮笔体文之气脉流畅，轻重悉宜。事实也的确如此，傅亮之文中，文学成就较高者即是表、教与策文等应用文体。

目前学界关于傅亮之文研究的较少，有刘涛《试论傅亮的散文》、孙

---

[1]　沈约：《宋书》，中华书局 1974 年版，第 1337 页。
[2]　同上书，第 1892 页。
[3]　李延寿：《南史》，中华书局 1975 年版，第 1453 页。
[4]　刘师培：《汉魏六朝专家文研究》，商务印书馆 2010 年版，第 148 页。

淑娟《傅亮公牍文创作与晋宋文学思潮的嬗变》、鲍卓《傅亮其人其作研究》、任欢《傅亮研究》等几篇，重点考察了傅亮的公牍文及其与刘宋文风的嬗变关系。本书将其置于刘宋之文的发展脉络中，重点分析其骈散杂糅的特质，以把握刘宋之文的嬗变过程。

一　内容充实，兼有文采的诏策文

傅亮存《立学诏》一篇。① 此篇诏文内容充实，结构谨然，具有重要的现实意义。文曰："古之建国，教学为先，弘风训世，莫尚于此，发蒙启滞，咸必由之。故爰自盛王，迄于近代，莫不敦崇学艺，修建庠序。自昔多故，戎马在郊，旍旗卷舒，日不暇给，遂令学校荒废，讲诵蔑闻，军旅日陈，俎豆藏器，训诱之风，将坠于地，后生大惧于墙面，故老窃叹于子衿。此《国风》所以永思，《小雅》所以怀古。今王略远届，华域载清，仰风之士，日月以冀，便宜博延胄子，陶奖童蒙，选备儒官，弘振国学，主者考详旧典，以时施行。"② 先论及"古之建国，教学为先"的传统以及其"弘风训世""发蒙启滞"的重要作用。然后述及其荒废的缘由以及产生的恶果。接着笔端由古转今，描绘教育发展所凭依的时代环境，"今王略远届，华域载清，仰风之士，日月以冀"③，天下太平，百姓期盼着淳风俗、正教化，故而传达出诏文的核心内容，即兴立学校、弘振国学。由古及今，由因至果，井然有序，严丝合缝。与其他加官晋爵之诏文相比，此文无夸赞之语与溢美之词，内容充实，言之有物，更具现实意义。句式上，以四言为主，表现出一定的骈化倾向。徐师曾指出诏书的变化云："古之诏词，皆用散文，故能深厚尔雅，感动乎人。六朝而下，文尚偶俪，而诏亦用之，然非独用于诏也"④。此文表现出了这种变化的趋势。

傅亮存《策加宋公九锡文》一篇。此篇策文是傅文中篇幅最长的，铺采摛文，气势充沛。九锡，《后汉书·袁绍传》李贤注引《礼含文嘉》

---

① 张溥《汉魏六朝百三名家集·傅光禄集》辑有《进刘裕侍中车骑将军诏》《封豫章郡公诏》《封宋公诏》《进宋王诏》《禅宋诏》《禅策》《禅尔玺书》。严可均考证："前二诏必非亮作，唯宋公、宋王当属亮，而无佐证。禅代诏策，则王韶之作也。"故在《全宋文》均未录。今从其说。

② 严可均辑：《全宋文》，商务印书馆 1999 年版，第 245 页。

③ 同上。

④ 徐师曾：《文体明辩序说》，王水照《历代文话》，复旦大学出版社 2007 年版，第 2729 页。

云："九锡谓一曰车马，二曰衣服，三曰乐器，四曰朱户，五曰纳陛，六曰虎贲之士百人，七曰斧钺，八曰弓矢，九曰秬鬯。"① 九锡文有固定的写作程式，一般先述功业，而后封九锡之礼。傅亮此文亦沿袭于此，述刘裕之功业曰："乃者桓玄肆僭，滔天泯夏，……公精贯朝日，气凌霄汉……此公之大节，始于勤王者也。授律群后，沂流长骛……此又公之功也。出藩入辅，弘兹保弼……此又公之功也。鲜卑负众，僭盗三齐，……公蒐乘秣驷，夐入远疆……此又公之功也。卢循妖凶，伺隙五岭，……公乘辕南济，义形于色……此又公之功也。追奔逐北，扬旌江□，……番禺之功，俘级万数，……此又公之功也。刘毅叛涣，负衅西夏，……公御轨以刑，消之不日，……此又公之功也。谯纵怙乱，寇窃一隅，……公指命偏师，授以良图……此又公之功也。马休、鲁宗，阻兵内侮，……公投袂星言，研其上略，……此又公之功也。永嘉不竞，四夷擅华，……公远齐伊宰纳隍之仁，近同小白灭亡之耻……此又公之功也。"② 采用同样的句式，历数刘裕十种功绩，均是称颂之言，张溥谓其："表策文诰，诵言满堂"③，可谓确也。又封九锡之礼云："公纪纲礼度，万国是式……是以锡公大辂、戎辂各一，玄牡二驷。公抑末敦本，务农重积，……是用锡公衮冕之服，赤舄副焉。公闲邪纳正，移风改俗，……是用锡公轩县之乐，六佾之舞。公宣美王化，导扬休风，……是用锡公朱户以居。公官方任能，网罗幽滞，……是用锡公纳陛以登。公当轴处中，率下以义，……是用锡公虎贲之士三百人。公明罚恤刑，庶狱详允，……是用锡以铁钺各一。公龙骧风矫，咫尺八纮，……是用锡公彤弓一，彤矢百，卢弓十，卢矢千。公温恭孝思，致虔湮祀，……是用锡公秬鬯一卣。圭瓒副焉。"④ 仍然是同样的句式结构，即"公 + 溢美之词 + 是以锡公/是用锡公 + 礼服、器用等"，如此者共九次。李兆洛先生评此类文云："九锡禅诏，类相重袭，逾袭逾滥"⑤。汉末潘勖作有《策魏公九锡文》，范文澜先生评云："近拟悚文，远学《尚书》，自后大盗移国，莫不作九锡文，如涂附涂，而典赡

---

① 范晔撰，李贤注：《后汉书》，中华书局 1965 年版，第 2390 页。
② 严可均辑：《全宋文》，商务印书馆 1999 年版，第 245—247 页。
③ 张溥著，殷孟伦注：《汉魏六朝百三家集题辞注》，人民文学出版社 1963 年版，第 166 页。
④ 严可均辑：《全宋文》，商务印书馆 1999 年版，第 247 页。
⑤ 李兆洛：《骈体文钞》，商务印书馆 1937 年版，第 116 页。

雅饬,则无有及此者。"① 金秬香亦云:"乱世贰臣献媚新主之谀辞","重重叠叠,实类骈拇枝指之无所用已"②。众前辈皆指出了此类文的烦琐性及溢美性。傅亮文亦有此弊端,然因其艺术功力深厚,又工于润饰,其文较为流畅自如,亦呈现出其一定的文采及气势,张溥谓其"丹书带砺"③。

傅亮的诏策文,具有较强的社会功用性,较为讲究形式上的美感,注意词语和句式的典正与工整性。

二 "叙致曲折,复日遒紧"的表教文

傅亮的表教文,名重一时。《文选》录其四篇,分别为《为宋公修张良庙教》《为宋公修楚元王墓教》《为宋公至洛阳谒五陵表》《为宋公求加赠刘前军表》。

傅亮的教文颇有怀古叹今之情,雄厚刚健之力。《为宋公修张良庙教》作于义熙十三年,刘裕北伐,驻军留城,令修张良庙。文章先论及纲纪之重要性,自"张子房"以下追述张良之一生功绩,"途次旧沛"以下发怀古之情,最后"可改构栋宇"点明修张良庙之主旨。其中"张子房道亚黄中,照邻殆庶,风云玄感,蔚为帝师,夷项定汉,大拯横流,固以参轨伊望,冠德如仁。若乃神交圮上,道契商洛,显默之际,窅然难究,渊流浩瀁,莫测其端矣"④ 一节,雄浑而豪迈,将张良在壮阔的历史风云中所表现出的胆识及智慧,以凝练的语言概述了出来,甚为劲健。论者称有"绝大笔力"⑤,谭献谓其"金玉之声,风云之气"⑥。又"涂次旧沛,仵驾留城,灵庙荒顿,遗像陈昧,抚事怀人,永叹寔深。过大梁者,或仵想于夷门,游九京者,亦流连于随会,拟之若人,亦足以云"⑦ 一节,叙目睹张良庙的荒凉破败之状,抚事怀人,发幽思之情,具有深沉的韵味。最后"可改构栋宇,修饰丹青,苹蘩行潦,以时致荐,怀古之情,

---

① 范文澜:《文心雕龙注》,人民文学出版社 1958 年版,第 368 页。
② 金秬香:《骈文概论》,商务印书馆 1933 年版,第 55 页。
③ 张溥著,殷孟伦注:《汉魏六朝百三家集题辞注》,人民文学出版社 1963 年版,第 166 页。
④ 严可均辑:《全宋文》,商务印书馆 1999 年版,第 248 页。
⑤ 于光华:《文选集评》,锡山启秀堂刻本,1777 年。
⑥ 李兆洛:《骈体文钞》,商务印书馆 1937 年版,第 132 页。
⑦ 严可均辑:《全宋文》,商务印书馆 1999 年版,第 248 页。

存不刊之烈，主者施行"① 写修张良庙的意义，亦较清竣，颇有古风。江山渊评此文云："铺陈直叙，不著藻彩，而其气磅礴，有昂首天外，旁若无人之慨。"② 盛赞此文的气势与笔力。

傅亮《为宋公修楚元王墓教》与上篇教文的结构大致相同。先述"纲纪"云云，接着盛赞楚元王刘交③之仁德及功勋，然后述楚元王墓的破败荒凉，再发古今之感慨，最后点明修坟墓之主旨。其中"楚元王积仁基德，启藩斯境，素风道业，作范后昆，本支之祚，实隆鄙宗，遗芳余烈，奋乎百世"④ 述其德行及其影响，暗含着崇敬与敬畏之情。又"而丘封翳然，坟茔莫翦，感远存往，慨然永怀"⑤ 写坟墓荒草丛生的凄凉景象，寄寓了时代变迁、历史更迭的无限感慨，引人深思。"夫爱人怀树，甘棠且犹勿翦，追甄墟墓，信陵尚或不泯。况瓜瓞所兴，开元自本者乎"⑥ 运用召公、魏无忌的典故以及瓜生主蔓的譬喻，表现出对逝者的无限怀念之情。《文选集评》引方伯海语云："按篇中将甘棠、信陵一为比例，文字便疏宕有情。"⑦ 可见，傅亮并非单纯地为刘裕草拟教令，其在撰写的过程中，融入了深切的情感与深沉的感慨，且情景交融，古今贯通，令教文更富有人情味及感染力。

除了教文，傅亮的表文亦情感浑厚，笔力劲健。《为宋公至洛阳谒五陵表》作于义熙十二年（416），时年八月，刘裕率军讨伐姚泓，十月，姚泓部将姚光举洛阳以归降。刘裕命王恢之修晋五陵，以置守备。表文先述行军之艰难云："近振旅河湄，扬旌西迈，将届旧京，威怀司雍，河流迅疾，道阻且长。加以伊洛榛芜，津途久废，伐木通径，淹引时月"⑧。既有激流之障碍，亦有榛芜之阻挡，历时一月方才抵达。接着绘洛阳之萧索凄凉之状云："始以今月十二日次故洛水浮桥，山川无改，城阙为墟，宫庙隳顿，锺虡空列，观宇之余，鞠为禾黍，廛里萧条，鸡犬罕音，感旧

① 严可均辑：《全宋文》，商务印书馆 1999 年版，第 248 页。
② 王文濡编：《南北朝文评注读本》，第 2 册，文明书局 1920 年版，第 65 页。
③ 刘裕是西汉楚元王刘交之后。
④ 严可均辑：《全宋文》，商务印书馆 1999 年版，第 247 页。
⑤ 同上。
⑥ 同上。
⑦ 于光华：《文选集评》，锡山启秀堂刻本，1777 年。
⑧ 严可均辑：《全宋文》，商务印书馆 1999 年版，第 247 页。

永怀，痛心在目"①。昔日之繁华早以不存，呈现在眼前的只有废墟与坍圮，廛里无人，鸡犬不闻，作者触景生情，怀古而痛今。又述奉谒五陵之情景云："以其月十五日，奉谒五陵，坟茔幽沦，百年荒翳，天衢开泰，情礼获申，故老掩涕，三军凄感，瞻拜之日，愤慨交集"②。拜谒之人或掩涕，或凄感，各种复杂的情绪交织在一起，难以名状。许梿评此文云："以深婉之思写悲凉之态，低徊百折，直令人一读一击节也。"③ 张溥评此文云："入洛阳，谒五陵，宋公百世一日也。表文无痛哭之谈，识者先知其非心王室矣。"④ 郭预衡先生继张溥言云："现在看来，表文确实'无痛哭之谈'，但字里行间还是有些情感的……'故老掩涕'，'三军凄感'作者也不是无动于衷的。"⑤ 何焯评云："叙致曲折，复曰遒紧。季友章表，故有专长，犹有东汉风味。若使宋不代晋，则读此文者有不感激涕下者乎？"⑥ 整体来看，此表文表述婉曲，是具有悲怆之情感的，气韵亦较沉雄。

　　傅亮《为宋公求加赠刘前军表》是代刘裕为刘穆之求加赠官爵而作。表文先述崇贤旌善之传统，接着追述刘穆之的功勋战绩，然后述及刘穆之对刘裕的辅佐及其二人的患难之情，最后点明"宜加赠正司，追甄土宇"之主旨。其中"故尚书左仆射前军将军臣穆之，爰自布衣，协佐义始，内竭谋猷，外勤庶政，密勿军国，心力俱尽。及登庸朝右，尹司京畿，敷赞百揆，翼新大猷。顷戎车远役，居中作捍，抚宁之勋，实洽朝野，识量局致，栋干之器也"⑦ 一节，将刘穆之竭心尽力地翼护刘裕、捍卫王室的形象刻画了出来，真实地再现了其在内忧外患中所表现出的胆识与智慧，论者谓"惊心动魄，不啻口出"⑧。又"时屯世故，靡有宁岁。臣以寡劣，负荷国重，实赖穆之匡翼之勋，岂惟谠言嘉谋，溢于民听……所以陈力一纪，遂克有成，出征入辅，幸不辱命。微大人之左右，未有宁济其事者

①　严可均辑：《全宋文》，商务印书馆1999年版，第248页。
②　同上。
③　许梿评选，黎经诰笺注：《六朝文絜笺注》，中华书局1962年版，第73页。
④　张溥著，殷孟伦注：《汉魏六朝百三家集题辞注》，人民文学出版社1963年版，第166页。
⑤　郭预衡：《中国散文史》，上海古籍出版社2000年版，第459页。
⑥　何焯：《义门读书记》，中华书局1987年版，第952页。
⑦　严可均辑：《全宋文》，商务印书馆1999年版，第248页。
⑧　李兆洛：《骈体文钞》，商务印书馆1937年版，第181页。

矣。履谦居寡，守之弥固"① 一节，将对刘穆之的赞赏与感激之情直接表达了出来，语言灵动自如，有酣畅淋漓之感。"每议及封爵，辄深自抑绝，所以勋高当年，而茅土弗及，抚事永念，胡宁可昧……臣契阔屯夷，旋观终始，金兰之分，义深情感"② 一节，写二人金兰之义，情深而意切。整篇表文以情贯穿，有赞赏、有敬重、有感激等，甚为感人。语词质朴无华，简洁凝练。

傅亮的表教文多为悲凉慷慨之词，情感浓郁，气势刚健，语词洗练，具有魏晋散文的风云气。

三　忧生之嗟的论序赞文

傅亮既为刘裕之腹心，深受重用，又位居高职，故难免卷入政治斗争中，为此他常怀忧惧，深怕有性命之危。史传载，"亮之方贵，兄迪每深诫焉，而不能从。及见世路屯险，著论名曰《演慎》。及少帝失德，内怀忧惧。直宿禁中，睹夜蛾赴烛，作《感物赋》以寄意。初奉大驾，道路赋诗三首，其一篇有悔惧之辞。亮自知倾覆，求退无由，又作辛有、穆生、董仲道赞，称其见微之美云。"③

傅亮《演慎论》，顾名思义，即推演"慎"的道理。文章起首提出论点，曰："大道有言，慎终如始，则无败事矣。"④ 并引经据典，分列《易》《大雅》《虞书》关于"慎"的言论，以证"保身全德，其莫尚于慎"。可见其推演"慎"是为了全身远祸。"夫四道好谦"以下论及"不慎"所产生的后果，从反面论证了居安思危的重要性。"夫单以营内丧表"以下以事实论证如何做到"慎"。"夫以嵇子之抗心希古"之下以嵇康为例，说明了做到"慎"的艰难性。最后"夫据图挥刃"以下集中表现了对生命的担忧。

论文气势丰沛，字里行间流露着对前途命运的担心。如"然而徇欲厚生者，忽而不戒；知进忘退者，曾莫之惩。前车已摧，后銮不息，乘危以庶安，行险而徼幸，于是有颠坠覆亡之祸，残生夭命之衅"⑤ 一节，写

---

① 严可均辑：《全宋文》，商务印书馆1999年版，第249页。
② 同上。
③ 李延寿：《南史》，中华书局1975年版，第442页。
④ 严可均辑：《全宋文》，商务印书馆1999年版，第250页。
⑤ 同上书，第250—251页。

"不慎"之后果。语词多用具有破坏性质的词语,如"摧""危""险"
"颠坠""覆亡""残生""夭命"等,似乎对仕途及生命之覆亡有着深刻
的体验。情感及语势层层递进,前四句还较为平和、舒缓,从"前车已
摧"之后,便陡然凌厉起来,读之有心惊胆战之感。又如"其惧患也,
若无辔而乘奔,其慎祸也,犹履冰而临谷"① 连用两个譬喻,将其如履薄
冰的境遇,及其对祸患惧怕的心理均形象地表现了出来。再如"或振褐
高栖,揭竿独往,或保约违丰,安于卑位。故漆园外楚,忌在龟牺,商洛
遐遁,畏此骊马。平仲辞邑,殷鉴于崔、庆,张临挹满,灼戒乎桑霍"②,
以一系列的典故,说明了在具体言行中,"慎"之施行甚为艰难,以至于
急呼"非知之难,慎之惟难,慎也者,言行之枢管乎"③。文章最后一段
更是疾走似的呼喊,文曰:"况乎触害犯机,自投死地。祸福之具,内充
外斥,陵九折于邛㟝,泛冲波于吕梁,倾侧成于俄顷,性命哀而莫救。呜
呼呜呼! 故语有之曰:诚能慎之,福之根也,曰是何伤,祸之门尔,言慎
而已矣。"④ 这是作者在历经宦海浮沉后的真实心理感受,展示了其在暗
藏杀机、刀光剑影的政治斗争中的胆战心惊之形象。诚如其自己所述,知
之难,而施行更难,傅亮知道"慎"之重要,然最终还是走向了生命悲
剧。诚如刘白村所言,其虽有"安不忘危、觅思退步之意",然"卒以欲
罢不能,卒催非常之祸,亦可悲矣"⑤。

　　傅亮《感物赋序》亦表现出了其对祸患的担心及生命的忧惧。文曰:
"余以暮秋之月,述职内禁,夜清务隙,游目艺苑。于时风霜初戒,蛰类
尚繁,飞蛾翔羽,翩翾满室,赴轩幌,集明烛者,必以燋灭为度。虽则微
物,矜怀者久之。退感庄生异鹊之事,与彼同迷而忘反鉴之道,此先师所
以鄙智,及齐客所以难目论也。怅然有怀,感物兴思,遂赋之云尔。"⑥
据史书载,"及少帝失德,内怀忧惧。直宿禁中,睹夜蛾赴烛,作《感物
赋》以寄意"⑦。张溥亦云:"感物作赋,起于夜蛾。"⑧ 序文由时序写起,

---

① 严可均辑:《全宋文》,商务印书馆1999年版,第251页。
② 同上。
③ 同上。
④ 同上。
⑤ 罗琳:《续修四库全书总目题要〈稿本〉》,齐鲁书社1996年版,第35页。
⑥ 严可均辑:《全宋文》,商务印书馆1999年版,第244页。
⑦ 李延寿:《南史》,中华书局1975年版,第442页。
⑧ 张溥著,殷孟伦注:《汉魏六朝百三家集题辞注》,人民文学出版社1963年版,第166页。

从飞蛾扑火之事，联想到庄生异雀之事，最后引发出关于生命的感慨。结合当时之历史背景，刘裕去世，傅亮等遗臣辅政，少帝失德，庐陵无行，若此二人承继大统，则朝纲难振，国有覆灭之危，然若推刘义隆等成气候者登上王位，则傅亮等故老旧臣必遭杀戮。公私之间，进退之间，生死之间，傅亮举步维艰。带着这样的心绪去看飞蛾扑火，他似乎已经预感到了处境之凶险，故而"怅然有怀，感物兴思"，莫名的恐惧感、无奈感、焦虑感一一袭来，平静的言辞下实则是暗潮涌动。

史传载，"亮自知倾覆，求退无由，又作辛有、穆生、董仲道赞，称其见微之美"①。几篇赞文均已不存。然其《文殊师利菩萨赞》《弥勒菩萨赞》表现了其对菩萨的尊崇，有"怀而慕思""属想灵期"之意。这或许是其对自身处境有了清醒的认识后，所寻找的一种解脱自己、保全自己的方式，从侧面表现了其忧惧、悔恨。

可见，傅亮的论、序、赞文融入了较深的情感，表现了其对现实处境的困惑，及对前途命运的担忧与恐惧。

四　言简义丰，典雅古质的碑铭书札文

傅亮的碑铭多为诵美之言，语词凝练，多用骈体，文风典雅。《司徒刘穆之碑》先述刘穆之的名讳、籍贯，接着述其品行、战绩及功勋，最后作铭以赞颂。文章述其品行云："公膺陶钧之秀范，该生民之上操，三变肇于弱容，九德充于初迪。文明在中，柔顺畅于事业；敬以直内，义让洽于州党。"② 称其德行高洁，足以垂范后昆，全是溢美之词。句式上，对仗工整，前四句为上下句对，后四句为四、六言与四、六言相对。述其事迹云："时元凶窜逋，拥据荆沔；乘舆播幸，越蹈九江。公率先群后，电发川湄，奖怀本之众，励思奋之士。……公灵武独运，奇谟内湛，鞠旅陈众，视险若夷。飞云西溯，则水截鲸鲵；乘辕东指，则陆殪长蛇。"③ 此节较为精彩，再现了刘穆之乘胜追击叛军的悲壮场景。所用的词语，是经过精心打磨的，如"窜逋""拥据""乘""越""率""发""奖""励"等，简洁凝练，将叛军之汹汹气势，我方部队

---

① 李延寿：《南史》，中华书局 1975 年版，第 442 页。
② 严可均辑：《全宋文》，商务印书馆 1999 年版，第 251 页。
③ 同上书，第 252 页。

的迅捷机警，以及刘穆之的镇定自若都表现了出来。最后铭文全用四言，云："二仪发挥，川岳协灵。外恢温雅，内镜文明。怀仁履顺，蕴义居贞。煌煌衮衣，礼亦隆止。翼翼素心，亮终如始。夷情升降，一色愠喜。训俭于物，复礼于己。"① 句式严饬而整齐，所用语词如"温雅""文明""仁""顺""义""贞"均具褒义色彩，表现出对刘穆之的尊崇与敬赏，文风典雅。

《故安成太守傅府君铭》是傅亮为父傅爰所作，与上文的体式、内容基本相同。称其父之品行云："君承世德之芳流，荡二象之淑灵，含章蕴粹，佩兰蕙，韦带饭蔬，朝不及夕，不以栖迟改其间，不以隐约回其操，杨生所为，久幽而不改随和之德者，其斯之谓欤。"② 亦全是诵美之言，语词如"芳""淑""章""粹"等较文雅。其在追述、回忆往事时，饱含着对父亲的思念之情，较为令人感动。

傅亮还有《与蔡廓书》一篇，是与蔡廓讨论关于庐陵王刘义真的座次问题。与上述几篇不同，该文以散体为主。起首直接表明立场，即认为"扬州自应著刺史服耳。然谓坐起班次，应在朝堂诸官上，不应依官次坐下"③，言简意赅，语气坚定。后文对此作进一步的解释，先引《诗序》《起居注》等指出前代之范例，接着陈述当朝例证，诸例皆用以支撑前文之观点。最后再次申明"扬州反乃居卿君之下，恐此失礼，宜改之邪"④。言辞洗练，语义充沛而丰厚，应多引用前人之言、前人之例，故文风亦较雅正。

傅亮以骈体为主的碑铭文，句式整齐，语词琢练，易于形成典雅之貌。而以散体为主的书札文，虽在形式上较为灵活，然应其在内容上多援引古例、比附古事，故亦具有此特质。

整体来看，傅亮之文亦骈亦散，文风或典雅或质朴，言词有的是经过精琢细磨的，有的是以自然语而出之的，是刘宋文风由"古"向"骈"演变过程中的特殊产物。

---

① 严可均辑：《全宋文》，商务印书馆 1999 年版，第 252 页。
② 同上。
③ 同上书，第 249 页。
④ 同上。

第四节　情文并茂的谢灵运之文

谢灵运今存文 35 篇，表 2 篇，上书 1 篇，笺 1 篇，书 5 篇，论 9 篇，七体 1 篇，游记 1 篇，诗序 3 篇①，颂 1 篇，赞 5 篇②，铭 2 篇，诔 4 篇。谢灵运以诗名世，然其文亦有可取之处。其文与傅亮之文略有相似之处，表现出了古文向骈文转变的特质，句式骈散杂糅，语言趋于流畅，文辞趋于藻饰，感情色彩较为浓厚。就文体来说，以表文、诔文、书论文等影响较大。

目前学界关于谢灵运文的研究较少，有刘涛《谢灵运散文撰作探析》、赵树功《谢灵运〈游名山志〉辨名及佚文》寥寥数篇，重点分析了其思想内容及其存佚问题。本书将重点探讨其整练华美的风格，以及雕琢锤炼的艺术特质，以把握刘宋散文渐趋于骈化的迹象。

一　清新简洁的书牍文及游记文

谢灵运今存《与庐陵王义真笺》《答第书》《与弟书》《游名山志》四篇，主要写山水之乐及隐逸之事，采用散体，清新自然，平易流畅。

《与庐陵王义真笺》作于景平元年（423），时谢灵运离开永嘉归于始宁，史书载，"与隐士王弘之、孔淳之等纵放为娱，有终焉之志"③。文曰："会境既丰山水，是以江左嘉遁，并多居之。但季世慕荣，幽栖者寡，或复才为时求，弗获从志。至若王弘之拂衣归耕，逾历三纪，孔淳之隐约穷岫，自始迄今，阮万龄辞事就闲，纂戎先业，浙河之外，栖迟山泽，如斯而已。既远同羲、唐，亦激贪厉竞。殿下爱素好古，常若布衣，每意昔闻，虚想岩穴，若遣一介。有以相存，真可谓千载盛美也。"④ 此前谢灵运因被贬，对仕宦甚为心灰意冷，此次归乡始宁，似有隐居之志。又遇王弘之、孔淳之、阮万龄等甘于幽栖者，自是有同好之游，故而称"千载盛美也"。但也能看出，其意欲"真隐"之背后，似乎有着不甘与

---

① 《拟魏太子邺中集诗》拟曹丕、曹植等八人诗，有序 8 篇，合算作 1 篇。
② 《和范光禄祇洹像》有《佛》《菩萨》《缘觉声闻合》3 篇，合算作 1 篇。《〈维摩经〉十譬赞》有《聚沫泡合》《焰》《芭蕉》等 10 篇，合算作 1 篇。
③ 沈约：《宋书》，中华书局 1974 年版，第 1754 页。
④ 严可均辑：《全宋文》，商务印书馆 1999 年版，第 311—312 页。

无奈，"或复才为时求，弗获从志"，士子若才为时求，恐亦不会有岩穴之念。笺文以散体出之，与其山水诗一样，甚是清新自然。但也应看到，作者亦有意锤炼字句，如"激贪厉竞""爱素好古"均为整齐的并列短语，甚为工巧，故谢灵运之笺文虽长短不拘，流畅自然，但亦不可否认其有走向骈化之迹象。

《答第书》《与弟书》两篇甚短。前者文曰："前月十二日至永嘉郡，蛎不如鄞县，车螯亦不如北海。"① 后者文曰："闻恶溪道中九十九里有五十九滩，王右军游此恶道，叹其奇绝，遂书'突星濑'于石。"② 写给其弟，与山水游览有关，以寻常语出之，旨在述事，流畅自然。

《游名山志》今仅存残篇，与上文内容相类。文章开篇曰："夫衣食人生之所资，山水性分之所适。今滞所资之累，拥其所适之性耳。"③ 道出了其游览山水之目的，即适性而已。谢灵运在历经贬黜后，内心实有诸多滞塞，他需要调节理想与现实间的矛盾，排遣仕途功名所带来的焦虑，于是山涧林间便成了他最好的归宿。文章还记录了诸多名山胜水之地理位置及其由来等，如写破石与石帆之位置及由来云："破石溪南二百余里，又有石帆，修广与破石等度，质色亦同。传云：古有人以破石之半为石帆，故名彼为石帆，此名破石。"④ 再如写华子冈之由来云："华子冈，麻山第三谷。故老相传，华子期者，禄里先生弟子，翔集此顶，故华子为称也。"⑤ 还如写石门及其周边风景云："石门涧六处，石门溯水上，上入两山口，两边石壁，右边石岩，下临涧水。"⑥ 与其《山居赋》颇为相像，写山水之依傍及其之间的美景，既有地理志之价值，又有山水散文之美感。文章亦为散体，记事写景简洁准确，清新自然。

以上几篇书牍文及游记文，内容均与山水相关，语言流畅自然，句式长短不拘，文风清新，富有生气，然字词间亦可看出作者锤炼之痕迹，追求巧致之心思。

---

① 严可均辑：《全宋文》，商务印书馆 1999 年版，第 312 页。
② 同上。
③ 同上书，第 319 页。
④ 同上。
⑤ 同上。
⑥ 同上。

二　文情并茂的表诔文

谢灵运今存《谢封康乐侯表》《诣阙自理表》两篇表文。《谢封康乐侯表》为谢恩之作，表文追述了先祖谢玄等人之业绩，充满了家族自豪感，对于统治者给予的隆宠，其"酬恩答厚，罔知所由"①，感恩之情溢于言表。表文主要采用骈体，以四言为主。有的对仗甚工，如"陷没西河，倾覆南汉"②二句，"陷没"与"倾覆"动词相对，"西河"与"南汉"名词相对，且"西"与"南"为方位对，"河"与"汉"为同义词对。"凌籍纪郢，跨越淮泗"结构与上例相同，稍有不同的是词义上，"纪郢"为都城，"淮泗"为河流。再如，"信陵之贤，简在高祖之心；望诸之道，复获隆汉之封"四句，征引了两个典故，为四六言隔句对，"信陵"（魏无忌）与"望诸"（乐毅）为人名对，六言虽不甚精工，然亦较为整齐。有的虽为散体，如"于时策画惟疑，地险已谢，咸惧君臣同泯，有生无余，亡祖奉国威灵，董符戎重，尽心所事，克黜祸乱，功参盘鼎，胙土南服，逮至臣身。"③非为对句，然作者精心锤炼，力求以四言出之，形式上亦较工整。

《诣阙自理表》是谢灵运为孟𫖮构陷，为申诉冤屈而作。文曰："今虚声为罪，何酷如之。夫自古谗谤，圣贤不免，然致谤之来，要有由趣。或轻死重气，结党聚群，或勇冠乡邦，剑客驰逐。夫闻俎豆之学，欲为逆节之罪；山栖之士，而构陵上之衅。今影迹无端，假谤空设，终古之酷，未之或有。匪啻其生，实悲其痛。诚复内省不疚，而抱理莫申。是以牵曳疾病，束骸归款。仰凭陛下天鉴曲临，则死之日，犹生之年也。臣忧怖弥日，羸疾发动，尸存恍惚，不知所陈。"④表文以散体出之，其中夹有对句，节奏紧促，铿锵有力，言辞真挚而恳切，"悲痛""内省""忧怖""恍惚"等将其内心的深深恐惧表现了出来，给人以真实具体之感。张溥《汉魏六朝百三家集·谢康乐集题辞》云："其自讼表有云：'未闻俎豆之学，欲为逆节，山栖之士，而构陵上言。'言最明痛。不免弃市，盖酷祸造于虚声，怨毒生于异代。以衣冠世族，公侯才子，欲倔强新朝，送龄丘

---

① 严可均辑：《全宋文》，商务印书馆 1999 年版，第 309 页。
② 同上。
③ 同上。
④ 同上书，第 310 页。

鋆，势诚难之。予所惜者，涕泣非徐广，隐遁非陶潜而徘徊去就，自残形骸，孙登所谓抱叹于嵇生也。"① 其意识到性命之危险，心弦紧绷，急于陈情，故无暇雕琢，不假雕饰，直写胸中言，明快自然。

谢灵运今存《武帝诔》《庐陵王诔》《庐山慧远法师诔》《昙隆法师诔》四篇诔文。第一篇为"遵前典""述圣徽"之作，全篇为整齐的四言，对仗工整，语言凝练，雕词琢句，援古证今，以为诵美。

《庐陵王诔》为哀悼庐陵王刘义真而作。庐陵王与谢灵运、颜延之、慧琳等情款异常，并曾出豪言，得志之日，以谢灵运为相，之后几人相继为傅亮等顾命大臣所贬黜。庐陵王之言或有嬉戏之成分，然其对谢灵运产生影响确是事实，其亡，于谢灵运而言，意味着人生理想及其寄托的破灭。文曰："何斯祸斯，乃怨乃辱"②，"咸感节而兴悦，独怀悲而莫申"③表现出了沉重的悲痛之情。全文采用骈体，以整齐的四六言出之，上下句对仗工整，语言凝练简洁，亦是作者苦心经营而成的。

《庐山慧远法师诔》为哀悼释慧远而作。慧远"怀仁山林，隐居求志"④，谢灵运甚为崇敬之，并曾于"志学之年"欲为慧远"门人之末"，然"诚愿未遂"。义熙九年（413），慧远撰《万佛影铭》并遣弟子道秉至建康，请谢灵运撰写《佛影铭》，这是现存的二人直接交流的明证。诔文写慧远之修为及人格，字里行间流露着虔诚的敬仰之情，如"朗朗高堂，肃肃法庭。既严既静，愈高愈清。从容音旨，优游仪形。"⑤ 对于慧远之圆寂，谢灵运表现出了莫大的痛惜，文曰："六合俱否，山崩海竭。日月沉晖，三光寝晰，众麓摧柯，连波中结，鸿化垂绪，微风永灭。"⑥以高大事物的崩塌陨落来状其圆寂之巨大影响，三个"呜呼哀哉"，更是其从心底发出的难以遏制的悲怆之声，极具感染力。形式上，诔文亦采用骈体，以整齐的四言出之，语句精工而整练，是精心打磨而成。

《昙隆法师诔》为哀悼释昙隆所作。景平元年（423），谢灵运辞永嘉太守而"谢病东山"，邀昙隆"同幽共深"，二人"俱泛回涧，茹芝术而

---

① 张溥著，殷孟伦注：《汉魏六朝百三家集题辞注》，人民文学出版社 1963 年版，第 169 页。

② 严可均辑：《全宋文》，商务印书馆 1999 年版，第 325 页。

③ 同上。

④ 同上。

⑤ 同上。

⑥ 同上书，第 326 页。

共饵，披法言而同卷者，再历寒暑"①，后昙隆辞别东山，"至止阻阔，音尘殆绝"②，"值暑遘疾，未旬即化"③。诔文写昙隆之出身及才智，云："生自豪华，家赢金帛，加以巧乘骑，解丝竹"④。写昙隆之修行，云："智之秉情，对理斯涅。吝既弗祛，滞亦安拔。子之矜之，为尔苦节。节苦在己，利贞存彼"⑤。追述二人昔日之共游，云："相率经始，偕是登临。开石通涧，剔柯疏林。远眺重叠，近瞩岖嵚。事寡地闲，寻微探赜。何句不研，奚疑弗析。帙舒轴卷，藏拔纸襞。问来答往，俾日余夕"⑥。表现了对昙隆之死的深切悲痛，云："承疾怀灼，闻凶漼悲。孰云不痛，零泪沾衣。呜呼哀哉……永念伊人，思深情倍。俯谢常人，仰愧无待。呜呼哀哉。"⑦ 诔文亦是情深意切，悲不自盛。形式上，亦采用骈体，以四言出之，讲究对仗，注重锤炼。

　　谢灵运的表文及诔文都充溢着浓郁的情感，或为愤慨，或为焦灼，或为悲痛，都极具感染力，能带给人以心灵上的触动。形式上，大都以骈体出之，句式工整，语言凝练，可以看到作者有意锤炼、精心雕琢之迹象。可见，不仅是其诗，其文亦开始向精工、雅致的方向发展。

三　表现"祇洹奇趣"的书论文

　　谢灵运有《辨宗论》《答法勖问》《答僧维问》《答慧驎问》《答驎维问》《答法纲问》《答慧琳问》《答王卫军问》书论文，关于佛学义理的争论与驳难。

　　晋宋间，佛学思想界发生了重大变化，即《般若》学之地位渐被《涅槃》学所取代。此时的关键人物竺道生以"一阐提人皆得成佛"，及"顿悟成佛"之说，引起了极大的争论，时"守文之徒，多生嫌疑，与夺之声，纷然互起"。谢灵运为"顿悟义"的支持者，其《辨宗论》云："释氏之论，圣道虽远，积学能至，累尽鉴生，不应渐悟。孔氏之论，圣道既妙，虽颜殆庶，体无鉴周，理归一极。有新论道士，以为寂鉴微妙，

----

① 严可均辑：《全宋文》，商务印书馆 1999 年版，第 327 页。
② 同上。
③ 同上。
④ 同上书，第 326 页。
⑤ 同上书，第 327 页。
⑥ 同上。
⑦ 同上书，第 328 页。

不容阶级，积学无限，何为自绝？今去释氏之渐悟，而取其能至，去孔氏之殆庶，而取其一极。一极异渐悟，能至非殆庶。故理之所去，虽合各取，然其离孔、释远矣。余谓二谈救物之言，道家之唱，得意之说。敢以折中自许，窃谓新论为然，聊答下意，迟有所悟。"① 他折中了儒释两家思想，去释氏之"渐悟"，取其"能至"（可以成佛），去儒家之"殆庶"，取其"一极"（一蹴而就），支持了竺道生"寂鉴微妙，不容阶级"（真如实相的境界甚为微妙，不是循序渐进达到的）之"顿悟说"。王弘将谢灵运此论传与竺道生，竺道生盛赞云："究寻谢永嘉论，都无间然。有同似若妙善，不能不以为欣。"② 张溥称云："祇洹奇趣，道门阁笔。"③

与此同时，谢灵运还与法勖、僧维、慧驎、驎维、法纲、王弘等僧人俗士，就"顿悟义"进行了激烈的驳难。

《答法勖问》论及华夷之别。法勖问曰："神道之域，虽颜也，孔子所不诲；实相之妙，虽愚也，释氏所必教。然则二圣建言，何乖背之甚哉？"④ 以儒家不教神道，而释氏却必教实相，圣人之言何以不同？谢灵运答曰："二教不同者，随方应物，所化地异也。大而校之，华民易于见理，难于受教，故闭其累学，而开其一极；夷人易于受教，难于见理，故闭其顿了，而开其渐悟。"⑤ 以儒释二教之不同，是因为地域相异。中原之人"易于见理，难于受教"，故需以顿悟得道；而外夷之人"易于受教，难于见理"，故需以渐悟成佛。

《答法纲问》与《答慧琳问》两篇，分别回答了法纲、慧琳二人关于达到"宗极"（最高的原理），是"顿悟"还是"渐悟"以及"渐学"在"顿悟"中的作用问题。法纲、慧琳认为："宗极"是"无"，言教为"有"，"道形天隔"，"学不渐宗"，"有形者有渐"，故悟宗必赖渐学。谢灵运则主"宗极"者本不分无二，"造无而去滞"。《答法纲问》文曰："夫凭无以伏有，伏久则有忘。伏时不能知，知则不复辨。是以坐忘日损之谈，近出老庄；数缘而灭，经有旧说。如此，岂累之自去，实无之所

<hr>

① 严可均辑：《全宋文》，商务印书馆 1999 年版，第 313 页。
② 同上书，第 613 页。
③ 张溥著，殷孟伦注：《汉魏六朝百三家集题辞注》，人民文学出版社 1963 年版，第 169 页。
④ 严可均辑：《全宋文》，商务印书馆 1999 年版，第 313—314 页。
⑤ 同上。

济。"① 即其认为"伏有"或"伏累",这种"渐学"或"渐悟",尚有所滞,并非真悟。真悟者得其全,物我两忘,有无并观,故一悟而万滞同尽矣。

其他几篇亦是三问三答,围绕"顿悟义"进行辩难。张溥编《汉魏六朝百三家集》时,将以上诸答问篇目附于《辨宗论》之后,意识到诸篇在内容上的承继性及连贯性。就形式来说,诸篇虽为散体,但较讲究句式的工致及语词的凝练,因旨在辨理,气势较为丰沛,援引儒释之典甚多,可以看出作者是经过沉思与锤炼而出之的。

整体来看,谢灵运之文与傅亮之文有相似之处,骈散杂糅,渐趋雕藻,情文并茂,显示出刘宋散文渐趋于骈化之迹象。可见此时的作家既有意将赋的技巧融入文的创作中,又利用自身之深厚的艺术功力进行雕琢、锤炼,求整练,求华美,推动了骈文的发展。

第五节　典雅华赡的颜延之之文

颜延之今存文 36 篇,诏 2 篇,诰 1 篇,策 1 篇,表 5 篇,议 1 篇,状 1 篇,书 4 篇,七体 1 篇,序 3 篇,颂 2 篇,赞 2 篇,论 4 篇,连珠 1 篇,箴 1 篇,铭 1 篇,诔 2 篇,哀策 1 篇,祭 3 篇。《文选》录其诗序 1 篇,诔文(并序)2 篇,哀策文 1 篇,祭文 1 篇,可见颜延之文以诗序、哀祭文等文体成就较高。就文体性质来说,颜延之文多为骈体,句式偶对,语词华丽,文风典雅,充溢着一种华贵之气,代表着刘宋骈文之成就。

目前学界关于颜延之文的研究,也相对较少。有夏伟《颜延之及其文研究》、刘辉《颜延之〈庭诰〉佚文研究》、陆立玉《论颜延之的文、赋创作》、李宗长《论颜延之的文与赋》等,主要侧重于分析其祭文中所包含的情感,以及《庭诰》中的文学思想。本书将重点分析其雕琢润饰、精工绮丽的特质,以把握其由"古"向"骈"的转变形态,并进一步显示刘宋骈文的初貌。

---

① 严可均辑:《全宋文》,商务印书馆 1999 年版,第 316 页。

一 "开骈文雕绘之习"的诗序文

颜延之今存《三月三日曲水诗序》一篇，裴子野《宋略》云："文帝元嘉十一年三月丙申，禊饮于乐游苑，且祖道江夏王义恭、衡阳王义季，有诏会者咸作诗，诏太子中庶子颜延年作序。"① 可见，此篇序乃是奉诏之作，故其旨实为诵美，其词尚藻饰、重雕琢。

序文歌颂了统治者之英武，国家之安泰。文曰："有宋函夏，帝图弘远。高祖以圣武定鼎，规同造物。皇上以睿文承历，景属宸居。隆周之人既永，宗汉之兆在焉。正体毓德于少阳，王宰宣哲于元辅。暑纬昭应，山渎效灵。"② 使事用典，历数诸帝之功绩，武帝刘裕以圣武之威建宋，文帝刘义隆以睿哲之智承继，大有隆周、宗汉之风范。太子养德于东宫，王臣献智以辅国，日晷、星辰、山岳、河川亦散发着灵气。可谓是天时、地利、人和，一片祥和平静、繁荣昌盛的景象。若与同为写春禊诗序的王羲之《兰亭集序》相比，便可看出其描写之重点不在青山丽水、惠风清气，而在国泰民安、人杰地灵，表现出了明显的应制性。

序文使事用典，工丽妥帖，以四六句式为主体，整齐有致。文曰："日缠胃维，月轨青陆，皇祇发生之始，后王布和之辰，思对上灵之心，以惠庶萌之愿。加以二王于迈，出饯戒告，有诏掌故，爰命司历，献洛饮之礼，具上巳之仪。南除辇道，北清禁林，左关岩隥，右梁潮源。略亭皋，跨芝廛，苑太液，怀曾山。松石峻垝，葱翠阴烟，游泳之所攒萃，翔骤之所往还。于是离宫设卫，别殿周徼，旌门洞立，延帷接枑，阅水环阶，引池分席。春官联事，苍灵奉途，然后升秘驾，胤缇骑，摇玉鸾，发流吹，天动神移，渊旋云被，以降于行所，礼也。"③ 前两句化用《汉书》中的"日月初躔星之纪"之语，"皇祇"二句化用曹植《九咏》中的"皇祇降兮潜灵舞"之句，"略亭皋"四句化用曹植《洛神赋》中的"税驾乎蘅皋，秣驷乎芝田"之句，等等。颜延之在引用典故后，又对其进行了锤炼，令其属对工切。四字、六字句中上下句相对的，句型相同，对应词语的词性相同，意义相似或相近。三字句均为动宾短语，词义亦基本

---

① 萧统编，李善注：《文选》，中华书局 1977 年版，第 645 页。
② 严可均辑：《全宋文》，商务印书馆 1999 年版，第 363 页。
③ 同上。

属于山水或车驾等同类范畴，工致而流畅。

此文辞彩绮丽，重视章句的雕琢。文曰："既而帝晖临幄，百司定列，凤盖俄轸，虹旗委旆，肴蔌芬藉，觞醴泛浮。妍歌妙舞之容，衔组树羽之器，三奏四上之调，六茎九成之曲。竞气繁声，合变争节。龙文饰辔，青翰侍御。华裔殷至，观听骛集。扬袂风山，举袖阴泽。靓庄藻野，袨服缛川。故以殷赈外区，焕衍都内者矣。上膺万寿，下禔百福。匪筵禀和，阖堂依德。情盘景遽，欢洽日斜。金驾总驷，圣仪载仁。怅钓台之未临，慨鄙宫之不县。方且排凤阙以高游，开爵园而广宴。并命在位，展诗发志。则夫诵美有章，陈言无愧者欤？"① 此段写欢宴之场面，甚为繁盛。所用意象如"凤盖""虹旗""肴蔌""芬藉""妍歌""妙舞""龙文""青翰"等极尽雍容华贵之态，动词如"扬""举""竞""膺""禔"经过了细致的打磨，形容词如"靓""藻""袨""缛"等亦经过了精心的雕饰，可谓是错彩镂金、绮丽盈前。

钟嵘《诗品》谓颜延之诗："体裁绮密，情喻渊深。动无虚散，一句一字，皆致意焉。"② 其骈文亦如此，辞彩绮丽，锦绣铺列，典繁意密，属对工整。孙月峰评此序文云："全以属对为体，已纯是四六文字。第句对多，联对少，或间有单收耳"③，指出了其骈偶化的特征。骆鸿凯云："颜延年《三月三日曲水诗序》用字避陈翻新，开骈文雕绘之习。李申耆（李兆洛）谓织词之缛，始于延之。即以此篇为例"④，谓其雕刻琢镂，刻意求新求奇，开骈文雕绘之习。

二　"骨劲色苍"，"俯仰情深"的诔文

颜延之的《陶征士诔》《阳给事诔》两篇诔文，皆入选《文选》，与上篇序文有所不同，其以情贯穿全篇，无用典繁密之累，较为朴素流畅。

《陶征士诔》为挚友陶渊明作，属私诔。诔文前的小序，述陶渊明之平生素志、治学方式、贫困生活、辞官归隐、人生态度等。文曰："有晋征士寻阳陶渊明，南岳之幽居者也，弱不好弄，长实素心，学非称师，文取指达。在众不失其寡，处言愈见其默。少而贫病，居无仆妾，井臼弗

---

① 严可均辑：《全宋文》，商务印书馆 1999 年版，第 363 页。
② 陈延杰：《诗品注》，人民文学出版社 1980 年版，第 43 页。
③ 于光华：《重订文选集评》，锡山启秀堂刻本，1777 年，卷十四引。
④ 骆鸿凯：《文选学》，中华书局 1989 年版，第 356 页。

任，藜菽不给。母老子幼，就养勤匮。远惟田生致亲之议，追悟毛子捧檄之怀。初辞州府三命，后为彭泽令，道不偶物，弃官从好，遂乃解体世纷，结志区外，定迹深栖，于是乎远。灌畦鬻蔬，为供鱼菽之祭，织絇纬萧，以充粮粒之费。心好异书，性乐酒德，简弃烦促，就成省旷。"① 虽以骈文书写，然却晓畅通达，生动地展现了陶渊明之人格形象及精神气质。于景祥《中国骈文通史》评云："以骈体写人叙事，自来多嫌拘泥滞涩，文气不易朗畅，因此不少文章家都避而用散，而很少以骈俪叙述的，此段序文则出以骈俪，写人叙事，形象鲜明，行文畅达无累，又不失骈体之整饰，实在少见。"②

诔文写陶渊明归隐后的生活，极富诗情画意。文曰："赋诗归来，高蹈独善。亦既超旷，无适非心，汲流旧巘，葺宇家林。晨烟暮霭，春煦秋阴，陈书辍卷，置酒弦琴。居备勤俭，躬兼贫病。人否其忧，子然其命。隐约就闲，迁延辞聘。非直也明，是惟道性，纠缠斡流，冥漠报施。"③将陶渊明"晨兴理荒秽，带月荷锄归""好读书""性嗜酒""采菊东篱下，悠然见南山"等生活场景进行了如实的描述，仿佛能感受到其自得其乐，与自然泯而为一的高尚的生活志趣。

诔文追述二人之深厚情谊时，更是凄恻感人。文曰："深心追往，远情逐化，自尔介居，及我多暇。伊好之洽，接阎邻舍，宵盘昼憩，非舟非驾。念昔宴私，举觞相诲，独正者危。至方则碍，哲人卷舒。布在前载，取鉴不远。吾规子佩，尔实愀然。中言而发，违众速尤。迩风先蹶，身才非实。荣声有歇，睿音永矣，谁箴余阙。呜呼哀哉。"④ 写曾经举觞对酌、互相规劝，亲切感人。如今"荣声有歇，睿音永矣"，令人痛惜无比。最后"呜呼哀哉"的长叹，更是难掩其悲怆，极具感染力。

与大多数铺采摛文、典丽富艳的骈文不同，此篇诔文叙事写人自然流畅，抒情感慨哀婉凄怆，极具力量。许梿评云："诔文骨劲色苍，不特为渊明写照，而其品概，亦因之愉然远矣"⑤，"追往念昔，知己情深，而一

① 严可均辑：《全宋文》，商务印书馆 1999 年版，第 373 页。
② 于景祥：《中国骈文通史》，吉林人民出版社 2002 年版，第 361 页。
③ 严可均辑：《全宋文》，商务印书馆 1999 年版，第 374 页。
④ 同上。
⑤ 许梿评选，黎经诰笺注：《六朝文絜笺注》，中华书局 1962 年版，第 169 页。

种幽闲贞静之致，宣露行间，尤堪风咏。"① 蒲二田云："以雕文纂祖之风，写熨帖清真之旨，最难措笔者，就命辞征也，妙于浑举倾叹，离即含毫。至诔中念往一节，尤俯仰情深矣。"② 于景祥亦云："这篇文章与颜延之的其他文章有较为明显的区别：文情并茂，行文朗畅。"③ 可见，此文的确是以骈体之形式实现了散体之功用，实属难得。

《阳给事诔》为奉诏定谥之作。阳给事，阳瓒也。序文言："永初之末（422），佐守滑台。值国祸荐臻，王略中否。獯虏闲衅，劘剥司兖，幽并骑弩，屯逼巩洛。列营缘戍，相望屠溃。（阳）瓒奋其猛锐，志不违难。立乎将卒之间，以缉华裔之众。罢困相保，坚守四旬，上下力屈，受陷勍寇。士师奔扰，弃军争免。而瓒誓命沈城，侎身飞镞，兵尽器竭，毙于旗下。"④ 颜延之在作文时，亦仅仅抓住其临危受命，誓守滑台，英勇抗敌等事迹，表现了其大义凛然、宁死不屈的精神。

诔文先是追溯了其家世，为其人格精神寻找根柢。文曰："贞不常祐，义有必甄。处父勤君，怨在登贤。苦夷致果，题子行间。忠壮之烈，宜自尔先。旧勋虽废，邑氏遂传。惟邑及氏，自温祖阳。狐续既降，晋族弗昌。之子之生，立绩宋皇。拳猛沈毅，温敏肃良。如彼竹柏，负雪怀霜。如彼骈骊，配服骖衡。"⑤ 阳氏多忠烈之士，昔日之功勋虽然不再，然家学及其精神仍在传承，由此阳瓒才会兼具"拳猛沈毅"与"温敏肃良"。

接着以当时边境形势的紧张，及其临危受命之事，来树立其英雄形象。文曰："边兵丧律，王略未恢。函陕埋阻，瀍洛蒿莱。朔马东骛，胡风南埃。路无归辖，野有委骸。帝图斯艰，简兵授才。实命阳子，佐师危台。"⑥ 在索虏入侵，边境危机的时刻，阳瓒奉命戍守滑台，可谓急国家之难。

诔文又写了边境之恶劣环境及其戍守危台之艰难，进一步凸显其气节。文曰："凉冬气劲，塞外草衰。遏矣獯虏，乘障犯威。鸣骥横厉，霜

① 许梿评选，黎经诰笺注：《六朝文絜笺注》，中华书局 1962 年版，第 74 页。
② 于光华：《重订文选集评》，锡山启秀堂刻本，1777 年，卷十四引。
③ 于景祥：《中国骈文通史》，吉林人民出版社 2002 年版，第 362 页。
④ 严可均辑：《全宋文》，商务印书馆 1999 年版，第 374 页。
⑤ 同上书，第 375 页。
⑥ 同上。

镝高翚。轶我河县，俘我洛畿。攒锋成林，投鞍为围。翳翳穷垒，嗷嗷群悲。师老变形，地孤援阔。卒无半菽，马实拑秣。守未焚冲，攻已濡褐。烈烈阳子，在困弥达。勉慰痍伤，拊巡饥渴。力虽可穷，气不可夺。义立边疆，身终锋栝。呜呼哀哉。"① 此段描写甚为精彩，笔力雄健，鲜明地表现了双方力量对比之悬殊，索虏兵强马壮，刀利箭快，来势凶猛，宋军供给不足，守将脱逃，士卒疲敝。就是在这种极其不利的情况下，阳瓒仍怀贞壮之气，"力虽可穷，气不可夺"，甚为感人。方伯海评云："一面写强寇，一面写孤城，极表其守御之难、遂至城陷而死，绝大笔力。"②

　　最后点明主旨，施以哀悼之情，曰："贲父殒节，鲁人是志。汗督效贞，晋策攸记。皇上嘉悼，思存宠异。于以赠之，言登给事。疏爵纪庸，恤孤表嗣。嗟尔义士，没有余喜。呜呼哀哉。"③ 写加封之事，抒悲痛之情。

　　萧子显《南齐书·文学传论》云："颜延《杨瓒》，自比《马督》。"④ 以颜延之此篇诔文实效仿潘岳《马汧督诔》。后世学者亦将二人相提并论，如谭献称："去《汧督篇》已远，然有深湛之思，澹雅之用，夫亦可谓暖暖矣。"⑤ 刘师培亦云："以此篇与《马汧督诔》比较，可知潘、颜用笔之不同。《马汧督诔》精彩甚多，有非颜延年所可及者：安仁用古书如己出，延年则有迹象；安仁文气疏朗，笔姿淡雅，而愈淡愈悲，无意为文而自得天然之美。虽累数百言而意思贯串如出一句，与说话无异。延年之文虽亦生动而用笔甚重，如'朔马东骛，胡风南埃'等句甚不自然，逊安仁远矣。"⑥ 二人皆指出了颜延年对潘岳的效仿。潘岳工于诔文，后世文人作诔者，多模范之。然亦应看到潘岳所生活之西晋太康时期，文体尚为"清竣之体"，言辞句式均较自然流畅，而颜延之所生活的刘宋时期，"篆组之风"渐盛，故颜文不可避免地带有雕琢之痕迹，其"用笔甚重""甚不自然"均是当时文风发生流变的结果。

---

① 严可均辑：《全宋文》，商务印书馆1999年版，第375页。
② 于光华：《重订文选集评》，锡山启秀堂刻本，1777年，卷十五引。
③ 严可均辑：《全宋文》，商务印书馆1999年版，第375页。
④ 萧子显：《南齐书·文学传论》，中华书局1972年版，第913页。
⑤ 李兆洛选辑：《骈体文钞》，上海书店1988年版，第536页。
⑥ 刘师培：《〈文心雕龙〉讲录二种》，《刘师培中古文学论集》，中国社会科学出版社1997年版，第165页。

三　典雅精工，沉郁悲怆的祭文及哀策文

除了诔文，颜延之还有《祭屈原文》《宋文皇帝元皇后哀策文》等哀祭文，艺术成就亦较高。

《祭屈原文》作于景平二年（424），时颜延之等因亲昵庐陵王刘义真，为傅亮等贬至始平任太守，途经汨潭，为湘州刺史张邵作此文，以致其意。文曰："兰薰而摧，玉缜则折。物忌坚芳，人讳明洁。曰若先生，逢辰之缺。温风怠时，飞霜急节。嬴芊遘纷，昭怀不端。谋折仪尚，贞蔑椒兰。身绝郢阙，迹遍湘干。比物荃荪，连类龙鸾。声溢金石，志华日月。如彼树芳，实颖实发。望汨心欷，瞻罗思越。藉用可尘，昭忠难阙。"① 起首四句警策工绝，揭示了祸福相依之辩证法，道出了天下志士之普遍命运。江山渊评此四句云："物忌坚芳，人讳明洁，于古来文士之遭厄，道尽无遗。每读一过，为凄咽者久之。"② 钱基博亦云："文采高丽，工于发端"③。接着文章从普遍转向个体，写屈原本身：其有兰蕙之美，却为人构陷，以至声名受辱；其心系楚国，却为人所阻，难以进谏；其有经纶之才，却为奸佞所谗，而无从施展。最后无奈只能投江自尽。"声溢金石，志华日月"两句将屈原之品行抬高到金石、日月之地步，许梿曰："文词之美，行谊之絜，二语尽之矣。"④ 颜延之实以屈原暗喻自己身世，难以接受被贬之事实，心怀惆怅与愤慨。

此祭文全以四字句出之，对仗工整，语词华赡，又有情感寓居其中，凄恻感人。孙执升云："工雅之章，亦简重，亦沉郁。"⑤ "简重"谓其句子的精工及语词的锤炼，"沉郁"谓其情感上的无奈及悲怆。可见颜延之是在有意识地调和形式与意蕴的矛盾，力求以凝练之语传达深厚之旨。

《宋文皇帝元皇后哀策文》为袁皇后所作。袁皇后，袁湛之庶女也。史书载："适太祖，生太子劭。上待后礼甚笃。及崩于显阳殿，诏前永嘉太守颜延年为哀策。"⑥ 既为遵命文学，则难免多为诵美之词。哀策文写

---

① 严可均辑：《全宋文》，商务印书馆 1999 年版，第 376 页。
② 王文濡编：《南北朝文评注读本》，第 2 册，文明书局 1920 年版，第 65 页。
③ 钱基博：《中国文学史》，中华书局 1993 年版，第 180 页。
④ 许梿评选，黎经诰笺注：《六朝文絜笺注》，中华书局 1962 年版，第 180 页。
⑤ 于光华：《重订文选集评》，锡山启秀堂刻本，1777 年，卷十五引。
⑥ 沈约：《宋书》，中华书局 1974 年版，第 1283 页。

袁皇后出身高贵，品行端正，及适文帝，荣其门庭，誉满朝野。文曰："伦昭俪升，有物有凭。圆精初铄，方祇始凝。昭哉世族，祥发庆膺。秘仪景冑，图光玉绳。昌晖在阴，柔明将进。率礼蹈和，称诗纳顺。爰自待年，金声凤振。亦既有行，素章增绚。"① 起首二句亦揭示事物之普遍规律，即世间万物均有凭依，包括夫妻伉俪之道。孙月峰云："起二语煞奇崛，然未快，大约延年手笔浓郁有余，圆澈不足。"② 谓其起笔新奇，然却不够精绝，究其原因乃是以重笔落之，不能圆融句意，故有生硬之感。接着写袁皇后出身、品貌等，皆为典雅之词，树立起其高贵、温润的皇后形象。文章最后两段写逝者之丧葬及生者之悲痛，凄婉动人。文曰："戒凉在珲，杪秋即岁，霜夜流唱，晓月升魄。八神警引，五辂迁迹。嗷嗷储嗣，哀哀列辟。洒零玉墀，雨泗丹掖。抚存悼亡，感今怀昔。呜呼哀哉。""南背国门，北首山园。仆人案节，服马顾辕。遥酸紫盖，眇泣素轩。灭彩清都，夷体寿原。邑野沦蔼，戎夏悲欢。来芳可述，往驾弗援。呜呼哀哉。"③ 作者以哀景衬哀情，深秋之"霜""月""辂""雨"等无不为丧葬礼仪涂抹上了悲凉的气氛，为生者平添了无数的惆怅与无奈。作者还直抒胸臆，"抚存悼亡，感今怀昔。呜呼哀哉"，"来芳可述，往驾弗援。呜呼哀哉"，将痛惜之情喷薄而出，令悲怆之感充溢于全篇。谭献评"抚存"两句云："帝增八字，淡语弥悲。"④ 何焯则认为"八字故自一篇体要"⑤。

此篇哀策文亦重雕饰，言辞典雅而凝练，语短而情长。孙月峰谓其"无繁长语""雅腴"⑥。同时也应看到，颜延之刻意求新，文章对句虽精工却不精巧，有晦涩之感。他还援引了大量典故，有《诗经》《淮南子》《左传》之典及扬雄、班固、蔡邕等文之语，古奥佶屈，有滞塞之弊。方伯海云："颜光禄文，思沉意刻，在宋、齐间应推巨手，但造作过而质伤，添饰胜而气滞。"⑦

---

① 严可均辑：《全宋文》，商务印书馆1999年版，第375页。

② 于光华：《重订文选集评》，锡山启秀堂刻本，1777年，卷十四引。

③ 严可均辑：《全宋文》，商务印书馆1999年版，第376页。

④ 于光华：《重订文选集评》，锡山启秀堂刻本，1777年，卷十五引。

⑤ 何焯：《义门读书记》，中华书局1987年版，第973页。

⑥ 于光华：《重订文选集评》，锡山启秀堂刻本，1777年，卷十五引。

⑦ 同上。

四　述事广博，平易流畅的家诫文

颜延之还存有一篇家诫文《庭诰》，篇幅较长。张溥《汉魏六朝百三家集·颜光禄集题词》云："延年文莫长于《庭诰》，诗莫长于《五君》。嵇中散任诞魏朝，独《家戒》恭谨，教子以礼。颜诰立言，意亦类是。"①郭预衡《中国散文史》："《庭诰》洋洋洒洒，历来家诫之文，尚少这样的长篇大论。"②

文章涉及范围颇广，有立身树德，文曰："观夫古先垂戒，长老余论，虽用细制，每以不朽见铭，缮筑末迹，咸以可久承志。况树德立义，收族长家，而不思经远乎。"③有孝悌之道，文曰："曰身行不足，遗之后人，欲求子孝必先慈。将责弟悌务为友。虽孝不待慈，而慈固植孝，悌非期友，而友亦立悌。"④有处世方式，文曰："夫内居德本，外夷民誉，言高一世，处之逾嘿，器重一时，体之滋冲，不以所能干众，不以所长议物，渊泰入道，与天为人者，士之上也。"⑤有交友之道，文曰："游道虽广，交义为长。得在可久，失在轻绝。久由相敬，绝由相狎。爱之勿劳，当扶其正性，忠而勿诲，必藏其枉情。辅以艺业，会以文辞，使亲不可亵，疏不可间，每存大德，无挟小怨。率此往也，足以相终。"⑥有饮宴适度，文曰："酒酌之设，可乐而不可嗜，嗜而非病者希，病而遂眚者几。既眚既病，将蔑其正。若存其正性，纾其妄发，其唯善戒乎。声乐之会，可简而不可违，违而不背者鲜矣，背而非弊者反矣，既弊既背，将受其毁。必能通其碍而节其流，意可为和中矣。"⑦等等，可谓涉及家庭、个人、社会等方方面面。

文章还论及文学之事，文曰："咏歌之书，取其连类合章，比物集句，采风谣以达民志，《诗》为之祖。褒贬之书，取其正言晦义，转制衰

---

① 张溥著，殷孟伦注：《汉魏六朝百三家集题辞注》，人民文学出版社 1963 年版，第 163 页。

② 郭预衡：《中国散文史》，上海古籍出版社 2000 年版，第 463 页。

③ 严可均辑：《全宋文》，商务印书馆 1999 年版，第 353 页。

④ 同上。

⑤ 同上。

⑥ 同上书，第 355 页。

⑦ 同上。

王，微辞岂旨。贻意盛圣，《春秋》为上。"① 将"咏歌之书"与"褒贬之书"并举，分别以《诗经》《春秋》为代表。并进一步指出此两种文体的特点及作用，前者以"连类合章""比物集句"为写作方式，后者以"正言晦义""微辞岂旨"为写作手法。前者以"达民志"为目的，后者以"贻意盛圣"为主旨。可以看出颜延之在对文体及其特质进行积极的探索。又文曰："柏梁以来，继作非一，所纂至七言而已，九言不见者，将由声度阐诞，不协金石。至于五言流靡，则刘桢、张华；四言侧密，则张衡、王粲。若夫陈思王，可谓兼之矣。"② 对诗体进行了鉴别和分析，指出七言产生于"柏梁诗"。九言"声度阐诞，不协金石"，出现较晚③。五言流靡，以刘桢、张华之作为高。四言侧密，以张衡、王粲之作为高。曹植则诸体兼善。可见，颜延之开始关注到诗体本身，对其发展脉络进行了梳理，并通过对前人创作进行鉴别与比对，总结出诸体特质及代表人物。

就形式言，此篇文章对仗精工，且方式多样，有单句对、隔句对、当句对等。其中单句对较为常见，有三言对，如"糇丹石，粒芝精"④；四言对，如"朝吐面誉，暮行背毁"⑤；五言对，如"火胜则烟灭，蠹壮则桂折"⑥；六言对，如"优则人自为厚，刻则物相为薄"⑦；七言对，如"罚滥则无以为罚，惠偏则不如无惠"⑧。等等。隔句对，有二七言隔句对，如"公通，可以使神明加向；私塞，不能令妻子移心"⑨；有四四言隔句对，如"浮华怪饰，灭质之具；奇服丽食，弃素之方"⑩；四五言隔句对，如"爱之勿劳，当扶其正性；忠而勿诲，必藏其枉情"⑪；四六言隔句对，如"寻尺之身，而以天地为心；数纪之寿，常以金石为量"⑫；

① 严可均辑：《全宋文》，商务印书馆1999年版，第358页。
② 同上书，第359页。
③ 九言诗最早产生于谢庄的《宋明堂歌·歌白帝》。
④ 严可均辑：《全宋文》，商务印书馆1999年版，第359页。
⑤ 同上书，第357页。
⑥ 同上书，第355页。
⑦ 同上书，第354页。
⑧ 同上书，第355页。
⑨ 同上书，第353页。
⑩ 同上书，第354页。
⑪ 同上书，第355页。
⑫ 同上书，第353页。

五五言隔句对，如"闻实之为贵，以辩画所克；见声之取荣，谓争夺可获"①；六六言隔句对，如"禄利者受之易，易则人之所荣；蚕穑者就之艰，艰则物之所鄙"②；九四言隔句对，如"服温厚而知穿弊之苦，明周之德；厌滋旨而识寡嗛之急，仁恕之功"③。还有当句对，如"家有参、柴，人皆由、损"④ 等等。

颜延之引用了大量的古谚俗语，增加了语言的平实感，增强了句子的灵动性。如"记所云'千人所指，无病自死'者也"⑤，此谚语用在段末，为向子弟阐明谦恭谨慎之重要，颜延之描述了才能低下但恣意妄为的"下士"形象，引此谚语令其警醒。再如，"谚曰：'富则胜，贫则病矣。'"⑥此谚语用在起首，与前例以谚语总结观点不同，本例先摆明观点，而后进一步阐述。颜延之借此例指出了穷、富两类人的不同心理状态。还如，"古语曰，得鸟者，罗之一目，而一目之罗，无时得鸟矣"⑦，此古语用在段中，与上述两例亦有不同，此例并非相对独立的部分，其与前后文构成一个有机的整体，互为佐证。此语意为捕捉鸟只用网罗的一个网眼，而只有一个网眼的网罗却不能捕捉到鸟。颜延之以此古语来比喻自己繁复说理是为了"网诸情非"。这些古语、谚语，具有生动形象的特点，颜延之大量引用，无疑调动了文章的灵活性，令其更加流畅且富有动感。

此文虽属家训文，但述事广博，论理精微，表现了作者深厚的学识及其艺术造诣。就形式而言，虽以骈体出之，然语言平实浅易，文风质朴流畅。

此外，颜延之还有三篇与何承天关于佛学义理驳难的论文，亦多以四六句出之，旁征博引，对仗整齐，具有典雅之特质。

整体来看，颜延之之文实现了由"古"向"骈"的转变，受"宋初讹而新"文风影响，其刻意地求新求变，雕琢润饰，文章具有典雅华赡、精工绮丽之特质。

---

① 严可均辑：《全宋文》，商务印书馆 1999 年版，第 353 页。
② 同上书，第 356 页。
③ 同上书，第 354 页。
④ 同上书，第 353 页。
⑤ 同上。
⑥ 同上书，第 356 页。
⑦ 同上书，第 353 页。

第五章

刘宋散文之嬗变（下）

第一节　言约义明的谢惠连之文

谢惠连文才卓著，史书载"年十岁能属文，族兄灵运嘉赏之，云'每有篇章，对惠连辄得佳语。'尝于永嘉西堂思诗，竟日不就，忽梦见惠连，即得'池塘生春草'，大以为工。常云：'此语有神功，非吾语也。'"① 谢灵运之语虽然具有一定的传奇性与夸张性，但却从侧面证明了谢惠连的聪颖与文采。锺嵘《诗品》将其置于中品，称其"才思富捷，恨其兰玉夙凋，故长辔未骋"②。惜其早逝，未能尽才也。张溥《汉魏六朝百三名家集》亦云："谢法曹集，文字颇少。"③ 就其文来看，今存12篇，赞6篇，祭3篇，连珠1篇，笺2篇。

目前学界关于谢惠连之文的研究，只有吴超杰《谢惠连研究》、孙玉珠《谢惠连研究》两篇硕士学位论文略有涉及，重点叙述了其思想内容。本书将重点分析其简约明丽、工致流畅的艺术特质，以把握刘宋散体与骈体交错式发展的轨迹。

一　"简而有意"的祭文

谢惠连今存祭文三篇，分别为《祭禹庙文》《为学生祭周居士文》《祭古冢文》，其中以《祭古冢文》成就最高，入选《文选》。

《祭古冢文》作于元嘉七年，时任彭城王刘义康法曹行参军，史书

---

① 李延寿：《南史》，中华书局 1975 年版，第 537 页。
② 陈延杰：《诗品注》，人民文学出版社 1980 年版，第 46 页。
③ 张溥著，殷孟伦注：《汉魏六朝百三家集题辞注》，人民文学出版社 1963 年版，第 169页。

载，"义康修东府城，城堑中得古冢，为之改葬，使惠连为祭文，留信待成，其文甚美"①。

序文介绍了古冢之由来以及冢内棺椁的材质、体积、装饰、随葬品等，因其铭志不存，难知其姓名，作者假托其为"冥漠君"。文曰："东府掘城北堑，入丈余，得古冢，上无封域，不用砖甓，以木为椁。中有二棺，正方，两头无和，明器之属，材瓦铜漆，有数十种，多异形，不可尽识。刻木为人，长三尺许，可有二十余头。初开见，悉是人形，以物杕拨之，应手灰灭。棺上有五铢钱百余枚，水中有甘蔗节，及梅李核瓜瓣，皆浮出不甚烂坏。铭志不存，世代不可得而知也。公命城者改埋于东冈，祭之以豚酒。既不知其名字远近，故假为之号曰冥漠君云尔。"② 采用散体，文字简约质朴，内容丰富，涉及古冢之诸多方面。逻辑清晰，描绘其状貌时，采用了由外到内、由上至下的顺序。序文为正文奠定了良好的基础。

正文有着固定的写作模式，显示了祭文发展至刘宋时成熟与定型的情形。"元嘉七年九月十四日，司徒御属领直兵令史统作城录事临漳令亭侯朱林，具豚醪之祭，敬荐冥漠君之灵"③ 采用散体交代了祭祀时间、主祭人之姓名及地位、祭品之种类、致祭对象等。接着"忝总徒旅"至"瓜表遗犀"，采用整齐的四言体描述了祭祀之过程，"凄怆""涟而"等动词，表现了对"冥漠君"的深切痛惜之情。"追惟夫子，生自何代。曜质几年，潜灵几载。为寿为夭，宁显宁晦。铭志湮灭，姓氏不传。今谁子后，曩谁子先。功名美恶，如何蔑然？"④ 采用了一系列的疑问句追问"冥漠君"的身世，慷慨低回，铿锵有力，引人悲恻。"仰羡古风，为君改卜"以下是对刘义康迁墓之举的称美，表现出该文的应制性。首尾连贯，层次谨然，叙事与抒情有机地融合在一起。

祭文既属对工致，又简洁流畅，如"一椁既启，双棺在兹"⑤ "百堵皆作，十仞斯齐"⑥，作者在令"一"与"双""百"与"十"等数词整齐相对的同时，又采用了"既""在""皆""斯"等连、副、代词保持

① 李延寿：《南史》，中华书局 1975 年版，第 537 页。
② 严可均辑：《全宋文》，商务印书馆 1999 年版，第 335 页。
③ 同上。
④ 同上。
⑤ 同上。
⑥ 同上。

其通俗自然的本色。再如"为寿为夭，宁显宁晦""壄不可转，堙不可回"，前者为句内对，后者为句间对。"寿"与"夭""显"与"晦""壄"与"堙""转"与"回"或为反义对，或为同义对，均甚整齐，表现出求工、求巧之痕迹，然作者连用两次"为""宁""不可"等判断词，又表现出不雕、不琢之用意，这就有效地解决了镂刻与自然之矛盾，保持了其朴茂、真淳的特质。作者还采用了一系列具有破坏意义的动词如"舍""毁""摧""颓"等，以及一些极具情感色彩的动词如"凄怆""涟而""念""哀"等，间接或直接地表现了内心的悲痛，情感凄然，极具感染力。如此，祭文言辞简约，但语意丰富，语言通俗，但情感动人。

就影响来看，《祭古冢文》是我国古代祭文史上第一篇祭奠无名氏的文章，具有开先河之地位，影响了后世关于失名古冢之祭文以及碑铭文的写作。首先，作者为无名古尸所命名的"冥漠君"之号，影响了之后祭文创作者对无名古冢之命名，如唐薛稷《唐杳冥君铭》中的"杳冥君"、陈子昂《窅冥君古坟记铭文》中的"窅冥君"等。其次，谢惠连之写法对之后同类文体影响也很大。如梁任孝恭《祭杂坟文》中的"惟尔冥然往代，求圆石而无名"[1] 与谢惠连之"铭志不存，世代不可得而知也"[2]的用语、用义甚近。"幸得宜阳大道，无变无移。京兆长阡，勿回勿徙"[3]与谢惠连之"仰羡古风，为君改卜。轮移北隍，窆岑东麓。壄即新营，棺仍旧木"[4] 的用义甚近。再如，陈子昂《窅冥君古坟记铭文》的序文："乃得古藏焉。其藏上无封壝，内有甓瓦，南北长二丈二尺，东西阔八尺，中有古剑一，长尺余，铜碗一，并瓦器二，其器文彩怪异，非虫篆雕斩所能拟也。又有古五铢钱、朱漆片数十枚。"[5] 与上面谢惠连之序文的用词、用语以及叙述逻辑甚为相似。最后，谢惠连的情感表达及艺术感染力对后世同类文体之创作的影响亦很大。如苏轼的《祭古冢文》："岂吾固尝诵子之诗书，慕子之风烈，而不知其谓谁欤？子之英灵精爽，与周公、吕望游于丰、镐之间乎？仰其与巢由、伯夷相从于首阳、箕颍之上

① 严可均辑：《全上古三代秦汉三国六朝文》，中华书局 1958 年版，第 3351 页。
② 严可均辑：《全宋文》，商务印书馆 1999 年版，第 335 页。
③ 严可均辑：《全上古三代秦汉三国六朝文》，中华书局 1958 年版，第 3351 页。
④ 严可均辑：《全宋文》，商务印书馆 1999 年版，第 335 页。
⑤ 董浩等编：《全唐文》，中华书局 1983 年版，第 2166 页。

乎？砖何为而华乎？圹何为而大乎？地何为而胜乎？"① 与谢惠连"追惟
夫子，生自何代"② 十二句甚近，在对逝者身世追问的同时，包含着深刻
的缅怀与痛惜之情，令人为之动容。等等。以上均可说明《祭古冢文》
的艺术价值及其典范意义。

《祭禹庙文》是对大禹之功绩的歌颂，文曰："谨遣左曹掾奉水土之
羞，敬荐夏帝之灵。咨圣继天，载诞英徽。克明克哲，知章知微。运此宏
谟，恤彼民忧，身劳五岳，形疲九州。呱呱弗顾，虔虔是钦。物贵尺璧，
我重寸阴。乃锡玄圭，以告成功。虞数既改，夏德乃隆。临朝总政，巡国
观风。淹留稽岭，乃徂行宫。恭司皇役，敬属晖融。神且略荐，乃昭其
忠。"③ 禹庙，位于会稽山，乃是谢世家族之封地所在。结合谢惠连之身
世，其生性狂诞，在元嘉三年，为父丁忧期间，幸会稽郡小吏杜德灵，
"赠以五言诗十余首"，惹怒了宋文帝，以致"被徙废塞，不豫荣伍"④，
直到元嘉七年，因尚书仆射殷景仁之谏言，才再次获得入仕之资格。其家
族显赫，却受到打压，内心之愤郁不平可想而知。此祭文亦应有所寄托，
对大禹功绩的称颂，应是在彰显家族之功劳及威望，"物贵尺璧，我重寸
阴"既隐喻了自身之远大抱负，又暗含着不为擢用的失落之感。

《为学生祭周居士文》代他人而作，文曰："维君陶造化之纯元，侔
先哲之遐踪，体无事于高尚，蹈虚素乎中庸。不臣天子，不事诸侯，公辟
弗盼，王命匪酬。穷欢极乐，带索披裘。"⑤ 采用骈体，工致整齐，表现
了对周居士隐遁山林、怀虚蹈虚、淡泊无为的赞美。

整体来看，谢惠连的祭文模式及特质较为一致。起首几句一般采用散
体，交代祭祀之缘起及祭者之身份地位等。后文均采用骈体，记述逝者生
平之事迹，并融入深刻的悲痛悼念之情。句式工致整齐，言辞简约而内涵
丰富，文风朴茂而具有感染力。

二　"骈偶而有韵"的赞文

谢惠连今存赞文 6 篇，分别为《雪赞》《四海赞》《琴赞》《白羽扇

---

① 苏轼著，孔凡礼点校：《苏轼文集》，中华书局 1986 年版，第 1962 页。
② 严可均辑：《全宋文》，商务印书馆 1999 年版，第 335 页。
③ 同上书，第 334 页。
④ 同上。
⑤ 同上书，第 335 页。

赞》《仙人草赞》《松赞》。整体来看，具有如下特征：

其一，讲究对仗。其赞文既有工对，又有流水对，二者相间，在保持工练的同时，还颇具灵动之气。如《雪赞》："气遍霜繁，年丰雪积。彼厉我和，尔素子白。其德懿矣，玩之庭隙。权陋瑶台，暂践盈尺。"[①] 一共八句，一、二句为流水对，三、四句为工对，五、六句再为流水对，七、八句再为工对。前四句中的一、三句相连，二、四句相扣，文脉连贯。赞文既刻画出了雪的颜色、姿态，又道出了其独有的气质、操行，令人在欣赏其美的同时，又为其圣洁的品质而赞叹。再如《琴赞》："峄阳孤桐，裁为鸣琴。体兼九丝，声备五音。重华载挥，以养民心。孙登是玩，取乐山林。"[②] 亦为八句，一、二句为流水对，三、四句为工对，五、六句与七、八句皆为流水对。前两句介绍其材质，三、四句介绍出音乐属性，后四句为其陶染及化育之功能。可见，谢惠连善于以工对与流水对相间的方式来保持赞文的疏朗之气。

其二，讲究押韵。其六篇赞文，偶句末尾字通押某一韵，读来谐恰流畅。《四海赞》的偶句末尾字分别为"戎""风""同"，通押东韵。《雪赞》的偶句末尾字分别为"积""白""隙""尺"，通押陌韵。《琴赞》的偶句末尾字分别为"琴""音""心""林"，通押侵韵。《白羽扇赞》的偶句末尾字分别为"洁""雪""悦""热"，通押屑韵。《仙人草赞》的偶句末尾字分别为"人""臻""春""邻"，通押真韵。《松赞》的偶句末尾字分别为"端""峦""寒"，通押寒韵。可见，谢惠连已经注意到了音韵的问题，且与元嘉文坛的其他作者相似，以通押为主，鲜少换韵。

其三，不尚雕琢与刻镂。其赞文所选用的字词多较为常见，且具有清新、简约之特点。如《雪赞》中的"素""白"，《四海赞》中的"实""风"，《琴赞》中的"九丝""五音"，《白羽扇赞》中的"皎洁""清风""冰雪"，《仙人草赞》中的"和春""中邻"，《松赞》中的"云端""青鸾""岁寒"等等。名词所指代的事物大都具有清爽之特质，形容词所修饰的程度亦较为柔和、轻盈，无颜延之等人的繁复之气与古奥之感。其赞文的句子亦以寻常语出之，如《仙人草赞》中的"园有嘉草，名曰

---

① 严可均辑：《全宋文》，商务印书馆 1999 年版，第 333 页。
② 同上。

仙人"①,《琴赞》中的"孙登是玩,取乐山林"②,《白羽扇赞》中的
"其仪可贵,是用玩悦"③ 等等。其多以正常语序来记述,不甚讲究技巧,
亦鲜少润饰,平易自然。

整体来看,谢惠连的赞文较为工致整齐,音韵流畅和谐,文脉贯通,
文风清新,颇具疏朗之气,给人以如沐春风之感。

三 "义明而词净"的箴文与连珠文

谢惠连今存《目箴》《口箴》残篇,连珠文残篇,篇幅均较短。

关于箴文,吴讷《文章辨体序说》云:"箴是规讽之文,须有警诫切
劓之意。"④ 徐师曾又释云:"大抵皆用韵语,而反复古今兴衰理乱之变,
以重警戒,使读者惕然有不自宁之心,乃称作者。"⑤ 谢惠连《目箴》仅
存四句,文曰:"气之清明,双眸善识。唯道是视,瞻彼正直。"⑥ 写人之
双眸善辨清浊是非,并劝诫世人以"道"为辨别标准,取正直而弃邪恶。
《口箴》仅存八句,文曰:"宣纳之由,实伊枢机。唯舌是出,驰驷安追。
差厘千里,君子慎微。何用口爽,信在甘肥。"⑦ 亦从人的生理机能出发,
谓人之言语既出,驷马亦难追,差之毫厘,即谬以千里,故应谨慎说话,
不应图一时之痛快而胡乱言之。这两篇箴文均从人的身体器官出发,引发
与其相关的生活哲理,实现了从具体到抽象、从表面到本质的升华过程,
避免了单纯说理与讽刺的枯燥性。而且四言句式简短而明快,语辞平易而
准确,让人在轻松中而生"不自宁之心"。

关于连珠文,吴讷《文章辨体序说》云:"大抵连珠之文,穿贯事
理,如珠在贯。其辞丽,其言约,不直指事情,必假物陈义以达其旨,有
合古诗风兴之义。"⑧ 徐师曾云:"按连珠者,假物陈义以通讽喻之词也。
连之为言贯也,贯穿情理,如珠之在贯也。"⑨ 谢惠连《连珠》今仅存四

---

① 严可均辑:《全宋文》,商务印书馆1999年版,第333页。
② 同上。
③ 同上。
④ 吴讷、徐师曾:《文章辨体序说》,人民文学出版社1962年版,第46页。
⑤ 同上书,第140页。
⑥ 严可均辑:《全宋文》,商务印书馆1999年版,第334页。
⑦ 同上。
⑧ 吴讷、徐师曾:《文章辨体序说》,人民文学出版社1962年版,第54页。
⑨ 同上书,第139页。

小段，文曰："盖闻献技者易忽，养德者难致，是以子张重骈，不获哀公之禄。千木偃息，不受文侯之位。盖闻机心难湛，不接异类。淳德易孚，可狎殊方。是以高罗举而云鸟降，海人萃而水禽翔。盖闻春兰早芳，实忌鸣鵙，秋菊晚秀，无惮繁霜。何则？ 荣乎始者易悴，贞乎末者难伤。是以傅长沙而志沮，登金马而名扬。盖闻修己知足，虑德其逸，竞荣昧进，志忘其审。是以饮河满腹，而求安愈泰；缘木务高，而畏下滋甚。"① 四段均以"盖闻"发端，先摆明道理，而后证之。第一段是以子张、干木之典故，证"献技者易忽，养德者难致"。第二段是以渔人之罗网与海水之禽鸟的关系，证"机心难湛，不接异类"。第三段是以春兰、秋菊之生长规律，证"荣乎始者易悴，贞乎末者难伤"。第四段是以"饮河满腹，而求安愈泰；缘木务高，而畏下滋甚"之客观现象，证"修己知足，虑德其逸，竞荣昧进，志忘其审"。借他人他事以明自己之旨，合情合理。句式结构相同，串联起来，有如贯珠。言辞简约，有古风之义。

整体来看，谢惠连的各种文体具有共同的特征，即语词简约而明丽，句子工致而流畅，文脉疏朗而灵动，内涵丰富而深刻，意旨明晰而确切。作者善于平衡言与意之间的关系，往往能以少胜多、由浅入深，在表达上亦能在琢与不琢之间，工巧与自然之间，找到契合点，保持文章的生气与活力。

第二节　诙谐幽默的袁淑之文

袁淑今存文 12 篇，章 1 篇，议 1 篇，书 2 篇，诗序 1 篇，传 1 篇，吊 1 篇，谐隐 5 篇。王俭《褚渊碑文》曰："袁阳源才气高奇，综覈精裁"②。其在大明、泰始文坛地位甚高，入选张溥《汉魏六朝百三名家集》。就其文来看，以谐隐文数量最多，影响最大，其他类虽少，但亦具有一定特色。

目前学界关于袁淑之文的研究，有苏瑞隆《汉魏六朝俳谐赋初探》、徐婷婷《陈郡袁氏及袁淑文学述论》、曹萍《晋宋陈郡阳夏袁氏诗文研究》、杜培响《晋宋陈郡袁氏家族文学研究》等文均关注到了袁淑俳谐

---

① 严可均辑：《全宋文》，商务印书馆 1999 年版，第 334 页。
② 严可均辑：《全上古三代秦汉三国六朝文》，中华书局 1958 年版，第 2508 页。

文。本书侧重于分析袁淑之文的散体特质与骈化倾向，以把握刘宋骈文形成时代的散文特质。

一　"才辩鲜及"的章议文

袁淑存有《防御索虏议》一篇，此文作于元嘉二十七年（450），"时索虏南侵，遂至瓜步，太祖使百官议防御之术"[1]，袁淑上此议。

议文先以譬喻的形式分析了索虏的情况，文云："臣闻函车之兽，离山必毙；绝波之鳞，宕流则枯。"[2] 以其虽然兵强马壮，但离开自身的大本营，便会面临诸多的危机，以较高的姿态，对索虏进行了鄙视。接着又以对比的方式，分析了敌我双方的形势。谓索虏之不利形势有三：一为臭名昭著，情屈理亏。文曰："羯寇遗丑，趋致畿甸，蚁萃蠡集，闻已崩殰。天险岩旷，地限深遐，故全魏戢其图，盛晋辍其议，情屈力殚，气挫勇竭，谅不虞于来临，本无怵于能济矣。"[3] 二为长途跋涉，将士疲敝。文曰："乃者燮定携远，阻违授律，由将有弛拙，故士少斗志。围溃之众，匪寇倾沦，攻制之师，空自班散，济西劲骑，急战蹶旅，淮上训卒，简备靡旗。"[4] 三为地势不利，水土不适。文曰："舍陵衍之习，竞湍沙之利。今虹见萍生，土膏泉动，津陆陷溢，疠祸浡兴，刍稿已单，米粟莫系，水宇衿带，进必倾蒉，河溢扁固，退亦堕灭。所谓栖乌于烈火之上，养鱼于丛棘之中。"[5] 谓刘宋之有利形势有三：一为地形辽阔而险要，可攻可守。文曰："窃谓拯扼闽城，旧史为允，弃远凉土，前言称非。限此要荒，犹弗委割。况联被京国，咫尺神甸，数州摧扫，列邑歼痍，山渊反复，草木涂地。"[6] 二为经济发达，物产富庶，可供军备。文曰："今丘赋千乘，井算万集，肩摩倍于长安，缔袂百于临淄，什一而籍，实慊氓愿，履亩以税，既协农和。"[7] 三为士气高涨，斗志昂扬。文曰："户竞战心，人含锐志，皆欲赢粮请奋，释纬乘城。谓宜悬金铸印，要果壮之士，重币甘辞，招摧决之将，举荐板筑之下，抽登台皂之间，赏之以焚书，报之以

---

① 沈约：《宋书》，中华书局 1974 年版，第 1836 页。
② 严可均辑：《全宋文》，商务印书馆 1999 年版，第 438 页。
③ 同上。
④ 同上。
⑤ 同上。
⑥ 同上书，第 439 页。
⑦ 同上。

相爵，俄而昭才贺阙，异能间至。"①

接着下文又针对索虏之优劣势，提出应对及取胜策略。如针对"戎贪而无谋，肆而不整，迷乎向背之次，谬于合散之宜"②之弱点，作者提出的攻取战略为："宜选敢悍数千，骛行潜掩，偃旗裹甲，钳马衔枚，桧稽而起，晨压未阵，旌噪乱举，火鼓四临，使景不暇移，尘不及起，无不禽铼兽慑，冰解雾散，扫洗哨类，漂卤浮山。"③以精兵潜伏，偃旗息鼓，再以烟火迷惑敌人，促而暗杀之。并对可能发生的意外情况，做出备案，文曰："如有决罘漏网，逭窜逗穴，命淮、汝戈船，遏其还径，充部劲卒，梗其归途。必翦元雄，悬首麾下，乃将只轮不反，战楼无旋矣。"④而针对敌人"伪遁羸涨，出没无际"之狡猾作战方式，作者提出之应对战略为："因威席卷，乘机芟剿，汴、泗秀士，星流电烛，徐、阜严兵，雨凑云集，蹶乱桑溪之北，摇溃瀚海以南，绝其心根，勿使能植，衔索之枯，几何不蠹。"⑤即集汴、泗、徐、阜之地的所有兵力，合力攻打，快速作战。等等。

议文还对战争的胜负做出预测。谓刘宋王朝"必有要盟之功，窃符之捷"⑥，而戎夷之族，"必府閤土崩，枝干瓦裂"⑦。可谓灭敌方之志气，涨我军之声威。最后言及自身，谓承蒙恩泽，备受荣宠，虽"智不综微"，但"敢露昧见"，以表忠心。

此文骈散杂糅，以四六句为主，既讲究对仗，又以连介词相接。辞藻较为华丽，援引典故较多，明显可以看出作者的润饰痕迹。且文章的结构较为清晰，议论严密，言辞亦较为锋利，气势充沛。张溥评云："《御虏议》世讥其诞，然文采遒艳，才辩鲜及，即不得为仪秦纵横，方诸燕然勒铭，广成作颂，意似欲无多让。"⑧

袁淑还存《谢中丞章》残篇。文曰："窃惟此职昭赞，实预损益，必

---

① 严可均辑：《全宋文》，商务印书馆1999年版，第439页。
② 同上。
③ 同上。
④ 同上。
⑤ 同上。
⑥ 同上书，第440页。
⑦ 同上。
⑧ 张溥著，殷孟伦注：《汉魏六朝百三家集题辞注》，人民文学出版社1963年版，第179页。

须兼□威正，刺骨穷文，使权家勋族，不敢藉强而侮物。戚门右姓，不得
称雄以掩众。昔傅咸治职，臣僚戢惧，孙宝移疾，卿尹皆怠。"① 旨在谢
恩。文体亦是骈散杂糅，既表现出明显的骈化倾向，但又保持了散体的特
质。作者较讲究句式的对仗，如"权家勋族，不敢藉强而侮物。戚门右
姓，不得称雄以掩众"② 是整齐的四七隔句对。同时又采用一些连词、介
词、副词等，如"窃""惟""必须""昔"等来连接前后文句，以保持
文脉的贯通流畅。可见，刘宋文章发展至中后期时，虽然骈文已经成熟，
但并未完全占据文坛的绝对地位，仍有作家保持着或骈或散的创作方式。

二　调笑戏谑的书信文

　　袁淑今存《与始兴王浚书》一篇。史传载，"淑喜为夸诞，每为时人
所嘲。始兴王浚尝送钱三万饷淑，一宿复遣追取，谓使人谬误，欲以戏
淑"③，于是袁淑作此书答之。文曰："袁司直之视馆，敢寓书于上国之官
尹。日者猥枉泉赋，降委弊邑。弊邑敬事是遑，无或违贰。惧非郊赠之
礼，觌飨之资，不虞君王惠之于是也，是有懵焉。弗图旦夕发咫尺之记，
籍左右而请，以为胥授失旨，爰速先币。曾是附庸臣委末学孤闻者，如之
何勿疑。且亦闻之前志曰，七年之中，一与一夺，义士犹或非之。况密迩
句次，何其哀益之巫也。藉恐二三诸侯，有以观大国之政。是用敢布心
腹。弊室弱生，砥节清廉，好是洁直，以不邪之故，而贫闻天下。宁有昧
夫嗟金者哉。不腆供赋，束马先璧以俟命，唯执事所以图之。"④ 文章记
述了自己对于钱财来历的疑惑，不知如何处置。而后对于始兴王戏弄人的
把戏进行委婉批评，谓一予一夺非君子为之，更何况密迩句次。接着表白
自己洁身自好，砥节清廉，不收不明之财。始兴王刘浚与袁淑相交甚深，
二人又均为诙谐夸诞之人，故才有如上嘲弄之事。

　　此文以散体出之，句式长短不齐，流畅自然。语词上，采用了大量的
连词、介词、叹词、助词等，具有平易浅直之特点。援引典故较多，显示
了作者深厚的学识。

　　袁淑还存《与何尚之书》一篇。《何尚之传》载，"（元嘉）二十九

---

① 严可均辑：《全宋文》，商务印书馆 1999 年版，第 438 页。
② 同上。
③ 沈约：《宋书》，中华书局 1974 年版，第 1839 页。
④ 严可均辑：《全宋文》，商务印书馆 1999 年版，第 440 页。

年，（何尚之）致仕，于方山著《退居赋》以明所守，而议者咸谓尚之不能固志。"① 时袁淑任太子左卫率，亦作书调笑之。文曰："昨遣脩问，承丈人已晦志山田，虽曰年礼宜遵，亦事难斯贵，俾疏、班、邴、魏，通美于前策，龚、贡、山、卫，沦惭乎曩篇。规迨休告，雪涤素怀，冀寻幽之欢，毕栖玄之适。但淑逸操偏迥，野性莆滞，果兹冲寂，必沈乐忘归。然而已议涂闻者，谓丈人徽明未耗，誉业方籍，傥能屈事康道，降节殉务，舍南濒之操，淑此行求决矣。望眷有积，约日无误。"② 如果说上文是为他人嘲弄，而此文则是嘲弄他人。文章对何尚之之"假隐"，假意奉承，谓其幽栖自适，志向高洁。而后转向自己，谓若隐居山野，必沉乐忘归，以与对方形成对比。最后假意劝说何尚之，"屈事康道"，"降节殉务"。可谓劝说之下，皆含调侃，一字一词间，尽是诙谐语料。

此文亦以散体出之，自然流畅，然与上文相较，言辞略显华丽，词语亦较为精练，有藻饰雕琢之痕迹。

三　揭示哲理的吊文及传文

袁淑今存《吊古文》一篇，在凭吊历代文人不幸命运的同时，揭示存亡之经验教训。文曰："贾谊发愤于湘江，长卿愁悉于园邑，彦真因文以悲出，伯喈衔史而求入，文举疏诞以殃速，德祖精密而祸及。夫然，不患思之贫，无苦识之浅。士以伐能见斥，女以骄色贻遣。以往古为镜鉴，以未来为针艾。书余言于子绅，亦何劳乎菁蔡。"③ 文章列举了贾谊、司马相如、刘赞、蔡邕、孔融等大才者，虽文采卓著，才华横溢，然其"不患思之贫，无苦识之浅"④，最终难避祸患，下场凄凉，以此说明伐能、骄色者难久也。并进一步指出，"以往古为镜鉴，以未来为针艾"⑤，要吸取历史经验教训，方能防患未然。

此文应是作者在历经宦海沉浮后所作，或为自身遭遇坎坷，或为他人不幸而触动，由此引发其反省、思索。从历史文人之不幸命运，总结教训，揭示哲理，似有自诫之意。

---

① 沈约：《宋书》，中华书局1974年版，第1736页。
② 严可均辑：《全宋文》，商务印书馆1999年版，第441页。
③ 同上。
④ 同上。
⑤ 同上。

　　袁淑还存《真隐传》残篇。《南史·何尚之传》:"尚之既任事,上待之愈隆,于是袁淑乃录古来隐士有迹无名者,为《真隐传》以嗤焉。"① 作传之初衷在于调侃,但其中亦包含了一定的哲理。

　　文曰:"鬼谷先生,不知何许人也,隐居韬智,居鬼谷山,因以为称。苏秦张仪师之,遂立功名。先生遗书责之曰:'若二君岂不见河边之树乎,仆御折其枝,波浪荡其根,上无径尺之阴,身被数尺之痕。此木岂与天地有仇怨,所居然也。子不见嵩岱之松柏,华霍之檀桐乎,上枝干于青云,下根通于三泉,千秋万岁,不受斧斤之患。此木岂与天地有骨丹哉,盖所居然也。'"② 先是刻画了一位隐者"鬼谷先生",接着假托苏秦、张仪前往拜访,而后借"鬼谷先生"授业解惑之语来传达哲理。其以河边之树与嵩岱之松柏、华霍之檀桐作比,前者遭受"折枝""荡根"之磨难,而"无径尺之阴,身被数尺之痕";后者则既"不受斧斤之患",又可枝干青云,根通三泉。而造成这种鲜明差距的原因就在于"所居然也"。

　　此文与鲍照《瓜步山揭文》异曲同工。都指明所处之位置与自身发展的密切联系,是对门阀世族与贫寒庶族之间差别的隐喻。联系其《谢中丞章》中的"权家勋族,不敢藉强而侮物。戚门右姓,不得称雄以掩众"之语,作者已经意识到门阀所带来的弊端。陈郡袁氏,亦为四大侨姓之一,出身贵族的袁淑能有此思想,实属难能可贵。

四　诙谐成趣的俳谐文

　　袁淑的俳谐文具有同类题材的开创之功,范文澜先生称其作"是撰俳谐集之始"③,刘师培先生曰:"谐隐之文,亦起源古昔。宋代袁淑,所作益繁。惟宋、齐以降,作者益为轻薄,其风盖昌于刘宋之初。……所作诗文,并多讥刺。"④ 二人充分肯定了袁淑此类题材的创造性。现对此做一分析。

　　《鸡九锡文》写为鸡加九锡之礼,盛赞其功勋。文曰:"维神雀元年,岁在辛酉八月己酉朔十三日丁酉,帝颛顼遣征西大将军下雉公王凤、西中

① 李延寿:《南史》,中华书局 1975 年版,第 784 页。
② 严可均辑:《全宋文》,商务印书馆 1999 年版,第 441 页。
③ 詹锳:《文心雕龙义证》,上海古籍出版社 1989 年版,第 539 页。
④ 刘师培:《中国中古文学史讲义》,刘师培《刘师培中古文学论集》,人民文学出版社 1959 年版,第 92 页。

郎将白门侯扁鹊,咨尔浚鸡山子,维君天姿英茂,乘机晨鸣。虽风雨之如晦,抗不已之奇声。今以君为使持节金西蛮校尉西河太守,以扬州之会稽封君为会稽公,以前浚鸡山为汤沐邑。君其祗承予命,使西海之水如带,浚鸡之山如砺,国以永存,爰及苗裔。"① 作者所述诸事都是荒诞的,年份为"神雀元年",官员是"下雉公王凤""白门侯扁鹊",主人公的功绩为"天姿英茂,乘机晨鸣。虽风雨之如晦,抗不已之奇声",一切都是按照鸡的身份来设立,着实滑稽。

九锡文是以帝王之名义对重臣进行加封晋爵,赐以殊遇的诵美文字,撰写文章者多为能人才士。作者用此种文体来表现鸡,便令其固有的庄严性、典雅性消失殆尽。当然,作者也并非只为调笑,讽刺亦是其主要目的。赵翼云:"篡乱相仍,动用殊礼,僭越冒滥,莫此为甚。"② 九锡礼,是夺取政权者登上王位的序曲,作者赋予鸡以此等殊荣,显然包含着嘲讽之意。

《劝进笺》采用的是书信体,铸词命意与上文相似。文曰:"浚山侍郎丁鸿、舍人凫亭男梁鸿、郎中苏鹄死罪。伏惟君德著朝野,勋加鹓鸑。故天王凤皇,特锡位封,令凤鹊等在柏外,愿时拜受,不胜欣豫之情,谨诣栖下以闻。"③ 写鸿、鹄等重臣,劝鸡接受封赐,并受凤鹊等诸鸟的拜见。

《驴山公九锡文》与《鸡九锡文》相类。文章写了驴之功、驴之智、驴之名、驴之形、驴之能等。语言生动形象,如写驴之功云:"若乃三军陆迈,粮运艰难,谋臣停算,武夫吟叹。尔乃长鸣上党,慷慨应邗,崎岖千里,荷囊致餐,用捷大勋,历世不刊,斯实尔之功也。"④ 在运粮艰难之际,是驴的荷囊致餐之举挽救了颓势,稳定了局面。写驴之形云:"青脊隆身,长颊广额,修尾后垂,巨耳双磔,斯又尔之形也。"⑤ 可谓是形象逼真。然后写对其的追封,文曰:"尔有济师旅之勋,而加之以众能,是用遣中大夫间丘骡,加尔使衔勒大鸿胪班脚大将军宫亭侯,以扬州之庐江、江州之庐陵、吴国之桐庐、合浦之珠庐封尔为中庐公。"⑥ 文章关于

① 严可均辑:《全宋文》,商务印书馆1999年版,第442页。
② 王树民:《廿二史劄记校证》,中华书局1984年版,第149页。
③ 严可均辑:《全宋文》,商务印书馆1999年版,第442页。
④ 同上。
⑤ 同上。
⑥ 同上。

驴的种种描述，皆合乎驴的性情及本能。而对其的封赐，却是按照人的待遇及礼仪。作者在对驴嘉赏的同时，是在对人进行讽刺，赏赐愈高，讽刺的意味愈深。

《大兰王九锡文》与上文命意相同，只是受封的对象变成了猪。此文在笔法上是《鸡九锡文》与《驴山公九锡文》的结合，即开篇先述年月日时的方式与《鸡九锡文》相同，而历数猪之纯、猪之美、猪之德、猪之勇等与《驴山公九锡文》相同。

《常山王九命文》存文篇幅较小，文曰："及至图身失所，羁靮人间，驯缨服制，惟意所牵。登楹而遨，抱梁而眠，拾撷遗余，恣口所便。"① 仅就存文来看，常山王应是燕子，命意与上文同。

而袁淑则采用九锡文，对鸡、驴、猪、蛇等动物进行加官晋爵，且在嬉笑怒骂的过程中寄予辛辣讽刺之意。如此不仅改变了此种文体的表达对象，而且还改变了其创作风格，令人在捧腹大笑的同时不禁陷入哲理的沉思。张溥曰："阳源《俳谐集》，文皆调笑，其于艺苑，亦博墓之类也。"② 王运熙先生亦云："袁淑把这种庄严的公文滑稽化，施之于鸡、驴等动物，确是别开生面，其中可能包含了作者对这类丑剧的讽刺意味。"③

值得注意的是，王琳《鳝表》（以鳝鱼身份上表，将文武百官视作杯盘佳肴）、陶弘景《授陆敬游十赉文》（将皇家九锡改成十赉）、沈约《修竹弹甘蕉文》（以竹子身份弹劾甘蕉，谓其每叨天功，以为己力，请求见事徒根翦叶，将其斥出台外）等无论是在写作模式还是在写作手法上，都深受袁淑"九锡文"之影响。

九锡文是一种重要的公牍文，是一种"雅"的体裁。而袁淑却以嬉笑戏谑的形式表达了出来，体现了其"俗"化的文学倾向，这从侧面反映了刘宋乃至南朝"文尊笔卑"的文学观念。

整体来看，袁淑之文主要为散体，简洁平易，文脉贯通，但也能看出句子的骈化倾向，以及文辞的润饰与雕琢之功。可见，袁淑之文是骈文形成时代的散文，既具有骈文的华丽性及整练性，又保持了散文的流畅性及灵活性。

---

① 严可均辑：《全宋文》，商务印书馆 1999 年版，第 443 页。
② 张溥著，殷孟伦注：《汉魏六朝百三家集题辞注》，人民文学出版社 1963 年版，第 179 页。
③ 王运熙：《汉魏六朝唐代文学论丛》，复旦大学出版社 2002 年版，第 295 页。

第三节　"怨思抑扬"的王微之文

王微今存文 9 篇，书 4 篇，赞 4 篇，遗令 1 篇。书，主要是与同僚、亲友的赠答之作，或为辞官，或言病状，或述亲情，等等。赞，均是对药材及其效用的称赞。遗令，是临终前对家人的嘱托。

目前学界关于王微之文的研究较少，刘涛《南朝散文研究》、邱光华《王微文艺思想论析》等分析了王微的文艺思想及其散文内容。本书将王微"文辞宜怨思抑扬"的文学观念与刘宋求"新奇"、求"巧似"的主流风尚进行对比，结合其平易自然、流畅朴素的文风，来探索其对魏晋风骨的回归，以及与刘宋骈文盛行的相悖。

王微现存的几篇书信文里，论及自身之文学创作观念。归纳起来，约有三点：一、重视情感。《与从弟僧绰书》云："文词不怨思抑扬，则流澹无味。文好古，贵能连类可悲，一往视之，如似多意。"[1] "怨思抑扬"，即情感的起伏跌宕。作者以为只有文辞"怨思抑扬"，才能使文章具有韵味，可反复涵咏，否则便是味同嚼蜡。"文好古"之"古"，应是指诗骚开创的、汉魏晋形成的抒情传统。"连类可悲"，指比物连类的意象书写，可带给人以动人心魄的审美体验。二、崇尚骨力。《以书告弟僧谦灵》："(僧谦)常云：'兄文骨气，可推英丽以自许'。"[2] "骨气"，即骨力。王僧谦与王微兄弟情深，"一字之书，必共咏读，一句之文，无不研赏，浊酒忘愁，图籍相慰"[3]，故王微之文学主张，王僧谦深知之。三、讲究辞采。《与从弟僧绰书》曰："吾少学作文，又晚节如小进，使君公欲民不偷，每加存饰，酬对尊贵，不厌敬恭。"[4] "存饰"即修饰，多具有华美性。"酬对"即酬答、应对，既为"酬对"，则多表现出文采性。"敬恭"即对尊贵之人的恭敬之意，多具典雅之质。值得注意的是，王微所尚之辞采，非为靡丽，而是英丽，即华美而不纤弱，有清亘之气。那么王微之创作实践是否与其文学观念相同呢？就其文来看，确实一致。

王微之文多充溢着浓郁的情感，甚为动人。《与江湛书》："今有此

①　严可均辑：《全宋文》，商务印书馆 1999 年版，第 175 页。
②　同上书，第 178 页。
③　同上书，第 177—178 页。
④　同上书，第 175 页。

书，非敢叨拟中散，诚不能顾影负心，纯盗虚声，所以绵络累纸，本不营尚书虎爪板也。"① 王微欲推却吏部郎之职，然恐别人误以为有效仿嵇康之意，故解释之。"叨拟""顾影负心"将他的恐惧之感与惶怖之情均表现了出来。《与从弟僧绰书》："似不肯眷眷奉笺记，雕琢献文章，居家近市廛，亲戚满城府，吾犹自知袁阳源辈当平此不？饰诈之与直独，两不关吾心，又何所耿介？"② 史书载，"微既为始兴王浚府吏，浚数相存慰，微奉答笺书，辄饰以辞采。微为文古甚，颇抑扬，袁淑见之，谓为诉屈"③。而对袁淑"诉屈"之评价，王微甚为不满，"袁阳源辈当平此不？""又何所耿介？"两个问句，将内心之愤慨表现得淋漓尽致。《以书告弟僧谦灵》，为祭奠其弟王僧谦而作。王僧谦常与王微相伴，"（王僧谦）遇疾，微躬自处治，而僧谦服药失度，遂卒。微深自咎恨，发病不复自治，哀痛僧谦不能已"④。此文全篇都充溢着悲凉之情。文曰："自尔日就月将，著名邦党，方隆凤志，嗣美前贤，何图一旦冥然长往，酷痛烦冤，心如焚裂。""阿谦！何图至此！谁复视我，谁复忧我！他日宝者三光，割嗜好以祈年，今也唯速化耳。""今已成服，吾临灵，取常共饮杯，酌自酿酒，宁有仿像不？冤痛！冤痛！"⑤ 对于其弟之亡，实属不能接受，"酷痛烦冤，心如焚裂"，"阿谦！何图至此！谁复视我，谁复忧我！"，"冤痛！冤痛！"等完全是撕心裂肺式的呐喊，这样的悲痛及悔恨几近癫狂之状态，让人为之揪心，不忍读之。可见，王微之文无论是与友人的酬答，还是对亲人的悼念，都极具感染力，震颤着人的心灵，激荡着人的情感。

　　王微之文亦尚藻饰，辞采华美。其几篇赞文描绘了药材的形状、颜色、效用等，清丽可人。《茯苓赞》："皓苓下居，披纷上荟，中状鸡凫，具容龟蔡。神侔少司，保延幼艾。终志不移，柔红可佩。"⑥ 作者采用"皓""红"等词表现了其鲜丽的颜色，"披""柔"表现了其婆娑的姿态，"鸡凫""龟蔡"是以比喻的手法呈现了其滚圆的形状。"少司""幼艾"写其药用价值，即既可以增长年寿，又可以保持美貌。《禹馀粮赞》：

---

① 严可均辑：《全宋文》，商务印书馆 1999 年版，第 175 页。
② 同上书，第 176 页。
③ 沈约：《宋书》，中华书局 1974 年版，第 1666 页。
④ 同上书，第 1670 页。
⑤ 严可均辑：《全宋文》，商务印书馆 1999 年版，第 178 页。
⑥ 同上书，第 179 页。

"疏波沥浸，徒谓范常。沈灵秘用，神哉无方。阡畴不惠，稼穑非芳。明德禹功，信在余粮。"① "阡"与"畴"，"稼"与"穑"意义相近，作者将其排列一起，令文句既对称又和谐。"灵""神"二词显示了禹馀粮药效的神奇。《黄连赞》："黄连苦味，左右相因。断凉涤暑，阐命轻身。缙云昔御，飞跸上旻。不行而至，吾闻其人。"② "缙云""上旻"亦表现了黄连的神奇功用。王微将药材与天、云、神、灵多联系在一起，既称赞了药材之价值，又为文章增添了一些空灵感。《桃饴赞》："阿鹿续气，胡胶属弦。未若桃饴，越地通天。液首化玉，酏貌定仙。人知喝日，胡不荫年。"③ 桃饴，桃汁。"液首化玉，酏貌定仙"两句极力渲染了桃饴之鲜嫩与功效。王微重视对物象的描摹，却不一味雕饰，而是将其人格化或神化，赋予其可爱、自然、飘逸的特质。

　　王微之文笔法刚健，气势充沛，颇具骨力。《与江湛书》中论及才士之多及求才之方法，云："今虽王道鸿圈，或有激朗于天表，必欲潜渊探宝，倾海求珠，自可卜肆巫祠之间，马栈牛口之下，赏剧孟于博徒，拔卜式于刍牧。亦有西戎孤臣，东都贱士，上穷范驰之御，下尽诡遇之能，兼鳞杂袭者，必不乏于世矣。"④ 连用了一系列典故，笔力劲健，气势充沛。再如写自己不才，而江湛却极力举荐，文曰："君欲高教山公，而以仲容见处，徒以捶提礼乐，本不参选，鄙夫瞻彼，固不任下走，未知新沓何如州陵耳。"⑤ 理约而气足，雄浑而劲健。另锺嵘《诗品》江淹条云："文通诗体总杂，善于摹拟，筋力于王微，成就于谢朓。"⑥ 言江淹从王微诗中获得筋力，亦可证明王微之作多具骨气。王微今存作品甚少，难窥全貌，然就其弟之"兄为人矫介欲过"以及其"作人不阿谀""性癖"自述之语来看，其为人耿介，文章多具骨鲠之气。

　　就王微现存之文来看，除了几篇篇幅短小的赞文，其余均以散体出之。文章明快流畅，情感跌宕，抑扬有致，感染力较强。李慈铭称《报何堰书》《与江湛书》《与从弟僧绰书》三篇云："皆历落有古致，于六

---

①　严可均辑：《全宋文》，商务印书馆 1999 年版，第 176 页。
②　同上书，第 179 页。
③　同上。
④　同上书，第 174 页。
⑤　同上。
⑥　陈延杰：《诗品注》，人民文学出版社 1980 年版，第 49 页。

朝别一蹊径。"① 又评《以书告弟僧谦灵》："沈折曲至，无意于文而文尤佳，令人不忍卒读也。"② 钱锺书先生认为《与江湛书》有嵇康之遗风，称"意态口吻有虎贲中郎之致"。③

　　另，唐张彦远《历代名画记》还收王微《叙画》残篇。文曰："辱颜光禄书，以图画非止艺行，成当与《易》象同体。而工篆隶者自以书巧为高，欲其并辨藻绘，覉其攸同。夫言绘画者，竟求容势而已。且古人之作画也，非以案城域，辨方州，标镇阜，划浸流。本乎形者融，灵而动者变，心止灵亡见，故所托不动，目有所极，故所见不周。于是乎以一管之笔，拟太虚之体，以判躯之状，画寸眸之明。曲以为嵩高，趣以为方丈。以友之画，齐乎太华，枉之点，表夫隆淮。眉额颊辅，若晏笑兮的；孤岩郁秀，若吐云兮；衡变纵化，故动生焉，前矩后方出焉。然后宫观舟车，器以类聚；犬马禽鱼，物以状分。此画之致也。望秋云，神飞扬；临春风，思浩荡。虽有金石之乐，珪璋之琛，岂能仿佛之哉？披图按牒，效异山海，绿林扬风，白水激涧。呼呼！岂独运诸指掌，亦以明神降之。此画之情也。"④ 此文是写与颜延之的书信，主要讨论绘画的创作观念。他先将山水画与地理图经进行了区分，认为山水画创作不应只停留于摹物写态这一层次，不以"形似"为审美价值之旨归，而是重在表现创作者之"心"，山水物态应是"心"的现实载体。"太虚之体""寸眸之明"，不再是客观存在的物象，而是承载了创作者个人情志及生命意趣的"仿像"，表现着创作者的心灵诉求及情感取向。

　　从此绘画观念出发，作者在论及山水画创作时的结构及笔法的时候，便自然地赋予了其人格化的色彩，如"望秋云，神飞扬；临春风，思浩荡"几句呈现出来的便是具有生命性与情感性的山水情态，其内在根源便是创作者的个体情志与心灵状态。这是一种真正的艺术审美心理，其落之于山水画创作上，便是富于生命力的、情趣流转的审美意象的产生。这与那些求"形似"、求"真实"、求"客观"的描摹相比，更具有情感的温度与沉厚的韵味，也更富有个性化与创造性。王微之画，今已不存。然

① 李慈铭著，由云龙辑：《越缦堂读书记》，上海书店出版社 2000 年版，第 281 页。
② 同上。
③ 钱锺书：《管锥编》，中华书局 1979 年版，第 1280 页。
④ 张彦远著，俞剑华注释：《历代名画记》，上海人民美术出版社 1964 年版，第 131—133 页。

其在《报何偃书》中曾言及自身的绘画实践，文曰："又性知画缋，盖亦鸣鹄识夜之机，盘纡纠纷，或记心目，故兼山水之爱，一往迹求，皆仿像也。"① 他并非是直接摹写客观的山水，而是呈现记于"心目"的，已经承载了自身情感体验的山水意象。"仿像"亦非现实的自然形貌与状态，而是内在心灵与情感体验过的幻象。梁谢赫《古画品录》亦论及王微之画，云："（王）微与史道硕并师荀卫，王得其意，史传其似。"② "王得其意"，即王微之画重"意"，这与"史传其似"的"似"是截然不同的。可见，王微的绘画实践与其绘画观念是相一致的。

整体来看，王微的文学观念与刘宋求"新奇"、求"巧似"的主流风尚是相悖的。其主张文学创作应怨思抑扬、情志浓郁，具有气格、古味，表现出对魏晋风骨的复归。落之于作品，其文不讲究辞藻的华美与形式的整饬，而追求动人心魄的审美情感，以及平易自然、流畅朴素的文风，在当时骈文盛行的文坛上，可谓是独树一帜。绘画观念与文学观念相似，重在表现主体之心灵、情感。绘画实践与文学实践亦相似，即以"心""意""灵"为旨归。

第四节　"矫厉奇工"的鲍照之文

鲍照今存文 26 篇，表 4 篇，疏 6 篇，启 8 篇，书 1 篇，颂 2 篇，铭 4 篇，揭文 1 篇，均以骈体出之，除了一篇颂文，其余篇幅均较短。陆时雍《诗镜总论》云："鲍照材力标举，凌厉当年，如五丁凿山，开人世之所未有。当其得意时，直前挥霍，目无坚壁矣。骏马轻貂，雕弓短剑，秋风落日，驰骋平冈，可以想此君意气所在也。"③ 鲍照其文与其诗一样，都有着其"才秀人微"的身世感，及其"骏马轻貂，雕弓短剑"的纵横气。

目前学界关于鲍照之文的研究，有刘涛《鲍照骈文论略》、周思月《鲍照散文研究》、韩雪松《鲍照骈体公文论略》、刘德燕《鲍照诗文意象研究》等几篇，主要侧重于公牍文思想内容与艺术特色的分析。本书在分析其艺术特质的同时，将重点剖析其与刘宋主流骈文的不同，如壮阔的

---

① 严可均辑：《全宋文》，商务印书馆 1999 年版，第 177 页。
② 谢赫：《古画品录》，人民美术出版社 1959 年版，第 19 页。
③ 陆时雍：《诗镜总论》，丁福保《历代诗话续编》，中华书局 1983 年版，第 1407 页。

格局、遒劲的力度、奇崛的文风等，以示刘宋骈文华而不弱、工而不密的另一种风貌。

一　书写自身，情理兼备的表疏奏启文

鲍照的表疏奏启文真实地记录了其出身及生平遭际，字里行间流露着浓郁的情感。他在多篇文章中提及自己门第低下，出身卑贱。如《解褐谢侍郎表》："臣孤门贱生，操无炯迹。"①《谢秣陵令表》："臣负锸下农，执羁末皂。"②《拜侍郎上疏》："臣北州衰沦，身地孤贱。"③《谢解禁止》："臣自惟孤贱，盗幸荣级。"《侍郎满辞阁》："臣嚚机穷贱"，"根孤伎薄"④。《谢永安令解禁止启》："臣田茅下第，质非谢品。"⑤ 采用了"孤贱""衰沦""穷贱""下第"等词直述自己出身之卑微，这是其身处官场，历经炎凉世态，认识到势与才的极其不对等之后的深刻反映，令人心生悲悯。

其奏疏表文还多次提及自身的病痛。《谢随恩被原表》："寝病幽栖，无援朝列，身孤节卑，易成论砆。""臣病久柴羸，不堪冒涉，小得趋驰，星驾登路。"⑥《谢赐药启》："臣卫躬不谨，养命无术。情沦五难，妙谢九法。飙落先伤，衰疴早及。"⑦ 《请假启》："臣所患弥留，病躯沈痼。自近蒙归，频更顿处，日夜间困或数四。委然一弊，瞻景待化。加以凶衰，婴遭惨悼。"⑧ 就上文来看，鲍照身患数病，虽不至害命，却也令其行动不便，痛苦万分。身居卑职，为人所轻，再加之疾病所带来的痛楚，其可谓是困境重重，这些无疑都会激起对现实的愤慨。如此来看，鲍照诗文之奇崛、险怪与其对病痛的体悟亦有一定的关系。

刘宋时期，虽然门阀世族渐趋没落，然朝中重要官职仍由世族出任，显贵与贫贱依旧迥然有别。作为贫寒之士，鲍照对于统治者所给予的青睐与擢用，倍加珍惜，并以谦恭的态度，表示出极大的感激与恩谢。如

① 严可均辑：《全宋文》，商务印书馆1999年版，第177页。
② 同上书，第459页。
③ 同上书，第460页。
④ 同上。
⑤ 同上书，第462页。
⑥ 同上书，第459页。
⑦ 同上书，第461页。
⑧ 同上书，第462页。

《谢秣陵令表》："不悟恩泽无穷，谬当奖试。用谢刀笔，猥承宰职。岂是暗懦，所能克任。今便抵召，违离省闼，系恋罔极，不胜下情。"① 《拜侍郎上疏》："未识微躬，猥能及此，未知陋生，何以为报？祗奉恩命，忧愧增灼，不胜感荷屏营之情。"② 《侍郎满辞阁》："奉此而归，足以没齿。虽摩肌发，无报天德。更冀营魂，还能结草。不胜感恋之情"。③ 《转常侍上疏》："是臣所以夙夜自念，知遭遇之至深至厚也。示冀未望，便荷今荣，欣喜感悦，不敢伪护。庶保终始，身命为初。不胜下情。"④ 等等。寒微士子需要凭借自身突出的才学及卓越的能力，才能获得擢拔与任用，其付出的努力与心血要高于豪族士子数倍，故而其倍加珍惜诸种机会，对施以恩赐者自是感激涕零。

　　除了书写自身与叩谢皇恩，鲍照还论及了治国理政之事。如《论国制启》，文曰："臣启：臣闻尺之量锦，工者裁之，袤丈之木，绳墨在焉。事无巨细，非法不行。当今世问政睦，藩国相望，君举必书，动成准式。息躬圣壤，十有余载，条制节文，宜其备矣，诸王列封，动静兼该。而窃见国之处事未尽善，臣之暗蔽，私心有惜。伏见彭城国旧制，犹有数卷，虽多殊革，大纲可依，愚谓宜令掌故刊而撰之，上著朝典藩邦之度，下揆国训繁简之宜，旁酌州县宽猛之中，章程久具，永为恒制，岂伊今美，乃足贵之将来。臣忝充直员，脱以启闻，烦而非要，伏追惭悚，谨启。"⑤ 文章先引经据典，为要表达的观点找到依据，而后揭示"国之处事未尽善"之问题，接着进献"令掌故刊而撰之"之计策，最后揭示计策之意义。这类作品淡化了个人情感，重在言事说理，逻辑清晰，思维缜密，文风平实自然。

　　就艺术成就来看，鲍照的表疏奏启文，具有以下几个特征：其一，逻辑严密，结构严谨。其有着固定的写作程式，一般先记述自己出身卑贱，谦称才疏学浅，不堪重用。接着写蒙主上错爱，得遇隆宠。最后以谦卑的态度，表达对主上的感激之情与恩谢之意。如《拜侍郎上疏》，起首"臣北州衰沦"两句写自己出身寒微。"操乏端概"至"忝彼公朝"均为谦

---

①　严可均辑：《全宋文》，商务印书馆 1999 年版，第 460 页。

②　同上。

③　同上。

④　同上书，第 461 页。

⑤　同上书，第 462 页。

辞，写其空度光阴，才智未精。"不悟乾罗广收"至"何以为报"均为诵美，写主上仁德广布，擢拔人才，自己得遇圣恩，备受青睐。最后"祗奉恩命"以下，表达蒙受擢拔的感激之情。等等。

其二，简洁明快，通俗流畅。文章援引了大量的典故，有的是直接引用，如《谢随恩被原表》："《书》称'天秩有礼'，《易》载'神福在谦'。"① 直接引用了《尚书》与《周易》中的原句。有的是灵活化用，如《侍郎满辞阁》："既同冯衍负困之累，复抱相如痟渴之疾。"② 引冯衍以负困、司马相如以痟渴之由而辞官隐世。然无论是哪种方式，均简洁明了，通俗易懂，无繁冗之弊病。文章还引用了一些俗言谚语，如《谢随恩被原表》："然古人有言：'杨者易生之木也，一人植之，十人拔之，无生杨矣。'"③ 更是浅显晓畅，生动形象，毫无滞涩之感。

其三，精工整练，华而不弱。文章基本上是以四言出之，讲究句式的对仗，是典型的骈文。如《谢赐药启》："卫躬不谨，养命无术。情沦五难，妙谢九法。飙落先伤，衰疴早及。"④ 上下句对仗极其工整，不仅句式结构相同，句义相近，而且每句中对应词的词义、词性亦相同。如，前两句中的"不"与"无"，均为具有否定意义的动词，中间两句中的"五"与"九"均为数词，后两句中的"先"与"早"均为表示时间意义的形容词。作者还十分注意语词的雕琢与润饰，如《拜侍郎上疏》："雕瓠饰笙，备云和之品；潢池流藻，充金鼎之实。"⑤ 四字句采用的意象，如"瓠""笙""池""藻"都是极其华贵的，所用的动词，如"雕""饰""潢""流"亦是精心润饰过的。虽然华美绮丽，但却没有流于浮靡，与后边的五字句相连，呈现出俊逸、流畅之特点。

鲍照的表疏奏启文在书写自身之遭际时，流露出寒微之士或喜或悲之情愫；在言及政事时，显示了缜密的思维及严密的逻辑，可谓是情理兼备。文章在艺术上呈现出浅显流畅、明快自然、精工整练等特质，表现了作者深厚的功力。

---

① 严可均辑：《全宋文》，商务印书馆 1999 年版，第 459 页。
② 同上书，第 460 页。
③ 同上。
④ 同上书，第 461 页。
⑤ 同上。

二 刻绘山水，跌宕俊逸的书信文

鲍照今存《登大雷岸与妹书》一篇，是写给其妹鲍令晖的家书。虽曰家书，却鲜少涉及家事，而是专力描绘了山水美景。晋宋间山水题材兴起，文人接踵而作，然以诗体、赋体表现者居多，以书信体方式表现者几乎没有，赵树功《中国尺牍文学史》云："山水尺牍盛于南朝"[1]，鲍照此文首发其端，极具创新价值及开拓意义。

作者采用了赋体之手法，铺陈排比，极具气势。如写其登临远眺，遥望四方之美景，云："南则积山万状，急气负高，含霞饮景，参差代雄，凌跨长陇，前后相属，带天有匝，横地无穷。东则砥原远隰，亡端靡际，寒蓬夕卷，古树云平。旋风四起，思鸟群归。静听无闻，极视不见。北则陂池潜演，湖脉通连。苎蒿攸积，菰芦所繁。栖波之鸟，水化之虫，以智吞愚，以强捕小，号噪惊聒，纷物其中。西则回江水指，长波天合。滔滔何穷，漫漫安竭！"[2] 写南边群山连绵，参差交错，高耸入云；东边隰原辽阔，一望无际，寒蓬古树，随风摇曳，群鸟归巢，极视不见；北边湖池通连，蒿芦繁盛，鸟虫追逐，嬉戏其中；西边江水浩瀚，绵延流长，滔滔漫漫。可谓是气象万千，雄奇瑰丽，令人深感造物之神奇，自然之伟壮。东西南北四面展开，一一呈现，层层渲染，气势雄浑。

文章关于山水景物的描写不仅有粗笔勾勒，还有细笔刻画，描摹逼真，犹如一幅栩栩如生的山水画。其中关于庐山一段的描写，尤为精彩，文曰："西南望庐山，又特惊异。基压江潮，峰与辰汉连接。上常积云霞，雕锦缛。若华夕曜，岩泽气通，传明散彩，赫似绛天。左右青霭，表里紫霄。从岭而上，气尽金光，半山以下，纯为黛色。信可以神居帝郊，镇控湘汉者也。"[3] 写庐山峰顶云蒸霞蔚，雾霭缭绕，可谓是神奇瑰丽。许梿《六朝文絜》云："烟云变灭，尽态极妍，即使李思训数月之功，亦恐画所难到。"[4]

作者并非单纯一味铺排描摹山水，写景之外兼有抒情，情景交融，丰厚了文章的意蕴，增强了文章的感染力。如"创古迄今，舳舻相接，思

---

① 赵树功:《中国尺牍文学史》, 河北人民出版社 1999 年版, 第 32 页。
② 严可均辑:《全宋文》, 商务印书馆 1999 年版, 第 463 页。
③ 同上书, 第 464 页。
④ 许梿评选, 黎经诰笺注:《六朝文絜笺注》, 上海古籍出版社 1982 年版, 第 102 页。

尽波涛,悲满潭壑,烟归八表,终为野尘"①,写作者为求功名,长期漂泊在外,旅途的艰辛,仕途的坎坷,令其倍感寂寞疲倦,然迫于现实的困境,他却始终未能归乡,只能将满腔的愁思寄寓这滔滔的江水,幽幽的潭壑,一起漂流、回荡、消散。将情感寓居在了景物中,赋予景物以更深刻的内涵及更深厚的韵味。再如,"仰视大火,俯听波声,愁魄胁息,心惊慄矣"②写雷声滚滚,闪电疾掣,波浪腾天,洪涛奔涌,视觉与听觉上的强烈触动,令其魂魄愁息,心惊胆战。将客观之景物与主观之感受密切地联系在一起,二者兼融兼释,借景抒情,以情衬景,增强了表现上的多元性与丰富性。还如,"夕景欲沈,晓雾将合,孤鹤寒啸,游鸿远吟,樵苏一叹,舟子再泣。诚足悲忧。不可说也。"③以夕阳西落,鸿鸟惊鸣,樵夫与渔夫叹泣,进一步渲染作者的思乡之情,产生言有尽而意无穷的韵味。许梿《六朝文絜》评云:"历言形胜之奇,运意深婉,铸词精缛。"④钱基博亦云:"运意深婉,融情于景。"⑤

  在表达上,作者极为注重语言的锤炼,如上述关于庐山峰顶的描绘。作者连用五个颜色词"绛""青""紫""金""黛"来分别修饰"天""霭""霄""光""色",精准而传神。所用动词如"压""积""雕""传""散"等亦甚为凝练。句子亦甚为精工,如"左右青霭,表里紫霄"⑥为上下句对,方位词互对,颜色词互对。再如,"从岭而上,气尽金光;半山以下,纯为黛色"⑦为四四言隔句对,位置相对,物象相对。许梿评云:"句句锤炼无渣滓,真是精绝。"⑧钱基博《中国文学史》亦云:"无句不锤炼,无句不俊逸,颇喜巧琢。"⑨

  此篇文章写景逼真,抒情沉郁,字炼句工,气势遒劲,文风峭拔,实属佳作。许梿云:"明远骈体高际六代,文通稍后出,差足颉颃,而奇峭

---

① 严可均辑:《全宋文》,商务印书馆1999年版,第464页。
② 同上。
③ 同上。
④ 许梿评选,黎经诰笺注:《六朝文絜笺注》,上海古籍出版社1982年版,第104页。
⑤ 钱基博:《中国文学史》,中华书局1993年版,第182页。
⑥ 严可均辑:《全宋文》,商务印书馆1999年版,第464页。
⑦ 同上。
⑧ 许梿评选,黎经诰笺注:《六朝文絜笺注》,上海古籍出版社1982年版,第104页。
⑨ 钱基博:《中国文学史》,中华书局1993年版,第182页。

幽洁不逮也。"① 钱锺书先生《管锥编》云："按鲍文第一，即标为宋文第一，亦无不可也。"②

三　"开张工健"，"遒警绝人"的铭颂文

《河清颂》（并序）在诸文中篇幅最长。史书载，"元嘉中，河济俱清，当时以为美瑞。照为《河清颂》，其序甚工。"③ 既为诵美之作，必旁征博引、藻饰锤炼，求典雅工丽、华美巧致，以博统治者之青睐。

序文称颂文帝统治清明，国泰民安，云："道化周流，玄泽汪濊，地平天成，含生阜熙。文同轨通，表里厘福。耀德中区，黎庶知让，观英遐外。夷貊怀惠，秩礼恤勤，散露台之金；振民舒国，倾御邸之粟。"④ 又夸赞风俗淳朴，社会安定，云："约违迫胁，奢去甚泰。燕无留饮，畋不盘乐。物色异人，优游鲠直。显靡失心，幽无怨魄。精昭日月，事洞天情。故不劳仗斧之使。号令不肃而自严。无辱凤举之事。灵怪不召而自彰。"⑤ 还述及物产丰饶，宫殿恢宏，云："冀马南金，填委内府；驯象栖爵，充罗外苑。阿纨纂组之饶，衣覆宗国；渔盐杞梓之利，傍赡荒遐。士民殷富，繁轶五陵；宫宇宏丽，崇冠三川。闾闿有盈，歌吹无绝。朱轮叠辙，华冕重肩。"⑥ 作者勾勒出了一个繁荣昌盛、其乐融融的太平盛世。凡君恩浩荡、农商国本、礼乐教化、武库修备，靡不毕现。让人心生向往之意。

正文内容与此大致相同，但在形式上较序文更加工整，全篇均以整齐的四言出之，且均为前后句对仗，选用的物象更加华贵，语词更加华丽，作者雕饰、锤炼之功自不待言。意象及文辞，如："黄旗西映，紫盖东辉，纳瑞螭玉，升政衡机，金轮豹饰，珠冕龙衣。"⑦ 所选用的颜色词"黄""紫""金"均具有富贵之气，意象"玉""珠"等亦十分珍奇、华贵。句子，如："闽外水乡，郭表炎国。陇首西南，渤尾东北。艳艳岭

---

① 许梿评选，黎经诰笺注：《六朝文絜笺注》，上海古籍出版社 1982 年版，第 104 页。
② 钱锺书：《管锥编》，中华书局 1979 年版，第 1313 页。
③ 李延寿：《南史》，中华书局 1975 年版，第 360 页。
④ 严可均辑：《全宋文》，商务印书馆 1999 年版，第 465 页。
⑤ 同上。
⑥ 同上。
⑦ 同上书，第 466 页。

丹，浑浑泉黑。移琛云朔，转隼邛僰。狼歌荐功，鸟谭陈德。"① 每一个四言句，均可断开为二二言，上下句整体相对，且对应的词语亦相对。"陇首西南，渤尾东北"② 一句中，"陇首"与"渤尾"为地名对，"西南"与"东北"为方位对，四个词语拆开亦相对，"陇"与"渤"，"首"与"尾"，"西"与"东"，"南"与"北"，词性相同，词义相反，精工至极。

当然，作者对藻丽、巧致、精工的追求并未影响文章的气势与骨力。作者善于采用排比等方式调整文脉，如："夫四皇六帝，树声长世，大宝也。泽浸群生，国富刑清，鸿德也；制礼裁乐，惇风迁俗，文教也。诛桓羯黠，束颡绛阙，武功也。鸣禽跃鱼，涤秽河渠，至祥也。"③ 连用五个四四三句式，增强了文章的气势。李兆洛云："大抵华腴害骨，然明远采壮，简文思清，固一时之杰也。"④ 至于鲍照与简文帝颂文之优劣，谭献之有言云："（鲍照颂文）开张工健，无一间冗之句。序亦有顿挫节奏，未可与简文并论。"⑤ 以鲍照之文实高于简文帝。蒋士铨评曰："炼语奇丽，每苦有生涩处不可学，然其俊逸遒迈之气动宕行间，固自雄视百代。"⑥ 刘熙载称鲍照诗："遒警绝人，然练不伤气"⑦，其文亦如此。自沈约之后，后世学者如吴汝纶、孙德谦等均甚赏识《河清颂》之序文，以其颇具汉文之恢宏气度。可见，鲍照虽尚雕藻，然并无纤弱之病。

鲍照还存有《凌烟楼铭》《药奁铭》《石帆铭》《飞白书势铭》四篇，以后两篇的成就较高。《凌烟楼铭》，据史书载，应是在元嘉十六年（439），临川王刘义庆改授江州刺史，起凌烟楼，鲍照为其幕僚，奉命而作此铭。铭文云："岩岩崇楼，巍巍层隅。阶基天削，户牖云区。瞰江列楹，望景延除。积清风露，合彩烟途。俯窥淮海，俯眺荆吴。我王结驾，藻思神居。宜此万春，修灵所扶。"⑧ 描述了楼台之高耸及雄伟，称颂了临川王之功绩。《药奁铭》罗列了各种珍奇药物，并盛赞了其各自功效。

---

① 严可均辑：《全宋文》，商务印书馆 1999 年版，第 467 页。
② 同上。
③ 同上书，第 466 页。
④ 李兆洛：《骈体文钞》，商务印书馆 1937 年版，第 23 页。
⑤ 同上。
⑥ 蒋士铨：《评选四六法海》，重刊寄螺斋藏版本，1875 年。
⑦ 刘熙载：《诗概》，郭绍虞《清诗话续编》，上海古籍出版社 1983 年版，第 2421 页。
⑧ 严可均辑：《全宋文》，商务印书馆 1999 年版，第 468 页。

《石帆铭》,钱振伦《鲍参军集注》引《荆州记》云:"武陵舞阳县有石帆山,若数百幅帆。"又引《宋书·刘道规·刘子顼传》:"临海王子顼为荆州,照为前军参军,掌书记之任。"并云:"此铭当在荆州时作"。[1]此铭亦为写景之作,作者以一以贯之的雄健笔力,描摹了石帆山的险要地势及其飞流急湍的景象,文曰:"应风剖流,息石横波,下溠地轴,上猬星罗。吐湘引汉,歙蠡吞沱,西历岷冢,北泻淮河。眇森宏蔼,积广连深,沦天测际,亘海穷阴。云旌未起,风柯不吟;崩涛山坠,郁浪雷沉。"[2]水流飞泄狂奔,波浪汹涌澎湃,森蔼接天蔽日,风起云涌,一片瑰丽神奇的景象,境界雄浑,气局壮阔。这种开阔跌宕的气势,亦应与作者对赋的取法有关,孙德谦《六朝丽指》言及鲍照"南则积山万状"等语皆从京都诸赋中来,此铭文亦应如此。作者在写景之外,还包含着深刻的诫世之意。文曰:"涉川之利,谓易则难。临渊之戒,曰危乃安。泊潜轻济,冥表勤言。穆戎遂留,昭御不还。徒悲猿鹄,空驾沧烟。君子彼想,祗心载惕。"[3]难与易,危与安,是相互依存、相互转化的,周穆王、周昭王南征均以失败告结,即是明证。作者此言是在喻诫世人以辩证的思维去看待问题。

许梿《六朝文絜》评云:"奇突古兀,锤炼异常。昔人论鲍诗得景阳之俶诡,含茂先之靡嫚,吾于斯铭亦云。"[4]锺嵘以鲍照之诗奇崛、绮丽取法于张协及张华,许梿谓其文亦如此。当然这种特质与作者对前人的学习有关,但恐亦与"宋初讹而新"的审美取向有关。"若无新变,不能代雄","穷力追新"是刘宋文人的共同使命,故"奇突古兀,锤炼异常"恐亦是鲍照追新、求变的产物。

《飞白书势铭》,是关于书法艺术的铭文。钱振伦《鲍参军集注》引《书断》云:"飞白,后汉左中郎蔡邕所作也。王隐、王愔并云:'飞白,变楷制也。本是宫殿题署,势既劲,文字宜轻微不满,名为飞白。'王僧虔曰:'飞白,八分之轻者。邕在鸿都门,见匠人施垩帚,遂创意焉。'"[5]飞白书,为蔡邕所创,常用于宫殿题署,气势遒劲,文字宜轻微不满。铭

---

① 钱仲联:《鲍参军集注》,上海古籍出版社 1980 年版,第 127 页。

② 严可均辑:《全宋文》,商务印书馆 1999 年版,第 468 页。

③ 同上。

④ 许梿评选,黎经诰笺注:《六朝文絜笺注》,上海古籍出版社 1982 年版,第 154 页。

⑤ 钱仲联:《鲍参军集注》,上海古籍出版社 1980 年版,第 122 页。

文述及飞白书之轻散特质及飘逸气势,云:"秋毫精劲,霜素凝鲜。沾此瑶波,染彼松烟。超工八法,尽奇六文。鸟企龙跃,珠解泉分。轻如游雾,重似崩云。绝锋剑摧,惊势箭飞。差池燕起,振迅鸿归,临危制节,中险腾机。珪角星芒,明丽烂逸,丝萦发垂,平理端密。盈尺锦两,片字金镒。"① 下笔尖新,峭直奇拔,绮丽而有气骨,静中有动,洋溢着盎然的生机。高步瀛评云:"锤声炼色,字字精研。"② 于景祥《中国骈文通史》述及此铭文之影响云:"文虽短小而用意精深,对唐人柳宗元有较深的影响,其山水及人物小品往往胎息于此。"③ 可见此文不仅艺术成就颇高,还具有一定的影响。

鲍照的铭颂文是较为典型的骈文,讲究对仗,注重藻饰,援引典故,还追求声律的和谐。同时也应看到,其文在表现出一般骈文平衡对称、整齐工致之美的同时,还保持了其独有的特质,即奇崛、遒劲、苍健等。

四 讽喻现实的揭文

鲍照今存《瓜步山揭文》一篇。关于瓜步山,钱仲联《鲍参军集注》引《述异记》云:"瓜步在吴中,吴人卖瓜于江畔,因以名焉。"④ 又引《名胜志》曰:"瓜步山在六合县东南二十里,东临大江。"⑤ 据钱仲联考,此文作于元嘉二十九年(452),是时离始兴王刘浚幕,从江北还建康,经瓜步作此文。⑥

文章先述自己之行程,云:"岁含龙纪,月巡鸟张,鲍子辞吴客楚,指兖归扬,道出关津,升高问途。"⑦ 写自己辞别吴地,作客淮楚,指兖州(南兖州,治建业),归扬州(扬州,治广陵),出关口,渡津口,一路向南。接着言及沿途之风景云:"北眺毡乡,南晒炎国,分风代川,揆气闽泽,四眄天宫,穷曜星络,东窥海门,候景落日,游精八表,驷视四遐,超然永念,意类交横。"⑧ 作者极目远眺,"天宫""星络""海门"

① 严可均辑:《全宋文》,商务印书馆 1999 年版,第 468 页。
② 高步瀛:《南北朝文举要》,中华书局 1989 年版,第 84 页。
③ 于景祥:《中国骈文通史》,吉林人民出版社 2002 年版,第 366 页。
④ 钱仲联:《鲍参军集注》,上海古籍出版社 1980 年版,第 131 页。
⑤ 同上。
⑥ 同上。
⑦ 严可均辑:《全宋文》,商务印书馆 1999 年版,第 469 页。
⑧ 同上。

"落日"尽收眼底，深感山川之辽阔，湖海之浩瀚。接着由远及尽，写眼前之瓜步山云："信哉古人，有数寸之籥，持千钧之关，非有其才施，处势要也。瓜步山者，亦江中眇小山也，徒以因迥为高，据绝作雄，而凌清瞰远，擅奇含秀，是亦居势使之然也。故才之多少，不如势之多少远矣。"[1] 作者由景触情，从瓜步山联想到现实。此山不过是江中之一小山也，却可凭借着险要的地势，凌清瞰远，擅奇含秀。现实中，高门子弟虽学识平庸，却可身居要职，手握重权，而寒门子弟纵才秀智绝，亦只能屈居下僚，为人差遣。"故才之多少，不如势之多少远矣"，这是作者历经宦海浮沉后的深刻体悟，包含着太多的辛酸与无奈。接着作者将抑郁之情感寄寓于景物中，文曰："仰望穹垂，俯视地域，涕洟江河，疣赘丘岳。虽奋风漂石，惊电剖山，地沦维陷，川斗毁宫，豪盈发虚，曾未注言。"[2] 采用了"漂""剖""陷""毁"等极具破坏力的词语，表现出对现实的反抗。最后进一步揭露了官场之腐朽，云："况乎汛河浮海之高，遗金堆璧之奇，四迁八聘之策，三黜五逐之疵，贩交买名之薄，吮痈舐痔之卑，安足议其是非。"[3] 采用了一系列的排比句，呈现出官场之污浊、险恶、虚伪，"安足议其是非"包含了作者无限的鄙夷和蔑视。

"是亦居势使之然也"一句，是全文的主旨句，位于篇中，是全文命意之所在。刘熙载《文概》云："揭全文之指，或在篇首，或在篇中，或在篇末。在篇首则后必顾之，在篇末则前必注之，在篇中则前注之，后顾之。顾注，抑所谓文眼者也。"[4] 作者在述及此句前，在前文提出"处势要也"，为其注之，在后文又点出"故才之多少，不如势之多少远矣"，为其顾矣。表面看来，此句是作者轻笔拈出，实则是维系全文的经脉。刘熙载云："一语为千万语所托命，是为笔头上担得千钧。然此二语正不在大声以色，盖往往有以轻运重者。"[5] 可见作者是精心安排、苦意运营，而后又以自然之笔出之，如此才产生了"以轻运重"之效果。

整体来看，鲍照之骈文已较为成熟，其锤炼、雕饰之功自不待言。但也应看出，与颜延之骈文的典丽华赡不同，鲍照骈文表现出了雄浑的气

---

① 严可均辑：《全宋文》，商务印书馆 1999 年版，第 469 页。
② 同上。
③ 同上。
④ 刘熙载：《艺概·文概》，上海古籍出版社 1978 年版，第 40 页。
⑤ 同上书，第 41 页。

势、壮阔的格局、遒劲的力度、奇崛的文风。其文华而不弱，工而不密，是一种颇具骨力的骈文。

第五节　繁密缛丽的谢庄之文

谢庄今存文 29 篇，诏 1 篇，章 2 篇，表 8 篇，奏 4 篇，议 1 篇，启 1 篇，笺 1 篇，书 3 篇，赞 1 篇，诔 2 篇，策 3 篇，铭 2 篇，成就较高。张溥《汉魏六朝百三家集·谢光禄集题辞》云："明帝定乱，命作《赦诏》，酌酒立成，云子业'事秽东陵，行污飞走'，虽钟鼓讨伐之辞，殆直自快胸怀矣。文章四百余首，今仅存此。《封禅仪注奏》，藻丽云汉，欲摹长卿。《搜才》《定刑》二表，与《索虏互市议》，雅人之章，无忝国器。耳食者徒称陈王之明月，河南之舞马，欲以两赋概其群长，不几采春华、忘秋实哉？"① 提及其文五篇，且谓其皆有可圈可点之处。诚然，作为文笔之臣，谢庄之地位可与傅亮、颜延之相提并论。

目前学界关于谢庄之文的研究，仲秋融《谢庄诗文研究》、刘国勇《谢庄诗文研究》、葛海燕《谢庄研究》等几篇硕士学位论文中略有涉及，重在分析其思想内容。本书侧重于分析其典雅繁密的特质，以示刘宋骈文的主流审美取向，并进一步探索其对齐梁骈文的影响。

一　"无忝国器"的章表奏议文

谢庄的手笔之作，大致可以分作三类：一类为歌功颂德之作，如《泰始元年改元大赦诏》作于宋明帝刘彧即位之时，文章痛斥刘子业、刘子鸾之凶嚣狂妄、倒行逆施，而后盛赞刘彧之临危受命及殚精竭虑，云："假寐凝忧，泣血待旦，虑大宋之基，于焉而泯，武、文之业，将坠于渊。……皇纲绝而复纽，天纬缺而更张。猥以寡薄，属承乾统，上缉三光之重，俯顾庶民之艰。业业矜矜，若履冰谷，思与亿兆，同此维新。"② 再如《庆皇太子元服上至尊表》，称赞皇太子云："明两承乾，元良作贰，抗法迁身，英华自远。乐以修中，礼以治外，三善克懋，德成教尊。"③ 还如《为尚书

_____

① 张溥著，殷孟伦注：《汉魏六朝百三家集题辞注》，人民文学出版社 1963 年版，第 184 页。
② 严可均辑：《全宋文》，商务印书馆 1999 年版，第 339 页。
③ 同上书，第 340 页。

八座奏封皇子郡王》，称赞诸皇子“器彩明敏，令识款悟”①等。

一类为却官让贤之作。如《让吏部尚书表》，云：“不习冠制，赵客兴鉴，未间统驭，郑臣有规，匪瘝身讥”②，称自己才不及人，不堪重用。再如《让中书令表》，云：“臣闻璧门天邃，凤沼神深，丝纶王言，出纳帝命，自非望允当时，誉宣庠塾，未有谬垂曲宠，空席兹荣，在于年壮，犹不可勉。况今绵痼，百志俱沦。”③以疾病、年龄为由进行推却。谢庄辞官让职与当时门阀世族势力下滑有着密切关系，其退居让贤是为了全身远祸。

另一类为建言献策之作，以这类成就为最高，亦是其“无忝国器”的主要原因。如《上搜才表》，其指出取贤纳士的重要性及迫切性，云：“臣窃惟隆陂所渐，治乱之由，何尝不兴资得才，替因失士。故楚书以善人为宝，《虞典》以则哲为难。进选之轨，既弛中代，登造之律，未闻当今。”④而后又指出取用人才的具体方法，云：“宜普命大臣，各举所知，以付尚书，依分铨用。若任得其才，举主延赏，有不称职，宜及其坐。重者免黜，轻者左迁，被举之身，加以禁锢，年数多少，随愆议制。若犯大辟，则任者刑论。”⑤即令大臣举荐熟悉之人，并给以任用，若确实人才则连同举荐者一同给予奖励，反之则根据其过错大小进行不同程度的惩戒，如此既可以避免大臣们任人唯亲，又很好地预防了平庸之士浑水摸鱼。作者还提出了人才的任用年制及其产生的影响，文云：“今莅民之职，自非公私必应代换者，宜遵六年之制，进获章明庸堕，退得民不勤扰。如此则下无浮谬之愆，上靡弃能之累，考绩之风载泰，樵薪之歌克昌。”⑥即以六年为制，既可彰显国主之仁德，又可令百姓不受惊扰，如此人尽其才，考绩清廉。等等。言辞中肯，切合实际，实用性较强。再如《奏改定刑狱》，直接指出当前刑狱中的冤假、诬滥等现象，文曰：“顷年军旅余弊，劫掠犹繁，监司讨获，多非其实，或规免身咎，不虑国患，楚对之下，鲜不诬滥。身遭铁锁之诛，家婴孥戮之痛，比伍同闬，莫不及罪，是则一人罚谬，坐者数十。”⑦陈述弊端，直击要害。为进一步夯实

① 严可均辑：《全宋文》，商务印书馆1999年版，第340页。
② 同上书，第341页。
③ 同上书，第342页。
④ 同上书，第341页。
⑤ 同上。
⑥ 同上。
⑦ 同上书，第343页。

其所提出的问题，作者还陈述了自己亲历的案件，云："臣近兼讯，见重囚八人，旋观其初，死有余罪，详察其理，实并无辜"①，由此推之，此类冤案实多也，需惕然警之。为此，作者提出了改革的方案，文云："自今入重之囚，县考正毕，以事言郡，并送囚身，委二千石亲临核辩，必收声吞衅，然后就戮。若二千石不能决，乃度廷尉，神州统外，移之刺史，刺史有疑，亦归台狱。必令死者不怨，生者无恨。"② 经县、郡审讯后，再交由二千石者亲临核辩，若亦不能决断则委以廷尉，移之刺史，层层审核，细细盘问，以使死者不怨、生者无憾。这不仅体现了谢庄的治政之才，亦表现了其深厚的人文关怀。郭预衡《中国散文史》云："像谢庄这样的人物，对于时事政治，还是有所关心，为文虽已趋向清绮，却非完全局限于风花雪月。像《奏改定刑狱表》这样的文章，不仅远非风花雪月之比，而且不同于某些抽象说理的文章。依据事实，提出己意，旨在'必使死者不怨，生者无恨'。这样的语言，出自谢庄之口不能不说是难能可贵的，这样的文章写于南朝，也不能说不是相当突出的。"③

就艺术上来看，谢庄的章表奏议文，三四五六七言者皆有，但均讲究对偶，援引典故较多，文风雅丽。无论是在体式上，还是在风格上，都具有二重性，即散而对，典而丽，体现出了刘宋之文向齐梁之文的嬗变之迹。

二　清新与繁密兼具的书笺文

谢庄的书笺文大致可以分作两类：一类为私函，以《与江夏王义恭笺》《与左仆射书》为代表；另一类为公牍，以《为朝臣与雍州刺史庾颖书》《为沈庆之答刘义宣书》为代表。私函类多反映自身处境，文辞清新流利，感情真挚恳切，较为动人。公牍类多与政事相关，词工句对，典繁意密，表现出了应制性。

先来看私函，谢庄的《与江夏王义恭笺》《与左仆射书》两篇文章，均采用散体，以口语体式的语言，记述了自身之疾病。《与江夏王义恭笺》云："禀生多病，天下所悉，两胁癖疾，殆与生俱，一月发动，不减

---

① 严可均辑：《全宋文》，商务印书馆1999年版，第343页。
② 同上。
③ 郭预衡：《中国散文史》，上海古籍出版社2000年版，第467页。

两三，每至一恶，痛来逼心，气余如綖。利患数年，遂成痼疾，吸吸惙惙，常如行尸。恒居死病，而不复道者，岂是疾痉，直以荷恩深重，思答殊施，牵课尪瘵，以综所忝。眼患五月来便不复得夜坐，恒闭帷避风日，昼夜惛惛，为此不复得朝谒诸王，庆吊亲旧，唯被敕见，不容停耳。"①《与左仆射书》云："弟昨还，方承间，忽患闷。当时乃尔大恶，殊不易追企，怛想诸治，昨来已渐胜，眠食复云何。顷日寒重，春节至，居患者无不增动。今作何治，眼风不异耳。"② 真切地描摹了两胁、心脏、眼睛等身体器官所遭受的痛楚，以及由此而引发的精神折磨，言辞悲切，令人心生怜悯。

《与江夏王义恭笺》还言及自身与家族及其国家之关系，文云："家素贫弊，宅舍未立，儿息不免粗粝，而安之若命。宁复是能忘微禄，正以复有切于此处，故无复他愿耳。今之所希，唯在小闲。下官微命，于天下至轻，在己不能不重。屡经披请，未蒙哀恕，良由诚浅辞讷，不足上感。"③ 自己于国家至轻，而于家族及个人却甚重。刘宋门阀衰落，谢庄虽愿报效皇恩，然当家与国二者发生矛盾时，他仍然坚持把家族利益置于前位，这是其内心想法的直接流露，是一种真实而大胆的表达，表现了作者鲜明的个性气质与思想精神。

谢庄的私函类书信文，采用的是散体，以质朴简易的语言，倾诉个人衷肠，表现内心想法，真实而自然，悲切而动人。

再来看公牍类，谢庄的《为朝臣与雍州刺史庾颛书》《为沈庆之答刘义宣书》二文，均采用骈体，以精工的文笔与夺人的气势见长。关于《为朝臣与雍州刺史庾颛书》，《宋书·袁颛传》："子勋即位，进颛号安北将军，加尚书左仆射。太宗使朝士与颛书曰：'……'"④ 谢庄此文应作于此时。文章先追述朝廷的变革，云："王室不造，昏凶肆虐，神鼎将沦，宗稷几泯，幸天未亡宋，乾历有归。"⑤ 而后提及朝臣之处境及责任，云："吾等获免刀锯，仅全首领，复身奉惟新，命承亨运，缓带谈笑，击壤圣

---

① 严可均辑：《全宋文》，商务印书馆1999年版，第344页。
② 同上书，第346页。
③ 同上书，第344页。
④ 沈约：《宋书》，中华书局1974年版，第2150页。
⑤ 严可均辑：《全宋文》，商务印书馆1999年版，第345页。

世。"① 最后结合庾颢之身世规劝其所应做的选择，云："汝中京冠冕，儒雅世袭，多见前载，县鉴忠邪？何远遗郎中之清轨，近忘太尉之纯概……若疑诳所至，邪诐无穷，汝当誓众奋戈，翦此朝食。若自延过听，迷途未远，圣上临物以仁，接下以爱，岂直雍齿先封，乃当射钩见相矣。当由力窘迹屈，丹诚未亮邪？跂予南服，寤寐延首，若反棹沿流，归诚凤阙，锡珪开宇，非尔而谁？"② 作者在指出庾颢所应担当的使命时，语势是极其逼人的，"汝当誓众奋戈，翦此朝食""非尔而谁"等语均是一种毋庸置疑的语气，令对方不可推却。《为沈庆之答刘义宣书》仅存两句，文云："皇纲绝而复纽，区宇坠而更维。"③ 亦论及朝纲与社稷等大事。

谢庄的公牍类书信文，以四六字句为主，对仗较为整齐，征引典故甚多，选词用字较谨慎，就政事而论政事，鲜有个人情感的表达。谢庄书信文的两种特质，在一定程度上表现出了其人格的双面性，亦是窥知门阀世族文人的一面镜子，反映了他们全性与保身的矛盾性。

三　"语语凄艳"的哀祭文

谢庄今存《宋孝武宣贵妃诔》《黄门侍郎刘琨之诔》《殷贵妃谥策文》《孝武帝哀策文》《皇太子妃哀策文》等哀祭文，影响较大。萧子显《南齐书·文学传论》说："谢庄之诔，起安仁之尘。颜延《杨瓒》，自比《马督》，以多称贵，归庄为允。"④

谢庄的哀策文有如下特点：其一，叙述有条不紊，逻辑清晰，综核有法。《宋孝武宣贵妃诔》较为突出，写宣贵妃志出生云"诞发兰仪，光启玉度"⑤，形貌云："望月方娥，瞻星比婺"⑥，品行云："毓德素里，栖景宸轩"⑦，素养云："修诗贲道，称图照言。翼训姒幄，赞轨尧门。绸缪史馆，容与经闱。《陈风》缉藻，临《象》分微"⑧，品貌俱佳，德学兼备，"展如之华，实邦之媛"。又写其逝亡云："帷轩夕改，輤辂晨迁。离宫天

---

① 严可均辑：《全宋文》，商务印书馆 1999 年版，第 345 页。
② 同上书，第 346 页。
③ 同上。
④ 萧子显：《南齐书》，中华书局 1972 年版，第 913 页。
⑤ 严可均辑：《全宋文》，商务印书馆 1999 年版，第 348 页。
⑥ 同上。
⑦ 同上。
⑧ 同上。

邃，别殿云悬。灵衣虚袭，组帐空烟。巾见馀轴，匣有遗弦。"① 最后写其葬礼云："题凑既肃，龟筮既辰。阶撤两奠，庭引双辒。维慕维爱，曰子曰身。恸皇情于容物，崩列辟于上旻。崇徽章而出寰甸，照殊策而去城闉。"② 由生而长，由长而卒，由卒而葬，文章脉络清晰而连贯。

其二，情感悲恻，感染力甚强。许梿《六朝文絜》称《宋孝武宣贵妃诔》一文"词逸思哀"③，并评价其叙述孝武死后情形"语语凄艳"④。谢庄十分善于运用骚体句式来烘托气氛与表达哀情，如《黄门侍郎刘琨之诔》中的"秋风散兮凉叶稀，出吴洲兮谢江幾。瞻国门兮耸云路，睇旧里兮惊客衣"⑤，《皇太子妃哀策文》中的"离天渥兮就销沉，委白日兮即冥暮。菊有秀兮蕙有芬，德方远兮声弥树"⑥，《宋孝武宣贵妃诔》中的"移气朔兮变罗纨，白露凝兮岁将阑。庭树惊兮中帷响，金钊暖兮玉座寒"⑦ 等，其中的"兮"字有一顿三挫，让人为之唏嘘之效果。此外，作者还经常使用一些直接表现哀情的词语，如《孝武帝哀策文》中"攀七纬之崩沦，恸三灵之徂尽，百神慕而行云沈，万国哀而素霜霣"⑧ 的"崩沦""徂尽""沈""霣"，《皇太子妃哀策文》中"伤紫里第，痛溢朝闱。霜侵烛昧，风密帷凄。惊葭夕转，龙骖夜嘶"⑨ 的"伤""痛""凄""嘶"等，直接给人以心灵上的冲击，为之动容。

其三，在体制上，更趋于四六格式。谢庄的哀祭文不仅在序中以四六对句为主，而且正文中也以四六对句为主，这比之前哀祭文正文部分多以四言出之进了一大步。如《宋孝武宣贵妃诔》："经建春而右转，循闿阖而径度。旌委郁于飞飞，龙逶迟于步步。锵楚挽于槐风，喝边箫于松雾。涉姑繇而环回，望乐池而顾慕。"⑩ 再如，《孝武帝哀策文》："辞重阳之昭昭，降大夜之冥冥。气贸炎凉，史诏龟筮。文物空严，銮和虚卫。动蜃辂之逶

①　严可均辑：《全宋文》，商务印书馆 1999 年版，第 348 页。

②　同上。

③　黎经诰：《六朝文絜笺注》，上海古籍出版社 1982 年版，第 176 页。

④　同上。

⑤　严可均辑：《全宋文》，商务印书馆 1999 年版，第 347 页。

⑥　同上书，第 349 页。

⑦　同上书，第 347 页。

⑧　同上书，第 348 页。

⑨　同上书，第 349 页。

⑩　严可均辑：《全宋文》，商务印书馆 1999 年版，第 347 页。

迤，顾璧羽之容裔。"① 还如，《黄门侍郎刘琨之诔》："旌徘徊而北系，辀
逶迟而不转。挽掩隧而辛嘶。骥含愁而鸣俯。顾物色之共伤，见车徒之相
泫。"② 等等。皆以四六对偶句式出之，这在此前之诔文中是不多见的。

其四，选词用语较为密丽。刘麟生《中国骈文史》在论及六朝文之
作风有言云："轻倩之作风，在六朝文学中，最为普遍。然亦有专以缛丽
见长者，如《宋孝武宣贵妃诔》是也。"③ 谢庄的哀祭文大都有此特点，
如《宋孝武宣贵妃诔》中"祚灵集祉，庆蔼迎祥。皇胤璇式，帝女金相。
联跗齐颖，接萼均芳。以蕃以牧，烛代辉梁。视朔书氛，观台告祲。八颂
扃和，六祈辍渗。衡总灭容，翚翟毁祎。掩彩瑶光，收华紫禁"④ 的
"灵""祉""蔼""祥""璇""金""颖""芳""颂""祈""衡""翚"
"彩""华"等等。再如《皇太子妃哀策文》中"祥发桐珪，庆昭金筹。
毓景帝里，飞芳戚闬。秘仪施谷，升音集灌。月晷几望，娣袂维良。释帏
春宫，承饰少阳。五叶衍藻，四训抽光。葳蕤蕙振，婉娈琼相"⑤ 的
"祥""庆""景""芳""仪""帏""饰""藻""光""葳蕤""婉娈"
等。无论是写福祉、品德、仪容，还是写金玉、衣饰、车马，都具有绮丽
繁密的特点。

由上特质可见，谢庄的哀祭文已是较为成熟的四六骈文，体现了刘宋
之文的嬗变与发展。于景祥《中国骈文通史》云："谢庄之骈文无论从体
制上还是从风格特征上看，都表现出骈文即将通体完备而至于巅峰状态的
征候。"⑥

整体来看，谢庄之文数量可观，质量以诔文成就较高，骈俪特质明
显，是刘宋之文的代表，深刻地影响了齐梁作家的创作。于景祥《中国
骈文通史》云："谢庄之文在骈文由宋向齐梁转变、演进过程中具有不容
忽视的作用。虽然其文内容较为狭窄，又好堆砌典故，有时伤于繁密。但
总体上看，他善于创新，不落俗套，格调飘逸。尤其突出的是：骈文自他
始入清丽，并于音韵多所发现，为骈体之完备与鼎盛多有贡献。"⑦

---

① 严可均辑：《全宋文》，商务印书馆 1999 年版，第 348 页。
② 同上。
③ 刘麟生：《中国骈文史》，东方出版社 1996 年版，第 26 页。
④ 严可均辑：《全宋文》，商务印书馆 1999 年版，第 347 页。
⑤ 同上书，第 349 页。
⑥ 于景祥：《中国骈文通史》，吉林人民出版社 2002 年版，第 370 页。
⑦ 同上书，第 367 页。

第六章

论刘宋文学之转关

关于刘宋文学，胡应麟谓"古今诗道升降之大限乎"①，吴乔以为"千古文章于此一大变"②，沈德潜称"诗运一转关也"③，诸论家莫不指出其诗运转折之地位。而关于转折之具体内容却各不相同，归纳起来大致有四种：一、性情隐而声色开。沈德潜"性情渐隐，声色渐开"④，陆时雍"体制一变，便觉声色俱开"⑤ 等谓此也。二、文盛而质衰。胡应麟"晋与宋，文盛而质衰"⑥，宋荦"元嘉、永明以后，绮丽是尚，大雅寝衰"⑦ 等如是说。三、诗体发生流变。胡应麟云："五言盛于汉，畅于魏，衰于晋宋，亡于齐梁"⑧，称五言古诗渐趋衰落。牟愿相云："魏晋后，五言变化已极，七言殊寥寥，其绝出者独明远耳。"⑨ 毛先舒云："鲍照《代东门行》，精刻惊挺，真堪动魄。《白纻词》字琢句炼，意致含吐。"⑩ 七言虽寥寥，然鲍照独出。四，诗艺之锤炼愈加精工。严羽"康乐之诗精工"⑪，胡仔"声韵之兴，自谢庄、沈约以来，其变日多"⑫，吴乔"用事

---

① 胡应麟：《诗薮》，上海古籍出版社 1979 年版，第 143 页。

② 吴乔：《围炉诗话》，郭绍虞《清诗话续编》，上海古籍出版社 1983 年版，第 522 页。

③ 沈德潜：《说诗晬语》，丁福保《清诗话》，上海古籍出版社 1978 年版，第 532 页。

④ 同上。

⑤ 陆时雍：《诗镜总论》，丁福保《历代诗话续编》，中华书局 1983 年版，第 1406 页。

⑥ 胡应麟：《诗薮》，上海古籍出版社 1979 年版，第 22 页。

⑦ 宋荦：《漫堂诗说》，丁福保《清诗话》，上海古籍出版社 1978 年版，第 416 页。

⑧ 胡应麟：《诗薮》，上海古籍出版社 1979 年版，第 22 页。

⑨ 牟愿相：《小澥草堂杂论诗》，郭绍虞《清诗话续编》，上海古籍出版社 1983 年版，第 917 页。

⑩ 毛先舒：《诗辩坻》，郭绍虞《清诗话续编》，上海古籍出版社 1983 年版，第 33 页。

⑪ 严羽著，郭绍虞校释：《沧浪诗话校释》，人民文学出版社 1961 年版，第 151 页。

⑫ 胡仔：《苕溪渔隐丛话》，人民文学出版社 1993 年版，第 10 页。

之密，始于颜延之"① 等从炼句、声韵、对偶、用典等方面指出诗艺之精。以上诸角度，较为分散。下文我将以理与情、才与学、雅与俗三组辩证关系，来统摄诸种创作现象，探讨刘宋文学之转关作用。

一　由理向情的复归

我国古代文学有着深厚的抒情传统，诗、骚言志，汉乐府缘事而发，建安文人梗概多气，正始诗歌意旨遥深，太康文人犹尚深情。然至东晋，此抒情传统发生断裂，代之的是"淡乎寡味"的玄言诗，以及"名理奇藻"的境界。"以玄对山水""体玄适性"成为东晋诗人的精神理想与归宿，《世说新语·容止》载，庾亮卒，孙绰为之撰碑文曰："公雅好所托，常在尘垢之外。虽柔心应世，蝼屈其迹，而方寸湛然，固以玄对山水。"②而此时期诗人之创作，亦皆是"玄"，是"理"。王羲之"宗统竟安在，即顺理自泰""寥朗无厓观，寓目理自陈""谁能无此慨，散之在推理"（《兰亭诗二首》），谢安"万殊混一理，安复觉彭觞"（《兰亭诗二首》其二），孙绰"浩浩元化，五运迭送。昏明相错，否泰时用。数钟大过，乾象摧栋。惠怀凌构，神銮不控"（《与庾冰》）等等，均是对宇宙万物的思考，对玄奥之理的探索。

直到东晋后期，陶渊明田园诗的出现，才淡化了这种"理过其辞"的创作方式。陶渊明是"以感写思"，其诗既有哲理，又有诗情。如"采菊东篱下，悠然见南山"（《饮酒》其六），"倾耳无希声，在目皓已洁"（《癸卯岁十二月中作与从弟敬远》），"挥兹一觞，陶然自乐"（《时运》），"栖栖世中事，岁月共相疏"（《和刘柴桑》）等，虽然仍具有哲学观照的广阔视野与深厚意蕴，但却恢复了诗歌所必不可少的抒情性与形象性。

而进一步对玄理进行消解，使诗歌恢复抒情特质的当属谢灵运。谢灵运《山居赋》序云："言心也，黄屋实不殊于汾阳。即事也，山居良有异乎市廛。抱疾就闲，顺从性情，敢率作乐，而以作赋。"③赋中云："伊其韬龊，实爱斯文。援纸握管，会性通神。"自注云："谓少好文章，及山

---

① 吴乔：《围炉诗话》，郭绍虞《清诗话续编》，上海古籍出版社1983年版，第522页。
② 余嘉锡：《世说新语笺疏》，中华书局1983年版，第727页。
③ 顾绍柏：《谢灵运集校注》，中州古籍出版社1987年版，第318页。

栖以来，别缘既阑，寻虑文咏，以尽暇日之适。便可得通神会性，以咏终朝。"① 在赋中，谢灵运要求"顺从性情""而以作赋"，"性情"为"作赋"之内因。又要"援纸握管"以达到"会性通神"或"通神会性"，则通"性情"又为"作赋"之目的。故赋中又云："研书赏理，敷文奏怀"②。"性"一般有本性、本质的意思。而"情"，《礼记·礼运》云："何谓人情？喜、怒、哀、惧、爱、恶、欲，七者弗学而能"③，可见"情"是人真实本质的体现。"性情"说之内涵就有尊重本性、个性与情绪的倾向，不虚伪不隐饰。谢灵运在文学中讲究"性情"，要求文学因"性情"而发，把文学当作个人情绪、本性的体现。

就其创作来说，由于他一生游离在仕宦与栖隐之间，故其诗总是充满着壮志难酬与颓龄易丧的苦闷情感。《永初三年七月十六日之郡初发都》，是谢灵运被贬往永嘉时所作，诗中激荡着理想与现实的矛盾。"辛苦谁为情？游子值颓暮"，交织着对首都的惜别与故乡的思念双重感情。"将穷山海迹，永绝赏心悟"，是诗人思想的一次突围，即决心隐逸。"赏心"指知遇之人刘义真，曾豪言得志之日以谢灵运为宰相，现在不仅宰相梦破灭，就连京师也难以停留，面对如此残酷的现实，他满怀愤懑，无奈只能"将穷山海迹"。《归始宁墅》，是归始宁时所作。"束发怀耿介，逐物遂推迁。违志似如昨，二纪及兹年。缁磷谢清旷，疲薾惭贞坚"是对自己误入仕途的反思，悔不当初。"拙疾相倚薄，还得静者便"是念及自己拙于为官，又患疾病，身心俱疲，想要回归山水间，沉静养性。"山行穷登顿，水涉尽洄沿。岩峭岭稠叠，洲萦渚连绵"是对山间生活的向往，但也暗示出心绪的徘徊与犹豫。谢灵运出永嘉后，虽不足四十，但却病体缠绵，其诗常有颓暮之叹。如，"晚末牵余荣，憩泊瓯海滨"（《北亭与吏民别诗》），"壮龄缓前期，颓年迫暮齿"（《石壁立招提精舍》），"览镜睨颓容，华颜岂久期"（《豫章行》），"寸阴果有逝，尺素竟无观"（《长歌行》）等。

谢灵运之山水诗，末几句往往包蕴着玄味。如，《登池上楼》的"持操岂独古，无闷征在今"，《游赤石进帆海》的"矜名道不足，适已物可

---

① 顾绍柏：《谢灵运集校注》，中州古籍出版社 1987 年版，第 333 页。
② 同上书，第 331 页。
③ 郑玄注：《汉魏古注十三经·礼记》，中华书局 1998 年版，第 82 页。

忽"，《登永嘉绿嶂山》的"颐阿竟何端，寂寂寄抱一"等，这多为论者所诟病。然结合其仕与隐的思想矛盾，及其壮志难申、颓年易丧的人生苦闷，便可发现这些玄言实际上都是借玄理来抒发其摆脱仕宦困扰、超脱现实的旨趣。如"持操"一例，是对《周易·乾卦》中"龙德而隐者也，不易乎世，不成乎名，遁世无闷"的化用，谓有龙德而隐者，不为世俗而易志，避世而无烦恼。诗人想要借此说明，自己亦能保持高尚的节操，而"遁世无闷"，这其实反映了他在仕途失意后的无奈、超脱。"颐阿"一例亦如是，来到绿嶂山后，自然山水洗涤着其内心的躁动，其心旷神怡，宠辱皆忘，抱朴而守一，不为失意所伤，不为外物所累，超越于世俗。故从此意义上说，谢诗并非总是拖着一条"玄言的尾巴"，而是在相当程度上，理与景、情在诗人强烈的生命意识的流贯中实现了交融与统一。

陈桥生云："长时间以来，由于我们对谢灵运诗中流贯的情感脉络缺乏深入的认识，并对东晋玄言诗的体认多侧重于消极的部分，因而不少论者对其山水诗中的玄理部分，视作'残留'，斥之惹人生厌，且认为其诗中的情与景是游离状态的，谢灵运的贡献主要在对山水的客观刻画而已……其实，如果我们能以诗人之情去关照其诗中之理与景，我们是不难体味到其不少诗作中三者交融的意境之美的。"① 谢灵运是带着自身的苦闷与无奈来赏景、悟理的，情是主导，是中心，这不仅消解了玄言诗的古奥、枯燥感，还令山水题材独立出来，别成一科。

除了谢灵运外，颜延之、王微等人亦倡文学之情感本质。颜延之《庭诰》云："逮李陵众作，总杂不类，元是假托，非尽陵制。至其善写，有足悲者。"② 其虽认为历史上托名李陵之作为伪作，但对其中表达出的"悲"表示赞赏，显然认同文学的悲美特质。

王微之重情主张较为明确，其《与从弟僧绰书》云："文词不怨思抑扬，则流澹无味。文好古，贵能连类可悲，一往视之，如似多意。"③ 他要求文学作品要有"味"，而"味"如何体现？需要文辞的"怨思抑扬"，也就是文学作品要有足够的抒情内涵。王微对文学情感表达的要

---

① 陈桥生：《刘宋诗歌研究》，中华书局 2007 年版，第 115 页。
② 严可均辑：《全宋文》，商务印书馆 1999 年版，第 359 页。
③ 同上书，第 175 页。

求，带有汉末建安时期以悲为美的特征，故袁淑有"诉屈"之评。从王微现存的文章看，情感特质甚为明显。如《与从弟僧绰书》云："日日望弟来，属病终不起。何意向与江书，粗布胸心，无人可写，比面乃具与弟。书便觉成，本以当半日相见，吾既恶劳，不得多语，枢机幸非所长，相见亦不胜读此书也。"①《以书告弟僧谦灵》曰："自尔日就月将，著名邦党，方隆夙志，嗣美前贤，何图一旦冥然长往，酷痛烦冤，心如焚裂。""阿谦！何图至此！谁复视我，谁复忧我！他日宝者三光，割嗜好以祈年，今也唯速化耳。""今已成服，吾临灵，取常共饮杯，酌自酿酒，宁有仿像不？冤痛！冤痛！"② 等等。

刘宋后期，作品抒情特质明显的当属鲍照。如果说谢灵运是刘宋文学走出理窟的解救者，那么鲍照便是清洗者。他将羁旅愁思、宦游感慨、离情别意等注入其中，进一步涤荡了大谢诗中的玄味。这种变化主要与作者的身份及经历有关。谈玄者，多为贵游子弟。鲍照出身寒微，不再具备像谢灵运那样的玄学功底。但其独特的个性气质及其宦游经历却为刘宋诗歌注入了新的情感因子及新鲜活力。《发后渚》，作于元嘉十七年（440）冬，临川王刘义庆调任南兖州刺史，鲍照虽在其还京都，离京赴任时作此诗。首六句"江上气早寒，仲秋始霜雪。从军乏衣粮，方冬与家别。萧条背乡心，凄怆清渚发"将寒冬萧条衰飒的情景与离家旅宦的愁绪有机地融为了一体，二者互相生发，令冬景更惨，愁思更深。"凉埃晦平皋，飞潮隐修樾。孤光独徘徊，空烟视升灭"四句，虽重在写冬景，但悲愁之情充塞其中。一组组凄凉萧索的意象，无不浸透着诗人的离乡悲情。"途随前峰远，意逐后云结。华志分驰年，韶颜惨惊节"四句，直抒胸中的悲愤。与前两层相较，诗人的感情由浅入深，由离乡之愁转为无为之愤，深慨年华之壮志空散于奔走驰逐之间，青春之容颜惨伤于时令之变迁。胸中汹涌着的愤慨之气难以遏制，如火山一般喷发而出。最后"推琴三起叹，声为君断绝"二句，进一步渲染了愤懑的不可自已与久久回荡。《吴兴黄浦亭庾中郎别》，是一首赠别之作。首四句"风起洲渚寒，云上日无辉。连山眇烟雾，长波迥难依"发端劲健，以风、云、山、水的气象渲染之，营造出低沉暗淡的氛围，表现出与挚友的难舍难离之情。

① 严可均辑：《全宋文》，商务印书馆1999年版，第176页。
② 同上书，第178页。

"奔景易有穷，离袖安可挥。欢觞为悲酌，歌服成泣衣"写兴尽悲来，长歌当哭。最后二句"昧心附远翰，炯言藏佩韦"甚为深隐，自己的内心，直言不讳地披陈了，挚友的劝告，也心悦诚服地接纳了，二人之情谊，如此真诚而切实。《登大雷岸与妹书》，作于元嘉十六年。时临川王刘义庆自江州移镇南兖州，鲍照随行，经大雷岸作此文。"途登千里，日逾十晨，严霜惨节，悲风断肌，去亲为客，如何如何"，"夕景欲沈，晓雾将合，孤鹤寒啸，游鸿远吟，樵苏一叹，舟子再泣。诚足悲忧。不可说也"是由景触情，秋风之萧瑟、孤鹤之鸣噪无不触动着游子的心，悲怆、孤寂、思乡之情油然而生。"寒暑难适，汝专自慎，夙夜戒护，勿我为念"以直叙的手法表现了对其妹的牵挂与惦念，将浓厚的亲情融化在日常寒暖的关心之中。如此来看，鲍照与谢灵运相同的是，善于以景来衬情，以情来带景，情景交融；与谢灵运不同的是，在表达方式上变曲于言情为直于言情，变隐晦寄托为直抒胸臆。同时，由于门第及境遇的不同，其诗充溢着磊落不平之气，故在传达情感的程度要上更深、更切、更浓，更具有穿透力与感染力。

之后齐梁文学基本上是沿着谢灵运、鲍照所复归的抒情特质进行发展的。如江孝嗣的《北戍琅邪》，首二句"驱马一连翩，日下情不息"，写诗人被爱国热情所激励，奔赴前线。"芳树似佳人，惆怅余何极。薄暮苦羁愁，终朝伤旅食"写羁旅之苦、思亲之切，与上文爱国情感相交织，多层次地表现了诗人复杂矛盾的心理。"丈夫许人世，安得顾心臆"写在家国之间，选择抛弃儿女亲情而以国为重。最后"按剑勿复言，谁能耕与织"两句，再次强调追求远大抱负的坚定信念，感情境界实现了升华。再如沈约的《别范安成》，是写给范岫的赠别之作。首二句"生平少年日，分手易前期"，是回忆往昔少年的别离，与现在形成对比。"及尔同衰暮，非复别离时"，包含着多重感情，有故人重逢的喜悦之情，有少年相别而迟暮相逢的感慨，有不堪再别却又不得不再别的无奈之感等，低回婉转。"勿言一樽酒，明日难重持"，是饯宴上的殷勤相劝，是对衰暮之别的感慨。最后"梦中不识路，何以慰相思"，引用了关于别情的典故，有延续情感之作用。王融《上疏乞自效》："臣每览史传，见忧国忘家，捐生报德者，未尝不抚卷叹息，以为古今共情也。"① 表现自己的忧国忧

---

① 严可均辑：《全上古三代秦汉三国六朝文》，中华书局 1958 年版，第 2857 页。

民之情及捐生报德之志。《下狱答辞》："百日旷期，始蒙旬日，一介罪身，独婴宪劾。若事实有征，爰对有在，九死之日，无恨泉壤。"① 表现蒙受冤屈的气愤之情，颇具气势与力量。郭预衡先生评此云："这也是'壮气不没'的文字。"② 谢朓《拜中军记室辞随王笺》："不悟沧溟未运，波臣自荡，渤澥方春，旅翮先谢，清切藩房，寂寥旧荜，轻舟反溯，吊影独留，白云在天，龙门不见。去德滋永，思德滋深。惟待青江可望，候归舻于春渚；朱邸方开，效蓬心于秋实。如其簪履或存，衽席无改。虽复身填沟壑，犹望妻子知归。揽涕告辞，悲来横集，不任犬马之诚。"③ 写与随王辞别的恋恋之情，虽有文学侍从的词章特点，但亦真切感人。郭预衡先生谓其："发于真情"④。等等。均是对文学抒情本质的回归。

可见，刘宋文学完成了对东晋文学玄理的消解与清洗。先是谢灵运以其灵思妙悟与天才的创作，将满腔的人生愤懑与矛盾苦闷，洒遍永嘉、会稽的奇山险水，通过对山水景物的精雕刻画，将诗歌的玄言转化为其内心真实的反映，将玄妙的理语变为形象的情语，令诗歌走出理窟，回归抒情的本质。接着鲍照又将羁旅愁思、宦游苦楚等融入诗中，进一步清洗了谢灵运诗中尚存的玄味，以清丽自然的语言及直抒胸臆的方式表达人生的感慨。并且，他们的努力及创作引导了之后齐梁作家的创作，使得文学继续沿着抒情的方向演进、发展。

二　由才向学的转变

晋宋以前，特别是建安时期，诗人以才为诗。如，三曹、七子雅好慷慨，直抒胸中块垒，不甚讲究形式上的锤炼与雕刻。然至刘宋时，文人好文义、尚经史，以学为诗。具体来说，主要表现在以下几个方面。

其一，用事繁密。陈桥生对《文选》所录刘宋诗歌，李善标注的用事数量进行统计，发现其平均用事高达55%，其中颜延之用事比例最高，为61.5%；鲍照次之，为60%；谢灵运为49.6%。⑤ 根据如上数据，刘

① 严可均辑：《全上古三代秦汉三国六朝文》，中华书局1958年版，第2859页。
② 郭预衡：《中国散文史》，上海古籍出版社2000年版，第481页。
③ 严可均辑：《全上古三代秦汉三国六朝文》，中华书局1958年版，第2921页。
④ 郭预衡：《中国散文史》，上海古籍出版社2000年版，第482页。
⑤ 陈桥生《刘宋诗歌研究》，中华书局2007年版，第159页。

宋诗歌平均每两句中就含有一个典故，而个别用事较多的可能为一句含两典或数典。如谢灵运《石壁精舍还湖中作》中"虑澹物自轻"一句，"虑澹"出于《淮南子》："澹然无虑"，"自轻"出于《荀子》："内省则外物轻矣。""寄言摄生客"一句，"寄言"出自《楚辞》："原寄言于三岛"，摄生出自《老子》："善摄生者不然"。再如鲍照《河清颂》："素狐玄玉，聿章符命；朴牛大螾，爰定祥历。鱼鸟动色，禾雉兴让。"一共6句，却用了8个典故。"素狐"用大禹遇白狐之典。"玄玉"用大禹治水有功，遂佩戴玄玉之典。"朴牛"用商汤有德行，其时出现祥瑞大牛之典。"大螾"用黄帝之时，天先见大螾之典。"鱼"用周武王渡河，遇白鱼跃入王舟之典。"鸟"用周武王将兴兵，有大赤鸟衔谷种之典。"禾"用唐叔得禾，献于周武王之典。"雉"用越裳以白雉献周公之典。仅仅24字，却列举了上古时代的8种符应，以引出元嘉二十四年出现的"河济俱清"的称颂，用典之繁可见一斑。刘宋时期，颜延之用事最繁，锺嵘评其诗云："喜用古事"[1]，"动无虚散，一句一字，皆致意焉"[2]。如《和谢监灵运》，"窘步惧先迷"一句，"窘步"出自《楚辞》："夫唯捷径以窘步"，"先迷"出自《周易》："先迷失道，后顺得常"。"去国还故里"一句，"去国"出自《庄子》："越之流人，去国旬月"，"故里"出自《古诗十九首》："思还故里闾"。等等。何诗海先生曾对颜延之文进行统计，《三月三日曲水诗序》总句数142句，用典有102处；《阳给事诔》总句数151句，用典有60处；《陶征士诔》总句数195句，用典有104处；《宋文元皇后哀策文》总句数103句，用典52处；《祭屈原文》33句，用典数22处。[3] 比例甚高。大量典故的运用有利于高度概括文意，丰赡文辞，传达情感。然亦有一定的弊病，方东树评颜延之《赠王太常》云："此诗完密凝厚，可以为赠诗之式，然不免方板，所谓'经营地上'语，全是反响，虽亦兼有陶、谢风格，终是皮厚，末流不可处。"[4] 后人读刘宋之诗文常感觉晦涩而无味，难以穿过"皮厚"而解其义，就是因为"其所长在此，病亦在此"。

其二，对仗精工。刘宋骈俪之风盛行，诗人们无不刻意求工，体尽俳

---

①　陈延杰：《诗品注》，人民文学出版社1980年版，第43页。

②　同上。

③　何诗海：《齐梁文人隶事的文化考察》，《文学遗产》2005年第4期。

④　方东树著，汪绍楹校点：《昭昧詹言》，人民文学出版社1961年版，第161页。

偶。颜延之，"后世对偶之祖也"①。谢灵运，其诗"精工"②。其他谢惠
连、谢庄、鲍照、孝武帝刘骏等人的诗文基本上也是每句必对。如谢惠连
的《甘赋》："嘉寒园之丽木，美独有此贞芳。质葳蕤而怀风，性耿介而
凌霜。拟夕霞以表色，指朝景以齐圆。伴萍实乎江介，超玉英于昆山。倾
子节兮相之区，承君玩兮堂之隅。濯雨兮冒霜，长无绝兮芬敷。"③ 再如
刘骏的《游覆舟山》："束发好怡衍，弱冠颇流薄。素想终勿倾，聿来果
丘壑。层峰亘天维，旷渚绵地络。逢皋列神苑，遭坛树仙阁。松磴含青
晖，荷源煜彤烁。川界泳游鳞，岩庭响鸣鹤。"④ 诸如此类全篇皆对的例
子还很多，不一一列举。对句作为刘宋作家所普遍追求的创作技巧，毋庸
置疑。然有不少偶句，是为对偶而对偶的，上下句表达的是同一含义。如
汤惠休《怨诗行》："暮兰不待岁，离华能几芳"，谢灵运《入彭蠡湖
口》："千念集日夜，万感盈朝期"，颜延之《宋文皇帝元皇后哀策文》：
"伦昭俪升，有物有凭。圆精初铄，方祇始凝。昭哉世族，祥发庆膺。秘
仪景胄，图光玉绳。昌晖在阴，柔明将进。率礼蹈和，称诗纳顺"⑤ 等，
这从侧面表现了刘宋作家对于形式美的刻意追求。遍照金刚《文镜秘府
论·论文意》云："作诗不对，本是吼文，不名为诗。"⑥ 对偶的精工，为
律诗的发展提供了必要的条件。而赋与文在句式上的整齐、均衡、对称，
亦促进了骈体的发展与进步，这亦是刘宋在诗文过程中的重要转关作用。

　　其三，讲究声律。刘宋文人已经注意到诗歌的声律问题了。锺嵘
《诗品》："齐有王元长（王融）者，尝谓余云：'宫商与二仪俱生，自古
词人不知之，惟颜宪子（颜延之）乃云律吕音调，而其实大谬。唯见范
晔、谢庄，颇识之尔耳。尝欲造《知音论》，未就而卒。'"⑦ 范晔《狱中
与诸甥侄书》："性别宫商，识清浊，斯自然也。观古今文人，多不全了
此处，纵有会此者，不必从根本中来。言之皆有实证，非为空谈。年少
中，谢庄最有其分，手笔差易，文不拘韵故也。"⑧ 谢庄、范晔等人颇识

① 吴乔：《围炉诗话》，郭绍虞《清诗话续编》，上海古籍出版社 1983 年版，第 522 页。
② 严羽著，郭绍虞校释：《沧浪诗话校释》，人民文学出版社 1961 年版，第 151 页。
③ 严可均辑：《全宋文》，商务印书馆 1999 年版，第 375 页。
④ 逯钦立辑：《先秦汉魏晋南北朝诗》，中华书局 1988 年版，第 1220 页。
⑤ 严可均辑：《全上古三代秦汉三国六朝文》，中华书局 1958 年版，第 2623 页。
⑥ 遍照金刚：《文镜秘府论》，人民文学出版社 1975 年版，第 140 页。
⑦ 陈延杰：《诗品注》，人民文学出版社 1980 年版，第 5 页。
⑧ 严可均辑：《全宋文》，商务印书馆 1999 年版，第 142 页。

音律。就谢庄所存之诗来看，其合律程度甚高。徐明英对谢庄五言诗 12 首 120 句进行了调查，发现"各种律句共 69 句，占总数 120 句的 57.5%"①。可见，谢庄的五言诗中律句已占半数以上。这里对其《北宅秘园》进行分析：

> 夕天霁晚气，轻霞澄暮阴。微风清幽幌，馀日照青林。收光渐窗歇，穷园自荒深。绿池翻素景，秋槐响寒音。伊人悦同爱，弦酒共栖寻。
>
> 仄平仄仄仄，平平平仄平。平平平仄仄，平仄仄平平。平平仄平仄，平平仄平平。仄平平仄仄，平仄仄平平。平平仄平仄，平仄仄平平。

全诗一共 10 句，严格律句："平仄仄平平"式的有 2 句，"仄平平仄仄"式的有 1 句；特殊律句："平平平仄平"式的有 1 句，"平平仄平仄"式的有 1 句。合律程度为 50%，这无疑是"永明体"的先声。

其四，音韵和谐。关于元嘉诗歌的用韵情况，白崇对《文选》《玉台新咏》中所收元嘉时期的 116 首五言诗进行调查，发现"押平声韵的诗歌有 63 首，押仄声韵的有 37 首"②。押平声韵的诗歌占所调查诗歌总量的一半以上。白崇调查，元嘉五言诗"通篇基本押某韵，但又有个别韵脚押其它韵部中的字"③。的确，元嘉五言诗以押通韵为主，如谢灵运的《田南树园激流植援》通押东韵，《于南山往北山经湖中瞻眺》通押冬韵，颜延之《五君咏》（嵇中散）通押真韵，鲍照《代结客少年场行》通押尤韵，等等。但也出现了中间换韵的，如鲍照《发后渚》，偶句的末尾字分别为"雪""别""发""樾""灭""结""节""绝"，其中前两个字押屑韵，第三个、四个字押月韵，后四个字又押屑韵。

刘宋诗人对于声律、音韵的探索与发现，意味着"古之终而律之始也"，这是刘宋文学的又一转关意义。

其五，辞彩华美。刘宋作家讲究文采，注重藻饰，不仅着力地炼字、

---

① 徐明英：《谢庄诗歌律化初探》，《长春师范学院学报》2004 年第 1 期。
② 白崇：《元嘉文学研究》，博士学位论文，浙江大学，2006 年。
③ 同上。

炼意，还多使用色彩雅丽、华美精巧的词汇。如谢惠连《雪赋》："其为状也，散漫交错，氛氲萧索。蔼蔼浮浮，瀌瀌弈弈，联翩飞洒，徘徊委积。始缘甍而冒栋，终开帘而入隙。初便娟于墀庑，末萦盈于帷席。既因方而为圭，亦遇圆而成璧。昕隰则万顷同缟，瞻山则千岩俱白。于是台如重璧，逵似连璐。庭列瑶阶，林挺琼树。皓鹤夺鲜，白鹇失素。纨袖惭冶，玉颜掩嫭。"① 对于光、声、色的把握甚为细致，对于形状、情态、动势的描摹惟妙惟肖。叠音词如"蔼蔼浮浮""瀌瀌弈弈"，双声词如"氛氲""玉颜"，叠韵词如"联翩""徘徊"等亦是精妙和谐，惹人怜爱。再如颜延之的《天马状》："降灵骥子，九方是选。白驳朱文，绿蛇紫燕。水轶惊凫，陆越飞箭。遇山为风，值云成电。"② 每句四字，字字皆工。白、朱、绿、紫状其颜色，凫、箭、风、电来显其速度，甚为巧致。等等。

刘宋文学这种注重形式美与韵律美的创作方式，亦影响了齐梁作家的创作。先看用典方面。何诗海就《文选》所录之文进行统计，王俭《褚渊碑文》总句数 350 句，用典 276 处；谢朓《齐敬皇后哀策文》总句数 101 句，用典 80 处；沈约《齐故安陆昭王碑文》总句数 476 句，用典 382 处；任昉《刘先生夫人墓志》总句数 24 句，用典 20 处；陆倕《剑阁铭》总句数 46 句，用典 38 处。③ 经计算，齐梁作家的用典率已高达 80%。以谢朓《拜中军记室辞随王笺》为例，文曰："朓闻潢污之水，愿朝宗而每竭；驽蹇之乘，希沃若而中疲。何则？皋壤摇落，对之惆怅；歧路西东，或以呜唈。况乃服义徒拥，归志莫从。邈若坠雨，翻似秋蒂。"据李善注，其引用了《尚书》《左传》、班固《王命论》《楚辞》《庄子》《淮南子》《孟子》、曹植《应诏诗》、潘岳《七哀诗》、郭璞《游仙诗》④ 等经史子集著作，而后又进行熔铸加工，可谓是无一句无来历。

他们亦讲究对仗的整齐与声律的和谐。如谢朓的《离夜》："玉绳隐高树，斜汉耿层台。离堂华烛尽，别幌清琴哀。翻潮尚知恨，客思眇难裁。山川不可尽，况乃故人杯。"⑤ 除了最后两句不成对外，前六句"玉

---

① 严可均辑：《全上古三代秦汉三国六朝文》，中华书局 1958 年版，第 2633 页。
② 同上书，第 2639 页。
③ 何诗海：《齐梁文人隶事的文化考察》，《文学遗产》2005 年第 4 期。
④ 萧统编，李善注：《文选》，中华书局 1977 年版，第 569 页。
⑤ 逯钦立辑：《先秦汉魏晋南北朝诗》，中华书局 1988 年版，第 1448 页。

绳"与"斜汉""离堂"与"别幌"等对仗较为工稳。颔联"平平平仄仄,仄仄平平平",尾联"平平仄仄平,仄仄仄平平",按照二四六分明的声律要求,是十分合律的。音韵上,全诗通押灰韵。再如范云的《送沈记室夜别》:"桂水澄夜氛,楚山清晓云。秋风两乡怨,秋月千里分。寒枝宁共采,霜猿行独闻。扪萝忽遗我,折桂方思君。"① 八句两两对仗,除第四句平仄不调,四五句失粘,五六句失对外,几乎与唐代的律诗没有差别。

在辞彩的藻绘方面,齐梁作家亦是有过之而无不及。如陶弘景的《答谢中书》:"山川之美,古来共谈。高峰入云,清流见底,两岸石壁,五色交晖,青林翠竹,四时俱备,晓雾将歇,猿鸟乱鸣,夕日欲颓,沈鳞竞跃,实是欲界之仙都。"② 无论是写高山绿水、青林翠竹,还是写晓雾夕日、猿鸟沈鳞都能极尽静态与动态之美。再如丘迟的《与陈伯之书》:"暮春三月,江南草长,杂花生树,群莺乱飞。见故国之旗鼓,感平生于畴日,抚弦登陴,岂不怆悢,所以廉公之思赵将,吴子之泣西河,人之情也。"③ 作者在写景上,注重炼字,在抒情上,注重炼意,甚为工致。

刘勰《文心雕龙》:"才自内发,学以外成;有学饱而才馁,有才富而学贫。学贫者,迍邅于事义;才馁者,劬劳于辞情:此内外之殊分也。"④ 刘宋诗人变晋宋以前的内发之才而为外成之学,淡化了古韵,而强调了技艺,引导诗文向着更绮密、精工、雅致的方向发展。

三　由雅向俗的变革

王夫之:《古诗评选》云:"元嘉之末,雅俗沿革之际。"⑤ 孝武帝孝建三年(456),颜延之去世,这标志着典正雅重的元嘉诗风时代的结束。虽然这种诗风仍在延续,且有着不小的影响⑥,但此时"鲍休美文,殊已

---

① 逯钦立辑:《先秦汉魏晋南北朝诗》,中华书局 1988 年版,第 1549 页。
② 严可均辑:《全上古三代秦汉三国六朝文》,中华书局 1958 年版,第 3216 页。
③ 同上书,第 3284 页。
④ 詹锳:《文心雕龙义证》,上海古籍出版社 1989 年版,第 1419 页。
⑤ 王夫之:《古诗评选》,王夫之《船山全书》,第 14 册,岳麓书社 1988 年版,第 532 页。
⑥ 大明、泰始间,出现了一个祖袭颜延之的文学集团。锺嵘《诗品下》:"檀、谢七君,并祖袭颜延,欣欣不倦,得士大夫之雅致乎!"

动俗"①。两种诗风互相冲击、激荡，并渐渐地向鲍休"俗体"一派倾斜了。而这种"俗体"，主要是指乐府民歌与乐府古诗。

南朝乐府民歌是在晋室南渡后经济富庶、城市繁荣，王公贵人们纵情声色的风尚下形成的，其内容大多为情歌。刘宋诗人创作乐府民歌者甚多，逯钦立先生《先秦汉魏晋南北朝诗》辑录的有臧质的《石城乐》、临川王刘义庆的《乌夜啼》、随王刘诞的《襄阳乐》、南平穆王的《寿阳乐》、沈攸之的《西乌夜飞》等。这些民歌主要表现男女的相恋相思，歌辞多淫哇俚俗，风格绮靡轻艳。如臧质《石城乐》："生长石城下，开窗对城楼。城中诸少年，出入见依投。"②刘义庆《乌夜啼》："辞家远行去，侬欢独离居。此日无啼音，裂帛作还书。"③刘诞《襄阳乐》："朝发襄阳城，暮至大堤宿。大堤诸女儿，花艳惊郎目。"④鲍照《采菱歌》："暌阔逢暄新，凄怨值妍华。愁心不可荡，春思乱如麻。"⑤等等。这些乐府民歌中，女子的相慕相思以及男子的负心薄情，在某种程度上满足了王公贵人们对声色的玩赏心理，从而为其所接纳。也正是对女子痴心与痛苦的玩赏心态，使得乐府民歌真正地影响并开启了宫体诗的时代。

除了乐府民歌，拟乐府、拟古诗亦是刘宋诗人主要的创作体裁。逯钦立先生《先秦汉魏晋南北朝诗》辑录的拟古诗、乐府诗有谢灵运的《拟邺中集》《善哉行》等十八首，谢惠连的《拟客从远方来》《秋胡行》等十三首，汤惠休的《江南思》《杨华曲》等十一首，鲍照的《拟行路难》《拟古》等三十七首，南平王刘铄的《拟行行重行行》《拟明月何皎皎》等。关于拟作，论者多有贬责，以其"不真""与自我生命无关""阻遏破坏了文人的创作力、想象力、发展力"⑥等，然事实恐非如此。拟作，拟原作之体式文辞，但并非代原作者立意，其更多的是对自我境遇的表现与咏叹，故拟作其实是二次创作。

在刘宋所存的拟古、拟乐府诗中，以鲍照的创作数量最丰。锺嵘《诗品》："嗟其才秀人微，故取湮当代。然贵尚巧似，不避危仄，颇伤清

①　陈延杰：《诗品注》，人民文学出版社 1980 年版，第 68 页。

②　逯钦立辑：《先秦汉魏晋南北朝诗》，中华书局 1988 年版，第 1346 页。

③　同上书，第 1347 页。

④　同上书，第 1348 页。

⑤　钱仲联：《鲍参军集注》，上海古籍出版社 2005 年版，第 208 页。

⑥　梅家玲：《汉魏六朝文学新论》，北京大学出版社 2004 年版，第 8 页。

雅之调。故言险俗者，多以附照。"① 指出其乐府诗"不避危仄""伤清雅之调"，具有"险俗"之特质。那么鲍照的乐府诗如何体现出由雅转俗呢？主要表现在以下三个方面。

其一，反映了顺时委俗的消极思想。鲍照的一生是在宦游羁旅中度过的，面对生活的刁难与不公，他常常报以顺时委俗的态度。如《拟行路难》其十八："诸君莫叹贫，富贵不由人。丈夫四十强而仕，余当二十弱冠辰。莫言草木委冬雪，会应苏息遇阳春。对酒叙长篇，穷途运命委皇天。但愿樽中酒酝满，莫惜床头百个钱。直须优游卒一岁，何劳辛苦事百年。"② 他热切地想要谋取功名富贵，但当受到现实的沉痛打击后，便"穷途运命委皇天"，作无可奈何之悲叹。他对于人生意义的探索远不及阮籍、陶渊明、谢灵运等那样深刻。自建安至晋宋，对人生理想的重视、对人之生命的关怀、对人生短促的嗟叹等，是文人士子诗歌中的普遍主题，亦是整个时代的典型音调。但对于同样的主题、同样的音调，在陶渊明、谢灵运的笔下，往往能以哲学的观照而使自己所感受到的悲哀与苦痛得以消释、解脱，这是一种高雅式的人生态度。而鲍照的哀痛主要来源于欲求功名而求不得的矛盾徘徊，不仅难以用哲学思想来消融，而且在情感的激荡中使得悲痛愈演愈烈，最后只能以一种顺应天命、自欺欺人的方法来消解。

其二，表现了征夫、思妇、弃妇等下层人士的感情生活。锺嵘谓鲍诗"险俗"，主要是站在正统儒家的立场上，以其思想感情不合雅正而评价的。而这"俗"，很大程度上与鲍照所表现的是征人、思妇、弃妇等下层士人的生活、思想、感情，或是假托这些人的哀思愁怨来喻指自己仕途上的失意有关。如《拟古》其七："河畔草未黄，胡雁已矫翼。秋蛩挟户吟，寒妇成夜织。去岁征人还，流传旧相识。闻君上陇时，东望久叹息。宿昔改衣带，旦暮异容色。念此忧如何，夜长忧向多。明镜尘匣中，宝瑟生网罗。"③ 先写秋风起、寒气至的悲凉环境，然后具体写思妇的内心活动，她彻夜耕织，想着征夫站立边陇上，伫立东望的情景，接着写思妇因哀愁太深而日渐消殒，最后以明镜生尘、宝瑟起罗再次渲染其相思之深。

---

① 陈延杰：《诗品注》，人民文学出版社 1961 年版，第 47 页。
② 钱仲联：《鲍参军集注》，上海古籍出版社 2005 年版，第 243 页。
③ 同上书，第 345 页。

再如《代北风凉行》："北风凉，雨雪雰，京洛女儿多妍妆。遥艳帷中自
悲伤，沉吟不语若有忘。问君何行何当归？苦使妾坐自伤悲。虑年至，虑
颜衰，情易复，恨难追。"[1] 思妇苦等而征人难归，内容的俗化倾向是极
其明显的。与谢灵运的士大夫情趣及其颜延之的游宴之乐不同，鲍照表现
的是社会底层人士的思想与生活，更具有世俗的烟火气与油烟味。

其三，形制上大量采用杂言、七言体。关于七言体的来源，有不同说
法，有的认为是从楚骚体演变而来的[2]，有的认为来源于秦汉的民歌、谣
谚[3]。笔者更倾向于后种说法，即认为七言本就是"俗体"。鲍照现存杂
言、七言乐府有三十首，包括《拟行路难》《代鸣雁行》《代白头吟》
《代雉朝飞》等。《拟行路难》组诗较为突出，多采用七言为主的杂言体。
如，其四："泻水置平地，各自东西南北流。人生亦有命，安能行叹复坐
愁。酌酒以自宽，举杯断绝歌路难。心非木石岂无感，吞声踯躅不敢
言。"[4] 是五言与七言的交替组合式，五言短而促，七言长而缓，彼此配
合，形成了抑扬顿挫的节奏。同时也可看出，七言在诗中起着主旋律的作
用，凡是用七言式的地方，均是作者感情激烈高昂的地方。可见，正是鲍
照对七言的灵活驾驭，才使诗歌从五言的"清雅之调"中解放出来，走
向七言的灵动、奔放。

其实，除了鲍照，汤惠休、谢庄等的诗歌都在内容、构思、体制、语
言、情感上亦走向俗化并产生了重要的影响。如汤惠休，锺嵘《诗品》
就有"惠休淫靡，情过其才"[5] 之评。其《怨诗行》："明月照高楼，含
君千里光。巷中情思满，断绝孤妾肠。悲风荡帷帐，瑶翠坐自伤。妾心依
天末，思与浮云长。啸歌视秋草，幽叶岂再扬。暮兰不待岁，离华能几
芳。愿作张女引，流悲绕君堂。君堂严且秘，绝调徒飞扬。"[6] 是一首常
为人所提及的艳情诗，描绘了一位少妇在清秋月夜中思念郎君的情景。作
者采用了一系列的意象悲风、浮云、秋草、幽叶、暮兰、离华集中地表现
其愁，接着又连用了一连串的动词如含、满、断绝、荡、依、长将其思愁

---

① 钱仲联：《鲍参军集注》，上海古籍出版社 2005 年版，第 250 页。
② 刘勰、胡应麟、逯钦立等持此说。
③ 罗根泽先生《七言诗之起源及其成熟》，余冠英先生《汉魏六朝诗论丛·七言诗起源新
变论》等。
④ 钱仲联：《鲍参军集注》，上海古籍出版社 2005 年版，第 229 页。
⑤ 陈延杰：《诗品注》，人民文学出版社 1961 年版，第 66 页。
⑥ 逯钦立辑：《先秦汉魏晋南北朝诗》，中华书局 1988 年版，第 1243 页。

与悲怅无限制地延长，甚为绮艳。钟惺评此云："妍而深，幽而动，艳情三昧"①。等等。

就文来说，袁淑的俳谐文较能表现出刘宋文学向俗的转变。如《鸡九锡文》《劝进笺》《驴山公九锡文》《大兰王九锡文》《常山王九命文》分别对鸡、鸿、鸹、驴、猪等动物进行加官晋爵，赋予其以人的特质，行文诙谐幽默，语言嬉笑戏谑，无论是在立意还是在言辞上均无庄重可言。可见，刘宋后期典雅之文亦已渐趋没落，代之而起的是轻薄俗文。

而刘宋诗文的俗化特点，亦深刻地影响了齐梁作家的创作。永明前期作品在主题与手法上，明显地受到了"休鲍之风"的影响，风格以缠绵悱恻为主。如谢朓的《咏邯郸故才人嫁为厮养卒妇》："生平宫阁里，出入侍丹墀。开箧方罗縠，窥镜比蛾眉。初别意未解，去久日生悲。憔悴不自识，娇羞馀故姿。梦中忽仿佛，犹言承宴私。"② 再如虞炎的《玉阶怨》："紫藤拂花树，黄鸟度青枝。思君一叹息，苦泪应言垂。"③ 萧衍的《拟照月照高楼》："圆魄当虚闼，清光流思延。延思照孤影，凄怨还自怜。台镜早生尘，匣琴又无弦。悲慕屡伤节，离忧亟华年。君如东扶景，妾似西柳烟。相去既路迥，明晦亦殊悬。愿为铜铁辔，以感长乐前。"④ 沈约的《拟青青河畔草诗》："漠漠床上尘，心中忆故人。故人不可忆，中夜长叹息。叹息想容仪，不言长别离。别离稍已久，空床寄杯酒。"⑤ 等等。这些作品虽以闺怨、思愁为主，但作家们在抒情的同时，还注重诗境的营造，创作态度还相对严肃。其文辞虽然华美，情感虽然伤怨，但并不淫靡，也没有色情的意味。

但是到永明后期，诗歌出现了新的变化。作家不仅在风格上发展了刘宋艳诗之"艳"，还在主题上发展了刘宋艳诗之"俗"，甚至开始描写女色淫乐，逐渐向宫体文学靠拢。如谢朓的《夜听妓诗》二首，其一后半云："情多舞态迟，意倾歌弄缓。知君密见亲，寸心传玉碗。"⑥ 其对舞态缓歌之"情多""意倾"的描写，是为了表白"密见亲"的"寸心"。其

---

① 钟惺、谭元春：《古诗归》，永瑢等《四库全书存目丛书》第 338 册，齐鲁书社 1997 年版，第 20 页。
② 逯钦立辑：《先秦汉魏晋南北朝诗》，中华书局 1988 年版，第 1417 页。
③ 同上书，第 1459 页。
④ 同上书，第 1515 页。
⑤ 同上书，第 1618 页。
⑥ 逯钦立辑：《先秦汉魏晋南北朝诗》，中华书局 1988 年版，第 1451 页。

二云："上客光四座，佳丽直千金。挂钗报缨绝，堕珥答琴心。蛾眉已共笑，清香复入襟。欢乐夜方静，翠帐垂沈沈。"进一步揭示了"密见亲"的"寸心"之底蕴，即为"上客"与"佳丽"之间的"报"与"答"，诗末更写及"翠帐垂沈沈"，甚为艳俗。等等。虽然这样的变化，与当时咏物诗之影响有关，但其艺术源头，仍然是刘宋"休鲍之风"。颜延之在"休鲍之风"盛行之初，曾担心"方当误后生"[①]，并非因为其"忌鲍之文"[②]，而是因为他已意识到休鲍之"淫靡"，有违刘宋诗风、儒家诗教。萧纲《诫当阳公大心书》云："立身之道与文章异，立身先须谨重，文章且须放荡。"[③] 在"鲍休美文"的影响下，齐梁文学走向了"且须放荡"之路。

　　整体来看，刘宋文学与建安文学、正始文学、太康文学、东晋玄言文学既是相承的，又是变革的。刘宋文学对抒情特质的回归，是对建安文学的承继。然在具体的诗歌表现方式上，其由建安的直接抒情变成了婉曲言情，由家国天下的大情怀变成了个人生活的小情趣，由慷慨激昂的向上拼搏转为低沉深厚的消极反抗。刘宋文学对生命的体认、对哲思的探索是来源于正始文学，但因政治环境的安定，刘宋诗人不必像正始诗人那样发言玄远、寄托遥深，可以自由地融入个人之思想与情怀。刘宋文学对诗艺的打磨与锤炼，对于博学、技巧的追求，是对太康文学绮靡华丽的艺术审美的回归。但由于时代的进步，其对仗更工、用典更密，且探索到声律的规则，较太康文学更精细、雅致。刘宋文学与玄言文学的关系最密切，特别是山水诗，其从玄言诗的母体中脱离出来，变理语为情语，走向独立发展的道路。同时，刘宋文学对之后文学亦产生了深刻的影响，齐梁宫体诗乃至唐代格律诗均是在其基础上演变发展的。

---

① 李延寿：《南史》，中华书局 1975 年版，第 881 页。
② 陈延杰：《诗品注》，人民文学出版社 1961 年版，第 66 页。
③ 严可均辑：《全上古三代秦汉三国六朝文》，中华书局 1958 年版，第 3010 页。

第七章

刘宋作家疑案考（上）

第一节　何承天疑案考

在晋宋史上，何承天可谓是一位全能型的人物，不仅有着深厚的文学与史学底蕴，而且通佛学，解音律，晓天文，知军事，"博而笃矣"。

目前学界关于何承天其人研究已取得了一定成果，韩杰《何承天行年及著述考》、赵莹莹《何承天年谱》、刘静《何承天文学综论》等文对何承天的行年及著述做了系年，但关于其出身、仕宦时间及离职原因尚有存疑之处，下文将对不明晰的地方做进一步的考证，期以补阙。

一　何承天出身考

何承天（370—447），东海郯（今山东郯城西南）人。祖，不详。从祖伦，晋右卫将军。父，不详。叔父肜，为益阳令。母，东莞姑幕徐氏。外祖父，徐藻。舅，徐广、徐邈。

从祖何伦，曾任晋东海王司马越上军将军，参与了晋"八王之乱"。《晋书·东海王司马越传》载："（越）乃以东海国上军将军何伦为右卫将军，王景为左卫将军，领国兵数百人宿卫""及龙骧将军李恽并何伦等守卫京都"。[1] 可见，从祖何伦是以武功起家，叔父何肜为益阳（今属湖南）县令，据《宋书·百官志下》："诸县令六百石者"[2]，只是六品官职。东海何氏一支，在刘宋未建之前，只是士族次门，与当时声望甚高的琅琊王氏、陈郡谢氏等不能相提并论。

---

① 房玄龄：《晋书》，中华书局 1974 年版，第 1624—1625 页。
② 沈约：《宋书》，中华书局 1974 年版，第 1264 页。

　　史传载，叔父何胤任益阳令，何承天随之。何胤何时任益阳令，当时何承天几岁？史无记载。但可做一点推断。《宋书·何承天传》云："隆安四年（400），南蛮校尉桓伟命为参军。时，殷仲堪、桓玄等互举兵以向朝廷，承天惧祸难未已，解职还益阳。"[1] 任桓伟参军，是何承天首次做官，时31岁，但无多久便回益阳了。按县令三年一个任期，隆安四年（400）时，何胤任期还未满，则其任益阳令应在隆安二年（398）之后，时何承天29岁。因此可以推断，何承天29岁之前，应未离开家乡，在母亲徐氏及舅徐广等的影响下，一直潜心修习。

　　何承天母氏一族，是书香门第之家。外祖父徐藻，在晋孝武帝宁康年间曾任太学博士，参议崇德太后褚氏的丧葬礼仪，《晋书·礼志中》："孝武宁康中，崇德太后褚氏崩。后于帝为从嫂，或疑其服。博士徐藻议，以为：'资父事君而敬同。又，礼，其夫属父道者，其妻皆母道也。则夫属君道，妻亦后道矣。服后宜以资母之义。鲁讥逆祀，以明尊尊。今上躬奉康、穆、哀皇及靖后之祀，致敬同于所天。岂可敬之以君道，而服废于本亲。谓应服齐衰期。'于是帝制期服。"[2] 也曾任都水使者，《晋书·儒林·徐邈传》："父藻，都水使者。"[3] 据《宋书·百官志》，太学博士为五品官职，都水使者为三品官职。舅徐邈，"姿性端雅，勤行励学，博涉多闻，以慎密自居。"[4] 舅徐广，"百家数术，无不研览。"[5] 徐氏一族虽"家世好学"，但也非望族。《徐邈传》载："祖澄之为州治中，属永嘉之乱，遂与乡人臧琨等率子弟并闾里士庶千余家，南渡江，家于京口。"[6] 徐氏一族是因永嘉之乱迁移至南方，根基不稳。这点从徐邈的行事风格上也可见，史书载："初，范宁与邈皆为帝所任使，共补朝廷之阙。宁才素高而措心正直，遂为王国宝所谮，出守远郡。邈孤宦易危，而无敢排强族，乃为自安之计。"[7] "孤宦易危""无敢排强族"，皆可证明徐氏家族根基不牢，并非强族。

　　何承天五岁丧父，由母亲抚养长大。徐氏良好的家学渊源以及广博的

---

[1] 沈约：《宋书》，中华书局1974年版，第1702页。
[2] 房玄龄：《晋书》，中华书局1974年版，第624页。
[3] 同上书，第2357页。
[4] 同上书，第2356页。
[5] 沈约：《宋书》，中华书局1974年版，第1547页。
[6] 房玄龄：《晋书》，中华书局1974年版，第2356页。
[7] 同上书，第2357页。

知识体系使得何承天自幼便览百家之学，才术兼通。其尤钟情于历术，《上元嘉历表》曰："自昔幼年，颇好历数，耽情注意，迄于白首。臣亡舅故秘书监徐广，素善其事，有既往《七曜历》，每记其得失。"① 徐广，博学而多闻，晋孝武帝授予秘书郎之职，桓玄辅政，以其为大将军文学祭酒，义熙初，刘裕使其撰《军服仪注》，后授著作郎之职。《宋书》本传载其撰《晋纪》四十六卷②，《隋书·经籍志》载其撰《史记音义》十二卷③、《毛诗背隐义》二卷④、《礼论答问》十三卷⑤、《礼答问》十一卷⑥、《答问》四卷⑦、《车服杂注》一卷⑧、《弹棋谱》一卷。⑨《旧唐书·经籍志》载其撰《晋尚书仪曹新定仪注》四十一卷⑩、《孝子传》三卷。⑪ 可见，徐广因才学而受重用，所涉猎之范围含史学、礼学、经学、文学、数术等。由此，何承天不只是在历数方面受其影响，其在史学、经学等方面的兴趣也应受到徐广的感染。

可见，何承天出身士族次门无疑，其父系何氏一族大多历任僚佐、县令等寻常官职，毫不显赫；母系徐氏一族因永嘉之乱南渡而来，根基不稳，宦途孤危。但何承天却接受了很好的教育，父系一族，以武功起家，这为何承天种下了出仕为官的政治理想以及光耀门楣的个人抱负；母系一族，世代博学，这为何承天汲取知识、广览数术提供了源泉。

二　任宁蛮校尉司马时间及离职原因考

何承天曾应宁蛮校尉赵惔之辟任司马，但关于其任职时间，却不明确。《宋书·何承天传》云："抚军将军刘毅镇姑孰，版为行参军。毅尝出行，而鄢陵县史陈满射鸟，箭误中直帅，虽不伤人，处法弃市。承天议曰：'狱贵情断，疑则从轻。昔惊汉文帝乘舆马者，张释之劾以犯跸，罪

---

① 严可均辑：《全宋文》，商务印书馆1999年版，第214页。
② 沈约：《宋书》，中华书局1974年版，第1549页。
③ 魏徵：《隋书》，中华书局1973年版，第953页。
④ 同上书，第917页。
⑤ 同上书，第923页。
⑥ 同上。
⑦ 同上书，第924页。
⑧ 同上书，第970页。
⑨ 同上书，第1017页。
⑩ 刘昫：《旧唐书》，中华书局1975年版，第2006页。
⑪ 同上书，第2002页。

止罚金。何者？明其无心于惊马也。故不以乘舆之重，加以异制。今满意在射鸟，非有心于中人。按律过误伤人，三岁刑，况不伤乎？微罚可也。'出补宛陵令。赵惔为宁蛮校尉、寻阳太守，请为司马，寻去职。"①韩杰《何承天行年及著述考》："承天为宛陵令、司马不详于何年。沈约行文，将此事置于作《陈满事议》后，姑系于是年（东晋安帝义熙二年）（406）。"② 那么何承天到底何时应赵惔之辟为司马呢？

查阅史书，赵惔为宁蛮校尉、寻阳太守亦无记载。然《宋书·百官志》载："宁蛮校尉，晋安帝置，治襄阳，以授鲁宗之。"③《晋书·安帝纪》："义熙元年春正月，帝在江陵。南阳太守鲁宗之起义兵，袭破襄阳。"④ "（义熙六年）是（七）月，卢循寇荆州，刺史刘道规、雍州刺史鲁宗之等败之。"⑤ 以此观之，鲁宗之于义熙元年（405）袭破襄阳，晋安帝于同年置宁蛮校尉一职，授予鲁宗之，在义熙六年（410）时鲁宗之已卸任此职而转任雍州刺史（宁蛮校尉、雍州刺史皆治在襄阳，宁蛮校尉隶于雍州刺史），因此赵惔继任宁蛮校尉时间应在义熙六年（410）前，即何承天应赵惔之辟为司马，也应在义熙六年（410）前。又《通典·职官》："爰及宋齐，亦无改作……郡县有三岁为满之期。宋州、郡、县居职，以三周为小满。"⑥ 可知，鲁宗之在义熙三年（407）底任宁蛮校尉期满，赵惔接任宁蛮校尉应在义熙四年（408）初，因此何承天应赵惔之辟为司马应在义熙四年（408），时39岁。

何承天又出于何种原因辞却宁蛮校尉司马之职呢？

《文献通考·四裔·板楯蛮》载："宋时荆州置南蛮校尉，今江陵、巴东、夷陵、云安等郡地。雍州置宁蛮校尉以领之。今襄阳、南阳郡地。如蛮人顺附者，一户输谷数斛，其余无事。宋人赋役严苦，贫者不复堪命，多逃亡入蛮。蛮无徭役，强者又不供官税，结党连群，动有数百千人，州郡力弱，则起为盗贼，种类稍多，户口不可知也。"⑦ 可知襄阳等地以蛮人居多，汉人因不堪重役也多逃至此地，由此蛮汉杂居，户口混

① 沈约：《宋书》，中华书局1974年版，第1702页。
② 韩杰：《何承天行年及著述考》，《历史文献研究》2015年第1期。
③ 沈约：《宋书》，中华书局1974年版，第1255页。
④ 房玄龄：《晋书》，中华书局1974年版，第257页。
⑤ 同上书，第262页。
⑥ 杜佑：《通典》，中华书局1988年版，第468—469页。
⑦ 马端临：《文献通考》，中华书局1986年版，第2576页。

乱，结党连群之人甚多，盗贼横行，实难治理。何承天自感在此混乱之地，任一校尉辅职，不仅难以施展自己之才能，而且会有生命之危，为全身远祸便离职了。其实，何承天这种保全自我的心态在其仕宦历程中一直存在，且看其之前的三次仕宦经历：第一次，任南蛮校尉桓伟参军，"时殷仲堪、桓玄等互举兵以向朝廷，承天惧祸难未已，解职还益阳。"① 第二次，任长沙公陶延寿辅国府参军，"遣通敬于高祖，因除浏阳令，寻去职还都。"② 第三次，任刘毅行参军，刘毅为人"刚猛沈断，而专肆狠愎"③，何承天知其终究会招致祸患，很快亦离职了。可见，之于仕宦，何承天是谨慎小心的，其辞却宁蛮校尉司马之职也是其明哲保身、审时度势的仕宦态度的具体体现。

三　出任衡阳内史时间考

何承天曾被贬任衡阳内史，史书本传载："性刚愎，不能屈意朝右，颇以所长侮同列，不为仆射殷景仁所平，出为衡阳内史。昔在西与士人多不协，在郡又不公清，为州司所纠，被收系狱，值赦免。"④ 关于其具体出任衡阳内史的时间，尚不明确。韩杰《何承天行年及著述考》以殷景仁在元嘉九年（432）出任尚书仆射为据，谓"承天出为衡阳郡内史之具体时间不详，姑系于是年"。赵莹莹《何承天年谱》以元嘉十二年（435）殷景仁复迁中书令，护军、仆射如故为据，将其任职时间限定在元嘉九年至十二年。那何承天到底何时被贬任衡阳内史呢？

我们不妨来梳理一下已有的史料线索。第一，就史书本传记载，何承天被贬时，殷景仁时任尚书仆射。第二，就现存何承天的《与宗居士书》《释均善难》《重答宗居士书》《达性论》《答颜永嘉书》《重答颜永嘉书》，宗炳的《答何承天书》《答何衡阳难释白黑论》，以及颜延之的《释何衡阳达性论》《重释何衡阳》《又释何衡阳》等文题目的称呼来看，何承天应是在衡阳任上参与了著名的"白黑论"之争，与宗炳、颜延之等就佛教义理问题展开驳难，且时颜延之任永嘉太守。第三，何承天在衡阳任上，曾被收系狱，又值赦免。

---

① 沈约：《宋书》，中华书局 1974 年版，第 1702 页。
② 同上。
③ 房玄龄：《晋书》，中华书局 1974 年版，第 2210 页。
④ 沈约：《宋书》，中华书局 1974 年版，第 1704 页。

首先来看第一条线索，即殷景仁的任职情况。《宋书·文帝纪》载："（元嘉九年）秋七月，庚午，以领军将军殷景仁为尚书仆射。"[1] "十三年，八月庚寅，尚书仆射、中护军殷景仁改为护军将军。"[2] "（元嘉十七年）十一月，尚书仆射、扬州刺史殷景仁卒。"[3] 《宋书·殷景仁传》："景仁卧疾者五年"[4]。据此可知，殷景仁从元嘉九年（432）至十七年（440）卒，一直任尚书仆射之职，但在元嘉十三年之后即因病不直接在朝堂参与政事，不会因"不平"而黜何承天，因此何承天任衡阳内史时间应在元嘉九年至十二年。再来看第二条线索，即其与宗炳、颜延之驳难的时间。《宋书·颜延之传》："延之好酒疏诞，不能斟酌当世，见刘湛、殷景仁专当要任，意有不平，常云：'……'辞甚激扬，每犯权要。谓湛曰：'吾名器不升，当由作卿家史。'湛深恨焉，言于彭城王义康，出为永嘉太守。……屏居里巷，不豫人间者七载……刘湛诛，起延之为始兴王浚后军谘议参军，御史中丞。"[5] 刘湛是在元嘉十七年被诛，既颜延之被贬距刘湛被诛为七年，则其被贬至永嘉当在元嘉十一年（434），那么何承天与宗炳、颜延之等人关于佛教义理之争也应在元嘉十一年或之后，因此何承天任衡阳内史的时间应在元嘉十一年或元嘉十二年。再来看第三条线索，即宋文帝在此期间的大赦情况。元嘉十一年至十二年两年间，宋文帝曾在元嘉十二年大赦天下，《宋书·文帝纪》，"十二年（435）春正月辛酉，大赦天下。"[6] 由于此次大赦是在正月，考虑到何承天不可能在本年一上任即为州司所纠，被下狱，又值赦免，所以认定其任衡阳内史应在元嘉十一年（434），在郡一年后，因"昔在西与士人多不协，在郡又不公清"等原因为州司所纠，较为合乎情理。

合而言之，何承天出身士族次门，其父系一族以武功起家，母系一族世代博学，如此家族既激发了其远大的政治抱负，又为其积淀了深厚的学识。其任宁蛮校尉赵恢之司马的时间应是在义熙四年（408），贬任衡阳内史的时间应是在元嘉十一年（434）。

---

① 沈约:《宋书》，中华书局1974年版，第81页。

② 同上书，第84页。

③ 同上书，第87页。

④ 同上书，第1683页。

⑤ 同上书，第1893—1902页。

⑥ 同上书，第83页。

第二节　傅亮疑案考

傅亮（374—426），字季友，北地灵州人。其文才卓著，史书载，"博涉经史，尤善文词"①，"高祖登庸之始，文笔皆是记室参军滕演；北征广固，悉委长史王诞；自此后至于受命，表策文诰，皆亮辞也。"② 萧统《文选》收其文四篇，分别为《宋公修张良庙教》《为宋公修楚元王墓教》《为宋公至洛阳谒五陵表》《为宋公求加赠刘前军表》。明张溥《汉魏六朝百三家集》收其文《封宋公诏》《进宋王诏》《禅宋诏》《禅策》《禅宋玺书》，并谓"晋宋禅受，成于傅季友，表策文诰，诵言满堂，潘元茂册魏公，不如其多也"，"九锡诸篇，固傅氏之丹书带砺也"，"庙暮二教，怀旧崇德，意近甘棠"③。可见傅亮在晋宋文坛地位甚高，其文于后世影响甚远。

目前学界关于傅亮之研究，主要侧重于其章表书诏等文上，对其人研究较少，且主要将其置于北地傅氏家族中进行考察，略显粗略。下面，我将对傅亮之死因及交游情况做一考述，期以补阙。

一　傅亮死因考

关于傅亮之死，《文帝本纪》云："三年春正月丙寅，司徒徐羡之、尚书令傅亮有罪伏诛。"④《傅亮传》云："元嘉三年，帝将诛亮，先呼入见，省内密有报之者。亮辞以嫂病暂还，遣信报徐羡之，因乘车出郭门，骑马奔兄迪墓。屯骑校尉郭泓收之。初至广莫门，上亦使以诏谓曰：'以公江陵之诚，当使诸子无恙。'亮读诏讫曰：'亮受先帝布衣之眷，遂蒙顾托。黜昏立明，社稷之计。欲加之罪，其无辞乎。'于是伏诛，妻子流建安。"⑤ 前条材料谓傅亮"有罪"，因此被诛，后条材料中，则是傅亮自云"欲加之罪，其无辞乎"，称冤枉而死。那么傅亮到底因何而死呢？下

---

① 沈约：《宋书》，中华书局 1974 年版，第 1336 页。
② 同上。
③ 张溥著，殷孟伦注：《汉魏六朝百三家集题辞注》，人民文学出版社 1963 年版，第 166页。
④ 李延寿：《南史》，中华书局 1975 年版，第 39 页。
⑤ 同上书，第 443 页。

面我们来做一考论。

就史书所载，傅亮被杀的直接原因是他与徐羡之等谋害了少帝刘义符与庐陵王刘义真。《宋书·少帝本纪》载："始徐羡之、傅亮将废帝，讽王弘、檀道济求赴国讣。弘等来朝，使中书舍人邢安泰、潘盛为内应。……时帝于华林园为列肆，亲自酤卖。又开渎聚土，以象破冈埭，与左右引船唱呼，以为欢乐。……其朝未兴，兵士进，杀二侍者于帝侧，伤帝指。扶出东阁，就收玺绂，群臣拜辞，送于东宫，遂幽于吴郡。"① 《宋书·刘义真传》："少帝失德，羡之等密谋废立，则次第应在义真，以义真轻訬，不任主社稷，因其与少帝不协，乃奏废之……景平二年六月癸未，羡之等遣使杀义真于徒所。"② 《宋书·蔡廓传》："（傅）亮将进路，诣（蔡）廓别，廓谓曰：'营阳在吴，宜厚加供奉。营阳不幸，卿诸人有弑主之名，欲立于世，将可得邪！'亮已与羡之议害少帝，乃驰信止之，信至，已不及。"③ 表面上看，傅亮、徐羡之、谢晦等作为顾命大臣，废杀少帝、谋害庐陵王，既有负刘裕之重托，又违背了君臣之大义，还伤害了刘义隆之亲情，因此其罪不可赦，理当诛杀。

然仔细研读史料，便可以发现傅亮之死还有着深层次的原因。《宋书·王昙首传》载："诛徐羡之等，平谢晦，（王）昙首及（王）华之力也。"④ 《魏书·岛夷刘裕传》载："（元嘉）三年，义隆信其侍中王华之言，诛羡之、傅亮，遣其将檀道济等讨荆州刺史谢晦。"⑤ 这两条史料皆指明了王昙首、王华力主诛杀徐羡之、傅亮、谢晦等前朝老臣。《宋书·王华传》："宁子与华并有富贵之愿，自羡之等秉权，日夜构之于太祖。宁子尝东归，至金昌亭，左右欲泊船，宁子命去之，曰：'此弑君亭，不可泊也。'华每闲居讽咏，常诵干粲《登楼赋》曰：'冀王道之一平，假高衢而骋力。'出入逢羡之等，每切齿愤咤，叹曰：'当见太平时不？'元嘉二年，宁子病卒。三年，诛羡之等，华迁护军，侍中如故。"⑥ 王华"自羡之等秉权，日夜构之于太祖"，"出入逢羡之等，每切齿愤咤"等行

① 沈约：《宋书》，中华书局1974年版，第66页。
② 同上书，第1636—1638页。
③ 同上书，第1572页。
④ 同上书，第1679页。
⑤ 魏收：《魏书》，中华书局1974年版，第2136页。
⑥ 沈约：《宋书》，中华书局1974年版，第1677页。

为，表明了傅亮、徐羡之等因掌握重权，妨害了王华、孔宁子等新型势力代表的利益，从而招致对方的嫉恨，激起对方的杀戮之心。何承天《为谢晦上表》："奸臣王弘等窃弄权威，兴造祸乱，遂与弟（王）华内外影响，同恶相成，忌害忠贤，图希非望。故司徒臣（徐）羡之、左光禄大夫臣（傅）亮横被酷害，并及臣门。虽未知征北将军臣（檀）道济存亡，不容独免。"① 王弘、王华等人构造一系列事端，以置徐羡之、谢晦、傅亮于死地。清代赵翼《廿二史劄记》云："（傅亮、徐羡之等）乃先奏废义真，然后废帝而迎文帝入嗣，其于谋国，非不忠也。文帝即位之次年，羡之等即上表归政，则亦非真欲久于其权，而别有异图者。其曰徐傅执权于内，檀、谢分镇于外，可以日久不败，此亦王华、王昙首等之诬词，而未必晦等之始念也。"② 谓傅亮等人之废立之举非为不忠，"上表归政"亦可证明其并非心怀异志，而所谓的"徐傅执权于内，檀、谢分镇于外"实为王华、王昙首等人的诬陷之词。可见，傅亮之死实有冤屈之成分，王华、王昙首、王弘、孔宁子等新型势力群体为"富贵之愿"，窃弄权威，兴造祸乱，在文帝前反复构陷傅亮、徐羡之、谢晦等顾命大臣。宋苏辙《历代论》："徐、傅、谢，二王、孔谗杀之"③ 即谓此也。

当然，决定傅亮等人命运的核心人物还是刘义隆。刘义隆，生于义熙三年（407），四岁时，由刘粹辅佐镇守京城。九岁时，封彭城县公，关中平定后，镇守洛阳。十四岁时，封宜都王，入朝参政。元嘉元年（424）时，他已十八岁，已拥有了敏锐的政治嗅觉与果决的判断力。《宋书·傅亮传》："太祖将下，引见亮，哭恸甚，哀动左右。既而问义真及少帝薨废本末，悲号呜咽，侍侧者莫能仰视。亮流汗沾背，不能答。"④ 他深知少帝与庐陵王被废杀之缘由，"问义真及少帝薨废本末"乃是有意为之，其目的在于震慑傅亮，令其有所忌惮，而"亮流汗沾背，不能答"也确实达到了其想要的效果。刘义隆之政治才能很快显现，即位后，在晋封徐羡之、傅亮、谢晦等开国之臣外，还晋封了刘氏宗亲刘义康、刘义宣、刘义季等，其目的在于牵制、分散傅亮等人的军权与政权。《宋书·蔡廓传》："及太祖即位，谢晦将之荆州，与廓别，屏人问曰：'吾其免

① 严可均辑：《全宋文》，商务印书馆 1999 年版，第 212 页。
② 赵翼著，王树民校证：《廿二史劄记校证》，中华书局 1984 年版，第 216 页。
③ 苏辙著，陈宏天、高秀芳点校：《苏辙集》，中华书局 1990 年版，第 993 页。
④ 沈约：《宋书》，中华书局 1974 年版，第 1337 页。

乎?'廓曰:'卿受先帝顾命,任以社稷,废昏立明,义无不可。但杀人二昆,而以之北面,挟震主之威,据上流之重,以古推今,自免为难也。'"蔡廓之判断甚为准确,刘义隆非泛泛之辈,定不会容忍傅亮、谢晦、檀道济等"挟震主之威,据上流之重"。他要树立自身之绝对权威,必然会扫除权臣之羁绊。而傅亮临死之前,所云:"亮受先帝布衣之眷,遂蒙顾托。默昏立明,社稷之计。欲加之罪,其无辞乎?"① 也从侧面证明了他的拥立之功变成了越主之嫌。因此,诛杀傅亮,实出于刘义隆之本心。

唐李德裕《退身论》云:"所以文种有藏弓之恨,李斯有税驾之叹,张华愿优游而不获,傅亮赞识微而不免。"② 与文种、李斯、张华一样,傅亮之政治才能与见识是其建立功勋、走向人生巅峰的宝器,亦是其招致祸患、酿成生命悲剧的利刃。傅亮之死,也正是历史上身居高位、手握重权的大臣们所遭受的普遍命运。

二　傅亮交游考

傅亮相交之人物大致可以分为三类:一为帝王、宗王,二为同朝僚属,三为释氏沙门。

(一)傅亮与帝王、宗王之交

今可考见傅亮所交之帝王、宗王,有刘裕、刘义符、刘义真、刘义隆四位。

1. 傅亮与刘裕

傅亮博经史,长文辞。本传载,"义熙元年(405),除员外散骑侍郎,直西省,典掌诏命。"③ "义熙七年(411),迁散骑侍郎,复代(滕)演直西省。仍转中书、黄门侍郎,直西省如故。"④ 散骑侍郎、黄门侍郎,掌管诏诰,在职者常居内殿,随侍左右,傅亮能任此职,可见其深得刘裕之信任。本传载:"高祖以其久直勤劳,欲以为东阳郡,先以语(傅)迪,迪大喜告亮。亮不答,即驰见高祖曰:'伏闻恩旨,赐拟东阳,家贫忝禄,私计为幸。但凭荫之愿,实结本心,乞归天宇,不乐外出。'高祖

---

① 沈约:《宋书》,中华书局1974年版,第1572—1573页。
② 董浩等编:《全唐文》,中华书局1983年版,第7276页。
③ 沈约:《宋书》,中华书局1974年版,第1336页。
④ 同上。

笑曰：'谓卿之须禄耳，若能如此，甚协所望。'会西讨司马休之，以为太尉从事中郎，掌记室。"① 刘裕体恤傅亮久直勤劳，欲以为东阳郡，傅亮以"不乐外出"为由婉拒，刘裕笑曰"甚协所望"，转任为太尉从事中郎，可见二人关系甚为协恰，感情较深。

义熙十二年（416），刘裕北伐，傅亮从征，其间作《为宋公至洛阳谒五陵表》。《宋书·武帝本纪》："（义熙十二年）十月，众军至洛阳，围金墉。泓弟伪平南将军洸请降，送于京师，修复晋五陵，置守卫。"② 义熙十四年（418），刘裕进封"宋公"，备九锡之礼，傅亮为其作《封刘裕为宋公诏》《策加宋公九锡文》。九锡文曰："公精贯朝日，气凌霄汉，奋其灵武，大歼群慝，克复皇邑，奉帝歆神。……公乘辕南济，义形于色，嶷然内湛，视险若夷，摅略运奇，英谟不世，狡寇穷衄，丧旗宵遁，俾我畿甸，拯于将坠。……公有康宇内之勋，重之以明德。……公纪纲礼度，万国是式，乘介蹈方，罔有迁志。"③ 盛赞刘裕之功绩。赵翼《廿二史劄记》云："每朝禅代之前，必先有九锡文，总叙其人之功绩，进爵封国，赐以殊礼，亦自曹操始。其后晋、宋、齐、梁、北齐、陈、隋皆用之。"④ 这是刘裕称帝、晋宋禅代的前奏，傅亮撰文之意义非同寻常。事实上，刘裕也更加倚重傅亮，"宋国初建，令书除侍中，领世子中庶子。徙中书令，领中庶子如故"⑤。

元熙元年（419），刘裕欲问鼎帝位，乃集朝臣宴饮，言："桓玄暴篡，鼎命已移，我首唱大义，复兴皇室，南征北伐，平定四海，功成业着，遂荷九锡。今年将衰暮，崇极如此，物戒盛满，非可久安。今欲奉还爵位，归老京师。"⑥ 在其他朝臣"唯盛称功德，莫晓此意"的情况下，傅亮却领悟了刘裕旨意，"叩扉请见……入便曰：'臣暂宜还都。'高祖达解此意，无复他言，直云：'须几人自送？'亮曰：'须数十人便足。'于是即便奉辞。"傅亮入都，即"讽帝禅位，草诏，请帝书之。"⑦ 其中"请帝书之"颇具威胁意味，晋恭帝身处傀儡之位，只好欣然答应，刘裕

① 沈约：《宋书》，中华书局 1974 年版，第 1336 页。
② 同上书，第 36 页。
③ 沈约：《宋书》，中华书局 1974 年版，第 245—247 页。
④ 赵翼著，王树民校证：《廿二史劄记校证》，中华书局 1984 年版，第 101 页。
⑤ 沈约：《宋书》，中华书局 1974 年版，第 1336 页。
⑥ 同上。
⑦ 同上书，第 1336—1337 页。

称帝之愿遂得以实现。可见，在刘裕代晋的过程中，傅亮成为其最忠诚的传声者，想其心中之所想，做其心中之所做。

作为刘裕之亲信，宋建后，傅亮之地位迅速获得擢升。《宋书·傅亮传》载："永初元年，迁太子詹事，封建城县公，入直中书省，专典诏命。以亮任总国权，听于省见客。神虎门外，每旦车常数百两。武帝登庸之始，文笔皆是参军滕演，北征广固，悉委长史王诞，自此之后至于受命，表策文诰，皆亮辞也。"① 加官晋爵，掌管诏命，总任国权，荣宠无比。次年，再获提升，"转尚书仆射，中书令、詹事如故"。② 永初三年，刘裕病危，傅亮"与徐羡之、谢晦并受顾命，给班剑二十人"，成为刘裕临终托孤之重臣。

由上可见，傅亮作为刘裕的僚佐、大臣，深受倚重，屡获提升，而刘裕也依靠傅亮富赡的才学与过人的见识而顺利掌权、称帝，二人关系笃厚。

2. 傅亮与刘义符、刘义真

刘义符（406—424），刘裕长子，"武帝晚无男，及帝生，甚悦"③，十岁拜豫章公世子，十三岁拜宋世子，十四岁进为宋太子，十五岁时，刘裕受禅，立为皇太子。永初三年（422）五月癸亥，刘裕驾崩，刘义符即皇帝位，六月壬申，以尚书仆射傅亮为中书监，司空徐羡之、领军将军谢晦及傅亮辅政。

刘义真（407—424），刘裕次子。十二岁时，从北征大军进长安，除员外散骑侍郎，不拜。永初元年（420），封庐陵王。

刘义符徒有勇力，而非治国之才，且"居处所为多过失"④，亲近群小，沉溺游乐。刘义真"聪明爱文义，而轻动无德业。与陈郡谢灵运、琅琊颜延之、慧琳道人并周旋异常，云得志之日，以灵运、延之为宰相，慧琳为西豫州都督。"⑤ 可见，二人均为昏庸、轻浮之辈。史书载，初，少帝之居东宫，多狎群小，谢晦尝言于武帝曰："陛下春秋既高，宜思存万代。神器至重，不可使负荷非才。帝曰：'庐陵何如？'晦曰：'臣请观

① 沈约：《宋书》，中华书局1974年版，第1336—1337页。
② 同上。
③ 同上书，第63页。
④ 同上书，第66页。
⑤ 同上书，第1638页。

焉。'晦造义真，义真盛欲与谈，晦不甚答，还曰：'德轻于才，非人主也。'由是出居于外。"① 谢晦等顾命大臣也早就意识到二人终非人主之才，难当大任。

景平二年（424）六月，傅亮、徐羡之等密谋废立。刘义真为次子，若刘义符废，则次帝应在刘义真，于是傅亮等先将刘义真贬为庶人，徙新安郡。又废帝，将其扶出东掖，就收玺绶，幽于吴郡。癸未，傅亮、徐羡之等遣使杀义真于徙所。癸丑，又令中书舍人邢安泰弑帝于金昌亭。时蔡廓向傅亮进言，不可弑主，傅亮乃驰信止之，信至，已不及。由此，傅亮也为自己埋下了祸患。

傅亮与刘义符、刘义真是君臣、主仆，是辅佐与被辅佐之关系。作为顾命大臣，傅亮等废黜刘义符、刘义真，是出于江山社稷考虑，本不必过分苛责，然最终将此二人杀害，却有违伦理纲常，并落人以不忠不义之口实。

3. 傅亮与刘义隆

刘义隆（407—453），刘裕第三子，博涉经史，颇爱文义。

元嘉元年（424），傅亮等拥立刘义隆，率众臣至江陵奉迎，威仪礼容甚盛。"太祖将下，引见亮，哭恸甚，哀动左右。既而问义真及少帝薨废本末，悲号呜咽，侍侧者莫能仰视。亮流汗沾背，不能答。"② 刘义隆之所问，令傅亮战栗难安。至都后，徐羡之问帝可方谁？傅亮答曰："晋文、景以上人。"徐羡之曰："必能明我赤心。"傅亮曰："不然。"③ 即位后，傅亮加散骑常侍，左光禄大夫，开府仪同三司，进封始兴公。虽获加官晋爵之荣宠，然傅亮自知处境危险，次年，便与徐羡之上表归政，但未获应允。

元嘉三年（426），刘义隆开始诛杀傅亮等顾命老臣，在诛傅亮前，刘义隆诏曰："以公江陵之诚，当使诸子无恙。"傅亮读诏讫曰："亮受先帝布衣之眷，遂蒙顾托。黜昏立明，社稷之计。欲加之罪，其无辞乎。"④ 而后伏诛。所谓"江陵之诚"是指傅亮拥立之功，刘义隆以此为由保全傅亮妻子，似在宣示自己之仁德，然傅亮并未领情，"黜昏立明，社稷之

---

①　李延寿：《南史》，中华书局 1975 年版，第 363 页。

②　沈约：《宋书》，中华书局 1974 年版，第 1336 页。

③　李延寿：《南史》，中华书局 1975 年版，第 443 页。

④　同上书，第 39 页。

计。欲加之罪，其无辞乎"，指明了王华、王昙首等人对自己的谗害，表达了对刘义隆"卸磨杀驴"的怨愤。

傅亮于刘义隆有拥立之功，然当刘义隆即位后，"功"便演变成了"过"。尽管其在拥立时，意识到了自身的危险性，并采取了诸如"布腹心于到彦之、王华等，深自结纳"①，"上表归政"② 等措施，然终究未逃出被杀之厄运，这是历史之普遍规律。

（二）傅亮与同僚之交

今可考见傅亮所结交之同僚，有徐羡之、谢晦、檀道济、刘穆之、沈林子、蔡廓、何承天、谢灵运、颜延之九位。

1. 傅亮与徐羡之、谢晦、檀道济

傅亮、徐羡之、谢晦、檀道济均为刘裕之亲信。徐羡之（365—426），字宗文，东海郯人。桓玄篡位，刘裕起义，徐羡之追随之。谢晦（390—426），字宣明，陈郡阳夏人。起初追随孟昶，义熙六年（410），孟昶死，刘裕任其为太尉参军。檀道济（？—436），高平金乡人。刘裕起义，其从入京城，任建武军事。他们随着刘裕南征北战，立下了汗马功劳。

刘裕即位后，四人均以佐命之功而获封，徐羡之为南朝县公、傅亮为建城县公、谢晦为武昌县公、檀道济为未修县公。永初三年（426）三月，刘裕不豫，令"司空徐羡之、尚书仆射傅亮、领军将军谢晦、护军将军檀道济并入侍医药"③。五月，刘裕病危，临终托孤，召太子诫之曰："檀道济虽有干略，而无远志，非如兄韶有难御之气也。徐羡之、傅亮当无异图。谢晦数从征伐，颇识机变，若有同异，必此人也。小却，可以会稽、江州处之。"④ 少帝即位，傅亮、徐羡之、谢晦共同辅政。

景平中，魏师攻取河南，（刘义隆等）欲诛徐羡之并讨谢晦，傅亮与晦书，言"薄伐河朔，事犹未已，朝野之虑，忧惧者多"。又言"当遣外监万幼宗往"，谢晦不以为然，谓何承天曰："计幼宗一二日必至，傅公虑我好事，故先遣此书。"⑤ 他们同为辅政集团，有着相同的政治立场与

---

① 沈约：《宋书》，中华书局 1974 年版，第 1335 页。
② 同上书，第 1337 页。
③ 同上书，第 59 页。
④ 同上。
⑤ 同上书，第 1349 页。

相似的政治主张，故而相互信任，彼此保全。《谢晦传》载："乐冏又遣使告晦：'徐、傅二公及嚼等并已诛。'晦先举羡之、亮哀，次发子弟凶问。"① 在得知徐羡之、傅亮已被诛杀之消息时，谢晦第一反应并非是率军逃命，而是"先举羡之、亮哀"，可见三人之感情甚为笃厚，相交甚深。

　　值得注意的是，檀道济与另外三人略有不同，他并不同意废少帝。史书载，"徐羡之将废庐陵王义真，以告道济，道济意不同，屡陈不可，不见纳。羡之等谋欲废立，讽道济入朝；既至，以谋告之。将废之夜，道济入领军府就谢晦宿。晦其夕竦动不得眠，道济就寝便熟，晦以此服之。"② 而且，在刘义隆剿杀其他三人时，檀道济是坚定的追随者，史书载，"晦本谓道济与羡之等同诛，忽闻来上，人情凶惧，遂不战自溃。"③ 谢晦也万万没有想到，檀道济会叛变于辅政集团，助刘义隆诛杀其他成员。然与傅亮、谢晦、徐羡之并无不同的是，他也终因功勋显赫、威名甚重，在元嘉十三年（436）为文帝刘义隆、彭城王刘义康等所诛杀。

　　2. 傅亮与刘穆之

　　刘穆之（360—417），字道和，小字道民，东莞莒人，世居京口。元兴三年（404），刘裕攻克京城，辟为主簿。刘穆之少好书传，博览多通，才能卓著，刘裕对其颇为信赖，史书载，"从平京邑，高祖始至，诸大处分，皆仓卒立定，并穆之所建也。遂委以腹心之任，动止咨焉；穆之亦竭节尽诚，无所遗隐。"④ "（刘穆之）从征广固，还拒卢循，常居幕中画策，决断众事。刘毅等疾穆之见亲，每从容言其权重，高祖愈信仗之。"⑤ 傅亮与刘穆之皆为干才（傅擅于文书，刘长于军吏），又同为刘裕之僚属，共为刘裕所信任、倚重，相交匪浅。

　　义熙十二年（416），刘裕北伐，傅亮从征，刘穆之留守，内总朝政，外供军旅。义熙十三年（417），刘穆之抱病而卒，刘裕哀婉惊恸，放弃攻打关中，驰还彭城，傅亮随之，并代刘裕作《为宋公求加赠刘前军表》。表曰："故尚书左仆射前军将军臣穆之，爰自布衣，协佐义始，内

---

① 沈约：《宋书》，中华书局 1974 年版，第 1350 页。
② 同上书，第 1342 页。
③ 同上书，第 1343 页。
④ 同上书，第 1304 页。
⑤ 同上书，第 1305 页。

竭谋猷，外勤庶政，密勿军国，心力俱尽……自义熙草创，艰患未弭，外虞既殷，内难亦荐……臣以寡劣，负荷国重，实赖穆之匡翼之勋……臣契阔屯夷，旋观终始，金兰之分，义深情感。"① 虽以刘裕之口吻撰写，但亦可看出傅亮对刘穆之了解甚深，为其死而痛心不已。后傅亮又为刘穆之撰写碑文，文曰："公灵武独运，奇谟内湛，鞠旅陈众，视险若夷。飞云西溯，则水截鲸鲵；乘辕东指，则陆殪长蛇。回累棋之危，成维山之固。丰功茂勋，大造于王室，淳风懿化，永结于荆南。"② 笔墨之间流露出对刘穆之个人才能及政治贡献的欣赏与敬重。

3. 傅亮与沈林子

沈林子（387—422），字敬士，吴兴武康人，沈约之祖父。十三岁时，横遭家祸，为报家仇，投奔刘裕，举家迁至京口。义熙五年（409），从刘裕伐鲜卑，行参军镇军军事。义熙十一年（415），复从刘裕征讨司马休之。义熙十二年（416），刘裕领平北将军，沈林子为太尉参军，复参平北军事。同年东，刘裕伐羌，傅亮从征，沈林子亦参征西军事，二人应有相交。

刘裕即位，沈林子以佐命功，封汉寿县伯，食邑六百户，沈林子固让，傅亮与书曰："班爵畴勋，历代常典，封赏之发，简自帝心。主上委寄之怀，实参休否，诚心所期，同国荣戚，政复是卿诸人共弘建内外尔。足下虽存抱退，岂得独为君子邪！"③ 谓加官授爵是历代之常例，沈林子功勋卓著，理应获赏，不必谦让。傅亮此书字里行间流露出对挚友的劝勉，可以看出其甚为敬重沈林子之为人。

4. 傅亮与蔡廓

蔡廓（380—425），字子度，济阳考城人。与傅亮相同，蔡廓亦为文官，刘裕禅位前，曾任太尉参军，司徒属，中书、黄门郎。宋台建，二人同任侍中。

因职务相似，二人常常就相关政事进行交流与商榷。《蔡廓传》载："时中书令傅亮任寄隆重，学冠当时，朝廷仪典，皆取定于亮。亮每事谘廓然后行，亮意若有不同，廓终不为屈。"④ 蔡廓性格耿介，其与傅亮意

---

① 严可均辑：《全宋文》，商务印书馆 1999 年版，第 248—249 页。
② 同上书，第 252 页。
③ 同上书，第 250 页。
④ 沈约：《宋书》，中华书局 1974 年版，第 1570 页。

见不同时，常坚持己见，并未因傅亮身份荣贵而听凭之。二人曾就扬州刺史庐陵王刘义真朝堂班次问题，有过探讨。傅亮认为："扬州自应著刺史服耳。然谓坐起班次，应在朝堂诸官上，不应依官次坐下。"蔡廓则认为："扬州位居卿君之下，常亦惟疑……今护军总方伯，而位次故在持节都督下。"①傅亮以庐陵王刘义真为皇子，班次应在诸官上，而蔡廓则认为庐陵王刘义真官居扬州刺史，应在卿君之下。二人一以皇室亲疏为凭，一以官职高低为据，争执不下。

蔡廓迁司徒左长史，出为豫章太守，征为吏部尚书。因北地傅隆（傅亮之族兄）问亮曰："选事若悉以见付，不论；不然，不能拜也。"蔡廓要求拥有决断政事之权利，否则不受官职。傅亮以其言传于徐羡之，徐羡之答曰："共参同异"，蔡廓则曰："我不能为徐干木（徐羡之）署纸尾（共同署名）也。"②遂未拜。蔡廓之率直，傅亮可容，徐羡之却不能容，以其不宜居权要，徙为吏部尚书。

傅亮等迎奉文帝，蔡廓亦同前往，途中讽谏傅亮，不可弑帝，傅亮听之，驰信止之，然信至已迟。倘若傅亮早听得蔡廓之意见，保全少帝及庐陵王，便不会给王华、王昙首、刘义隆等留以口实，亦不会早早丧命。

5. 傅亮与谢灵运、颜延之

谢灵运（385—433），陈郡阳夏人。义熙八年（412），刘裕诛刘毅，谢灵运改依刘裕，任太尉参军。义熙十四年（418），刘裕受相国、宋国、九锡之命，谢灵运应诏，任宋国黄门侍郎，迁相国从事中郎，时傅亮除侍中，领世子中庶子，徙中书令。刘裕即位，降先朝封爵，谢灵运降公为侯，任散骑常侍。

颜延之（384—456），字延年，琅琊临沂人。义熙十二年（416），刘裕北伐，有宋公之授，府遣一使庆殊命，参起居。"（颜）延之与同府王参军俱奉使至洛阳，道中作诗二首，文辞藻丽，为谢晦、傅亮所赏。"③刘裕禅位前，颜延之应命任其辅僚，途中作诗，为傅亮所赏。

永初年间，傅亮曾与颜延之就文义而互争高低。史书载，"时尚书令傅亮自以文义一时莫及，（颜）延之负其才，不为之下，亮甚疾焉。"④二

---

① 沈约：《宋书》，中华书局 1974 年版，第 1570—1572 页。
② 同上书，第 1572 页。
③ 同上书，第 1891 页。
④ 同上书，第 1892 页。

人皆以文名，又颇自负，故互不相让。

谢灵运、颜延之等与刘义真甚为亲昵。史书载，"（刘义真）与陈郡谢灵运、琅邪颜延之、慧琳道人并周旋异常，云得志之日，以灵运、延之为宰相，慧琳为西豫州都督。"① 许是刘义真之狂言为傅亮等所知，傅亮等辅政大臣对颜、谢视为异己，心存敌意。史书载："庐陵王义真待之甚厚，徐羡之等疑（颜）延之为同异，意甚不悦。"② 永初末，刘裕病笃，傅亮、徐羡之等将几人逐一外放、贬任。刘义真为南豫州刺史，出镇历阳，谢灵运出守永嘉郡，颜延之出守始安郡，慧琳遣往虎丘。

可见，在刘宋尚未建时，颜延之尝以文义而为傅亮所赏。刘宋建后，颜延之、谢灵运因与刘义真周旋异常，而为傅亮、徐羡之等辅政集团所排挤、外黜。

（三）傅亮与释氏之交

今可考见傅亮所结交之释氏，有释道渊、慧琳两位。

释道渊，姓寇。《高僧传》载："出家止京师东安寺。少持律捡，长习义宗，众经数论，靡不通达。而潜光隐德，世莫之知。后于东安寺开讲，剖析玄微，洞尽幽赜，使终古积滞，涣然冰解。于是学徒改观，翕然附德。后移止彭城寺。宋文帝以渊行为物轨。敕居寺住。后卒于所住。春秋七十有八。"③

慧琳，道渊之弟子，本姓刘，秦郡人。《高僧传》载："善诸经及庄老，排谐好语笑，长于制作，故集有十卷。而为性傲诞，颇自矜伐。"④ 如上文所述，其因与刘义真亲昵，被徐羡之、傅亮等遣往虎丘。

《高僧传》载："渊尝诣傅亮，琳先在坐，及渊至，琳不为致礼，渊怒之彰色，亮遂罚琳杖二十。"⑤ 道渊持律甚谨，又通达众经数论，所授之徒，以德而附，傅亮雅重之。慧琳素来轻薄，又为性傲诞，颇自矜伐，不向其师施礼，傅亮杖罚之。

合而言之，傅亮手掌重权，威胁到刘义隆之权威，妨害到王华、王昙首等新兴势力派之利益，故其死虽与废杀少帝刘义符、庐陵王刘义真有

① 沈约：《宋书》，中华书局 1974 年版，第 1635 页。
② 李延寿：《南史》，中华书局 1975 年版，第 877 页。
③ 慧皎撰，汤用彤校注：《高僧传》，中华书局 1992 年版，第 268 页。
④ 同上。
⑤ 同上。

关，但亦有一定的冤枉成分。其作为刘宋之重要权臣，平生之所交多为政治人物，有帝王、同僚及释氏等。

第三节　宗炳疑案考

宗炳，字少文，南阳涅阳人也。祖承，宜都太守。父繇之，湘乡令。母同郡师氏，聪辩有学义，教授诸子。宗炳之出身与何承天十分相似，均为士族次门，祖、父任平常性官职，母氏以学为长，这使宗炳从小接受到了较好的教育。

目前学界关于宗炳研究主要集中在《画山水序》及其美学思想上，关于其生平事迹关注甚少。下面我将在整理史料的基础上，对宗炳入庐山之活动以及交游情况做一考述。

一　宗炳入庐山考

关于宗炳入庐山次数，目前学界有一次与两次两种说法。我认为宗炳一生两次入庐山，第一次是参加"白莲结社"之活动，第二次是就慧远考寻文义。

关于宗炳参加"白莲结社"之活动，学界并无疑义。《高僧传·慧远传》："（慧远）于是率众行道，昏晓不绝。释迦余化，于斯复兴。既而谨律息心之士，绝尘清信之宾，并不期而至，望风遥集。彭城刘遗民、豫章雷次宗、雁门周续之、新蔡毕颖之、南阳宗炳、张莱民、张季硕等，并弃世遗荣，依远游止，远乃于精舍无量寿像前，建斋立誓，共期西方。"[1]这是宗炳第一次上庐山，从慧远等建斋立誓，共期西方。《庐山记·十八贤传·南阳宗炳》："入庐山筑室，与远公同社。"[2]《南齐书·宗测传》："测长啸不视，遂往庐山，止祖炳旧宅。"[3]就上述两则材料"筑室""旧宅"可知，宗炳应是在庐山建有住宅，入山后，所居之日较长。

关于"白莲结社"之时间，张可礼先生《东晋文艺系年》认为是在晋太元十五年（390），实有误也。《高僧传·慧远传》："（慧远）乃令刘

① 释慧皎撰，汤用彤校注：《高僧传》，中华书局1992年版，第214页。
② 陈舜俞：《庐山记》，南宋绍兴年间刊本卷三，第13页。
③ 萧子显：《南齐书》，中华书局1972年版，第941页。

遗民著其文曰：'惟岁在摄提秋七月戊辰朔，二十八日乙未。法师释慧远贞感幽奥，宿怀特发，乃延命同志息心贞信之士百有二十三人，集于庐山之阴般若台精舍阿弥陀像前，率以香华敬存而誓焉……'"①古代用岁星纪年，《高僧传》中的摄提格为寅年。就宗炳一生所经历的寅年，分别为晋太元十五年（390），晋元兴元年（402），晋义熙十年（414）。（慧远卒于晋义熙十二年，"白莲结社"之活动应发生在此之前，故不再罗列此后寅年。）晋太元十五年（390），宗炳方十六岁，周续之方十四岁，雷次宗方五岁，若依张可礼先生之说法，实不合常理。那么"白莲结社"时间，或者说宗炳首次上庐山时间是在晋元兴元年（402）还是在晋义熙十年（414）呢？应是在晋元兴二年（402）。此年慧远作《答桓玄书》《与桓玄书论料简沙门》《沙门不敬王者论》，大大地提高了佛教及僧侣的地位，此时庐山成为弘扬佛法的重要阵地，吸引了众多崇佛者，宗炳、雷次宗等也应是慕名而往。且此年宗炳二十八岁，正处青年时期，对知识与义理充满着渴望，对探险与游览名山大川有着浓厚的兴趣，故于此年拜访庐山较为合乎情理。

关于宗炳入"庐山十八贤"之事，汤用彤先生有论，认为宗炳未入其列。《汉魏两晋南北朝佛教史》云："宗炳年六十三，卒于元嘉二十五年。在元兴元年仅十六岁，或可参与百二十三人之末，而决无高列十八贤中之理。据此，所谓十八贤者，羌无故实也。"②汤先生以为"十八高贤"之事史无记载，可能是唐人传说，宗炳也绝无入"十八贤"之理。然汤先生所言，实有误处。其一，宗炳非卒于元嘉二十五年（449），而是元嘉二十年（444）。其二，晋元兴元年（402），宗炳非十六岁，而是二十八岁。其三，《江西通志》是官方典籍，所述可信，此书载有十八贤之事。该书卷一百二十四，李冲元《莲社图记》云："龙眠李伯时为余作莲社十八贤，追写当时事，按十八贤行状，沙门慧远初为儒，因听道安讲《般若》经，豁然大悟，乃与其弟慧持俱弃儒落发，太元中，至庐山，时沙门慧永，先居香谷，远欲驻锡是山，一夕，山神见梦，稽首留师，忽于后夜，雷电大震，平旦地皆坦夷，材木委积，江州刺史桓伊表奏其异，为师建寺，是为东林，因号其殿为神运，时有彭城遗民刘程之、豫章雷次

---

① 释慧皎撰，汤用彤校注：《高僧传》，中华书局1992年版，第214页。
② 汤用彤：《汉魏两晋南北朝佛教史》，北京大学出版社2011年版，第205页。

宗、雁门周续之、南阳宗炳以及张诠、张野凡六人皆名重一时，弃官舍禄来依远师，复有沙门道昺、昙常、惠叡、昙诜、道敬、道生、昙顺凡七人又有梵僧佛陀跋陀罗、佛驮邪舍二尊者，相结为社号庐山十八贤。"① 《庐山记·叙山北》："乃即寺翻《涅盘经》。因凿池为台，植白莲池中，名其台曰'翻经台'，今白莲亭即其故地。远公与慧永、慧持、昙顺、昙恒、竺道生、慧睿、道敬、道昺、昙诜、白衣、张野、宗炳、刘遗民、张诠、周续之、雷次宗、梵僧佛驮耶舍十八人者，同修净土之法，因号'白莲社'。"② 李冲元《莲社图记》与《庐山记》所记载的十八位人物中，昙常是昙恒，惠叡是慧睿，白衣与佛陀跋陀罗也应是同一人，其余一一对应。由此可见"庐山十八贤"确有其事，且宗炳位列其中。

　　宗炳第二次入庐山，史有记载。本传云："（宗炳）乃下入庐山，就释慧远考寻文义。"③ 宗炳《明佛论》亦云："昔远和尚澄业庐山，余往憩五旬"④。五旬即五十天。关于此次入山时间，本传载："高祖诛刘毅，领荆州，问毅府咨议参军申永曰：'今日何施而可？'永曰：'除其宿衅，倍其惠泽，贯叙门次，显擢才能，如此而已。'高祖纳之，辟炳为主簿，不起。……乃下入庐山，就释慧远考寻文义。"⑤ 即宗炳此次入山时间应在刘裕诛刘毅、领荆州刺史以后。据史书载，刘裕诛刘毅是在义熙八年（412），领荆州刺史是在义熙十一年（415）。宗炳入庐山应是在义熙十一年（415），在慧远卒的前一年，可能此时慧远身体已难支振，宗炳只受学五十天，便在其兄宗臧的强领下回到江陵。

　　此次入山有哪些活动呢？其一，就慧远考寻文义。这里的"文义"应是指儒释道相融的问题。东晋时，佛教势力扩大，冒滥释氏僧尼者甚多，有的甚至干预朝政，由此引起诸多反佛之言论，如何无忌曾作论贬斥沙门，桓玄与八座书论沙门不敬王者，等等。慧远为维护佛法，与桓玄、何无忌等人多有辩驳，指明佛学与儒学、玄学可彼此兼融，相得益彰。如其《三报论》曰："如今合内外之道，以弘教之情，则知理会之必同，不

---

① 于成龙等：《江西通志》卷一百二十四，《续修四库全书·史部·地理》，第 99 页。
② 陈舜俞：《庐山记》，南宋绍兴年间刊本卷一，第 18 页。
③ 沈约：《宋书》，中华书局 1974 年版，第 2278 页。
④ 李小荣：《弘明集校笺》，上海古籍出版社 2013 年版，第 142 页。
⑤ 沈约：《宋书》，中华书局 1974 年版，第 2278 页。

惑众涂而骇其异。"①《沙门不敬王者论》曰："内外之道可合而明矣。"②
《与隐士刘遗民等书》曰："苟会之有宗，则百家同致。"③ 等等。从宗炳
《明佛论》："孔老如来，虽三教殊路，而习善共辙也"④ "孔氏之训，资
释氏而相通，可不曰玄极不易之道哉！"⑤ "彼佛经也，包五典之德，深加
远大之实；含老、庄之虚，而重增皆空之尽。"⑥ 等等之类的话来看，其
与慧远之见并无二致，可见其与慧远所探讨之 "文义"，即是儒释道相融
之义。其二，听慧远讲经学。《高僧传·慧远传》："时远讲《丧服经》，
雷次宗、宗炳等并执卷承旨。次宗后别著义疏，首称雷氏。宗炳因寄书嘲
之曰：'昔与足下，共于释和尚间，面受此义，今便题卷首称雷氏乎？'⑦
《丧服经》是记述人死后相互哀丧的礼节、服饰，属于儒家经典。宗、雷
二人曾共就慧远受此学，后雷次宗别著义疏，以 "雷氏" 自称，宗炳对
此种俗称略有不满，加以嘲讽。因此，宗炳第二次入庐山之目的主要是与
慧远法师探讨儒释之间的契合点，力图以 "儒释调和" 之方法来维护佛
教的地位，推动佛法的流传。

可见，宗炳一生两入庐山，第一次是在晋元兴二年（402），参加
"白莲结社" 之活动；第二次是在晋义熙十一年（415），与慧远探讨用
"儒释玄调和" 之方法来维护佛教地位，弘扬佛学义理。

二　宗炳交游考

宗炳相交之人物大致可以分为三类：一为宗王，二为士族子弟，三为
僧侣，四为隐士。

（一）宗炳与宗王之交

今可考见宗炳与宗王相交者，有江夏王刘义恭、衡阳王刘义季两位。

1. 宗炳与江夏王刘义恭

据《宋书·刘义恭传》载，元嘉九年（432），时朝廷诏内外百官举
才，刘义恭上表曰："窃见南阳宗炳，操履闲远，思业真纯，砥节丘园，

---

① 李小荣：《弘明集校笺》，上海古籍出版社 2013 年版，第 292 页。

② 同上书，第 262 页。

③ 严可均辑：《全上古三代秦汉三国六朝文》，中华书局 1958 年版，第 2390 页。

④ 同上书，第 107 页。

⑤ 同上书，第 133 页。

⑥ 同上书，第 85 页。

⑦ 释慧皎撰，汤用彤校注：《高僧传》，中华书局 1992 年版，第 221 页。

息宾盛世，贫约而苦，内无改情，轩冕屡招，确尔不拔。若以蒲帛之聘，感以大伦之美，庶投竿释褐，翻然来仪，必能毗燮九官，宣赞百揆。"①可见宗炳曾与刘义恭有交，品行才能为刘义恭所知。《宋书·刘义恭传》："（元嘉）六年，改授散骑常侍、都督荆湘雍益梁宁南北秦八州诸军事、荆州刺史，持节、将军如故。"②（荆州之治在江陵）宗炳与刘义恭相交应是在元嘉六年（429），三年后尽管刘义恭已改任兖州刺史，镇广陵，但依然敬重宗炳之操行，向朝廷举荐。

2. 宗炳与衡阳王刘义季

本传载："衡阳王义季在荆州，亲至炳室，与之欢宴，命为咨议参军，不起。"③炳卒，衡阳王义季与司徒江夏王义恭书曰："宗居士不救所病，其清履肥素，终始可嘉，为之恻怆，不能已已。"④《庐山记·宗炳》："南阳王义季亲至其室，命之角巾布衣引见。不拜，王曰：'屈先生以重禄，可乎？'对曰：'禄如腐草，衰盛几何。'"⑤可见，宗炳深受衡阳王刘义季之礼遇，衡阳王曾多次亲自拜访，并意欲辟其为官，然宗炳只与其欢宴，却并不接受官职。《宋书·刘义季传》："（元嘉）十六年，代临川王义庆都督荆湘雍益梁宁南北秦八州诸军事、荆州刺史"⑥（荆州之治在江陵），可见二人相交时间应是在衡阳王刘义季任荆州刺史时，即元嘉十六年（439），时宗炳六十五岁，已进晚年。

（二）宗炳与士族之交

今可考见宗炳与士族子弟相交者，有何承天、张邵及其子张敷、王敬弘四位。

1. 宗炳与何承天

何承天与宗炳曾就佛教义理展开驳难，具体过程如下：

慧琳作《白黑论》（《均善论》），贬斥佛教。何承天将《白黑论》寄与宗炳，并作《与宗居士书》。宗炳作《宗居士答何承天书》相答。何承天复作《释均善难》寄与宗炳。宗炳复作《答何衡阳难释白黑论》。何承

① 沈约：《宋书》，中华书局1974年版，第1643页。
② 同上书，第1640页。
③ 同上书，第2278页。
④ 同上书，第2279页。
⑤ 陈舜俞：《庐山记》，南宋绍兴年间刊本，卷三，第12—13页。
⑥ 沈约：《宋书》，中华书局1974年版，第1654页。

天再作《重答宗居士书》送与宗炳。此外,《通典》载,何承天曾就降大功可嫁女有论,宗炳对何承天之论进行了评议。可见,宗炳与何承天不仅有过佛学义理的驳难,还有过儒学礼仪的探讨。二人之交,应是在"白黑之争"时,即元嘉十二年(435)左右。

2. 宗炳与张劭、张敷

《宋书·张劭传》:"(张敷)性整贵,风韵甚高,好读玄言,兼属文论。初,父劭使与高士南阳宗少文谈《系》《象》,往复数番。少文每欲屈,握麈尾叹曰:'吾道东矣。'于是名价日重。"① 可见宗炳与张劭曾相交,并与张劭之子张敷有过谈玄之事。又张劭本传载:"江夏王义恭镇江陵,以劭为抚军长史,持节、南蛮校尉。"② 由此,宗炳与张劭父子相交应在江陵。相交时间,即刘义恭任荆州刺史(详见刘义恭条),张劭任南蛮校尉时,即元嘉六年(429)。

3. 宗炳与王敬弘

宗炳本传载:"(炳)妙善琴书,精于言理,每游山水,往辄忘归。征西长史王敬弘每从之,未尝不弥日也。"③ 查阅史书,王敬弘并未曾任征西长史之职。《宋书·王敬弘传》:"敬弘妻,桓玄姊也。敬弘之郡,玄时为荆州,遣信要令过。敬弘至巴陵,谓人曰:'灵宝见要,正当欲与其姊集聚耳,我不能为桓氏赘婿。'乃遣别船送妻往江陵。妻在桓氏,弥年不迎。"④ 王敬弘是桓氏之姻亲。又据宗炳本传载:"古有《金石弄》,为诸桓所重,桓氏亡,其声遂绝,唯少文传焉。"⑤ 宗炳又传桓氏所重乐曲《金石弄》,故二人之交可能与桓氏有关。又桓玄曾辟宗炳为主簿,故二人之交可能在桓玄任职于荆州期间(按荆州之治在江陵),即隆安二年(398)与三年(399)之间。

(三)宗炳与佛僧之交

今可考见宗炳与佛僧相交者,有慧远、僧慧、慧坚三位。

1. 宗炳与慧远

宗炳与慧远相交甚深,其奉慧远为师,佛学思想多承慧远。具体相交

---

① 沈约:《宋书》,中华书局1974年版,第1395页。
② 同上。
③ 同上书,第2278页。
④ 同上书,第1729页。
⑤ 同上书,第2278页。

情况，详见上文。晋义熙十二年（416），慧远卒，宗炳为慧远立碑。

2. 宗炳与僧慧

《高僧传·僧慧传》："慧少出家，止荆州竹林寺，事昙顺为师。顺，庐山慧远弟子，素有高誉，慧伏膺以后，专心义学。至年二十五能讲《涅槃》《法华》《十住》《净名》《杂心》等，性强记，不烦都讲，而文句辨析，宣畅如流。又善《庄》《老》，为西学所师，与高士南阳宗炳、刘虬等，并皆友善。炳每叹曰：'西夏法轮不绝者，其在慧公乎。'"① 可见，僧慧是慧远的再传弟子（僧慧师昙顺，昙顺师慧远），博闻强识，佛学造诣甚深，长于辨析文句。宗炳对其甚为知赏，盛赞其为西夏法轮之传承者。按僧慧卒于齐永明四年（486），年七十九。推之，生于晋义熙四年（408）。元嘉九年（432），年二十五，宗炳与其相交约在此时，时宗炳已五十八岁。

3. 宗炳与慧坚

宗炳与慧坚亦相交。本传载："妻罗氏，亦有高情，与炳协趣。罗氏没，炳哀之过甚，既而辍哭寻理，悲情顿释。谓沙门释慧坚曰：'死生不分，未易可达，三复至教，方能遣哀。'"② 宗炳曾因妻罗氏殁，哀毁过度，后与慧坚探讨佛教生死之理，以调释自身情绪。

（四）宗炳与隐士之交

宗炳曾入庐山参加"白莲结社"，位列十八贤，故其与莲社其他成员均有相交。其中与雷次宗有史料可考，即《慧远传》所载，二人共听慧远讲《丧服经》，后雷次宗别著义疏，首称雷氏，宗炳寄书嘲之曰："昔与足下，共于释和尚间，面受此义，今便题卷首称雷氏乎?"③ 宗炳与其他莲社中的隐士如雷次宗、刘遗民、张野等亦应有交，惜无史料可证。

可见，宗炳所交甚广，既有得道高僧、高逸隐士，亦有重权在握的宗王与身份尊贵的士族子弟，这也从侧面证明了其兼综内外之教。

第四节　袁淑疑案考

袁淑（408—453），字阳源，陈郡阳夏人，是刘宋时期的一个重要作

---

① 释慧皎撰，汤用彤校注：《高僧传》，中华书局 1992 年版，第 305 页。
② 沈约：《宋书》，中华书局 1974 年版，第 2279 页。
③ 释慧皎撰，汤用彤校注：《高僧传》，中华书局 1992 年版，第 221 页。

家。锺嵘《诗品》将其置于中品，明张溥《汉魏六朝百三名家集》共选刘宋作家八人，其中即有袁淑。本传谓其"博涉多通，不为章句学。文采遒艳，从（纵）横有才辩"①。《南史·宗室·刘义庆传》曰："太尉袁淑文冠当时"②。萧子显曰："自宋以来，谢灵运、颜延年以文章彰于代，谢庄、袁淑又以才藻系之，朝廷之士及闾阎衣冠，莫不仰其风流，竞为诗赋之事。"③ 可见袁淑与谢庄并称，实为刘宋中后期文坛上的领袖人物，而遗憾的是目前学界关于袁淑的研究甚少。

袁淑的生平事迹载于梁沈约《宋书》、唐李延寿《南史》等史书中。曹道衡、刘跃进著《南北朝文学编年史》对袁淑的生平进行了一些考述，李福庚著《南北朝作家编年初稿一》《南北朝作家编年初稿二》亦对其行年进行了系年，但都只陈述大概，关于袁淑的生平仍存在一些未解之处。今在前人研究之基础上，对其元嘉仕历及平生所交进行进一步考证，力求准确地展现出袁淑非凡的一生。

一　袁淑元嘉仕历考

袁淑首次做官是任彭城王义康军司祭酒。《袁淑传》："彭城王义康命为军司祭酒。义康不好文学，虽外相礼接，意好甚疏。"④ 又《南史·宗室·刘义康传》："义康素无术学，待文义者甚薄。袁淑尝诣义康，义康问其年，答曰：'邓仲华（邓禹）拜衮（衮，上公所服，借指三公。）之岁。'义康曰：'身不识也。'淑又曰：'陆机入洛之年。'义康曰：'身不读书，君无为作才语见向。'其浅陋若此。"陆机入洛之年尚存疑，然邓禹拜衮之岁，史有明确记载，《后汉书·邓禹传》："是月，光武即位于鄗，使使者持节拜禹为大司徒。策曰：'……'禹时年二十四。"⑤ 据此可知，袁淑任彭城王义康军司祭酒，应是在元嘉八年（431），二十四岁时。

《南史·袁湛·袁淑传》："从母兄刘湛欲其附己，而淑不为改意，由是大相乖失。淑乃赋诗曰：'种兰忌当门，怀璧莫向楚。楚少别玉人，门

---

① 沈约：《宋书》，中华书局 1974 年版，第 1835 页。
② 李延寿：《南史》，中华书局 1975 年版，第 360 页。
③ 杜佑：《通典》，中华书局 1988 年版，第 390 页。
④ 沈约：《宋书》，中华书局 1974 年版，第 1835 页。
⑤ 李延寿：《南史》，中华书局 1975 年版，第 367 页。

非植兰所。'寻以久疾免官。"① 据《宋书》卷六十九《刘湛传》："先是，王华既亡，昙首又卒，领军将军殷景仁以时贤零落，白太祖征湛。（元嘉）八年，召为太子詹事，加给事中、本州大中正，与景仁并被任遇。湛常云：'今世宰相何难，此政可当我南阳郡汉世功曹耳。'"② "湛初入朝，委任甚重，日夕引接，恩礼绸缪。"③ 可知，刘湛在元嘉八年始被委以重任，其开始结党，欲袁淑附己。袁淑不从，作《种兰诗》以明心志，不久便遭贬黜。因此，袁淑为彭城王刘义康所辟，以及被刘湛所黜，是在同一年，其任彭城王刘义康军司祭酒时间甚短，只有几个月。

袁淑任衡阳王刘义季右军主簿。据《宋书》卷六十一《刘义季传》："（元嘉）九年，（刘义季）迁使持节、都督南徐州诸军事、右将军、南徐州刺史。"④ 可知，其任职时间应是在元嘉九年（432），时二十五岁。

袁淑今存《游新亭曲水诗序》，应作于任职期间。《文选》颜延之《应诏宴曲水作诗》注曰："《水经注》曰：'旧乐游苑，宋元嘉十一年，以其地为曲水，武帝引流转酌赋诗。'裴子野《宋略》曰：'文帝元嘉十一年三月丙申，禊饮于乐游苑，且祖道江夏王义恭、衡阳王义季，有诏，会者赋诗。'"⑤ 乐游苑，宋武帝刘裕所建，故址在今江苏省江宁县。王琦注引《六朝事迹》："乐游苑，《舆地志》云，在晋为药园，宋元嘉中以其地为北苑，更造楼观，后改为乐游苑。"⑥ 新亭，三国吴建，名临沧观。晋安帝隆安中丹阳尹司马恢之重修，名新亭，故址在今江苏省江宁县境。刘义庆《世说新语·言语》："过江诸人，每至美日，辄相邀新亭，藉卉饮宴。"⑦ 据此可知，元嘉十一年（434），文帝引流觞曲水时，曾祖道衡阳王刘义季，时袁淑正任衡阳王义季辅职，参加了此次盛会，作《游新亭曲水诗序》。

袁淑任卫军临川王刘义庆谘议参军。《袁淑传》："卫军临川王义庆雅好文章，请为谘议参军。"⑧ 《南史·宗室·刘义庆传》："太尉袁淑文冠

---

① 李延寿：《南史》，中华书局 1975 年版，第 698 页。
② 沈约：《宋书》，中华书局 1974 年版，第 1817 页。
③ 同上书，第 1818 页。
④ 同上书，第 1653—1654 页。
⑤ 萧统编，李善注：《文选》，上海古籍出版社 1986 年版，第 962 页。
⑥ 周敦颐：《六朝事迹编类》，南京出版社 1989 年版，第 40 页。
⑦ 余嘉锡：《世说新语笺疏》，中华书局 1983 年版，第 109 页。
⑧ 沈约：《宋书》，中华书局 1974 年版，第 1835 页。

当时，义庆在江州请为卫军谘议。"①《宋书·宗室·刘义庆传》："（元嘉
十六年夏四月丁巳），改授散骑常侍、都督江州豫州之西阳晋熙新蔡三郡
诸军事、卫将军、江州刺史，持节如故。"②《文帝纪》："（元嘉十七年）
冬十月戊午，以大将军、领司徒、录尚书、扬州刺史彭城王义康为江州刺
史，大将军如故……戊寅，卫将军临川王义庆以本号为南兖州刺史，尚书
仆射、护军将军。"③ 可知，刘义庆于元嘉十六年（439）四月至元嘉十七
年（440）十月间任江州刺史，袁淑被辟为僚佐亦在此期间。

　　袁淑任宣城太守、中书侍郎及太子中庶子。《袁淑传》："出为宣城太
守，入补中书侍郎，以母忧去职。服阕，为太子中庶子。"④ 关于其任职
时间却未记载，然可从谢灵运、刘义庆等传记中获得一些线索。《谢灵运
传》载："及义庆薨，朝士诣第叙哀，何勖谓袁淑曰：'长瑜便可还也。'
淑曰：'国新丧宗英，未宜便以流人为念。'"⑤ 何长瑜尝为刘义庆之僚佐，
因嘲谑陆展，为刘义庆奏报太祖，徙于广州。刘义庆卒，何勖谓袁淑，何
长瑜可还也，袁淑则谓"国新丧宗英，未宜便以流人为念"。就二人之问
答来看，时袁淑之力足以施以援手，故当是居于中书郎时，至于其以
"新丧宗英"为由，应是厌恶何长瑜之傲诞疏礼。据《刘义庆传》载，刘
义庆卒于元嘉二十一年（444）正月，若其此时任中书郎，则其任宣城太
守约在元嘉十九年（442）左右。又依制，袁淑为母服丧三年，则其任太
子中庶子时间应在元嘉二十四年（447）左右。

　　袁淑任始兴王刘浚征北长史及南东海太守。《袁淑传》："出为始兴王
浚征北长史、南东海太守。淑始到府，浚引见，谓曰：'不意舅遂垂屈
佐。'淑答曰：'朝廷遣下官，本以光公府望。'"⑥ 元嘉二十六年（449），
宋文帝欲经略中原，重臣争献策以迎合帝意。《袁淑传》载："大举北伐，
淑侍坐从容曰：'今当鸣銮中岳，席卷赵、魏，检玉岱宗，今其时也。臣
逢千载之会，愿上《封禅书》一篇。'太祖笑曰：'盛德之事，我何足以
当之。'"⑦《资治通鉴》："（元嘉二十六年）七月，庚午，诏曰：虏近虽

①　李延寿：《南史》，中华书局 1975 年版，第 360 页。
②　沈约：《宋书》，中华书局 1974 年版，第 1477 页。
③　同上书，第 87 页。
④　同上书，第 1835 页。
⑤　同上书，第 1775 页。
⑥　同上书，第 1836 页。
⑦　沈约：《宋书》，中华书局 1974 年版，第 1835—1836 页。

摧挫，兽心靡革。比得河朔、秦、雍华戎表疏，归诉困棘，跂望绥拯，潜相纠结以候王师；芮芮亦遣间使远输诚款，誓为掎角；经略之会，实在兹日。……"① 同年十月，始兴王刘浚加征北将军，领南徐、兖二州刺史，袁淑任其征北长史也应在此时。

袁淑任御史中丞。《袁淑传》："还为御史中丞。"②《宋书·文帝纪》："二十八年春正月丁亥，索虏自瓜步退走。"③《宋书·二凶·刘浚传》："二十八年，遣浚率众城瓜步山。"④《南史·徐羡之·徐湛之传》："……二十八年……时尚书令何尚之以湛之国戚，任遇隆重，欲以朝政推之。湛之以令事无不总，又以事归尚之。互相推委，御史中丞袁淑奏并奏免官。……"⑤ 本传中的"还为御史中丞"中的"还"应是指刘浚将移兵于瓜步山，袁淑还，故其任御史中丞应是在元嘉二十八年（451）。

二　袁淑交游考

袁淑出身于世家大族，陈郡袁氏为四大侨姓（琅琊王氏、陈郡谢氏、兰陵萧氏、陈郡袁氏）之一，他早期入仕多任太子、宗王之佐职，后期历任中书郎等要职，故所交亦多为太子、宗王及重臣。又因其"文冠当时"，故与文人亦多有交。

（一）袁淑与太子、宗王之交

就史料来看，袁淑与太子刘劭、彭城王刘义康、衡阳王刘义季、临川王刘义庆、始兴王刘浚有交。

1. 袁淑与太子刘劭

据本传载，袁淑曾被命为太子舍人，未就。《宋书·二凶·刘劭传》："元凶劭，字休远，文帝长子也。帝即位（420）后生劭，时上犹在谅闇，故秘之。（元嘉）三年闰正月，方云劭生。"⑥ "年六岁（元嘉六年），拜为皇太子，中庶子二率入直永福省。"⑦ 太子刘劭之母袁皇后，乃袁湛之庶女，袁淑之堂妹，故袁淑实为刘劭之舅，其被举为太子舍人应与姻亲关

---

① 司马光：《资治通鉴》，中华书局1956年版，第3946页。
② 沈约：《宋书》，中华书局1974年版，第1836页。
③ 同上书，第99页。
④ 同上书，第2436页。
⑤ 李延寿：《南史》，中华书局1975年版，第437页。
⑥ 沈约：《宋书》，中华书局1974年版，第2423页。
⑦ 同上。

系有关，时间应在刘劭任皇太子时，即元嘉六年（429）或之后。

后袁淑又被迁至太子洗马，以脚疾未拜。《宋书·二凶·刘劭传》："十三，加元服。好读史传，尤爱弓马。及长，美须眉，大眼方口，长七尺四寸。亲览宫事，延接宾客，意之所欲，上必从之。东宫置兵，与羽林等。"[1] 袁淑被授太子洗马，应在太子加元服，始参朝政时，即元嘉十三年（436）或之后。

元嘉二十四年（447）左右，袁淑出任太子中庶子。元嘉二十九年（452），袁淑任太子左卫率。

元嘉三十年，刘劭反叛，令袁淑相助，袁淑拒，刘劭杀之。《袁淑传》："元凶将为弑逆，其夜淑在直，二更许，呼淑及萧斌等流涕谓曰：'主上信谗，将见罪废。内省无过，不能受枉。明旦便当行大事，望相与戮力。'淑及斌并曰：'自古无此，愿加善思。'劭怒变色，左右皆动。斌惧，乃曰：'臣昔忝伏事，常思效节，况忧迫如此，辄当竭身奉令。'淑叱之曰：'卿便谓殿下真有是邪？殿下幼时尝患风，或是疾动耳。'劭愈怒，因问曰：'事当克不？'淑曰：'居不疑之地，何患不克。但既克之后，为天地之所不容，大祸亦旋至耳。愿急息之。'劭左右引淑等袴褶，又就主衣取锦，截三尺为一段，又中破，分斌、淑及左右，使以缚袴。淑出还省，绕床行，至四更乃寝。劭将出，已与萧斌同载，呼淑甚急，淑眠终不起。劭停车奉化门，催之相续。徐起至车后，劭使登车，又辞不上。劭因命左右：'与手刃。'见杀于奉化门外，时年四十六。劭即位，追赠太常，赐赗甚厚。"[2] 袁氏一门世蹈忠义，子弟多刚烈之士，袁淑亦如是。其所劝刘劭之语，颇具预见性，后刘劭虽夺得皇位，却也终因叛逆之举有违正义，而"为天地之所不容"，以至灭亡。

袁淑与太子刘劭是为舅甥，因此其较早地被举荐任太子之辅职，两次推却，两次任职。二人之交既有姻亲关系，又有政治关系。刘劭残暴、昏庸，欲篡权谋逆，袁淑固守儒家之"忠"，未从之，终究为其所杀。关于袁淑死节之事，张溥云："忠载袁氏多忠烈，若杨源死于元凶，名为风霜松筠，不虚也。或责彼，既志不从乱，曷不疾驱告，变出君险阨。然事法

---

① 沈约：《宋书》，中华书局 1974 年版，第 2424 页。
② 同上书，第 1839—1840 页。

仓猝，身闭宫省，翘首君门叫呼，莫属儒者雍容，亦莫可只如何耳。"①
袁淑志不从乱，与袁氏"世蹈忠义"之儒风有关，至于其未能奔走呼告，
则亦是因"莫属儒者雍容"也。

2. 袁淑与彭城王刘义康

袁淑首次做官是任彭城王义康军司祭酒。袁淑文才卓著，而刘义康
"素无术学"，待之甚薄，袁淑难施其才，后为刘湛所黜。相交时间详见
上文。

3. 袁淑与衡阳王刘义季

袁淑曾任衡阳王刘义季之僚佐。《宋书·刘义季传》："（元嘉）九年，
（刘义季）迁使持节、都督南徐州诸军事、右将军、南徐州刺史。"② 袁淑
于此时"补衡阳王义季右军主簿"。相交时间详见上文。

4. 袁淑与临川王刘义庆

袁淑曾任卫军临川王义庆谘议参军。《袁淑传》："卫军临川王义庆雅
好文章，请为谘议参军。"③ 袁淑以文才而闻，临川王刘义庆雅好文章，
礼遇文士，故临川王刘义庆之于袁淑，既有政治上的擢用，又有文学上的
知赏。相交时间详见上文。

5. 袁淑与始兴王刘浚

袁淑曾任始兴王刘浚征北长史。《袁淑传》："淑始到府，浚引见，谓
曰：'不意舅遂垂屈佐。'淑答曰：'朝廷遣下官，本以光公府望。'"④ 刘
宋北伐，刘浚任征北将军，袁淑任其长史，予以相助。

据史书载，刘浚曾戏谑袁淑。《袁淑传》："淑喜为夸诞，每为时人所
嘲。始兴王浚尝送钱三万饷淑，一宿复遣追取，谓使人谬误，欲以戏淑。
淑与浚书曰：'袁司直之视馆，敢寓书于上国之宫尹。日者猥枉泉赋，降
委弊邑。弊邑敬事是遑，无或违贰。惧非郊赠之礼，觐饩之资，不虞君王
惠之于是也，是有慀焉。弗图旦夕发咫尺之记，籍左右而请，以为胥授失
旨，爰速先币。曾是附庸臣委末学孤闻者，如之何勿疑。……不腆供赋，

① 张溥著，殷孟伦注：《汉魏六朝百三家集题辞注》，人民文学出版社 1963 年版，第 179
页。

② 沈约：《宋书》，中华书局 1974 年版，第 1653—1654 页。

③ 同上书，第 1835 页。

④ 同上书，第 1836 页。

束马先璧以俟命。唯执事所以图之。'"① 袁淑为人夸诞，刘浚在一予一夺间嘲弄之，袁淑遂与书，表达自身之惶惑与忧惧。就此二事可见，袁淑与刘浚之关系较为亲密，常有互为嘲弄与戏谑之事。

（二）袁淑与同僚之交

1. 袁淑与刘湛

刘湛是袁淑之从母兄，袁淑在任彭城王僚佐时，刘湛正受重用。因姻亲之关系，刘湛欲袁淑相附，袁淑未从，由是为刘湛所黜。详见上文。

2. 袁淑与何尚之

元嘉后期，何尚之与袁淑皆位居枢要，二人有交。《南史·徐湛之传》："时尚书令何尚之以湛之国戚，任遇隆重，欲以朝政推之。湛之以令事无不总，又以事归尚之。互相推委，御史中丞袁淑奏并免官。诏乃使湛之与尚之并受辞诉。"② 何尚之与徐湛之互相推委政事，时袁淑任御史中丞，奏劾之，二人俱受辞诉。

《宋书·何尚之传》："（元嘉）二十九年，致仕，（何尚之）于方山著《退居赋》以明所守，而议者咸谓尚之不能固志。太子左卫率袁淑与尚之书曰：'昨遣修问，承丈人已晦志山田，虽曰年礼宜遵，亦事难斯贵，俾疏、班、邴、魏，通美于前策，龚、贡、山、卫，沦惭乎曩篇。规迨休告，雪涤素怀，冀寻幽之欢，毕栖玄之适。但淑逸操偏迴，野性瞢滞，果兹冲寂，必沈乐忘归。然而已议涂闻者，谓丈人徽明未耗，誉业方籍，傥能屈事康道，降节殉务，舍南濑之操，淑此行永决矣。望眷有积，约日无误。'"③《南史·何尚之传》："尚之既任事，上待之愈隆，于是袁淑乃录古来隐士有迹无名者，为《真隐传》以嗤焉。"④ 何尚之身处官场，又颇受隆遇，却明志归隐，袁淑以其未能固志，多次调笑之。先是与书假劝其"屈事康道，降节殉务"，后又作《真隐传》，录古来"有迹无名"之真隐士，嗤笑其"有名无迹"之"假隐"。

3. 袁淑与顾觊之

袁淑与顾觊之曾有争。《袁淑传》："元嘉二十六年，迁尚书吏部

① 沈约：《宋书》，中华书局1974年版，第1836页。
② 李延寿：《南史》，中华书局1975年版，第437页。
③ 沈约：《宋书》，中华书局1974年版，第1736页。
④ 李延寿：《南史》，中华书局1975年版，第784页。

郎。"①《南史·顾觊之传》:"(顾觊之)后为尚书吏部郎。尝于文帝坐论江东人物,言及顾荣,袁淑谓觊之曰:'卿南人怯懦,岂办作贼。'觊之正色曰:'卿乃复以忠义笑人。'淑有愧色。"② 二人相争,应是在同任尚书吏部郎,共侍文帝于左右时,即元嘉二十六年(449)左右。

4. 袁淑与张穆之

袁淑曾举荐过张穆之。《梁书·张皇后·张穆之传》:"穆之,字思静,晋司空华六世孙。……及过江,为丞相掾,太子舍人。穆之少方雅,有识鉴。宋元嘉中,为员外散骑侍郎。与吏部尚书江湛、太子左卫率袁淑善,淑荐之于始兴王浚,浚深引纳焉。"③ 张穆之与袁淑相交时间在元嘉中,袁淑能向始兴王刘浚举荐张穆之,可见对其甚为推崇。

(三) 袁淑与文士之交。

1. 袁淑与陆展、鲍照、何长瑜等

袁淑曾任刘义庆谘议参军,与同为僚佐的陆展、鲍照、何长瑜相交。《南史·刘义庆传》:"太尉袁淑文冠当时,义庆在江州请为卫军谘议。其余吴郡陆展、东海何长瑜、鲍照等,并以辞章之美,引为佐史国臣。太祖与义庆书,常加意斟酌。"④ 袁淑以才学为临川王刘义庆所征辟,而鲍照、陆展、何长瑜等人亦如此,既同属刘义庆文学集团成员,那么任职期间定常有文义切磋之事。

2. 袁淑与谢庄

元嘉二十九年(452),袁淑迁太子左卫率,谢庄除太子中庶子,二人共事一主,且有文学互赏之事。《宋书·谢庄传》:"时南平王铄献赤鹦鹉,普诏群臣为赋。太子左卫率袁淑文冠当时,作赋毕示庄。及见庄赋,叹曰:'江东无我,卿当独秀,我若无卿,亦一时之杰。'遂隐其赋。"⑤ 袁淑与谢庄同为太子僚佐,又均以文学见誉,互为知赏,惺惺相惜。

3. 袁淑与王僧虔、王慈

袁淑与王僧虔亦有交。《南齐书·王僧虔传》:"僧虔弱冠,弘厚,善隶书。宋文帝见其书素扇,叹曰:'非唯迹逾子敬,方当器雅过之。'除

① 沈约:《宋书》,中华书局 1974 年版,第 1835 页。
② 李延寿:《南史》,中华书局 1975 年版,第 920 页。
③ 姚思廉:《梁书》,中华书局 1974 年版,第 156 页。
④ 李延寿:《南史》,中华书局 1975 年版,第 360 页。
⑤ 沈约:《宋书》,中华书局 1974 年版,第 2167—2168 页。

秘书郎，太子舍人。退默少交接，与袁淑、谢庄善。"① 《南史·王僧虔传》："（僧虔）与袁淑、谢庄善，淑每叹之曰：'卿文情鸿丽，学解深拔，而韬光潜实，物莫之窥，虽魏阳元之射，王汝南之骑，无以加焉。'"② 王僧虔卒于永明三年（485），时年六十。推之，其应生于元嘉三年（426）。元嘉二十二年（445）时，二十岁，开始出仕为官，任秘书郎。袁淑与王僧虔相交应在同为太子僚佐（王僧虔任太子舍人，袁淑任太子中庶子）之时。上文考辨，袁淑任太子中庶子应在元嘉二十四年（447）时，则王僧虔任太子舍人以及二人相交时间亦在此前后。且就袁淑"文情鸿丽，学解深拔"等语来看，其对王僧虔甚为雅重。

王慈乃王僧虔之子。《南史·王僧虔·王慈传》："慈，字伯宝。年八岁，外祖宋太宰江夏王义恭迎之内斋，施宝物恣听所取，慈取素琴石砚及孝子图而已，义恭善之。袁淑见其幼时，抚其背曰：'叔慈内润也。'"③ 可见，袁淑应与王僧虔关系甚密，常至其家谈论文义，否则不会见到年幼的王慈，也不会有抚背而赞"叔慈内润"之事。

4. 袁淑与颜延之

袁淑曾与颜延之针锋相对。《南史·颜延之传》："元嘉三年，羡之等诛，征为中书侍郎，转太子中庶子，领步兵校尉，赏遇甚厚。延之既以才学见遇，当时多相推服，唯袁淑年倍小延之，不相推重。延之忿于众中折之曰：'昔陈元方与孔元骏齐年文学，元骏拜元方于床下，今君何得不见拜？'淑无以对。"④ 颜延之才盛，为众人推崇，袁淑此时年轻气盛，恃才傲物，不以为是，以致颜延之"于众中折之"。

后袁淑为刘劭所杀，颜延之作《赠谥袁淑诏》曰："夫轻道重义，亟闻其教；世弊国危，希遇其人。自非达义之至，识正之深者，孰能抗心卫主，遗身固节者哉！故太子左卫率淑，文辩优洽，秉尚贞悫。当要逼之切，意色不挠，厉辞道逆，气震凶党。虐刃交至，取毙不移。古之怀忠陨难，未云出其右者。兴言嗟悼，无废乎心。宜在加礼，永旌宋有臣焉。可赠侍中、太尉，谥曰忠宪公。"⑤ 既赞其以身殉节之高义，又赞其文才思

---

① 萧子显：《南齐书》，中华书局 1972 年版，第 591 页。
② 李延寿：《南史》，中华书局 1975 年版，第 603 页。
③ 同上书，第 603 页。
④ 同上书，第 878 页。
⑤ 严可均辑：《全宋文》，商务印书馆 1999 年版，第 352 页。

辨之优洽。

5. 袁淑与向柳

向柳乃向靖之子。《宋书·向靖·向柳传》："柳字玄季,有学义才能,立身方雅。太尉袁淑、司空徐湛之、东扬州刺史颜竣皆与友善。"[①]袁淑与向柳友善,应是因二人皆学义才能之士。

6. 袁淑与王微

袁淑曾谓王微之文旨在"诉屈",王微作《与从弟僧绰书》以辩。《宋书·王微传》："微既为始兴王浚府吏,浚数相存慰,微奉答笺书,辄饰以辞采。微为文古甚,颇抑扬,袁淑见之,谓为诉屈。"[②] 王微曾为刘浚之僚佐,与刘浚多有笺书往来。而袁淑与刘浚相交甚密,得见王微之文,以其情思沉抑,多惆怅之语,谓为"诉屈"。王微《与从弟僧绰书》曰:"似不肯眷眷奉笺记,雕琢献文章,居家近市廛,亲戚满城府,吾犹自知袁阳源辈当平此不?"[③] 表白自己性情耿介,笺书所言皆为事实。

可见,袁淑一生所交甚广,既有太子、宗王,又有朝臣、文士。其与所交之人既有因政治因素而互相依赖的,也有因文义因素而互为知赏的。

① 沈约:《宋书》,中华书局 1974 年版,第 1374 页。
② 同上书,第 1666 页。
③ 严可均辑:《全宋文》,商务印书馆 1999 年版,第 176 页。

第八章

刘宋作家疑案考(下)

第一节　王微疑案考

王微（415—453），字景玄，出生于显赫的琅琊王氏。其博学多才，诗文、书画、数术，无不通晓。锺嵘《诗品》将其置之于中品，并盛赞其"风月"篇是五言之警策者也。萧统《文选》选其《杂诗》一首。谢赫《古画品录》，将其置于第四品，并谓其与史道硕"并师荀（勖）、卫（协），各体善能"①。

目前，学界关于王微研究，已取得一定进展，特别是近年来关于《叙画》的研究成果，颇为丰硕。但关于王微其人研究，还有一些存疑之处，主要集中在两个问题上，即王微为什么屡屡辞官？王微的死因是什么？下面，我对这两个问题来做一考辨。

一　王微辞官原因考

王微出身官宦世家，祖辈、父辈皆居要职。祖王珣，历任辅国将军、吴国内史、尚书右仆射、吏部郎、尚书左仆射、征虏将军、太子詹事等官职，"孝武深杖之"②。伯王弘，历任尚书仆射、抚军将军、江州刺史、司徒、扬州刺史、太保等官职，其议每为皇帝依允。父王孺，官至光禄大夫。叔王昙首，"为上所亲委，任兼两宫"③。可见，王微祖辈、父辈均身居高官，位极人臣，深获恩遇，备受隆宠。王微呢？本传载："年十六，

① 谢赫：《古画品录》，人民美术出版社 1959 年版，第 19 页。
② 房玄龄：《晋书》，中华书局 1974 年版，第 1756 页。
③ 沈约：《宋书》，中华书局 1974 年版，第 1680 页。

州举秀才，衡阳王义季右军参军，并不就。起家司徒祭酒，转主簿，始兴王浚后军功曹记室参军，太子中舍人，始兴王友。父忧去官，服阕，除南平王铄右军咨议参军。微素无宦情，称疾不就。仍除中书侍郎，又拟南琅邪、义兴太守，并固辞。"① 纵观王微一生，只有一次入仕为官的经历，之后"称疾不就""并固辞"。其出身仕宦之家，又屡为朝廷征辟，备受友人推举，为何屡屡辞官呢？

史传载，王微是"素无宦情，称疾不就"，之后李泽厚、徐复观、陈传席等人皆以此为是，然这是王微却官的真正原因吗？答曰：非也。若其确实"素无宦情"，为何还曾踏入仕途，任司徒祭酒、主簿，始兴王浚后军功曹记室参军，太子中舍人之职呢？若其确实病情严重，以祖辈、父辈之声望、地位，其向朝廷申请调换一清闲之职即可，为何一定"固辞不就"呢？显然这是王微的推脱之辞。那么王微辞官的真正原因是什么呢？

刘氏出身布衣，起自军旅，手下将帅如檀道济、朱龄石、到彦之、沈庆之等亦多非世族出身，因此建宋以后，着力任用寒士、庶族、士族次门势力迅速崛起，门阀世族势力日渐衰落。田余庆云："次等士族的势力业已转化为皇权，中枢和藩镇总是控制在皇室之手，门阀士族人物虽然还可能兴风浪于一时，形成政局的暂时反复，但是严格意义上的门阀政治是确定不移地一去不返了。"② 琅邪王氏如王弘、王华、王昙首等虽然仍在朝廷占有一席之地，但势力已大大削减，难以与统治者相抗衡，"王与马共天下"的局面早已不复存在。刘氏诸王斗争频繁，政局不稳，皇帝需借门阀世族之势力来巩固政权，故仍然擢用世族子弟。为避免某一世族势力借机发展壮大，其同时提拔不同家族之人才，令几个强大世族之间彼此制约，以实现利益的平衡。故琅邪王氏只是皇帝用以制衡其他世族势力及诸王势力的工具，在皇权控制下其并不能发展壮大。王氏子弟也已感受到了家族日益衰败的气息，面对难以逆转的政治形势，他们的愿望与能力，"已不再是拥有中枢实权，而是自保家门而已"③。诚如赵翼《廿二史劄记》云："次则如王弘、王昙首、褚渊、王俭等，与时推迁，为兴朝佐命，以自保其家世，虽市朝革易，而我只门第如故，以是为世家大族，迥

① 沈约：《宋书》，中华书局1974年版，第1664—1665页。
② 田余庆：《东晋门阀政治》，北京大学出版社2005年版，第326页。
③ 罗宗强：《魏晋南北朝文学思想史》，中华书局1996年版，第182页。

异于庶姓而已。"①

政治形势波诡云谲，为保家门之荣耀，王氏子弟无不谨慎处之。王弘"明敏有思致，既以民望所宗，造次必存礼法"②，因恩遇甚隆而多次请求文帝降职。元嘉五年时，宋遇大旱，王弘引咎逊位，曰："陛下忘其不腆，又重之以今任。正位槐鼎，统理神州，珥貂衣衮，总录朝端，内外要重，顿萃微躬，穷极宠贵，人臣莫比……伏念惶报，五情飞散，虽曰厚颜，何以宁处……今履端惟始，朝庆礼毕，辄还私门，思愆家巷，庶微塞天谴，少弭谤讟。"③ 王弘虽深受隆遇，穷极宠贵，但却并不敢因此而造次，稍有过错，即请求退还家巷，以免遭人非议。王昙首、王华助文帝诛徐羡之，平谢晦，功勋卓著，文帝欲封王氏兄弟，适逢宴集，举酒劝之，因拊御床曰："此坐非卿兄弟，无复今日。"④ 对于文帝加官晋爵之美意，王昙首答曰："近日之事，衅难将成，赖陛下英明速断，故罪人斯戮。臣等虽得仰凭天光，效其毫露，岂可因国之灾，以为身幸。"⑤ 王氏兄弟不仅不敢居功自傲，还将自身之功勋归于文帝。所谓"满招损、谦受益"，在家族地位日渐下降，世族子弟屡遭屠戮的境遇下，王氏子弟莫不以"止足"为贵，处处小心，步步谨慎，生怕因自身之过错，为家门带来灭顶之灾。

王微深受此影响，其《与从弟僧绰书》曰："吾虽无人鉴，要是早知弟，每共宴语，前言何尝不以止足为贵。且持盈畏满，自是家门旧风，何为一旦落漠至此，当局苦迷，将不然邪！"⑥ 在其思想深处，秉承家门旧风，保全自身、维系王氏一族的地位是重于一切的。换句话说，若出仕为官可能会为自身及家族引来祸患，王微是宁可不做官的。《南史·王弘·王微传》载："其从弟僧绰宣文帝旨使就职，因留之宿。微妙解天文，知当有大故，独与僧绰仰视，谓曰：'此上不欺人，非智者其孰能免之。'遂辞不就。寻有元凶之变。"⑦ 王僧绰宣宋文帝之旨令王微就职，王微当晚夜观星象，谓有大凶之事发生，于是辞职不就。不久，元凶刘劭即弑父

----

① 王树民：《廿二史劄记校证》，中华书局 1984 年版，第 158 页。
② 沈约：《宋书》，中华书局 1974 年版，第 1322 页。
③ 房玄龄：《晋书》，中华书局 1974 年版，第 2531 页。
④ 沈约：《宋书》，中华书局 1974 年版，第 1679 页。
⑤ 同上书，第 1680 页。
⑥ 严可均辑：《全上古三代秦汉三国六朝文》，中华书局 1958 年版，第 2538 页。
⑦ 李延寿：《南史》，中华书局 1975 年版，第 578 页。

自立。这则材料虽略有传奇色彩，不足为信。但却从一个侧面反映出王微其实对政局有着清醒的认识，倘若其应宋文帝之旨任吏部郎之职，作为文帝之亲旧，刘劭篡位，其必然难逃厄运。

另外，王微性格耿介，并不适合出仕为官。王微与其弟僧谦互为知己，自称："平生意志，弟实知之"①，僧谦曾云："兄为人矫介欲过，宜每中和。"②"矫介"，孤高耿介，常不与人类。《宋书·隐逸传·戴颙》："三吴将守及郡内衣冠，要其同游野泽，堪行便往，不为矫介，众论以此多之。"③ 与戴颙"不为矫介"的行事作风相反，王微是"常住门屋一间，寻书玩古，如此者十余年"④。王微对自己也有着清醒的认识，《与从弟僧绰书》曰："衣冠胄胤，如吾者甚多，才能固不足道，唯不倾侧溢诈"，"作人不阿谀，无缘头发见白，稍学诣诈"⑤。《报何偃书》曰："不好诣人，能忘荣以避权右，宜自密应对举止，因卷惭自保，不能勉其所短耳。"⑥ "不倾侧溢诈""不阿谀""不好诣人"，这样的性格特征，与嵇康倒有几分相像，值得深思的是，嵇康是因此而走向生命悲剧的。王微文章曾提及王僧绰、江湛、何偃三人，来看一下此三人的性格特征。王僧绰，本传载："年十三，太祖引见，下拜便流涕哽咽，上亦悲不自胜。"⑦ 江湛，本传载："上大举北代，举朝为不可，唯湛赞成之。"⑧ 何偃，本传载："尚之及偃善摄机宜，曲得时誉。"⑨ 与此三人相比，王微既不会投其所好，又不善摄机宜。官场是迎来送往、尔虞我诈的，王微"内怀耿介，峻节不可轻干"⑩，其若步入官场便如入虎穴，其深知于此，故刻意与刘宋政权相疏离，与官场保持距离，以保全自身、保全家族。

没有俸禄，王微的生活过得十分清苦。《与从弟僧绰书》曰："家本贫馁，至于恶衣蔬食，设使盗跖居此，亦不能两展其足，妄意珍藏也。"⑪

---

① 严可均辑：《全上古三代秦汉三国六朝文》，中华书局 1958 年版，第 2539 页。
② 同上。
③ 沈约：《宋书》，中华书局 1974 年版，第 2276 页。
④ 同上书，第 1670 页。
⑤ 严可均辑：《全上古三代秦汉三国六朝文》，中华书局 1958 年版，第 2538 页。
⑥ 同上。
⑦ 沈约：《宋书》，中华书局 1974 年版，第 1850 页。
⑧ 同上书，第 1848 页。
⑨ 同上书，第 1608 页。
⑩ 同上书，第 1672 页。
⑪ 严可均辑：《全上古三代秦汉三国六朝文》，中华书局 1958 年版，第 2538 页。

《报何偃书》曰："家贫乏役，至于春秋令节，辄自将两三门生，入草采之。"① 陶渊明曾因"家贫，耕植不足以自给"②，再入仕途，"见用为小邑"③。王微家境贫穷到盗跖"亦不能两展其足"的地步，却未重入仕途，可见其却官的立场是十分坚定的。

因此，王微辞官或许有史传所言的素无宦情、疾病缠身的因素，但此二者绝不是主要原因。王微对政治形势、家族境遇以及自身有着清醒的认识，其辞官是在门阀世族衰落、琅琊王氏势力滑坡的历史大背景下，结合自身之性格特征，为保全家门、保全自己而做出的选择。

二 王微死因考

关于王微之死，史传言："（王僧谦）遇疾，微躬自处治，而僧谦服药失度，遂卒。微深自咎恨，发病不复自治，哀痛僧谦不能已，……僧谦卒后四旬而微终。"④ 指明王微之死，既与自身疾病有关，也与其弟僧谦之死有关，然史传所言太过泛泛，对王微所患之病，以及其弟僧谦之死有欲盖弥彰之嫌，下面我们来做一具体考述。

王微确是身患疾病，他在文章中多次提到自己的病痛。《报何偃书》曰："至于生平好服上药，起年十二时病虚耳。"⑤《与江湛书曰》："弟心病乱度，非但寒蹙而已"，"何为劫勒通家疾病人"，"吾本仁人，加疹意惛，一旦闻此，便惶怖矣。五六日来，复苦心痛，引喉状如胸中悉肿，甚自忧"。⑥《与从弟僧绰书》曰："日日望弟来，属病终不起"，"疹疾日滋，纵恣益甚"，"吾亦自揆疾疹重侵，难复支振"，"半夕安寝，便以自度，血气盈虚，不复稍道，长以大散为和羹"，"疾废居然，且事一己"，"吾长厄不死，终误盛壮也"，"足不能行，自不得出户，头不耐风，故不可扶曳"，"而顷年婴疾，沉沦无已，区区之情，竭于生存，自恐难复，而先命猥加，魂气塞篡，常人不得作常自处疾苦，正亦卧思已熟，谓有记

① 严可均辑：《全上古三代秦汉三国六朝文》，中华书局1958年版，第2538页。
② 袁行霈：《陶渊明集笺注》，中华书局2003年版，第460页。
③ 同上。
④ 沈约：《宋书》，中华书局1974年版，第1672页。
⑤ 严可均辑：《全上古三代秦汉三国六朝文》，中华书局1958年版，第2538页。
⑥ 同上。

自论"。① 《以书告弟僧谦灵》曰:"吾长病","吾赢病"。② 等等。

　　王微所患何病呢? 据其所述,至少有三种。一是虚劳病,《诸病源候论·虚劳病》云:"虚劳之人,血气虚竭,阴阳不守,脏腑俱衰,故内生寒冷。"③ "虚劳之人,精髓萎竭,血气虚弱,不能充盛肌肤,此故赢瘦也。"④ 王微所述"起年十二时病虚","血气盈虚,不复稍道"之症状与此相合。可见,王微天生身体赢弱。二是风病,《诸病源候论·风病》云:"其状令人懈惰,精神昏愦。若经久,亦令人四肢缓纵不随。入脏则暗哑,口舌不收;或脚痹弱,变成脚气。"⑤ 王微所述"足不能行,自不得出户,头不耐风,故不可扶曳"之症状与此相合。王微身患此病,四肢怠惰。三是心病。《诸病源候论·解散病》云:"心疾而痛,或惊悸不得眠,或恍惚忘误,失性发狂。或黯黯欲眠,或愦愦喜嗔,或瘥或剧,乍寒乍热,或耳聋目暗。"⑥ 这与王微所述"吾本仁人,加疹意惜,一旦闻此,便惶怖矣。五六日来,复苦心痛,引喉状如胸中悉肿"之症状与此相合。

　　王微所食何药呢?"上药""大散",即寒食散(五石散)。关于此药之功用,《医心方》引秦承祖论云:"夫寒食之药,故实制作之英华,群方之领袖,虽未能腾云飞骨、练筋易髓,至于辅生养寿,无所与让。然水所以载舟,亦所以覆舟;散所以护命,亦所以绝命。其有浮薄偏任之士,墙面轻信之夫,苟见一候之宜,不复量其夷险,故祸成不测,毙不旋踵。斯药之精微,非中才之所究也。"⑦ 又引释慧义论云:"五石散者,上药之流也。良可以延期养命,调和性理,岂直治病而已哉。将得其和,则养命瘳疾;御失其道,则夭性,可不慎哉。此是服者之过,非药石之咎也。"⑧ 二人所论,指出寒食散利弊两面,利则益精补气、轻身延年,弊则祸成不测,毙不旋踵。

　　王微为何要服寒食散呢? 事实上,六朝名士服寒食散者甚多,如何

---

① 严可均辑:《全上古三代秦汉三国六朝文》,中华书局 1958 年版,第 2537—2538 页。
② 同上书,第 2539 页。
③ 南京中医学院:《诸病源候论校释》,人民卫生出版社 1980 年版,第 92 页。
④ 同上书,第 94 页。
⑤ 同上书,第 39 页。
⑥ 同上书,第 162 页。
⑦ [日] 丹波康赖:《医心方》,辽宁科学技术出版社 1996 年版,第 775 页。
⑧ 同上书,第 777 页。

晏、裴秀、皇甫谧、王羲之、王献之、王昙首等等。服用原因，大致有
二：一、与身体有关，用以强身健体、益寿延年。如何晏，其曰："服五
石散，非惟治病，亦觉神明开朗。"① 又如嵇含，其《寒食散赋》曰：
"余晚有男儿，既生十朔，得吐下积日，羸困危殆，决意与寒食散，未至
三旬，几于平复……伟斯药之入神，建殊功于今世。起孩孺于重困，还精
爽于既继。"② 何晏耽情声色，服散后神明开朗。嵇含之子生而羸困，服
散后日渐平复。二、与政治形势有关，用以逃避现实争斗，全身远祸。如
贺循，本传载："及陈敏之乱，诈称诏书，以循为丹阳内史。循辞以脚
疾，收不制笔，又服寒食散，露发袒身，示不可用。敏竟不逼。"③ 又如
王戎，史传载："河间王颙将诛齐王冏。檄书至，冏谓戎曰：'卿其善为
我筹之。'戎曰：'若以王就第，不失故爵。委权崇让，此求安之计也。'
冏谋臣葛旟怒曰：'议者可斩。'于是百官震悚，戎伪药发堕厕，得不及
祸。"④ 陈敏作乱，逼迫贺循任丹阳史，贺循不愿，服寒食散，露发袒身，
得以保全。王戎触怒司马冏，葛旟欲杀之，王戎诈称药发，堕入茅厕，得
以避祸。王微服散，与上述所列原因基本相同。一、他所患虚劳之病，血
气不足，多生寒冷；中风之病，四肢不协，精神昏聩。而寒食散药性酷
热，服之"令人手足温暖，骨髓充实，能消生冷，举措轻便，复耐寒
暑"⑤。故王微承当时之风尚，服用了寒食散。二、门阀世族衰落，琅琊
王氏势力下滑，其希望能远离政治斗争，但统治者屡屡征辟，友人频频推
荐，无奈，其只能服用寒食散，散发所产生的一系列症状，可成为其推却
官职的合理借口。

　　然如释慧义、秦承祖所论，寒食散虽药效卓著，却不易控制，不仅服
用时的步骤难以掌握运用，而且服用后的分解过程也十分艰难。《诸病源
候论》引皇甫谧言曰："服寒食散，二两为剂，分作三贴。清旦温醇酒服
一贴，移日一丈，复服一贴，移日二丈，复服一贴。如此三贴尽，须臾，
以寒水洗手足。……小病不能自劳者，必废失节度，慎勿服也。"⑥ "服药

　　① 余嘉锡：《世说新语笺疏》，中华书局1983年版，第87页。
　　② 严可均辑：《全上古三代秦汉三国六朝文》，中华书局1958年版，第1830页。
　　③ 余嘉锡：《世说新语笺疏》，中华书局1983年版，第1825页。
　　④ 房玄龄：《晋书》，中华书局1974年版，第1234页。
　　⑤ 孙思邈：《千金方》，中国中医药出版社1998年版，第398页。
　　⑥ 南京中医学院：《诸病源候论校释》，人民卫生出版社1980年版，第176页。

之后，宜烦劳，若赢着床不能行者，扶起行之。常当寒衣、寒饮、寒食、寒卧，极寒益善。若药未散者，不可浴，浴之则秩寒，使药噤不发，令人战掉，当更温酒饮食，起跳跃，舂磨出力，令温乃浴，解则止，勿过多也。又当数令食，无昼夜也。一日可六七食，若失食饥，亦令人寒，但食则温矣。"① 等等。服用时要适量有度，按时进行。服用后要强行运动，着寒衣，吃寒食，不可浴，起跳跃等，禁忌甚多，若稍有不慎，即猝发而亡。六朝名士因此而丧命者甚多，如裴秀，史传载："服寒食散，当饮热酒而饮冷酒，泰始七年薨，年四十八。"② 裴秀服散后，当饮热酒而饮冷酒，以致于亡。又如江敩，本传载："隆昌元年，为侍中，领国子祭酒。郁林废，朝臣皆被召入宫，敩至云龙门，托药醉吐车中而去。"③ 江敩在服寒食散后，饮酒过量，以至于亡。等等。

　　余嘉锡先生在《寒食散考》中将散发致病或死之原因，概括为三：一、服之过多以至于死也；二、不当服而妄服以致死也；三、服散之后，热毒沦于骨髓，成为终身痼疾也。④ 史传所言"僧谦服药失度"，即是余嘉锡先生所说的第一种原因，"魏晋人深信寒食散可以治虚劳百病，不肯劝人焚绝其方，故不言五石之不可服，第曰此服药失节度云耳。"⑤ 可见，"服药失度"不过是美化之词，王僧谦乃是因服寒食散过量而猝死。王微呢？其是余嘉锡先生所说的第三种原因。"盖服寒食散之后，有自然必发之病，消息之可愈，有因失节度而发之病，则或愈或不愈矣。然药性至热，鲜有不生他病者。"⑥ 其十二岁开始服散，至王僧谦死，已达二十七年，即使降息得当，每每愈之，但热毒早已深入骨髓、渗进脏腑，演化为痼疾。皇甫谧言："暴发不常，夭害年命，远者数十岁，近者五六岁。"⑦ 而王微已达二十七年，死亡不过是旦夕之间的事。可见史传所言的"咎恨""哀痛"，也是美化之词，王僧谦之死不过只是一个催化剂，真正致王微于死地的是沉于其体内多年的寒食散。

　　因此，王微幼年患虚劳等病，身体赢弱，多生寒冷，故服寒食散。寒

---

① 南京中医学院：《诸病源候论校释》，人民卫生出版社1980年版，第177页。

② 房玄龄：《晋书》，中华书局1974年版，第1040页。

③ 萧子显：《南齐书》，中华书局1972年版，第759页。

④ 余嘉锡：《余嘉锡文史论集》，岳麓书社1997年版，第205—207页。

⑤ 同上书，第205页。

⑥ 同上。

⑦ 南京中医学院：《诸病源候论校释》，人民卫生出版社1980年版，第172页。

食散药性刚烈，有如鸦片，王微经年服用，中毒至深。后，其弟王僧谦死，王微万念俱灰，难以自振，最后毒发而亡。

第二节　谢庄疑案考

谢庄（421—466），字希逸，是刘宋文学史上一位具有诗运转关意义的重要作家，其作标志着元嘉体向永明体的过渡，是刘宋中后期文坛上的"风流领袖"。

目前，学界关于谢庄生平研究，已取得一定进展，如曹道衡、沈玉成《中古文学史料考》，曹道衡、刘跃进《南北朝文学编年史》，李福庚《南北朝作家编年初稿》等。诸位先生对谢庄之生平事迹虽有较翔实的考证，但还有一些存疑或未涉及处，下面，我就个别问题再做一考述。

一　谢庄元嘉仕历考

谢庄一生历经五位皇帝，分别为宋武帝刘裕、宋少帝刘义符、宋文帝刘义隆、孝武帝刘骏，宋明帝刘彧，他主要生活在宋文帝元嘉时期（424—453），孝武帝孝建（454—456）、大明（457—463）时期，其中孝建、大明时期仕历时间较为明晰，元嘉间仕历时间多无记载。下面我就谢庄元嘉仕宦时间做一考述。

本传载："初为始兴王浚后军法曹行参军；转太子舍人，庐陵王文学，太子洗马，中舍人，庐陵王绍南中郎谘议参军，转随王诞后军谘议，并领记室。"[1]

谢庄任始兴王刘浚后军法曹行参军。《宋书·二凶·刘浚传》："元嘉十三年，年八岁，封始兴王。十六年，都督湘州诸军事、后将军、湘州刺史。十七年，为扬州刺史，将军如故，置佐领兵。十九年，罢府。"[2] 刘浚于元嘉十六年为后将军，十七年置佐领兵，十九年，罢府。自十六年至十七年，仅一年之间，从建康至湘州，又从湘州至豫州，刘浚此时年仅十一，颠越徙迁，不合常理，应为仅授官而未镇也。自十七年置佐领兵至十九年罢府，谢庄当在此期间入仕。又《梁书·武帝纪》载："甲族以二十

---

① 沈约：《宋书》，中华书局 1974 年版，第 2167 页。
② 同上书，第 2435 页。

登仕，后门（士族次门、寒门）以过立（30 岁以上）试吏。"① 谢庄出身甲族，依常例，当在元嘉十七年（440）入仕，时二十岁。

谢庄又转太子舍人，庐陵王文学，太子洗马，中舍人。关于其任职时间，未有记载。《宋书·何偃传》载："元嘉十九年，为丹阳县丞，除庐陵王友，太子中舍人，中书郎，太子中庶子。"② 谢庄与何偃相交甚深，之后又同任侍中、太子中庶子等职，其与何偃任太子及庐陵王僚佐时间应相差无几，约在元嘉十九年（442），谢庄二十二岁左右。

谢庄任庐陵王刘绍南中郎谘议参军。《宋书·武三王·刘绍传》："（元嘉）二十年，（刘绍）出为南中郎将、江州刺史，时年十二。"③ 谢庄任庐陵王文学当在此后。时江州统豫章、鄱阳、庐陵、武昌等十郡。初治豫章，后改寻阳。谢庄有诗《游豫章西观洪崖井诗》《自浔阳至都集道里名为诗》，《水经注·赣水》载，豫章西北有散原山，山有洪井，飞流悬注，其深无底，旧说为洪崖先生之井，"又按谢庄诗，庄常游豫章，观井赋诗，言栾冈之四周有水，谓之鸾陂，似非虚论矣"。④ 足证谢庄曾在江州。又谢庄有《侍宴蒜山诗》，据《文帝纪》载，元嘉二十六年二月，驾幸丹徒，五月返建康。《文选》录颜延之《车驾幸京口侍游蒜山作》，李善注引曰："集曰：元嘉二十六年也。"⑤ 可见，元嘉二十六年春，谢庄在建康。因此，谢庄至江州，任庐陵王刘绍僚佐，应在元嘉二十年（443）至元嘉二十六年（449）二月。

谢庄转随王刘诞后军谘议，并领记室。《宋书·文五王·刘诞传》："（元嘉）二十六年，出为都督雍、梁、南北秦四州、荆州之竟陵、随二郡诸军事、后将军、雍州刺史。""以广陵雕弊，改封随郡王。上欲大举北讨，以襄阳外接关、河，欲广其资力，乃罢江州军府，文武悉配雍州，湘州入台税租杂物，悉给襄阳。"⑥《宋书·沈怀文传》载："随王诞镇襄阳，出为后军主簿，与谘议参军谢庄共掌辞令"。⑦ 时雍州统襄阳、南阳、随郡等五郡。由此，谢庄至襄阳，任随王刘诞后军谘议并领记室时间应在

---

① 姚思廉：《梁书》，中华书局 1974 年版，第 25 页。
② 沈约：《宋书》，中华书局 1974 年版，第 2167 页。
③ 同上书，第 1639 页。
④ 曹道衡、沈玉成：《中古文学史料丛考》，中华书局 2003 年版，第 319 页。
⑤ 同上。
⑥ 沈约：《宋书》，中华书局 1974 年版，第 2036 页。
⑦ 同上书，第 2103 页。

元嘉二十六年五月后。又谢庄有诗《怀园引》："去旧国，违旧乡，旧山旧海悠且长。回首瞻东路，延翩向秋方。登楚都，入楚关，楚地萧瑟楚山寒。"可知，他是在秋季入雍州。又据《文帝纪》，元嘉二十八年三月，以辅国将军臧质代随王刘诞为雍州刺史，五月，以刘诞为安南将军、广州刺史。谢庄当在此时返回建康。因此，谢庄至雍州，任随王刘诞后军谘议及记室，应在元嘉二十六年（449）秋至元嘉二十八年（451）春。

可见，谢庄约在元嘉十七年（440）入仕，二十岁左右，在扬州，任始兴王刘浚后军法曹行参军。约在元嘉十九年（442），转太子舍人，庐陵王文学，太子洗马，中舍人。在元嘉二十年（433）至二十六年（449）二月，在江州，任庐陵王刘绍南中郎谘议参军。在元嘉二十六年（449）秋至二十八年（451）春，在雍州，任随王刘诞后军谘议及记室。

二　谢庄尚文帝女考

关于谢庄尚文帝女之事，其本传并无记载。然《后妃·孝武文穆王皇后传》载云："宋世诸主，莫不严妒，太宗每疾之。……上乃使人为敫作表让婚，曰：……自晋氏以来，配上王姬者，虽累经美胄，亟有名才，至如王敦慑气，桓温敛威，真长佯愚以求免，子敬灸足以违诏，王偃无仲都之质，而倮露于北阶，何瑀阙龙工之姿，而投躯于深井，谢庄殆自同于矇瞍，殷冲几不免于强锄。彼数人者，非无才意，而势屈于崇贵，事隔于闻览，吞悲茹气，无所逃诉……"[1] 提及谢庄尚主事。曹道衡先生引《廿二史考异》云："《谢庄传》无尚主事，疑以目疾辞，遂停尚主事也。"[2] 认为谢庄无尚主事。经仔细研读史料，我认为，谢庄有尚主之事。

就《孝武文穆王皇后传》所提到的王敦、桓温、刘惔、王献之、王偃、何瑀、殷冲几人中，除了殷冲，史书载其平生事迹较少，未提及尚主事，其余几人皆有明文记载。王敦，《晋书·王敦传》载："少有奇人之目，尚武帝女襄城公主"[3]。桓温，《晋书·桓温传》载："豪爽有风概，姿貌甚伟，面有七星……选尚南康长公主"[4]。刘惔，《晋书·刘惔传》

① 沈约：《宋书》，中华书局 1974 年版，第 2436 页。
② 曹道衡、沈玉成：《中古文学史料丛考》，中华书局 2003 年版，第 319 页。
③ 房玄龄：《晋书》，中华书局 1974 年版，第 2553 页。
④ 同上书，第 2568 页。

载："少清远，有标奇……尚明帝女庐陵公主"①。王献之，《晋书·王羲之·王献之传》载："少有盛名，而高迈不羁，虽闲居终日，容止不怠，风流为一时之冠……以选尚新安公主"②。王偃，《南史·王诞·王偃传》："偃，字子游，母晋孝武帝女鄱阳公主。宋受禅，封永成君。偃尚宋武帝第二女吴兴长公主，讳荣男"③。何瑀，《宋书·后妃·前废帝何皇后·何瑀传》："瑀，字稚玉，晋尚书左仆射澄曾孙也。祖融，大司农。瑀尚高祖少女豫章康长公主，讳欣男"④。上述几人均在其列，谢庄怎会例外？

　　史料载，配上王姬者，需"累经美胄，亟有名才"，而谢庄完全具备此条件。首先，他出身上等世族，门第之高贵自不待言。其次，他风姿甚为出众。本传载："（庄）七岁能属文，及长，韶令美容仪，宋文帝见而异之，谓尚书仆射殷景仁、领军将军刘湛曰：'蓝田生玉，岂虚也哉。'"⑤年少时，便为文帝赞作蓝田美玉。《南史·谢览传》："览字景涤，意气闲雅，视瞻聪明，武帝目送良久，谓徐勉曰：'觉此生芳兰竟体，想谢庄政当如此。'自此仍被赏味。"⑥谢览乃谢瀹之子，谢庄之孙，时隔三辈，时人仍以谢庄之姿容去相较其孙，可见其风姿非同一般。最后，他文才拔卓、声名甚著。本传载："元嘉二十七年，魏攻彭城，遣尚书李孝伯与镇军长史张畅语，孝伯访问庄及王微，其名声远布如此。"⑦其美誉不仅盛在当朝而且还远布域外。本传载："二十九年，除太子中庶子。时南平王铄献赤鹦鹉，普诏群臣为赋。太子左卫率袁淑文冠当时，作赋毕，赍以示庄；庄赋亦竟，淑见而叹曰：'江东无我，卿当独秀。我若无卿，亦一时之杰也。'遂隐其赋。"⑧袁淑"文冠当时"，在二赋相较之下，以谢庄更胜一筹，可见其文笔不同凡响。张溥《谢光禄集题词》："居风貌之中，获高明之福，有微子（谢庄之父谢弘微，号曰微子）遗则焉。"⑨此评甚

①　房玄龄：《晋书》，中华书局1974年版，第1990页。
②　同上书，第2104页。
③　李延寿：《南史》，中华书局1975年版，第618页。
④　沈约：《宋书》，中华书局1974年版，第1293页。
⑤　同上书，第2167页。
⑥　李延寿：《南史》，中华书局1975年版，第39页。
⑦　沈约：《宋书》，中华书局1974年版，第2167页。
⑧　同上书，第2167—2168页。
⑨　张溥著，殷孟伦注：《汉魏六朝百三家集题辞注》，人民文学出版社1963年版，第184页。

为精当。可见,就谢庄之人格气质与文才声名来看,其完全具备"配上王姬者"之条件。

因此,《孝武文穆王皇后传》所载的王敦、桓温、刘惔、王献之、王偃、何瑀均有尚主之事,谢庄位列其中,且其人格及才名亦合"配上王姬者"之条件,故其亦应有尚主之事。

三 辞却吏部尚书原因考

孝建元年(454),谢庄三十四岁,拜吏部尚书。同年冬天,他即向时任大司马的江夏王刘义恭呈上了《与江夏王义恭笺》,表达自己辞却吏部尚书之意愿。笺曰:"下官凡人,非有达概异识,俗外之志,实因羸疾……禀生多病,天下所悉,两胁癖疾,殆与生俱,一月发动,不减两三,每至一恶,痛来逼心,气余如缢。利患数年,遂成痼疾,吸吸惙惙,常如行尸。恒居死病,而不复道者,岂是疾痊,直以荷恩深重,思答殊施,牵课恇瘵,以综所忝。眼患五月来便不复得夜坐,恒闭帷避风日,昼夜悟慵,为此不复得朝谒诸王,庆吊亲旧,唯被敕见,不容停耳。……家世无年,亡高祖四十,曾祖三十二,亡祖四十七,下官新岁便三十五,加以疾患如此,当服几时见圣世,就共中煎恼若此,实在可矜。前时曾启愿三吴,敕旨云,'都不须复议外出。'莫非过恩,然亦是下官生运,不应见一闲逸。今不敢复言此,当付之来生耳。但得保余年,无复物务,少是养疴,此便是志愿永毕。在衡门下,有所怀,动止必闻,亦无假居职,患于不能裨补万一耳。识浅才常,羸疾如此,孤负主上擢受之恩,私心实自哀愧。"[①]

谢庄自述辞职是因为"羸疾",据其所述,所患之病,至少有三种:一、先天性的"两胁癖疾",一月发作两三次,"每至一恶,痛来逼心,气余如缢";二、"利患数年",已成痼疾,令其"吸吸惙惙,常如行尸";三、新添的眼疾,自五月份开始发作,"帷避风日,昼夜悟慵"。另外,家族之人亦多早夭,生怕自己步先祖后尘。其所陈病种之多,病情之重,令人唏嘘,然谢庄真是因为病情严重而辞职吗?或者说谢庄之疾病是其辞职的根本原因吗?

我们不妨来分析一下,首先,谢庄若真是因为疾病原因,其请求孝武

---

① 沈约:《宋书》,中华书局 1974 年版,第 344 页。

帝赐予一轻松之职便可,何须辞官呢?其次,谢庄若真病情严重,刘宋王朝人才济济,孝武帝又何必去勉强一个病人去任此职呢?显然,谢庄是"装病",否则孝武帝不会不接受其请辞,而是在过了三年之后,才因为其"坐辞疾多,免官"。既然谢庄并未真病,那么其辞职的真正原因是什么呢?翻阅史书,我们便会发现称病辞官者数不胜数,或者说历朝历代的官员常会因自身与统治者或其他官员之间的矛盾,称疾辞官,以实现保全自己或达到以退为进的目的。事实上,谢庄即属此种情况。

　　谢庄所辞之职是吏部尚书,此职干系重大,孝武帝曾谓此职"选曹枢要,历代斯重,人经此职,便成贵涂。"① 孝武帝为了独揽大权,一直在削弱由世族所把持的吏部尚书郎之势力,这在《宋书》中有多处记载。《宋书·颜师伯传》曰:"上不欲威柄在人,亲览庶务,前后领选者,唯奉行文书"②。《宋书·恩幸·戴法兴传》:"世祖亲览朝政,不任大臣。"③《宋书·孔觊传》载:"世祖不欲威权在下,其后分吏部尚书置二人,以轻其任。"④ 刘氏出身寒族,自建王朝以来,着力提拔重用庶人,门阀士族之地位今非昔比,东晋"王与马,并天下",皇室与门阀士族共占江山的统治方式早已一去不复返。作为高等望族的子弟,谢庄不可能感觉不到这其中之变化,政治嗅觉敏锐的他,早已洞察到孝武帝之意。

　　谢庄出身陈郡谢氏,家族成员经年供职于朝廷,深解官场中位高权重、恩荣遇盛的危险性,家门以清淡简素、抱拙藏器为贵。如谢晦(谢庄之族叔)为高祖倚重,手握重兵,"权遇已重,于彭城还都迎家,宾客辐辏,门巷填咽"⑤,盛极一时,其兄谢瞻(谢庄之族叔)见此,深为恐惧,惊骇谓晦曰:"汝名位未多,而人归趣乃尔。吾家以素退为业,不愿干预时事,交游不过亲朋,而汝遂势倾朝野,此岂门户之福邪?"⑥ 乃篱隔门庭,曰:"吾不忍见此。"⑦ 之后,谢瞻又自求高祖降官,曰:"臣本素士,父、祖位不过二千石。弟年始三十,志用凡近,荣冠台府,位任显

---

① 沈约:《宋书》,中华书局1974年版,第2174页。
② 同上书,第1994页。
③ 同上书,第2302页。
④ 同上书,第2154页。
⑤ 同上书,第1557页。
⑥ 同上。
⑦ 同上。

密，福过灾生，其应无远。特乞降黜，以保衰门。"① 所谓盛极必衰，谢
瞻恐惧其弟"势倾朝野"，为谢氏一族招致祸患，求乞降黜，以保全家
门。与谢瞻此种全身远祸心态表现相同的是谢庄之父谢弘微，《宋书·谢
弘微传》："（元嘉）六年，东宫始建，领中庶子，又寻加侍中。弘微志在
素官，畏忌权宠，固让不拜，乃听解中庶子。"② 高官厚禄诚然诱人，但
却也是招致祸患之始源，故而谢弘微固让不拜，以保全自身。可见，保全
家族、适时而退是家族成员出入官场的目的和法则，谢庄作为谢氏之成
员，不可能不受此影响。

　　另外，家族之人在官场上所经历的血雨腥风，对谢庄亦产生着深刻的
影响。谢澹（谢庄之族）在晋末因投靠刘毅而死，谢晦（谢庄之族叔）
因参与皇子废立招致宋文帝忌恨而被杀，谢综（谢庄之族叔）因参与刘
义康篡位而被杀，谢灵运（谢庄之族叔）则被冠以谋反的罪名被杀。这
一桩桩、一件件的命案，无不令其引以为鉴，以"止足"自警。

　　因此，谢庄"屡经披请"，坚决辞却"铨衡治枢，兴替攸寄"吏部尚
书郎，是为了避免与孝武帝发生直接对抗，是在门阀士族衰落的历史进程
中，为保全自己、保全家族而做出的选择。

第三节　汤惠休疑案考

　　汤惠休（？—？），俗姓汤，字茂远。诗名甚著，与鲍照并称"休
鲍"。《南齐书·文学传论》云："颜、谢并起，乃各擅奇，休、鲍后出，
咸亦标世。"③ 锺嵘《诗品》云："大明、泰始中，鲍休美文，殊已动
俗。"④ 明朱右《白云稿》云："予尝观晋唐以来高僧，以诗名者固不少
也。若支遁之冲淡，惠休之高明，贯休、高己之清丽，灵彻、皎然之洁
峻，道标、无本之超绝，惠勤、道潜之滋腴，虽造诣不同，要适于情性，
寓意深远，至于今传诵不衰。"⑤ 刘师培《中古文学史讲义》云："晋宋

---

① 沈约：《宋书》，中华书局 1974 年版，第 1557 页。
② 同上书，第 1593 页。
③ 萧子显：《南齐书》，中华书局 1972 年版，第 908 页。
④ 陈延杰：《诗品注》，人民文学出版社 1980 年版，第 68 页。
⑤ 朱右：《白云稿》，永瑢等《四库全书·集部》，第 1228 册，第 73—74 页。

之际，若谢混、陶潜、惠休之诗，均自成派"①。惠休作为一代诗僧，自成一派，不仅引领了大明、泰始文学的俗化风尚，还深刻地影响了后世诗人的创作。

关于惠休之生平事迹，史书言之甚少，沈玉成、曹道衡先生《汤惠休事迹》推测"惠休之卒当晚于鲍照"，"其卒年当在宋季"。② 徐湛之本传记载云："（元嘉）二十四年（447），（徐湛之）出为前军将军、南兖州刺史。善于为政，威惠并行。广陵城旧有高楼，湛之更加修整，南望钟山。城北有陂泽，水物丰盛。湛之更起风亭、月观、吹台、琴室，果竹繁茂，花药成行，招集文士，尽游玩之适，一时之盛也。时有沙门释惠休，善属文，辞采绮艳，湛之与之甚厚。世祖命使还俗。本姓汤，位至扬州从事史"③。后世论惠休者，多引用此材料。就这条材料来看，我们可获知的信息有三点：一、惠休曾在元嘉二十四年（447）左右，与时任南兖州刺史的徐湛之相交。据《宋书·州郡志》载，宋文帝时，南兖州之治在广陵，故二人相交应在广陵。二、惠休以诗名世，"辞彩绮艳"，深受徐湛之等人知赏。三、惠休曾被孝武帝敕令还俗，还俗后任扬州从事史。下面，我们即对惠休还俗时间与原因，以及交游情况做一考证。

一　汤惠休还俗考

刘宋时，佛教传入已久，势力日趋扩大，沙门释氏中不乏鱼龙混杂者，他们骄奢侈竞，玩弄权术。早在文帝元嘉十二年（435）时，丹阳尹萧摩之就曾上奏曰："自顷以来，情敬浮末，不以精诚为至，更以奢竞为重。旧宇颓弛，曾莫之修，而各务造新，以相妨尚。甲第显宅，于兹殆尽，材竹铜彩，糜损无极，无关神祇，有累人事。建中越制，宜加裁检，不为之防，流遁未息。"④ 所奏获得统治者认可，沙汰沙门，罢道者数百人。然历经数年，沙门侈滥之状不仅未得到控制，反而日趋严重。世祖大明二年（458），竟有昙标道人与羌人高阇联合谋反之事，于是孝武帝又下诏曰："佛法讹替，沙门混杂，未足扶济鸿教，而专成逋薮。加倾奸心频发，凶状屡闻，败乱风俗，人神交忿。可付所在，与寺耆长，精加沙

---

① 刘师培：《中国中古文学史讲义》，上海古籍出版社2000年版，第73页。
② 曹道衡、沈玉成：《中古文学史料丛考》，中华书局2003年版，第367页。
③ 沈约：《宋书》，中华书局1974年版，第1847页。
④ 严可均辑：《全宋文》，商务印书馆1999年版，第425页。

汰。后有违犯，严加诛坐，主者详为条格速施行。"① 于是设诸条禁，若非戒行精苦者，并使还俗。

惠休呢？释怀信《释门自镜录》卷上《俗学无裨录·宋彭城寺慧琳毁法被流目盲事（慧休附）》载云："慧休，字茂远，俗姓汤，住长干寺。流宕倜傥，嗜酒好色，轻释侣，慕俗意。"② 唐释神清《北山录》载云："复有狂狷之夫，弃乎本教，聊览坟索，游行内侮，若豕负涂，洁则忌之。（其有辞亲慕道，割爱为僧，而不知励己进修，全弃教典，专心外习，吟咏风骚，而于本教反生轻侮，故我高德顾之，忌如秽物。所谓辜负先圣无利檀越。沈坠三涂。自贻伊咎也）如宋慧琳、慧休之流也（二子皆江表诗僧，于道德则无取者也）……慧休为文，名冠上才。嗜酒色，无仪法（蜀僧可朋亦然，死于逆旅，尸弃郊野）。孝武以其污沙门行，诏勒还俗，补扬州文学从事，患不得志，终于句容令焉。"③（括号字为释慧宝所作注文）就上述两条史料来看，惠休乃是嗜酒好色，行无仪法，无视佛门禁律之辈，自然处在孝武帝沙汰沙门之列。因此，惠休是在世祖大明二年（458），因狂狷傲诞、素无戒行，而被迫还俗。

值得注意的是，惠休在"敕令"还俗后，并未成为寒衣素士，而是步入仕途，转任"扬州从事史"。这是为什么呢？

其一，惠休文才卓著，于当时文坛影响甚大。《南史·颜延之传》："延之尝问鲍照己与灵运优劣，照曰：'谢五言如初发芙蓉，自然可爱。君诗若铺锦列绣，亦雕缋满眼。'延之每薄惠休诗，谓人曰：'惠休制作，委巷中歌谣耳，方当误后生。'"④ 钟嵘《诗品》："惠休淫靡，情过其才。世遂匹之鲍照，恐商、周矣。羊曜璠云：'是颜公忌照之文，故立休、鲍之论。'"⑤ 这是中国文学史上，颜延之与惠休因诗歌审美内涵认识不同，而产生的一段公案。孰是孰非，谌东飙⑥、许云和⑦等诸位先生已有论述。抛开公案本身，我们会发现这样一个事实，即既元嘉颜、谢之后，休、鲍

① 严可均辑：《全宋文》，商务印书馆 1999 年版，第 49 页。
② 释怀信：《释门自镜录》，高楠顺次郎等《大正藏》，第 51 册，第 809 页。
③ 释神清：《北山录》，高楠顺次郎等《大正藏》，第 52 册，第 629 页。
④ 李延寿：《南史》，中华书局 1975 年版，第 881 页。
⑤ 陈延杰：《诗品注》，人民文学出版社 1980 年版，第 67 页。
⑥ 谌东飙：《鲍照和惠休何尝贬颜》，《湘潭大学学报》1991 年第 1 期。
⑦ 许云和：《"芙蓉出水"与"错彩镂金"——关于惠休与颜延之的一段公案》，《文学遗产》2016 年第 3 期。

已然成为大明、泰始诗风的引领者，其创作引导着诗歌走向俗化。此外，惠休于文坛之影响，在后世诗文创作中，可得到印证。江淹有杂体诗三十首，所拟作家如曹植、阮籍、陆机、刘琨、谢灵运等皆为文坛之翘楚，惠休能与这些人并列其中，可见其文学地位甚高。另，李白《酬裴侍御留岫师弹琴见寄》："君同鲍明远，邀彼休上人。鼓琴乱白雪，秋变江上春。"杜甫《留别公安太易沙门》："隐居欲就庐山远，丽藻初逢休上人。"白居易《广宣上人以应制诗见示因以赠》："道林谈论惠休诗，一到人天便作师。"齐己《寻阳道中作》："欲向南朝去，诗僧有惠休。"罗隐《寄处默师》："香炉烟霭虎溪月，终棹铁船寻惠休。"等等，已将惠休视为"诗僧"的代称，盛赞其文才。因此，惠休可凭借自身之诗名，获得步入仕途的机会。

其二，孝武帝对佛教持有双面态度。一方面，他从政治、社会安定的角度出发，力图对沙门进行控制，申严佛律，整顿不端，肃清异杂。史书载："孝建元年，世祖率群臣并于中兴寺八关斋，中食竟，愍孙（袁粲）别与黄门郎张淹更进鱼肉食。尚书令何尚之奉法素谨，密以白世祖，世祖使御史中丞王谦之纠奏，并免官。"① "八关斋"，是指在斋日奉行八戒（戒杀生、戒悭吝、戒淫邪、戒妄语、戒饮酒、不着华香脂粉、不为歌舞倡乐、不卧高大床），袁粲与张淹因饮酒破戒，孝武帝竟给予免官之重罚。而另一方面，他从扶持精英文化、精英人才的角度出发，对于声名卓著的僧侣又采取了刻意保护的态度。范晔于元嘉中谋反被诛，牵连甚广，其门遭十二人丧，无人前往营理，释昙迁因曾与之游狎，于是"抽货衣物，悉营葬送"，孝武帝得知此事后，非但没有治昙迁之罪，反而对徐爰说："卿著《宋书》，勿遗此士。"② 求那跋陀罗，"博通三藏，语言机智"。孝建元年时，刘义宣谋反，挟求那跋陀罗随军同行，其间求那跋陀罗与刘义宣多有书信往来。孝武帝截获求那跋陀罗后，不仅没有降罪于他，反而礼遇有加，供给衣物、车乘，敕住中兴寺。③ 惠休，"秉笔造牒，文辞斐然，非直黑衣吞音，亦是世上杜口。于是名誉顿上，才锋挺出，清艳之美，有逾古歌，流转入东，皆良咏纸贵，赏叹绝伦"④。因此其步入

① 沈约：《宋书》，中华书局1974年版，第2229页。
② 慧皎撰，汤用彤校注：《高僧传》，中华书局1992年版，第501页。
③ 同上书，第130—138页。
④ 释怀信：《释门自镜录》，高楠顺次郎等《大正藏》，第51册，第809页。

仕途，与统治者保护精英人才的政治态度有关。

二　汤惠休交游考

就我们现在所能看到的材料，惠休所结交之文士有徐湛之、鲍照、吴迈远、谢超宗等。

1. 惠休与鲍照

在刘宋文坛上，惠休与鲍照以"休鲍"并称，这不仅因二人诗风相近，还因二人相交甚深。李白《赠僧行融》即云："梁有惠休，常从鲍照游。"就现存诗歌来看，鲍照有《答休上人》与《秋日示休上人》两首，惠休有《赠鲍侍郎》一首，可见二人常有诗歌赠答之事。那么，二人相交于何时何地呢？

因鲍照两首诗均以"休上人"称惠休，故吴汝纶有言："此二诗盖（惠休）未还俗作，当在文帝时，文帝末年已见乱机，故其言如此。"[1] 陈祚明《采菽堂古诗选》论《秋日示休上人》曰："岂亦效休上人耶？'东西望楚城'，意明远与休同客荆州时作也。"[2] 二人指明休、鲍相交之时，惠休尚未还俗，且二人同客荆州。丁福林先生《鲍照年谱》考鲍照一生两次客居荆州，一是在元嘉十二年至元嘉十六年（435—439），时任临川王刘义庆国臣；二是在大明六年（462）秋后，时为临海王刘子顼军府参军，掌书记之任。[3] 而鲍照第二次客居荆州时，惠休已还俗，不应以"休上人"相称，故二人相交应在鲍照首客荆州时，即元嘉十二年至元嘉十六年。而元嘉十六年四月，临川王刘义庆改任江州，镇浔阳，鲍照随之，故二人相交应是在元嘉十二年至元嘉十五年。又据鲍照诗题"秋日"，以及"枯桑叶易零，疲客心易惊"等诗句来看，二人赠答时正值中秋节令。而据丁福林先生考，鲍照抵荆州时已是元嘉十二年深秋九月了[4]，不可能一达荆州，即与惠休酬答，故二人相交应是在元嘉十三年（436）至十五年（438）。另据《宋书·州郡志》："荆州刺史，汉治武陵汉寿，魏、晋治江陵，王敦治武昌，陶侃前治沔阳，后治武昌，王廙治江陵，庾亮治武昌，庾翼进襄阳，复还夏口；桓温治江陵，桓冲治上明，王忱还江陵，此

---

① 钱仲联：《鲍参军集注》，上海古籍出版社 2005 年版，第 290 页。

② 同上书，第 289 页。

③ 丁福林：《鲍照年谱》，上海古籍出版社 2004 年版，第 40 页。

④ 同上。

后遂治江陵。"① 故二人相交应是在荆州之治江陵。

2. 惠休与徐湛之

如上所述，元嘉二十四年，徐湛之任南兖州刺史，惠休以"善属文，辞采绮艳"而深受徐湛之知赏。关于徐湛之，《宋书·徐湛之传》载："湛之善于尺牍，音辞流畅。……伎乐之妙，冠绝一时。"②《高僧传·僧镜传》："释僧镜，姓焦，本陇西人，迁居吴地。至孝过人，轻财好施……住吴县华山，后入关陇寻师受法，累载方还，停止京师，大阐经论。司空东海徐湛之重其风素，请为一门之师。"③《高僧传·慧通传》："释慧通，姓刘，沛国人。少而神情爽发，俊气虚玄，止于治城寺。每麈尾一振，辄轩盖盈衢。东海徐湛之、陈郡袁粲敬以师友之礼，孝武皇帝厚加宠秩。"④ 可见，徐湛之尊崇佛教、喜好文学，礼遇僧侣与文士，其到达广陵后，听闻惠休之诗名，必会招揽结识。而惠休流宕偶悦，亦会欣然前往依附。就"湛之与之甚厚"来看，二人相交甚深。元嘉二十六年，徐湛之入为丹阳尹，徙任京都。故二人相交时间在元嘉二十四年（447）至二十六年（449），地点在南兖州之治广陵。

3. 惠休与吴迈远

吴迈远，为人傲诞，文才泛泛而喜好自夸。《南史·文学传》载："又有吴迈远者，好为篇章，宋明帝闻而召之。及见曰：'此人连绝之外，无所复有。'迈远好自夸而蚩鄙他人，每作诗，得称意语，辄掷地呼曰：'曹子建何足数哉！'"⑤ 宋明帝谓其只擅连绝，其余诸体兼不佳。元徽二年（474），桂阳王刘休范起兵造反，吴迈远曾为其撰写檄文，"桂阳之乱"平定后，吴迈远被诛灭九族。丘巨源《与尚书令袁粲书》论及于此："且迈远置辞，无乃侵慢，民作符檄，肆言詈辱，放笔出手，即就菹粉。"⑥

关于二人相交情况，锺嵘《诗品》："吴（迈远）善于风人答赠。汤（惠）休谓（吴迈）远云：'吾诗可为汝诗父'。以访谢光禄（谢庄），

---

① 沈约：《宋书》，中华书局 1974 年版，第 1117 页。

② 同上书，第 1844 页。

③ 慧皎撰，汤用彤校注：《高僧传》，中华书局 1992 年版，第 293 页。

④ 同上书，第 301 页。

⑤ 李延寿：《南史》，中华书局 1975 年版，第 1765 页。

⑥ 萧子显：《南齐书》，中华书局 1972 年版，第 895 页。

云：'不然尔，汤可为庶兄'。"① 察吴迈远现存诗歌，如《长相思》《长别离》《杞梁妻》等多为男女相思之作，缠绵婉转，这与惠休的《怨诗行》《江南思》《秋思引》等艳情诗如出一辙。性格相仿，诗风相近，因此才有"吾诗可为汝诗父""汤可为庶兄"之趣说。

4. 惠休与谢超宗

谢超宗，谢灵运之孙。《南齐书·谢超宗传》云："谢超宗，陈郡阳夏人也。祖灵运，宋临川内史。父凤，元嘉中坐灵运事，同徙岭南，早卒。超宗元嘉末得还，与慧休道人来往。好学，有文辞，盛得名誉。"② "慧休道人"，即惠休。由此，谢超宗在元嘉末（约453），曾与惠休有过交往。谢超宗承家族佛学之积淀，十分礼遇僧侣。《高僧传·道慧传》："释道慧，姓王，余姚人，寓居建邺……善大乘《明数论》，讲说相续，学徒甚盛，区别义类，始为章段焉。褚澄、谢超宗名重当时，并见推礼。……慧以齐建元三年卒。……陈郡谢超宗为造碑文。"③《高僧传·道盛传》："释道盛，姓朱，沛国人。幼而出家务学，善《涅盘》《维摩》兼通《周易》，始住湘州。宋明承风，敕令下京，止彭城寺，谢超宗一遇，遂敬以师礼。"④ 可见，谢超宗颇有谢灵运之遗风，不仅好为文辞，还十分礼敬僧人，其与惠休相交，一方面是因惠休之诗才，另一方面也与惠休之佛学造诣有关。

---

① 陈延杰：《诗品注》，人民文学出版社1980年版，第69页。
② 萧子显：《南齐书》，中华书局1972年版，第635页。
③ 慧皎撰，汤用彤校注：《高僧传》，中华书局1992年版，第305页。
④ 同上书，第307页。

结　　语

关于刘宋文学研究，可做如下结论：

一　关于刘宋诗歌之特点与意义

我通过对逯钦立《先秦汉魏晋南北朝诗》的辑录情况、萧统《文选》的选录情况、锺嵘《诗品》的品评情况考察发现，谢灵运的山水诗、颜延之的公宴诗、鲍照的乐府诗、谢庄的杂言诗实代表了刘宋时期诗歌发展的主流趋势，故对其艺术特点的分析以及意义的探讨成为本部分的重点。

关于谢灵运山水诗，其特色有："叙事—写景—抒情或言理"的结构模式、形声色兼具的优美之境、"富艳难踪"与"出水芙蓉"的双重风格、情景理交融的审美追求。其意义在于：进一步消解了东晋诗歌中的玄理，奠定了山水诗的写作模式，引导了山水诗的创作发展方向。关于颜延之公宴诗，其特色有：称美颂德的主题、宏大绵密的篇制、典雅华贵的风貌、精工整饬的笔法。其意义在于：为公宴诗树立了雅正观，引导公宴诗创作向典丽的方向发展，开公宴诗雕琢骈俪之风。关于鲍照乐府诗，其特色有：丰富的题材内容、注重个人情志的表达、以第一人称为主的叙事视角、七言与杂言体的大量采用。其意义在于：开拓了乐府诗的题材范围，完成了乐府诗由代言体向个人体的转变，推动了七言与杂言体的转型。关于谢庄的杂言诗，其特色有：节奏分明、情感浓郁、对仗工整。其意义在于：促使诗歌创作向着抒情化的方向发展，实现了诗歌风貌由"雅"向"俗"的转变，加速了"元嘉体"向"永明体"的过渡进程。

整体来看，刘宋诗人已经淡化了东晋诗歌中的玄理味与枯燥感，实现了向文学、向诗歌的形象性与审美性的回归。谢灵运、颜延之等更加注重对诗艺的打磨，引导诗歌向着更加精细、巧致、密丽的方向发展。鲍照、谢庄等更注重对诗体的探索，推动了杂言体、七言体的出现与发展。

二　关于刘宋辞赋的"复"与"变"

刘宋辞赋呈现出"复"与"变"的双重特质。"复"，沿用前代体例，驰骋文藻，铺排描绘，以谢灵运、颜延之等为代表。"变"，重视造境与抒情，形制上趋于骈偶，以鲍照、谢庄等为代表。

本书以谢灵运《山居赋》、鲍照《芜城赋》、谢庄《月赋》为中心，进行具体探讨。谢灵运的《山居赋》，更多地表现出"复"的一面：沿用大赋体制，采用铺排手法，摹景精细。但亦有"变"的特质，如在语言表达上，去饰而取素，注重山居生活情致的表现等。鲍照的《芜城赋》，更多地表现出"变"的特质：句式工整，语词峭丽，意境苍凉，感情凄怆。此赋以"芜城"为写作对象，具有题材上的典范意义；文风奇峭，突破了刘宋赋体丽靡的审美取向；内涵深厚，强化了赋作的讽喻功能，颇具现实意义。谢庄的《月赋》，亦表现出了"变"的特质：意境清雅，抒情浓厚，句式骈化，偶对精工，声律和谐，用韵灵活。此赋标志着咏物赋向抒情赋的转变，推动了古赋向骈赋的转变，赋史意义重大。

整体来看，刘宋辞赋一方面保持了赋体铺排的特质，另一方面又增加了造境、抒情等功能，向诗化特质的方向演进。在形式上，追求属对的工切，与声律的和谐。之后齐梁的辞赋基本上是沿着其所开拓的方向发展的，可见其"复"与"变"均影响甚远。

三　关于刘宋散文嬗变的过程

刘宋散文呈现出"虽涉雕华，未全绮靡"的状态，兼具古朴自然与华丽骈对之双重特质，是连接魏晋散文与齐梁骈文的桥梁，在中国古代散文的发展史中具有重要的过渡意义。本书分别对何承天、傅亮、谢灵运、颜延之、谢惠连、袁淑、王微、鲍照、谢庄九位作家的散文进行了考察，以把握刘宋之文嬗变与发展的过程。

具体来看。何承天之文，语言简洁凝练，句法不拘一格，行文流畅自如，风格质朴自然，颇有汉魏之文的流风余韵，较能代表刘宋前期散文之特质。傅亮之文，亦骈亦散，文风或典雅或质朴，言词有的是经过精琢细磨的，有的是以自然语而出之的，是刘宋文风由"古"向"骈"演变过程中的特殊产物。谢灵运之文，骈散杂糅，渐趋雕藻，情文并茂，显示出刘宋散文渐趋于骈化之迹象。颜延之之文，注重雕琢润饰，典雅华赡，精工绮丽，实现了由"古"向"骈"的转变。谢惠连之文，语词简约而明丽，句子工致而流畅，文脉疏朗而灵动。可见谢惠连是在刻意地追求散体，是骈文发展过程中的一个特例。袁淑之文主要为散体，简洁平易，文脉贯通，但也能看出句子的骈化倾向，以及文辞的润饰与雕琢之功。可见，袁淑之文是骈文形成时代的散文，既具有骈文的华丽性及整练性，又保持了散文的流畅性及灵活性。王微之文，不讲究辞藻的华美与形式的整饬，而追求动人心魄的审美情感，以及平易自然、流畅朴素的文风，在当时骈文盛行的文坛上，可谓是独树一帜。鲍照之文，是较为成熟的骈文，其锤炼、雕饰之功自不待言。但也应看出，与颜延之骈文的典丽华赡不同，鲍照骈文表现出了雄浑的气势、壮阔的格局、遒劲的力度、奇崛的文风。其文华而不弱，工而不密，是一种颇具骨力的骈文。谢庄之文，特别是其诔文，对仗精工，典故繁密，音韵和谐，"为骈体之完备与鼎盛多有贡献"。

整体来看，刘宋之文经历了散体、骈散杂糅、骈文的过程，实现了"古"向"骈"的转变。当然也应看到，个别作家如谢惠连、王微等因个人文学观念与主流文坛取向的不同，在骈体盛行时仍坚持散体创作的现象。同时还应看到，不同作家因个人气质及其创作目的的不同而令骈文呈现出不同的风貌，如颜延之的典雅华赡、鲍照的奇崛凌厉等。

四　关于刘宋之文学转关地位

刘宋文学实现了由理向情、由才向学、由雅向俗的转变。

首先，刘宋诗歌完成了对东晋诗歌玄理的消解与清洗。先是谢灵运以其灵思妙悟与天才的创作，将玄妙的理语变为形象的情语，令诗歌走出理窟，回归抒情的本质。接着鲍照又将羁旅愁思、宦游苦楚等融入诗中，进一步清洗了谢灵运诗中尚存的玄味。他们的努力及创作引导了齐梁诗歌继续沿着抒情的方向演进、发展。其次，刘宋文人好文义、尚经史，以博学为尚，以技巧相争。刘宋诗歌用事繁密、偶对精工、平仄相间、音韵和谐，变晋宋以前的内发之才而为外成之学，引导诗歌向着更绮密、精工、雅致的方向发展。最后，刘宋后期，乐府民歌与乐府古诗兴起。鲍照的拟乐府诗，反映了顺应天命的消极思想，表现了征夫、思妇、弃妇等下层人士的感情生活，在形制上大量采用杂言、七言体，推动了刘宋文风由雅向俗的变革，并促进了梁代宫体诗的兴盛。

整体来看，刘宋文学的抒情特质、绮艳文风、俗化色彩，淡化了汉魏文学之古韵，开启了崇尚形式美的时代。

五　关于刘宋作家生平悬疑问题

刘宋作家生平中有诸多存疑的问题。关于何承天，经考，其出身士族次门，任宁蛮校尉赵恢之司马的时间、贬任衡阳内史的时间分别是在义熙四年（408）、元嘉十一年（434）。关于傅亮，经考，其实为刘义隆、王华、王昙首等所诬害，平生之所交有帝王、同僚及释氏等。关于宗炳，经考，其一生两入庐山，第一次是在晋元兴二年（402），参加"白莲结社"之活动；第二次是在晋义熙十一年（415），与慧远探讨用"儒释玄调和"之方法来维护佛教地位，弘扬佛学义理。关于袁淑，经考，其任彭城王义康军司祭酒是在元嘉八年（431），任衡阳王义季右军主簿是在元嘉九年（432），任卫军临川王刘义庆谘议参军是在元嘉十六年（439），任宣城太守是在元嘉十九年（442），入补中书侍郎是在元嘉二十一年（444），任太子中庶子是在元嘉二十四年（447），任始兴王征北长史、南东海太守是在元嘉二十七年（450），任御史中丞是在元嘉二十八年（451）。袁淑平生所交有太子、宗王、朝臣、文士等。关于王微，经考，其是在门阀世族衰落、琅琊王氏势力滑坡的历史大背景下，为保全家门、保全自己而辞官。他并非如史传所言为弟僧谦误诊，咎恨、哀痛而亡，而是因经年服用寒食散，中毒而亡。关于谢庄，经考，其约在元嘉十七年（440）入仕，任始兴王刘浚后军法曹行参军；约在元嘉十九年（442），转太子舍人，庐陵王文学，太子洗马，中舍人；在元嘉二十年（433）至二十六年（449）二月间，任庐陵王刘绍南中郎谘议参军；在元嘉二十六年（449）秋至二十八年（451）春间，转随王刘诞后军谘议及记室。根据谢庄之人格及才名，认为其合"配上王姬者"之条件，应有尚主之事。谢庄辞却吏部尚书郎，是为了避免与孝武帝发生直接对抗，保全自己。关于汤惠休，经考，其于大明二年（458），因"自非戒行清苦"而被孝武帝"敕令"还俗。平生所结交之文士有鲍照、徐湛之、吴迈远、谢超宗等。

　　关于刘宋作家，尚有诸多悬案，本课题的考辨只是冰山一角。希望随着更多文献的出现与发掘，其中的谜团能陆续解开。

参考文献

（一）古籍、论著类

（唐）房玄龄：《晋书》，中华书局 1974 年版。

（南朝梁）沈约：《宋书》，中华书局 1974 年版。

（梁）萧子显：《南齐书》，中华书局 1972 年版。

（唐）李延寿：《南史》，中华书局 1975 年版。

（唐）许嵩：《建康实录》，中华书局 1986 年版。

（唐）杜佑：《通典》，中华书局 1988 年版。

（清）赵翼：《廿二史札记》，中华书局 1984 年版。

（南朝梁）释慧皎：《高僧传》，中华书局 1992 年版。

（唐）李吉甫：《元和郡县图志》，中华书局 1983 年版。

（清）王鸣盛：《十七史商榷》，中国书店影印本 1987 年版。

（清）顾祖禹：《读史方舆纪要》，上海书店出版社 1998 年版。

（唐）徐坚：《初学记》，中华书局 1985 年版。

（宋）郭茂倩：《乐府诗集》，中华书局 1979 年版。

（清）何文焕：《历代诗话》，中华书局 1981 年版。

（清）王夫之：《清诗话》，上海古籍出版社 1963 年版。

（南朝梁）萧统：《文选》，上海古籍出版社 1986 年版。

（清）严可均：《全上古三代秦汉三国六朝文》，中华书局 1965 年版。

（清）吴兆宜：《玉台新咏笺注》，中华书局 1985 年版。

逯钦立辑：《先秦汉魏晋南北朝诗》，中华书局 1983 年版。

韩理洲等：《全三国两晋南朝文补遗》，三秦出版社 2013 年版。

张溥著，殷孟伦注：《汉魏六朝百三家集题辞注》，人民文学出版社 1981
　　年版。

黄节：《谢康乐诗注》，人民文学出版社 1958 年版。

钟优民：《谢灵运论稿》，齐鲁书社 1985 年版。

顾绍柏：《谢灵运集校注》，中州古籍出版社 1987 年版。

李运富：《谢灵运集》，岳麓书社 1999 年版。

李雁：《谢灵运研究》，人民文学出版社 2005 年版。

吴冠文、陈文彬：《庙堂与山林之间——谢灵运的心路历程与诗歌创作》，
　　复旦大学出版社 2013 年版。

吴丕绩：《鲍照年谱》，商务印书馆 1940 年版。

黄节：《鲍参军诗注》，人民文学出版社 1958 年版。

钱仲联：《鲍参军集注》，上海古籍出版社 1980 年版。

丁福林：《鲍照年谱》，上海古籍出版社 2004 年版。

苏瑞隆：《鲍照诗文研究》，中华书局 2006 年版。

丁福林：《鲍照研究》，凤凰出版社 2009 年版。

许梿评选，黎经诰笺注：《六朝文絜笺注》，上海古籍出版社 1982 年版。

余嘉锡：《世说新语笺疏》，上海古籍出版社 1993 年版。

丁福保：《历代诗话续编》，中华书局 1983 年版。

郭绍虞：《清诗话续编》，上海古籍出版社 1983 年版。

詹锳：《文心雕龙义证》，上海古籍出版社 1989 年版。

陈延杰：《诗品注》，人民文学出版社 1961 年版。

曹旭：《诗品集注》，上海古籍出版社 1994 年版。

葛兆光：《中国思想史》，复旦大学出版社 2001 年版。

罗宗强：《魏晋南北朝文学思想史》，中华书局 1996 年版。

罗宗强：《玄学与魏晋士人心态》，浙江人民出版社 1991 年版。

刘师培：《中国中古文学史讲义》，人民文学出版社 1959 年版。

余冠英：《汉魏六朝诗论丛》，上海古典文学出版社 1956 年版。

王运熙：《六朝乐府与民歌》，中华书局 1961 年版。

王运熙：《汉魏六朝唐代文学论丛》，上海古籍出版社 1981 年版。

王瑶：《中古文学史论集》，上海古籍出版社 1982 年版。

逯钦立：《汉魏六朝文学论集》，陕西人民出版社 1984 年版。

曹道衡：《中古文学史论文集》，中华书局 1986 年版。

陈庆元：《中古文学论稿》，天津人民出版社 1992 年版。

胡大雷：《中古文学集团》，广西师范大学出版社 1996 年版。

钱志熙：《魏晋诗歌艺术原论》，北京大学出版社 2005 年版。

余冠英：《古代文学杂论》，中华书局 1987 年版。

王利器：《文镜秘府论校注》，中国社会科学出版社 1983 年版。

［日］吉川幸次郎：《中国诗史》，章培恒等译，安徽文艺出版社 1986
　年版。

王力：《汉语诗律学》，上海教育出版社 1979 年版。

褚斌杰：《中国古代文体概论》，北京大学出版社 1984 年版。

李士彪：《魏晋南北朝文体学》，上海古籍出版社 2004 年版。

王运熙、杨明：《魏晋南北朝文学批评史》，上海古籍出版社 1989 年版。

詹福瑞：《中古文学理论范畴》，中华书局 2005 年版。

刘文忠：《中古文学与文论研究》，学苑出版社 2000 年版。

任继愈：《中国佛教史》，中国社会科学出版社 1981 年版。

汤用彤：《汉魏两晋南北朝佛教史》，北京大学出版社 1983 年版。

曹道衡、刘跃进：《南北朝文学编年史》，人民文学出版社 2000 年版。

曹道衡、沈玉成：《中古文学史料丛考》，中华书局 2003 年版。

刘跃进、范子烨：《六朝作家年谱辑要》，黑龙江教育出版社 1999 年版。

曹道衡、沈玉成：《南北朝文学史》，人民文学出版社 1991 年版。

穆克宏：《魏晋南北朝文学史料述略》，中华书局 1997 年版。

聂时樵：《魏晋南北朝文学史》，中华书局 2007 年版。

林庚：《中国文学简史》，北京大学出版社 1995 年版。

章培恒、骆玉明：《中国文学史》，复旦大学出版社 1996 年版。

陆侃如、冯沅君：《中国诗史》，百花文艺出版社 1999 年版。

王钟陵：《中国中古诗歌史》，江苏教育出版社 2005 年版。

葛晓音：《八代诗史》，中华书局 2007 年版。

汪涌豪、骆玉明：《中国诗学》，东方出版中心 1999 年版。

萧涤非：《汉魏六朝乐府文学史》，人民文学出版社 1984 年版。

郭预衡：《中国散文史（上）》，上海古籍出版社 1999 年版。

姜书阁：《骈文史论》，人民文学出版社 1986 年版。

于景祥：《中国骈文通史》，吉林人民出版社 2002 年版。

马积高：《赋史》，上海古籍出版社 1987 年版。

叶幼明：《辞赋通论》，湖南教育出版社 1991 年版。

程章灿：《魏晋南北朝赋史》，江苏古籍出版社 1992 年版。

蒋伯潜、蒋祖怡：《骈文与散文》，上海书店出版社 1997 年版。

郭建勋：《汉魏六朝骚体文学研究》，湖南教育出版社 1997 年版。

吴云：《魏晋南北朝文学研究》，北京出版社 2001 年版。

葛晓音：《山水田园诗派研究》，辽宁大学出版社 1997 年版。

詹福瑞：《南朝诗歌思潮》，河北大学出版社 2005 年版。

刘跃进：《门阀士族与永明文学》，生活·读书·新知三联书店 1996
　　年版。

程章灿：《世族与六朝文学》，黑龙江教育出版社 1998 年版。

姜剑云：《太康文学研究》，中华书局 2003 年版。

陈桥生：《刘宋诗歌研究》，中华书局 2007 年版。

（二）　期刊类

谌东飚：《论刘宋诗坛的复古》，《求索》1992 年第 1 期。

郭建勋、钟达峰：《刘宋时期辞赋特质及其文学流变析论》，《中国文化研
　　究》2013 年第 2 期。

白崇：《刘宋"诗运转关"考论》，《中国文学研究》2015 年第 1 期。

徐尚定：《南朝文学思想演变的逻辑起点——刘宋诗歌思想初探》，《杭州
　　大学学报》1988 年第 2 期。

吴怀东：《民歌升降与刘宋后期诗风》，《宁夏大学学报》2000 年第 1 期。

陈庆元：《大明泰始诗论》，《文学遗产》2003 年第 1 期。

钱志熙：《论初唐诗人对元嘉体的接受及其诗史意义》，《中国文化研究》
　　2007 年第 2 期。

戴建业：《论元嘉七言古诗诗体的成熟——兼论七古艺术形式的演进》，
　　《文艺研究》2008 年第 8 期。

冷卫国：《元嘉赋学批评：沉寂中的渐变与拓展》，《安徽大学学报》2013
　　年第 3 期。

萧涤非：《读谢康乐诗札记》，《中国文学会月刊》1931 年第 4 期。

陈桥生：《病患意识与谢灵运的山水诗》，《文学遗产》1997 年第 3 期。

宋红：《谢灵运年谱考辨》，《文学遗产》2001 年第 1 期。

胡大雷：《〈辨宗论〉与谢灵运对玄言诗的改制》，《温州师范学院学报》2004 年第 1 期。

姜剑云：《谢灵运与慧严、慧观》，《河北大学学报》2005 年第 6 期。

姜剑云：《谢灵运与慧远交游考论》，《太原师范学院学报》2005 年第 2 期。

姜剑云：《谢灵运与钱塘杜明师》，《中国道教》2005 年第 3 期。

白崇：《谢灵运文艺思想管窥》，《求索》2005 年第 5 期。

姜剑云：《谢灵运与"涅槃圣"竺道生》，《广州大学学报》2005 年第 9 期。

孙明君：《〈拟魏太子邺中集诗八首〉作年臆度》，《文学遗产》2006 年第 3 期。

孙明君：《谢灵运〈拟魏太子邺中集诗八首〉中的邺下之游》，《陕西师范大学学报》2006 年第 1 期。

姜剑云：《谢灵运与"黑衣宰相"慧琳》，《宗教学研究》2007 年第 2 期。

姜剑云：《谢灵运与"头陀僧"昙隆交游考》，《江西师范大学学报》2007 年第 1 期。

张润平：《论谢灵运的诗学精神》，《内蒙古民族大学学报》2007 年第 6 期。

韩国良：《论谢灵运山水审美的发生机制——兼论当下学界对谢诗"玄言尾巴"解读的失据》，《南昌大学学报》2008 年第 6 期。

姜剑云、王岩峻：《谢灵运与〈大般涅架经〉的改治》，《晋阳学刊》2009 年第 4 期。

姜剑云、张润平：《谢灵运山水诗道学意蕴解读》，《名作欣赏》2009 年第 4 期。

姜剑云、王岩峻：《"巧似"抑或"自然"谢灵运山水诗艺术特征辨说》，《山西大学学报》2009 年第 2 期。

姜剑云、霍贵高：《论谢灵运诗情、景、理之圆融》，《河北大学学报》2010 年第 1 期。

姜剑云、霍贵高：《晋宋"文义"与谢诗"玄学尾巴"成因》，《保定学院学报》2012 年第 6 期。

刘长歌：《论鲍照及其乐府诗》，《殷都学刊》1987 年第 3 期。

曹道衡：《鲍照和江淹》，《齐鲁学刊》1991 年第 6 期。

胡大雷:《论鲍照"俊逸"艺术风格构成的客观因素》,《固原师专学报》1993 年第 3 期。

李宗长:《从鲍照乐府诗看其复杂矛盾的心态》,《江苏社会科学》1997 年第 5 期。

朱起予:《继踵前贤开声未来——鲍照的山水之作》,《江苏社会科学》1995 年第 2 期。

杨芬霞:《论鲍照对诗歌形式的变革与创新》,《宁夏社会科学》2006 年第 3 期。

时国强:《鲍照古乐府与抒情方式的嬗变》,《殷都学刊》2008 年第 1 期。

郑玉姬、季南:《鲍照赋略论》,《东疆学刊》2008 年第 4 期。

葛晓音:《鲍照"代"乐府体探析——兼论汉魏乐府创作传统的特征》,《上海大学学报》2009 年第 2 期。

林家骊、杨健:《寒族士人之崛起与鲍照之"险俗"诗风》,《浙江社会科学》2010 年第 12 期。

罗春兰:《"文学宗府,驰名海内"——鲍照在隋唐的接受述论》,《中国文学研究》2012 年第 3 期。

袁济喜:《论鲍照的"急以怨"》,《中国人民大学学报》2017 年第 1 期。

钱钢:《论钟嵘〈诗品〉对颜延之诗歌的评价》,《中州学刊》1990 年第 5 期。

李宗长:《颜延之诗歌风格论》,《江苏社会科学》1992 年第 6 期。

李之亮:《颜延之行实及〈文选〉所收诗文系年》,《郑州大学学报》1994 年第 1 期。

李宗长:《论颜延之的思想》,《南京社会科学》1996 年第 6 期。

吴怀东:《颜延之诗歌与一段被忽略的诗潮》,《山东大学学报》1998 年第 4 期。

石磊:《颜延之行实与诗文作年新考》,《古籍整理研究学刊》2008 年第 6 期。

杨晓斌:《〈颜延之集〉版本源流考论》,《古籍整理研究学刊》2012 年第 1 期。

孙明君:《颜延之与刘宋宫廷文学》,《文学遗产》2012 年第 2 期。

普慧:《佛教思想与文学性灵说》,《文学评论》2012 年第 2 期。

许云和:《"芙蓉出水"与"错彩镂金"——关于汤惠休与颜延之的一段

公案》,《文学遗产》2016 年第 3 期。

张晶:《宗炳绘画美学的佛学底蕴》,《学术月刊》1990 年第 10 期。

张义宾:《宗炳、王微美学思想的本体意义》,《东南大学学报》2005 年第 5 期。

韦宾:《宗炳出仕考》,《文艺研究》2009 年第 10 期。

张晶:《宗炳绘画美学思想新诠》,《江淮论坛》2010 年第 3 期。

时胜勋:《关于〈画山水序〉学术地位的十一个问题》,《中华文化论坛》2017 年第 1 期。

曹道衡:《从〈雪赋〉〈月赋〉看南朝文风之流变》,《文学遗产》1985 年第 6 期。

陈庆元:《形似与神似　朗健与悲怆——谢惠连〈雪赋〉与谢庄〈月赋〉对赏》,《名作欣赏》2002 年第 1 期。

袁济喜:《有无之辨与自然雕饰之争——魏晋南北朝两种审美情趣的玄学根源》,《学术研究》1986 年第 1 期。

谌东飚:《鲍照和汤惠休何尝贬颜》,《湘潭大学学报》1991 年第 6 期。

王树平、包得义:《诗僧惠休的诗歌创作及其影响》,《山东社会科学》2014 年第 1 期。

许云和:《六朝释子创作艳情诗的佛学观照》,《文艺研究》2016 年第 6 期。

孙淑娟:《傅亮公牍文创作与晋宋文学思潮的嬗变》,《文艺评论》2015 年第 8 期。

刘涛:《六朝表策文流变及其文学史意蕴——以傅亮、任昉、徐陵文章为考察对象》,《广西社会科学》2013 年第 4 期。

王运熙:《谢庄作品简论》,《南阳师范学院学报》2002 年第 3 期。

徐明英、熊红菊:《谢庄诗歌律化初探——兼与刘跃进先生商榷》,《长春师范学院学报》2004 年第 1 期。

孙明君:《谢庄〈与江夏王义恭笺〉释证》,《北京大学学报》2012 年第 5 期。

韩杰:《何承天行年及著述考》,《历史文献研究》2012 年第 1 期。

孙宝:《何承天〈鼓吹铙歌十五首〉作年考论》,《古籍整理研究学刊》2012 年第 4 期。

邱光华:《王微文艺思想论析》,《首都师范大学学报》2011 年第 1 期。

倪志云：《王微及其〈叙画〉研究的几个问题探论》，《中国美术研究》
　　2016 年第 17 期。

（三）学位论文以及博士后报告类

刘涛：《南朝散文研究》，博士学位论文，苏州大学，2007 年。

周海霞：《刘宋骈文研究》，硕士学位论文，四川师范大学，2007 年。

李方晓：《刘宋诏书研究》，硕士学位论文，山东大学，2009 年。

黄燕平：《南朝公牍文研究》，博士学位论文，浙江大学，2011 年。

崔洁：《刘宋拟诗研究》，硕士学位论文，山东大学，2012 年。

任冬善：《东晋南朝僧诗研究》，硕士学位论文，兰州大学，2008 年。

康建强：《试论元嘉诗歌》，硕士学位论文，山西大学，2003 年。

付叶宏：《晋宋的山水赋研究》，硕士学位论文，河北大学，2003 年。

王志清：《晋宋乐府诗研究》，博士学位论文，首都师范大学，2007 年。

孟国中：《论"元嘉体"及其诗学意义》，硕士学位论文，陕西师范大学，
　　2004 年。

白崇：《元嘉文学研究》，博士学位论文，浙江大学，2006 年。

时国强：《元嘉三大家研究》，博士学位论文，陕西师范大学，2008 年。

张润平：《元嘉三大家研究》，博士学位论文，河北大学，2010 年。

傅志前：《从山水到园林——谢灵运山水园林美学研究》，博士学位论文，
　　山东大学，2012 年。

宋航：《佛教与谢灵运的思想及其山水诗》，硕士学位论文，华东师范大
　　学，2004 年。

刘向阳：《谢灵运诗歌渊源论》，硕士学位论文，陕西师范大学，2005 年。

李正香：《佛教对谢灵运山水诗创作的影响》，硕士学位论文，山东大学，
　　2005 年。

王芳：　《清前谢灵运诗歌接受史研究》，博士学位论文，复旦大学，
　　2006 年。

吴冠文：《谢灵运诗歌研究》，博士学位论文，复旦大学，2006 年。

杨容：《谢灵运佛学思想研究》，硕士学位论文，西南大学，2009 年。

袁凌：《谢灵运山水赋研究》，硕士学位论文，湖南师范大学，2011 年。

姜剑云：　《从宗教到文学——谢灵运考论》，博士后报告，南开大学，

参考文献

2003 年。

罗春兰：《鲍照诗接受史研究——以南北朝至唐代为中心》，博士学位论文，复旦大学，2004 年。

宋作标：《鲍照乐府诗研究》，硕士学位论文，山东大学，2008 年。

李鹏：《鲍照诗歌专题研究》，博士学位论文，陕西师范大学，2009 年。

魏北：《鲍照乐府诗形式艺术研究》，硕士学位论文，复旦大学，2009 年。

李金欣：《鲍照山水诗研究》，硕士学位论文，北京大学，2012 年。

白广磊：《鲍照辞赋研究》，硕士学位论文，山东大学，2012 年。

李永样：《鲍照诗歌研究》，硕士学位论文，西北师范大学，2007 年。

杨晓斌：《颜延之生平与著述考》，博士学位论文，西北师范大学，2005 年。

石磊：《颜延之研究》，博士学位论文，东北师范大学，2012 年。

陆立玉：《颜延之与元嘉文学》，硕士学位论文，南京师范大学，2005 年。

尉建翠：《颜延之诗文研究》，硕士学位论文，山东师范大学，2007 年。

叶飞：《颜延之与元嘉文学新变研究》，硕士学位论文，河南大学，2007 年。

刘文兰：《颜延之文学论》，硕士学位论文，山东师范大学，2000 年。

梁兴：《宗炳美学思想探微》，硕士学位论文，吉林大学，2010 年。

赵超：《"画山水"观念的起源——宗炳〈画山水序〉研究》，博士学位论文，中国美术学院，2013 年。

王越：《宗炳〈画山水序〉研究》，硕士学位论文，河北大学，2014 年。

张金燕：《宗炳绘画美学思想研究》，硕士学位论文，四川师范大学，2005 年。

刘传芳：《谢惠连考论》，硕士学位论文，厦门大学，2008 年。

孙玉珠：《谢惠连研究》，硕士学位论文，山东大学，2010 年。

任欢：《傅亮研究》，硕士学位论文，广西师范大学，2012 年。

鲍卓：《傅亮其人其作研究》，硕士学位论文，湖南大学，2011 年。

葛海燕：《谢庄研究》，硕士学位论文，广西师范大学，2011 年。

王丽：《谢庄文学探微》，硕士学位论文，山东大学，2012 年。

仲秋融：《谢庄诗文研究》，硕士学位论文，杭州师范大学，2011 年。

赵莹莹：《何承天研究》，硕士学位论文，西北师范大学，2012 年。

曹萍：《晋宋陈郡阳夏袁氏诗文研究》，硕士学位论文，山东师范大学，

　2012 年。

姜振远：《王微绘画美学思想研究》，硕士学位论文，河北大学，2011 年。

宿月：《陈代文学研究》，博士学位论文，河北大学，2013 年。

后　记

　　本书是在博士学位论文基础上撰写而成的，故此稿之付梓出版，着实是与河大之培育及诸位师友之关怀密切相关。故在此向所有给予我帮助与鼓励的人表达诚挚的谢意。

　　首先，我要感谢我的导师姜剑云教授。老师学识广博，常教育我们说，治学必须"掌握朴学之手段，运用人学之思维，坚持文学之本位，具备美学之眼光，达到哲学之境界"。对于我的写作，老师常以"系统、全面、深入"六字来严格要求，论文即将完成，自知与老师之期待尚有距离，甚怯也。老师对我指导甚勤，曾在无数个下午，专程从本部至新区，在办公室给我讲玄学、新玄学与文学之关系，惜我愚钝且懒惰，对于老师之所传，至今未能成文，甚愧也。老师为人宽和，跟随其六年，我最骄傲的事，是从未被他苛责过，然当他板起面孔、沉默不语时，我也是害怕得要命。

　　感谢刘崇德、詹福瑞二位先生，他们每次回到学校，不管时间有多紧，都会给我们讲几个小时的课，教授我们治学的门径。从他们那里，我不仅获取了丰富的知识，还领略到了学者的风骨。感谢李金善老师，不仅为我传道授业，还教我以谦虚恭敬的待人方式。感谢田玉琪老师，在我六年前考南开而败北时将我收留进河大，给予我继续读书的机会。感谢吴淑玲老师，对我平常写作的指导以及生活上的帮助。感谢文学院的其他老师，对我论文结构与内容提出了宝贵的指导建议。

　　感谢苏国伟老师、周小艳老师、耿小博师姐、王晓轩以及我的同门师兄姐弟妹，在日常生活中所给予的无微不至的关怀和爱护。感谢我的舍友，我们互相鼓励，一起进步，度过了快乐而美好的三年时光。

　　金善老师常说："我们河大有深厚的传统。"是河大哺育了我、哺育了我们，在这里，衷心地感谢母校培育之恩、师友关切之情。